U0639402

轻与重
FESTINA LENTE

姜丹丹 主编

普鲁斯特与感性世界

[法] 让－皮埃尔·里夏尔 著 张帆 译

Jean-Pierre Richard

Proust et le monde sensible

华东师范大学出版社

华东师范大学出版社六点分社　策划

主 编 的 话

1

时下距京师同文馆设立推动西学东渐之兴起已有一百五十载。百余年来，尤其是近三十年，西学移译林林总总，汗牛充栋，累积了一代又一代中国学人从西方寻找出路的理想，以至当下中国人提出问题、关注问题、思考问题的进路和理路深受各种各样的西学所规定，而由此引发的新问题也往往被归咎于西方的影响。处在21世纪中西文化交流的新情境里，如何在译介西学时作出新的选择，又如何以新的思想姿态回应，成为我们必须重新思考的一个严峻问题。

2

自晚清以来，中国一代又一代知识分子一直面临着现代性的冲击所带来的种种尖锐的提问：传统是否构成现代化进程的障碍？在中西古今的碰撞与磨合中，重构中华文化的身份与主体性如何得以实现？"五四"新文化运动带来的"中西、古今"的对立倾向能否彻底扭转？在历经沧桑之后，当下的中国经济崛起，如何重新激发中华文化生生不息的活力？在对现代性的批判与反思中，当代西方文明形态的理想模式一再经历祛魅，西方对中国的意义已然发生结构性的改变。但问题是：以何种态度应答这一改变？

中华文化的复兴，召唤对新时代所提出的精神挑战的深刻自觉，与此同时，也需要在更广阔、更细致的层面上展开文化的互动，在更深入、更充盈的跨文化思考中重建经典，既包括对古典的历史文化资源的梳理与考察，也包含对已成为古典的"现代经典"的体认与奠定。

面对种种历史危机与社会转型，欧洲学人选择一次又一次地重新解读欧洲的经典，既谦卑地尊重历史文化的真理内涵，又有抱负地重新连结文明的精神巨链，从当代问题出发，进行批判性重建。这种重新出发和叩问的勇气，值得借鉴。

3

一只螃蟹，一只蝴蝶，铸型了古罗马皇帝奥古斯都的一枚金币图案，象征一个明君应具备的双重品质，演绎了奥古斯都的座右铭："FESTINA LENTE"（慢慢地，快进）。我们化用为"轻与重"文丛的图标，旨在传递这种悠远的隐喻：轻与重，或曰：快与慢。

轻，则快，隐喻思想灵动自由；重，则慢，象征诗意栖息大地。蝴蝶之轻灵，宛如对思想芬芳的追逐，朝圣"空气的神灵"；螃蟹之沉稳，恰似对文化土壤的立足，依托"土地的重量"。

在文艺复兴时期的人文主义那里，这种悖论演绎出一种智慧：审慎的精神与平衡的探求。思想的表达和传播，快者，易乱；慢者，易坠。故既要审慎，又求平衡。在此，可这样领会：该快时当快，坚守一种持续不断的开拓与创造；该慢时宜慢，保有一份不可或缺的耐心沉潜与深耕。用不逃避重负的态度面向传统耕耘与劳作，期待思想的轻盈转化与超越。

4

"轻与重"文丛，特别注重选择在欧洲（德法尤甚）与主流思想形态相平行的一种称作 essai（随笔）的文本。Essai 的词源有"平衡"（exagium）的涵义，也与考量、检验（examen）的精细联结在一起，且隐含"尝试"的意味。

这种文本孕育出的思想表达形态，承袭了从蒙田、帕斯卡尔到卢梭、尼采的传统，在 20 世纪，经过从本雅明到阿多诺，从柏格森到萨特、罗兰·巴特、福柯等诸位思想大师的传承，发展为一种富有活力的知性实践，形成一种求索和传达真理的风格。Essai，远不只是一种书写的风格，也成为一种思考与存在的方式。既体现思索个体的主体性与节奏，又承载历史文化的积淀与转化，融思辨与感触、考证与诠释为一炉。

选择这样的文本，意在不渲染一种思潮、不言说一套学说或理论，而是传达西方学人如何在错综复杂的问题场域提问和解析，进而透彻理解西方学人对自身历史文化的自觉，对自身文明既自信又质疑、既肯定又批判的根本所在，而这恰恰是汉语学界还需要深思的。

提供这样的思想文化资源，旨在分享西方学者深入认知与解读欧洲经典的各种方式与问题意识，引领中国读者进一步思索传统与现代、古典文化与当代处境的复杂关系，进而为汉语学界重返中国经典研究、回应西方的经典重建做好更坚实的准备，为文化之间的平等对话创造可能性的条件。

是为序。

姜丹丹（Dandan Jiang）

何乏笔（Fabian Heubel）

2012 年 7 月

一句……如此深沉的乐句，如此模糊，几乎是发自肺腑、带着器质性的内心呼声，它每次出现，我们都不知道它究竟是某一主题的再现还是神经痛的抽搐。

《追忆似水年华》第五卷《女囚》

目　录

第二部分　意　义

前　言

　　"我们的欲念,像一个单一的和弦,无论多卑微,都包含了构成我们生活的基础音符。"普鲁斯特不就是通过摘自《女逃亡者》(*La Fugitive*)的这寥寥数字向我们指出阅读其作品的方法之一吗? 也就是说从(写作/生活)经历的每时每刻中敏锐、独特的地方出发,重新聆听这段基础旋律的每个音符。我们对每个"薄欲"进行描述,进而从中得出几个敏感或原始欲望的重要形象,这些形象以特定方式将欲望推出水面。因此,这就需要我们勾画出世事世物的重要发展方向;描述似水年华里的个人行踪。

　　由于须具整体全局性,这样的阅读计划也许会显得太过宏伟。而且,普鲁斯特的感官世界本就包罗万象,莫可名状,使这个计划难上加难,几乎是不可能完成的任务。总之,它超出了常规研究的范围。那么,本书通过一系列详细的文本分析,仅简要重溯倾入普式欲念的三大主要板块:物质,意义,形式①。

---

①　读者在下文中将很快发现本书数量和篇幅庞大的注释,也许还会因此破坏阅读心情。

言语的诗意并不是注释真正的目的和功能。运用大量注解有两大理由:首先是满足愿望,因为所有主题研究都充满了某种既完全协调又错落不齐的意义的空想,所以处处是对描述精益求精的愿望,展开侧面论述的愿望,列举次要动机的愿望,或许还有抽丝剥茧、最大限度动摇太过线性的论说保障的愿望。

还有另一个愿望:将描述进行到其他可能的意义层面,专门研究主题和幻想的连接可能性从而探索某个重要的动机(例如表现、产生的动机)。

也许最终并不能达到增添学识的效果,还反倒显得七零八散或冗长沉闷。为此,须提前向我的读者致歉:需要读者东拼西凑,制成这件百衲衣,或者,若还有奇思妙想,那请读者为这锅大杂烩添料加柴,使它飘香四方。总之,我们无需心存幻想:无论什么样的评论都会侵害、肢解、限制、撕扯、爆裂被评论的文章,使它支离破碎。对此,惟有阅读,无尽的阅读,才是修补它的良方。

第一部分

物　　质

I

硬度与稠度

　　普鲁斯特的作品中存在着一种非常强烈和独特的物质欲望,仔细阅读《追忆似水年华》(À la recherche du temps perdu)中几个关键片段就能发现这一点。比如,在《在花季少女倩影下》(À l'ombre des jeunes filles en fleurs)中,仍陷于对吉尔贝特(Gilberte)的苦恋中的马塞尔独自在香榭丽舍大街上一座有绿色栅栏的小屋——也就是厕所——门口等待弗朗索瓦丝(Françoise),还记得这段文字吗?由于被吉尔贝特的父亲斯万(Swann)误会,他惴惴不安地来到这里。而此时一股气味飘入他的鼻腔,忽然间,一种不可思议的满足感在他身上蔓延开来:

　　　　……清凉的霉味,刚才吉尔贝特转述斯万的话使我心事重重,这种气味却使我顿时轻松起来,并使我心里充满乐趣,这乐趣跟其他乐趣不同,不是使我们更不稳定,无法留住和拥有乐趣,而是恰恰相反,这乐趣坚实稳定,能作为我的支柱,而且美妙、安定,富有持久的真实性,尚未得到解释但却是很可靠①。

如小玛德莱娜蛋糕一般强大的神奇效应:这股气味尽管无形,却内涵丰富,又厚又密,耐人寻味。它带来的舒适感影射了欲望最重要的需求之一。在普鲁斯特的作品中,感官的施展被赋予了这种重拾自信的目的,满足这种惯常、稳定、无限的支持的需求;感官的施展是为了进入,亦可以说是回到这片名副其实的初始空间,在这里,生活中所有的疵点、琐碎、瞬逝、疑虑、无据都被消除,都被抚平。

对于物体的这种安慰性——我们跟普鲁斯特一起将其命名为**硬度与稠度**(la consistance)——,我们可以通过剖析其他例子

① 《在花季少女倩影下》,第一部,第492页。
本书中普鲁斯特作品的引用主要来自以下作品版本:
《追忆似水年华》(简称《追忆》),巴黎,七星文库(La Pléiade),1954年,3卷。
其中各部作品分别使用其题目的简称:《斯万》:《在斯万家那边》(*Du côté de chez Swann*);《少女》:《在花季少女倩影下》;《盖尔芒特》:《盖尔芒特那边》(*Le Côté de Guermantes*);《索蛾》:《索多姆和蛾摩拉》(*Sodome et Gomorrhe*);《女囚》:《女囚》(*La Prisonnière*);《逃亡》:《女逃亡者》;《重现》:《重现的时光》(*Le Temps retrouvé*)。
《让·桑德伊》(*Jean Santeuil*)(简称《让》)及《欢乐与时日》(*Les Plaisirs et les Jours*),巴黎,七星文库,1971年。
《驳圣伯夫》(*Contre Sainte-Beuve*)(简称《驳》),巴黎,新法兰西评论(NRF),"理念"系列,1965年。

来探索它的特征和价值。事实上,它与被感知对象面面相关,即屋内空间里,视觉、触觉、味觉都在感知。看斯万,才从嫉妒中解脱出来,憧憬着他与奥黛特(Odette)在一起的生活,他生活中所有微不足道的小事都会"像这盏灯,这橘子水,这把扶手椅[…]沾染上一种**极度的甜美和神奇的浓度**①"。在这段幻想中,对浓稠的美化想象,在此即对温柔、安全感、忠诚的空想与温馨之家(灯)、凉爽酷饮(橘子水)以及既支撑又包裹的牢靠性(扶手椅)等主题相结合,通过联想汲取所有这些内在互通的物体的甜美,从而获得直觉,感到某种厚度、生活的变动厚度。

然而,再来看看初访埃尔斯蒂尔(Elstir)画室时的场景。在那里,不需要特殊物件——桌子、杯子或者扶手椅——以在其中浇铸并孕育浓稠的愿望;这种愿望在画室里被附着于空间的品质上,即漫射、轻盈、隐约发光的品质,并且在一阵非常明确具体的位移中透露出来。这屋子带来的欢乐其实来自一种"阴暗、透明,仿佛是**一块实心物体**,但在嵌入阳光的裂缝中却又潮湿、闪亮,如同**一块大水晶**,一个面已经雕琢、磨光,会在各个地方像镜子般发亮并呈现彩虹色②"的气氛。我们在下文中会评论这种明与暗的手法,以及这块部分雕琢的、多次激起普式想象力的物体。这间画室本就充满了善心和匠心,洒满了一位父辈般天才的前程愿景。半透明石块的比喻将一种**紧实性**完美载入这个幽

---

① 《斯万》,第一部,第 299 页。
② 《少女》,第一部,第 835 页。

5

禁空间,让我们好好琢磨紧实这个优点吧。毫无疑问,这种性感(而不久之后亦是美学,甚至精神)的本质在此正好响应了某种原始的欲望。

我们不应通过这三个例子就认为这个梦寐以求的品质仅与密室、私密空间里的享乐有关。我们还可以在更广阔的景观中探索它。在那里,它常常以积聚,甚至是时间上的累积形式,以及诱人之物反复出现的形式呈现。因为硬度和稠度在某种意义上也是持久、稳固性。例如,某日在巴尔贝克(Balbec)附近道路乘马车漫游的马塞尔预想自己以后在其他道路上散步,诚然是完全不同的经历,但却饱有同当下之乐本质相似的印象:

> 我现在是在另一个地方,在一条相似的道路上,产生了这种印象,沉浸在所有这些次要感觉之中,感到呼吸自由、好奇、懒散,有欲望和快活,我在那些傍晚都会有同样的感觉,并排斥其他一切感觉,跟这种印象联系在一起之后,前面那些印象就会加深,就会像一种特殊的乐趣那样浓厚稳定①……

乘客的意识从而"立刻倚靠"在这种浓厚感上。这次能让它倚靠的是生活中变化莫测的偶然性之外的东西,是时间在点滴中刻下的深邃层理;并且,通过时间的深层积累,安全感,即一种"特殊的乐趣"、强大的力比多固恋逐渐形成,并得到认可。

---

① 《少女》,第一部,第721页。

这种如此重要的结实性,我们最终可以脱离其支配物想象它,直至在表示它的文字中幻想它。因此就要提到名词**帕尔玛**(Parme)这个著名的例子:"稠密而又过于温柔①"的名词,普鲁斯特写道,另有"它的名称光滑,呈淡紫色,而且温馨",带着"密不透风的浓重音节②",就像——这便是本体隐喻——吸收了成千紫罗兰花的香精的"一整块脂肪质③"。在此须忽略所有无意识的、与这个名字所蕴含的力比多魔力相关的联想(帕尔玛,与 père[父亲]或者 mère[母亲]如此接近),从而使它仅仅保留能促成旅居途中有意识主题化的要素。这个语音能指本身所具备的厚重感(短促、小口元音、辅音爆破)包含了普鲁斯特赋予帕尔玛这个名词的所有所指(意大利小城闷热的空气,司汤达的乐趣,紫罗兰花那挥之不去的芬芳),像是要将它们层层相叠、浓缩在这厚重感中。世物和语言便是如此相连并存,几乎可以说是为达到同一享乐的厚度而互相渗透、互相充满。这种双重满足体现了语言意指的(超负荷的)笔调以及欲望的(被填满的)空间。

享用硬度与稠度:食物

然而,如何真正享用硬度和稠度这种品质呢? 如何将其占为己有而不仅仅是对它虎视眈眈或朝思暮想? 总之,如何摄取

---

① 《盖尔芒特》,第二部,第 426 页。
② 《斯万》,第一部,第 388 页。
③ 《盖尔芒特》,第二部,第 426 页。

它,或者,至少,幻想这种养分的灌溉呢?

也许最佳选择就是吃了它:我们把它当作食物处理,或者,要是我们愿意,从所有我们身体真正摄入的食物中找寻其联系和益处。这是合理的探索:因为食品在此构成了幻想硬稠度的最佳想象场所之一,也是最有意义、立场最鲜明、最不可排除的想象领域之一。并且,这确实也是一场相当持久、精心、执着的探索。普鲁斯特的每一位读者都感受到了营养的作用在整部《追忆》中的极度重要性。人们在里面大吃豪饮,无时无刻,无处不在:童年在贡布雷(Combray)的莱奥妮(Léonie)姑妈家对食物的贪婪;之后少年时期在巴黎的斯万家或在巴尔贝克的少女身边的热忱欲念;在维尔迪兰(Verdurin)家踏入上流社会的社交生活却一如既往地贪恋美食(至少在仿作《龚古尔兄弟日记》[faux journal des Goncourt]末表现如此);甚至还在盖尔芒特(Guermantes)家也有所显露,后者是比吝啬的库瓦西耶(Courvoisier)表兄妹更好的共餐者,并以此为荣。对于食物的同一兴趣和贪恋充斥着作品的每一个角落,当然因地点、年龄、社交群体会有层出不穷的变化。里面还有同一套关于稠厚食物的缓慢、巧妙、颇有裨益的分析。

食物拓扑学

如此地位解释了普鲁斯特世界里食物如神经般的极度敏感和满布性,及其丰富的功用和众多的想象关联。我们会看到,食物主要被赋予满足某些实体贪欲的任务,此外,它与这原始的欲望紧密相连,也有助于突出**地方**的构成。食物始终起着引申情感、聚焦欲力的作用。例如,在贡布雷,置于家庭餐桌中央,在大油灯的光芒照射下,在亲吻母亲后享用的弗朗索瓦丝的这盆平底锅炖牛肉献上了一道幸福的家庭围篱。它驱逐了来自幻灯的噩梦(中世纪的惨剧、古老的暴虐之行、不可救药的欲望、攻击侵略感以及最终面向唯一却又禁忌的念想对象——即母亲——的罪恶感同卧室的墙壁一起消失了①),并且在周围建立了家庭保护圈。长辈们在这锅胡萝卜炖牛肉里团结一致,互相认可、赞美,几乎要把自己耗进去;在共同品尝这道主菜的时候,他们找到了关联,应该也找到了地方,最原始的**聚集地**。

后来,在美食和情感症结的同种联系下,吉尔贝特的年轻爱慕者直到被邀请前往品尝奥黛特的美式鳌虾,并从视觉、嗅觉、味觉上充分领略这道美食的奇妙璀璨时,才真正见识并占领斯万在巴黎的宅所:这道菜如阳光般的伸展之力使他用想象一间又一间地占领了整座此前一直是紧闭的、难以捉摸的私人宅所。普鲁斯特的**地方**似乎只有在一番集中的口头支配行为中才能被征服甚至占领。想想在贡布雷卧室内母亲的亲吻吧,再想想其后续发展以及它化身为食物,即莱奥妮姑妈的小玛德莱娜蛋糕,或者还可

---

① 这份自责带着幽默色彩出现在这部分结尾,表达得委婉含蓄:叙述者立刻要投入"妈妈的怀抱,热纳维耶芙·德·布拉邦特(Geneviève de Brabant)的不幸,更使我感到妈妈的可亲,而戈洛(Golo)的罪行,则使我对自己的反省更加尽心"(《斯万》,第一部,第 10 页)。毋庸置疑,母爱是唯一的食粮;就像母亲的身体是唯一的真正宿处,而她的肌肤,则是唯一的真正的硬稠可靠之物。

以琢磨下妒火中烧的斯万同奥黛特和福什维尔(Forcheville)晚间喝的这杯橘子水。我们记得这杯平淡无奇的饮料(我们将会在下文分析其独有的神话)骤然间消除了斯万的苦恼,使奥黛特变得亲切,他对福什维尔也有了好感。因为它重新赋予奥黛特的住所——此前一直是个朝三暮四、错综复杂、变化无常、诡计多端的地方——一种暂时却可靠的善意。多亏了这杯饮料,斯万看到那些猜疑的"巨大怪影""合拢并消失",消失在他面前的这具妩媚的身体里①。喝着橘子水的奥黛特不会离开:就是一个乖乖的奥黛特。我们知道,这杯自家冲的果汁在斯万心中种下了娶这位情妇为妻的想法,甚至是决心:为了永远拥有她,跟她在一起,不让她走远,把她圈在家中,即使违逆一切欲望。

通过这些例子,我们捕捉到饮食所担负的情感乃至欲力的重任。它的出现可以说必定会突显并纪念每个性感扩张的时刻。东锡埃尔(Doncières)部分里含深刻的肉体快感——男人间的友谊、坐骑的活力、壁炉内的熊熊火焰、不断回荡的号声、寒冷中散步带来的疲惫——在大旅馆的丰盛晚宴(还有其他更冷清、更明显带有色情享受、更暗中作乐的晚餐)中达到顶峰。在里弗贝尔(Rivebelle),依然跟圣卢(Saint-Loup)一起,饥饿感带来了对餐厅里忽明忽暗中的女子的渴望,她们故作姿态,香肩外露,在夕阳下像捕鱼篓里的鱼般呈粉色并闪闪发光。在家内场所里,在合拢的空间里,在食物旁边,常常借这些食物来满足对

---

① 《斯万》,第一部,第298页。

女性身体的贪婪色欲。通过贡布雷的美味芦笋，即众多味觉色情幻想的主角，马塞尔向我们表明他借此享用某位莎士比亚剧中的少女的肉体。而在英国山楂花的辅助下，弄烂浇在干奶酪上的草莓映出了凡德伊小姐(Mlle Vinteuil)那光滑的红脸颊。

相较肉感较强的字眼，饮食用语同时取代了隐喻和换喻的修辞法：它时而近义表达，时而同义代用，常常两样同时进行。亲吻阿尔贝蒂娜(Albertine)的脸颊或食用这脸颊，两者并无实质区别。相反地，坐在吉尔贝特边上，跟她一起吃着她的东方风味蛋糕，她把它弄碎了递给您，这相当于间接地、但经由她本人同意地、合情合理地占有了她。叙述者后来象征性地享用了巴尔贝克的少女们，群欢盛宴又逐个细尝，跟她们围坐一起吃着他为她们准备的点心：她们吃着三明治，他则吃着乡村奶油水果塔。茶与吉尔贝特、阿尔贝蒂娜与叫卖小食或易化的冰糕等类似联系的重复出现让我们将性和营养两种感官享受在同一笔调下结合。由此可见，享用美食与施展肉欲具有同等效用。

食物：过剩还是匮乏？

首先，这些特质里首要的、最明显的便是量大、丰富。普鲁斯特笔下餐宴众多，还有全餐。其中不少都是以完整的用餐过程或步骤来呈现或再现。因为在就餐前，人物会进行漫长的幻想，花很长时间想象等待他们的食物。这便是预先享用的乐趣，饥饿者在走向封闭、明亮、受保护、有美食静候的用餐地点时常常体会这种乐趣。例如,晚间在斯万家那边散步的叙述者在一个既是感官又是心理层面的反射游戏影响下,从夕阳的余晖回到了呼唤他的"红色炉火",这团"烤鸡的红色炉火,这烤鸡给'他'带来的,是继散步富有诗意的乐趣之后的美食乐趣,以及暖和和休息的乐趣①"。因此这又一次印证了食物与内心情感结合而带来的安全感:在这里,吃前接触食物相当于提前到达根源的地方、温暖的港湾、母亲的怀抱。同样地,在巴黎,应邀而来在街头等待进入斯万家吃午餐的马塞尔品尝着晴天、寒冷以及如同冷盘般的锃锃亮光,亦或者如普鲁斯特所说,"如同奶油炖蛋的前奏,如同在斯万夫人住宅这座神秘小教堂的饰面上添加的古色、玫瑰红和透明淡色,而小教堂内却完全相反,是如此温暖、芳香,摆满鲜花②"。芳香、鲜花、气味就着想象出来的炖蛋构成了一片饱含深情、令人向往的真正的星云。在此,通过如此多样的食色相润,贪恋美食的意识最终瞄向的是**内部**空间本身。

随后,当这种融入实现时(我们不久就会看到它是如何实现的),当这块客观的私人空间被渗透并同化,即完全适应进食行为,就到了最终的紧要关头。这便是享受**消化**的过程,食物,不如说是已食入之物,在这个时候落入肌体内部,在那里缓缓滤动,转化为肉体本身。这种惯性的物质变化存在于生命里,在**我**的生命里被吞食、被消化,对身体来说这是力量的注入,是健康

---

① 《斯万》,第一部,第 133 页。
② 《少女》,第一部,第 526 页。

的恢复。因此,在这个世界里的东西汇入我并将其力量注入我体内的关键时刻,活动暂停、半麻痹状态事实上只是注意力回到体内空间的标志,仅仅意味着意识成了纯肉体的反映。消化带来的这种普通却深切的愉悦感在《追忆》里表现含蓄,而在早期创作、更接近童年经历的《让·桑德伊》的众多片段中则显现得更逼真更露骨,可以说是百无禁忌。因为"饱餐后,有一段停滞的、充满甜蜜、智慧、能量的时间,这时候,无所事事带给我们一种生活圆满的感觉,而举手之力都会让我们觉得难以承受①"。

这种圆满的感觉对应一种物体的丰富性。在普鲁斯特笔下,想象力倾向于增加食物、积累食物,常常远远超出真实情况,变成饕餮盛宴。回想一下在东锡埃尔饭店里的群餐积宴,或者弗朗索瓦丝厨下几乎无穷尽的菜谱。这种阜丰的食物在贡布雷有聚集的地方,即弗朗索瓦丝的厨房工作间,那里铺着又红又亮的地砖,就像"一间维纳斯的小神庙"——我们注意到这个烹饪和情色结合的新形象——就是通过这个地方并根据某种惯常的向性(从自然到文化的过渡),食物外显的所有富足感都向家里汇聚进来:"这后间里放满了乳制品商人、水果商和蔬菜女商贩送来的祭品,有时他们来自相当遥远的小村庄,来给她献上他们田里出产的时鲜货。后间的屋顶上,总是传来一只鸽子的咕咕叫声②。"鸽子通过它的啭鸣和飞翔使这堆原本极为庸俗的餐

---

① 《让》,第 286 页。
② 《斯万》,第一部,第 72 页。

食变得格外崇高。然而,食物在这里还是太多了,过剩了。人们的肚子总是被填得满满,饱饭餍食。没有真的缺什么:想要的东西就这么唾手可得,毫不费力地被送入口中。人们在这里被真实的东西支撑、满足。这便是弗朗索瓦丝在那首既悲伤又激昂的美妙赞歌中要颂扬的优点,在巴黎唱的这首赞歌献给已仙逝却如古老的丰收女神般永存的贡布雷女主人:

> 是的,在奥克塔夫夫人(Mme Octave)家。啊!她是个圣女,孩子们,她家里总是有东西招待你们,而且是好东西,你们可以说这女人心肠好,她不会怜惜小山鹑和野鸡,什么都不会怜惜,你们可以五六个人一起去她家吃晚饭,肉是不会没有的,而且是上等货,还有白葡萄酒、红葡萄酒,什么都有。……啊!我可以对你们说,客人离开她家时都没有饿着肚子。本堂神甫先生对我们说过许多次,如果有个女人能有希望来到仁慈的上帝身旁,这女人肯定是她。可怜的太太,我现在还好像听到她细声细气地对我说:"弗朗索瓦丝,您知道,我现在吃不下饭,但我希望大家都能吃上好的饭菜,就像我能吃饭时一样好[1]。"

通过食物的供给,这两段文字给人致敬的印象,甚至还显示了某种神圣的存在:这里是基督教式,那里是异教式。而最令人

---

[1] 《盖尔芒特》,第二部,第 26 页。

费解的便是莱奥妮的矛盾境况。身为所有食物的分发者,她自己却不吃,也不在这个充满散步之乐的贡布雷走动。她消化困难,甚至单靠饮用椴花茶或蛋白酶这些非食物维生,用弗朗索瓦丝的话就是她的体重与"一盒樱桃"相差无几。因此,她在大众享用美食之乐中悄悄抠出了一块节俭空间,节制而生硬的地带。就这样,因她的缘故,食物滋养的丰富体验在这片空间里就像被一种空缺支配着,建立在一种中心陷缺上。也许为了让其他人进食而确实需要设立这么一个掌控大家享乐的弃食者。如何理解这种矛盾,或者说是普鲁斯特在影射作家本人面对一个感性而惬意的世界时的自身处境吗?因为作家只有在脱离、接受失去这个世界,也就是说同意将其转化为符号、文字为前提,才能拥有或重建这个世界。因此,莱奥妮象征着小说家普鲁斯特,并是他的讽喻画像,作家本人在《女囚》中对此也有所暗示。阿尔贝蒂娜后来喜欢将窗下的"叫卖小食"转化为真正被端上餐桌的食物——食字女成了食物女[1]——,莱奥妮与作家普鲁斯特,还有《追忆》的叙述者则恰恰相反,他们将我们带入享用化为词句

---

[1] 也许应该说得委婉一些,甚至推翻这条插注,因为对于阿尔贝蒂娜来说,最重要的是变化的事实,即一种所感到另一种所感的表达转变:"在叫卖的食品当中,我所喜欢的,是那种东西听上去就像是吟诵的古希腊史诗,可一到了餐桌便改变了性质,作用于我的味觉器官上了"(《女囚》,第三部,第129页)。因此,吃着固体食物,也是她享受叫卖声的某种方式;她通过食物品尝声音的回响,那是食物名称的具体标记。我们几乎可以说阿尔贝蒂娜吃着文字,吃食物-字,或者吃字-食物。因此,莱奥妮与阿尔贝蒂娜也许象征着两个互补、对立的写作形象:前者用语言符号脱世、戒除感性;后者食用这符号本身的有形实体、感性体验。

之物的乐趣中。事实上，我们在此提到的所有食物都不过是纸上之谈：除了提到它们的语句，它们不存在于任何地方。然而，需要补充一下，它们的美味依靠这份书稿，在这段与现时的距离间，通过文学制造的这种偏离被臆造出来。

除了食量的满足，现在需要看看这种美味是如何构成、由哪些成分组成的。普式美食有哪些必备品质？不过，这种理想食物的首要特质似乎还是硬度和稠度。在接下来几页里，我们将根据来自物质想象的两条线路来探索它并找到平衡点：一条线路从硬到软，一条线路对比均匀和间断。

食物：硬还是软？

为了能放在嘴里，为了在那里被感尝从而可能带来享受，食物首先必须足够坚实，但为了便于口腔里的消化工作，它也得足够柔软。同时，它还得在那里停留并消失。若太硬，则会影响口感，甚至妨碍吞咽：就如这块诺曼底饼，象征那位在维尔迪兰家做客的年轻的康布勒梅夫人（Mme Cambremer），"硬得像一块鹅卵石"，令"老主顾们一个个都下不了牙齿①"。注意，叙述者不日前曾遇到同一人物，在巴尔贝克的平台上，如同某种"易溶可口的东西"：这种对比巧妙地揭示了一条食物安排的意义原则。因为面对干燥坚硬，过度相反的质地并不会更适口：它有流

---

① 《索娥》，第二部，第 915 页。

动的缺点,这甚至会溶解并冲走可食用的定义。《追忆》里的一个著名片段将这两个极端的特质并放在同一物体上,确实,较味觉品尝性来说,它更可触或可视。从被普鲁斯特称为交替法的角度来看,我们在这里看到两个相同的东西放在一起,它们可能互为其他,甚至相反,它们共有一种独特的感官品质,即透明,根据硬稠度的两种相反形式互相脱离又靠拢。那便是维冯纳(Vivonne)河里的长颈大肚玻璃瓶,被贡布雷的孩子们放入河里,却通体流遍了同样的河水,并且它……

里面装满了河水,又被河水团团围住,既是瓶壁透明如凝固之水的"容器",又是沉入一个由流动的液体水晶制成的更大的容器之中的"内盛物",这样就展现出清凉的形象,比这些玻璃瓶放在上了菜的餐桌上时展现的形象更加美妙和撩人,因为在餐桌上,这清凉的形象只是在倒水时水和玻璃之间的不断交替中展现出来,水是液体,手无法将其捕捉,玻璃是固体,嘴无法将其品尝[1]。

这是一个极其封闭、僵硬的水晶质玻璃体与一股极其轻快、飞泻的液体流质间的对话。在这里,水在幻想中以可触碰的形式且具有跟热量有关的清凉特质(我们在下文会再次提到这个优点)呈现,它的净澈依据硬稠度的两个对立极端而被物化,从而疾速

---

[1] 《斯万》,第一部,第168页。

摆脱被抓擒的命运。结果便是双重落空,而不是单纯享乐①。

怎样避免如此令人不快的结局呢?那需要探究并实际接触固体或液体的硬稠状态,保留并增添它们的长处,进而消除它们的不足。混合态中,物质可能会多态呈现,既可吸收又待磨砺,既坚固结实又易于消化:归并与维系的双重场所。

那么,这就是柔嫩(tendresse),书中所有为人所爱的美食都具备的优点:蛋糕、芦笋、肉类,其中包括德·诺普瓦先生(M. de Norpois)盘中著名的胡萝卜焖牛肉,甚至是弗朗索瓦丝手下的烤鸡,"这鸡只有她一人烤得好,她的名声随着烤鸡的香味传到贡布雷的四面八方。烤鸡被她端到我们桌上,显现出我特地

---

① 就同一物体,可以想象其他的可能性。在这种混杂着透明度和硬稠度的组合中,我们可以不再以固体物质为主导,它变化到最后便是透明物的分裂,而只将一个透明的统一体放在它之上:如此一来,与透明相比,硬稠度范畴内的各种软硬对立又会像可互相吸收的浓度、色调差别那般呈现。

这是选自《驳圣伯夫》的这篇文章所展现的初步状态,它更为简短。相同的瓶子在里面给出"一个清凉的双重想法,因为它们不但盛着水,就像放在桌面上令水显得晶莹剔透,并且它们被盛放在水里,从而获得某种流动性"(第71页)。两种软硬度截然相反的物质不再要分开或是互相填满,它们在此具备了渗透性:水结成晶体,水晶质开始流动。因此,同一种物质产生了别样的享受。

与《追忆》里传递出的悲观情绪不同,这种乐观精神源自异于容器/内盛物关系的想象处理。这种关系放在《斯万》里像是一种悖论,一种晕眩效果(并且隐约与所有关于容含、包裹、展开等繁多普鲁斯特常用的主题集相连),在《驳圣伯夫》里却起了控制透明的作用。的确,普鲁斯特在这里含蓄地定下规则,即一切容器都能,至少从感知角度可以,影响其内盛物。因此,既然瓶子的玻璃使装在其内的水晶体化,那么它自己也被装着它的河水液化了。互相渗透,或者说得高深一点,易化状态,这之后便是不幸的分离状态,或者至少,关系不变,通过交替法,加剧、使这个状态更形象。

18

勾勒的她品格中温柔的一面,这鸡肉给她烤得又亮又嫩,其香味在我看来是她一种美德的芳香①"。因此,柔嫩建立在**温柔**(dou-ceur)之上(这种品质在普鲁斯特的神话里尤为重要:例如我们可以回想下贝戈特[Bergotte]的风格),并且自然而然地延伸到敏锐的嗅觉层面,随后在精神层面大肆扩张⋯⋯柔嫩使我们想到某种渗透状态,后者并不意味着物质的破灭,恰恰相反,这表示它接纳迎来之物,并向其深入开放。这种**柔嫩**在弗朗索瓦丝的烤鸡肉里常常与稠腻(onctueux)联系在一起,后者带给它一丝均质性、内在连贯性。在物质的厚度面上抹油,油渗透其无形的、均匀无别的质层,由此使物质变得柔软、滑溜,成为贪吃者或美食家梦寐以求的盘中餐。稠腻的主要特征是**油脂**(gras),那它自然面临着滑脱的风险,即使口感极佳:例如,在贡布雷教堂的彩绘玻璃窗上,以斯贴(Esther)的画像用了亮色融合:"淡淡的红色"在嘴上,"超出了勾画嘴唇的线条,她连衣裙上的黄色,涂抹得十分稠腻、浓厚,使裙子显得坚实,其边缘跟周围相比显得色彩鲜艳②"。而涂抹得稠腻竟也能抵抗**油质**(huileux)那易于脱落的不定性,留住半固体半液体、最怡口的食物形式:黄油,偶尔稳固,高亢,状如不可思议地拔地而起的教堂塔楼(库汤斯[Coutance]这个词"末尾的二合元音沉油而又发黄,给教堂饰以黄油塔楼③"),白奶酪(例如叙述者喜欢把草莓捣在里面的那种),鸡蛋,还有奶油,尤其是

---

① 《斯万》,第一部,第 121 页。

② 《斯万》,第一部,第 61 页。

③ 《斯万》,第一部,第 389 页。

众多奶油制品中，受父亲称道、由弗朗索瓦丝为他特别准备的这道丝滑、神秘、既轻薄又浓厚的佳肴：巧克力奶油①。

其他相近的品质会使这片均质的星云突显微妙的差别。例如，柔嫩的近义词柔软（moelleux）明显比它更具触感，更多地指向受力方的厚度，及其几乎有弹性的包裹层（可弯曲但不会如松软 [flasque] 之质一般松断、也不会粘住的支撑面）。如此一来，在这片绿色景观中，柔软与层峦叠嶂、积岩淀石之形联系在一起：

> 我们首先穿过了多维尔（Doville）。翠草茂密的山丘顺势而下，延伸至海边，形成一片辽阔的牧场，空气湿润，饱含盐分，给牧场带来浓重感，绵软的牧草，长势茂盛，色彩纷呈，强烈而鲜艳②。

产生双重柔软感的海水与牧草在此聚集，我们可以看到，这两堆不同物质的汇集从内部得到了支撑，像是被盐欢快地搅动

---

① 抹油这个动作总是或多或少带点被动性：它有待人们去拿取，需要在它所在之处即刻品尝。然而，在某些特定意义的食物中，柔嫩却能充满积极性。某些糕点（千层酥），或某些菜肴，例如蛋奶酥（弗朗索瓦丝的奶油蛋奶酥，或者受诺普瓦赞扬的舒芙蕾，他还一脸忧伤地告诉德·维尔帕里齐夫人 [Mme de Villeparisis] 该食谱想必已经遗失），里面的稠腻物质神奇地跃起，涌向食客的嘴里。烘烤的烹饪法在此不仅使物体变软，还使它们鼓起，即空气进入面皮后胀大；这使物体内部产生推力。莱奥妮卧室的"香味蛋糕"便是一个例子，它"鼓胀，起皱，分层"，"像一只毛线鞋"般"发酵"，欣然自得地变长变圆。这种质地轻巧而蓬松的食物，蓬勃展现，顶端弯曲，它加入到欢乐的鼓胀系列（被风鼓满的帆、枕头、穹顶、苹果，特别还有脸颊、乳房等，参见中译本第 104 页）。

② 《索蛾》，第二部，第 895 页。

20

着。然而，柔软中也可以添加甜味，转化为**蜜甜**(mielleux)：在此可说是过分甘甜如蜜，但足以喻表众多诱人的物体或生灵。例如东锡埃尔的薄雾，"像棉花糖那样黏稠、柔软①"；或是康布勒梅少夫人，公认的秀色可餐，像"一块蜜汁大蛋糕"任由"采集蜜糖②"。最坚硬的物质在这罐蜜里都会茫茫然地缴械沦陷。例如，贡布雷教堂的墓石经受了岁月的洗礼："本身也不再是惰性、坚硬的物质，因为时间已使它们变得柔软，并使它们方正的边缘上流出蜂蜜般的液体，这里的金黄色边缘如水流般冒了出来，冲走一个哥特式花体大写字母，淹没了大理石上的白色堇菜花③……"墓石缓慢地液化，宛如死亡本身从这葬身之地幸福地溢出来，这个过程让人想到某种软化。

而这块变为蜜汁的岩石使我们跳出了常日里对静止混合体的描写：我们借着它接触到稠厚度相异的结合体，它们会引发对转变过程的想象，即时间的作用。平衡的想法在此显得不如变形的意愿强烈；人们会幻想硬物**变为**流质的形象，以及反向变化的形象；并尽情享受这种双向渐变的每时每刻，或是各形各态。

关于被硬化或可硬化的流动性方面，我们在研究景观的物质性时会遇到各式各样的情况。食物领域的例子比较少，当然，除了幻想奶油、黄油、奶酪，它们如同一道缓慢的增厚工

---

① 《盖尔芒特》，第二部，第 390 页。
② 《索蛾》，第二部，第 811 页。
③ 《斯万》，第一部，第 59 页。

序中的相连站点,而这道工序的起点便是乳脂的液态流动性①。然而,有一种由液体凝固产生的食物,经普鲁斯特烹饪带来显而易见的餍足感(随后该作用通过隐喻的修辞法扩至所有非营养类物品):它就是**胶冻**(gelée)。它携带着一种原始的柔软,但没有像浸入维冯纳河水里的玻璃瓶效应般凝结成坚硬的晶体。在它实际呈现的固态中,它保持弹性,微微抖动,既坚定又诱人,几乎像有了生命。散漫流滚的汁液似乎偶尔还会在它身上停留却不堆挤。例如,我们在莱奥妮的卧房里看到胶冻在她的引导下汇集了一整块乡村瑰宝:"⋯⋯放进柜子的果冻,是用一年中在果园里长出的各种水果精制而成,变得透明、味美②。"胶冻将在这里聚集,并半透明化;它连通了外部和内部、植物空间和家内世界,穿梭自如,另外还有现在和未来,因为它预见了未来的舌尖之旅。此外,那时,这只能通过**烧煮**的考验、穿套、冷却结冻才能实现:物体缓慢变形,这也是弗朗索瓦丝为诺普瓦先生准备的那道著名的冻汁牛肉大获成功的原因,牛肉"被我家厨房里的米开朗基罗摆在了晶体般的巨大肉冻之上,肉冻酷似一块块透明的石英③"。在此,肉

---

① 我们知道年轻的送奶女工在马塞尔的色情梦里扮演的角色:这些是永远唾手可得的性物,有的用来迎取爱抚,有的则更诡异,用来传递信息。她们平凡普通,无名无姓,承受着这份职业带来的追根溯源的所有粗俗欲望。同样的力比多在同性爱的篇章里也有发挥。例如,请读这个代表同性恋者的"幻想之书"的片段(《索娥》,第二部,第625页):"早上,他要求在厨房亲自从送牛奶的小伙计手中接过新鲜奶油。"

② 《斯万》,第一部,第49页。

③ 《斯万》,第一部,第438页。

冻在牛肉上结晶,同时净化它,那原本只是一盆松沓的肉汁。然而,这种嬗变必需在炉窑里经过长时间的猛火烧制才能实现。

反向的变化,即从坚硬的初始状态转变为一种越来越软并逐渐流动的柔嫩质态,这种变化使美食之梦更加丰富多彩:因为普鲁斯特在其声色世界里从不直接着手性感的对象,而总是喜欢让自己慢慢被它占据、渗透,而反向变化就支撑着某种名副其实的食物寂静主义幻想。普鲁斯特常常喜欢这样象征性地将一样食物与一件硬物结合,后者通常厚实笨重,偶尔甚至直直竖起(如阳具般),目的仅是通过食用来填补这些兴奋亢进的形态或这些坚不可摧的物质中的美味缺陷。因此,协和广场(Concorde)的方尖碑成了牛轧糖,或者弗朗索瓦丝的"耐约克(Nev' York)"火腿被假装认作成一块"粉色大理石"。亦或者贡布雷教堂那口惊人的大笨钟,菲利普·勒热纳(Philippe Lejeune)[①]在一篇文章中清楚地记录了它的诱人本质,其"镀金"、"烧煮"的质感,与"乳液流动——奶或精液"的样子结合在了一起。

然而,固体的食物若要被真正品尝,那似乎从一开始就得放弃自身的完整性。比如,小玛德莱娜(petite madeleine)蛋糕只有变成碎屑、半化在马塞尔起先将它浸碎的茶或椴花茶里,才能激起上颚的触感,打开记忆之门:正是这种碎散本身最终引起了

---

① 《欧洲》(*Europe*)(杂志),1971 年 2 月,第 129 页。菲利普·勒热纳(1938—),法国散文家、社会学家,著名的自传研究专家。

回忆。让我们再来看看吉尔贝特递给她年轻爱慕者的那块如此有趣的蛋糕。这只蛋糕也被砌成了城堡的形状,只有在经受名副其实的攻击并被吉尔贝特用刀拆分成块时,它才得以被食用;吃的时候,需要"等吉尔贝特异想天开,把它顶上的巧克力雉堞取下,拆除其淡黄褐色的陡峭壁垒,这些壁垒出自烤炉,犹如大流士宫殿中的棱堡是用焙烧过的材料建成①"。因此,这种"将尼尼微②般的蛋糕摧毁"的行为在此像一个餍足所必需的先决条件。如何理解这个显而易见的色情行为?这里应有那种将坚硬之物打破、使其崩坍并软化的快感。也许还有更清晰的幻景:少年的献身,转移到了食物上的轻微的施虐淫,以及通过角色互换、普鲁斯特总是默默幻想在诱人胴体上施展的动作:进攻和玷污③。

_____

① 《斯万》,第一部,第507页。

② 西亚古城,是早期亚述、中期亚述的重镇和亚述帝国都城,其址位于现在伊拉克的北部尼尼微省,底格里斯河的东岸。——译注

③ 在我们看来,普鲁斯特的食物带来的满足感在某些方面与其无害性有关。它满足口欲,似乎不受任何限制,在欲望面前能够随意、大量涌现,合情合理。这使它将原先被禁止的快感转移到自己身上,或者掩饰它们(例如见下文阿尔贝蒂娜和她的冰淇淋)。然而,吉尔贝特对尼尼微蛋糕的半施虐举动与这个说法略有出入。因为任何食物,作为人类发展和培植耕种的产物,只有通过一个进攻的原始动作,甚至遭遇必将影响其意义和未来的毁形(去势)之为,才能存在。有代表性的当然是被弗朗索瓦丝拧脖子的鸡("该死的畜生"),这只动物开启了萦绕在《追忆》里的关于割喉和肉刑的长篇叙述。

一番对弗朗索瓦丝本人角色的分析将给食(在莱奥妮这边,她展现了养母的形象;她甚至更是烹饪厨子、柴火老大、锅盆炉灶的女主人)和压制(施虐或阉割)这两种职能相结合。普鲁斯特多次强调她的冷漠或不可靠的感觉(她对即将在战争中殉难的年轻战士表示喜剧般的哀悼⋯⋯)。在巴黎时,她讨厌(转下页注)

然而,这种满足感在享受熔(融)化①的物体时达到顶峰,尤其如为阿尔贝蒂娜专属的冰淇淋和冰糕。无须食者主动,它们就会发生软化,另外,这个过程是持续并自发的,并附带一种格外怡人的感观体验,那就是**凉爽**(fraîcheur)之美。它把我们带回到一个缓解、冲灌、深度修整的理想幻境里。融化物先以一种令人放心的坚固品种被端上来,它使重现安宁和青春的空间里的湿润感在我们身上一点一点地滑过。阿尔贝蒂娜以一段带有巴洛克风格过度夸张(普鲁斯特想要这种效果故如此表达,就像他只有通过滑稽的自我模仿以及嘲讽的写作手法、与作家本身保持双重距离的写作手法才能表达如此强烈的快乐)的叙述,向美味的冰淇淋世界表以祝辞,我们应当重温这段话。这些冰淇淋,其滋味与我们上文分析的味道一致,它们的外形如石头建筑物,宏伟矗立。因此,可以想象,融化使它们的硬稠度从数轴的

(接上页注)阿尔贝蒂娜(格外强迫性地辱骂她,把她骂成小贱人),甚至到了巴尔贝克,她也不会赞同那些在悬崖顶上成群结队的野餐活动。当叙述者让她"做些夹柴郡干酪和生菜的三明治并购买奶油水果馅饼"以便在"吃下午点心时在悬崖上跟这些姑娘一起吃"时,她提出了反对,"弗朗索瓦丝却说,她们如果私心不是这样重,本来可以轮流去买这些食品"(《少女》,第一部,第897页)。诚然,这种吝啬的品质来自乡巴佬的贪婪,是弗朗索瓦丝人物的构成部分。但是,它也显示了在普鲁斯特作品中尤为重要的一种关系,即性爱与金钱关系(该关系可通过肛恋的描述而加以阐释,就如《追忆》中某些重要场景明确展示的那样:例如年迈的侯爵夫人请人"免费使用"香榭丽舍大街上的厕所)。在巴尔贝克的旅馆,当马塞尔跑向阿尔贝蒂娜的房间时,后者殷勤相邀后在房内等待(至少他是这么认为的),他在途中动作幅度较大,差点儿撞倒弗朗索瓦丝。

　　① 原文在这里用的是"fondant",有溶解、熔化、融化的意思。根据上下文,应为后两种意思。——译注

一端移到了另一端:从最坚硬的岩石化为最稀柔的鲜奶油——还有潺潺起伏的心情,鲜奶油即刻化为这种愉悦:

> 我的上帝,在丽兹饭店(Hôtel Ritz),我真担心您找不到旺多姆(Vendôme)圆柱形的巧克力或覆盆子冰淇淋,可要想在纪念凉爽的幽径上竖起如同还愿的圆柱或塔门,得有很多这样的冰淇淋才行。他们也制作一些覆盆子方尖碑,这些逐个树立在我那焦渴的滚烫沙漠之中的覆盆子方尖碑被我用来融化我喉咙里面的粉红色花岗岩,它们比沙漠绿洲更加解渴①······

生津止渴,浸浴在冰淇淋融化后流淌的奶油里,后者几乎强烈颤抖着渗入肉体深处:"是啊,所有这些建筑从它们石头做的地方来到我的胸中,它们融化时带来的凉爽已经在我的胸中激荡。②"字母 p、t、f 的头韵手法③在这里帮助完成了幻想中的蜕变,从岩石般最坚硬、最无生命的静物转变为最鲜活且最柔软的

---

① 《女囚》,第三部,第 130 页。
② 此处引文与原著有出入,经参考原著与中文译本,选择此译文版本。原文引用为:"Oui, tous ces moments passeront de la glace de pierre dans ma poitrine où leur fraîcheur fondante palpite déjà.",译成中文应是:"是啊,所有这些时光从它们石头做的冰淇淋来到我的胸中,它们融化时带来的凉爽已经在我的胸中激荡"。——译注
③ 引用原文为:"Oui, *tous* ces monuments *p*asseront de la *p*lace de *p*ierre dans ma *p*oitrine où leur *f*raîcheur *f*ondante palpite déjà."——译注

活物:女性的肌肤。此外,请注意,这一片肌肤所在的肉体能引起任何令人心满意足的幻想:因为这片"胸"最初所具有的助消化功能通过人体各部位各器官间的牵连影响而增添了呼吸带来的快乐(吸入凉爽)、性感充盈的迷醉甚至还增强了心脏跳动的节奏("心跳")……相应地,这片肌肤只需接受被这种生命力喷涌波及的影响和乐趣,这种激烈的体液溅射在普鲁斯特笔下总是带着性感甚至下流的特点:笑:"……话音刚落,响起了深不可测的笑声,也许是为说得如此巧妙而感到满意,也许是嘲笑自己用如此连贯的形象比喻进行表述,也许是凭借肉体快感觉察到自己身上具有某种如此优美,如此清新,导致她产生相当于一种享受的东西,真可惜①!"

---

① 阿尔贝蒂娜的这种享受里可以轻而易举地找到所有口交场景的构成成分,同吉尔贝特处理蛋糕的一幕一样,它也具有非常强烈的施虐淫色彩。她在品尝的同时伴有破坏,不仅是对冰淇淋,还不可思议地将想象中置于此处的各类人物一一毁坏。冰糕/建筑物、或冰糕/山峰的隐喻带来了一个硬与软的变化游戏,以及种类大小的颠倒(这也是令普鲁斯特着迷的地方)。因此,吮吸冰淇淋会演变成杀戮。"冰淇淋不大也无妨,要是半块也没有关系,因为这些柠檬冰淇淋是按等量缩小的山峰,想象可以恢复其比例,就像那些日本矮态树木,在人们的感觉中,仍然是正常的雪松、橡树、芒齐涅拉树,所以,如果在我的卧室中摆上几株沿着小沟生长的矮树,我就会拥有一片沿河伸展的广阔的森林,孩子们会在这片森林里迷失方向。"在孩子们的这种(影响身心健康的)迷失中,以及整个关于阿尔贝蒂娜的冰淇淋部分里,我们会找到菲利普·勒热纳非常精辟的评论观点(前揭)。而阿尔贝蒂娜回到她的冰淇淋上:"同样,在我那半块黄兮兮的柠檬冰淇淋底部,我清楚地看到了一些驿站马车夫,旅行者,驿站的椅子,我的舌头正在那上面舔着,以引起冰的坍塌,将他们和椅子吞没。(她说话时夹带的那种残忍的享受感引起了我的嫉妒)同样,她补充道,我正在用我的嘴唇一层一层地摧毁这些用草莓做斑岩的维也纳教堂,让我可能避开的东西砸落在那些信徒(转下页注)

凉爽在这里被阿尔贝蒂娜如此彻底地汲取,可能需要更全面地将各类欣快成分从这种凉爽的本质里抽离。我们首先看到滴式注入的特性,该特性使它能极其紧密并自发地附着在我们身体的最隐秘之处。例如,苹果酒,的的确确带有更鲜活的清爽,因为相较冰糕的凉爽更富含气泡(充满气体,气泡如鱼贯般纷纷上涌,与凡德伊小姐钟爱的矿泉水中的景象如出一辙),它紧紧地贴在黏膜上:"……确实如此'清凉'以至于它流经时贴满喉咙壁,结成一张完整的、冰凉的、芬芳的粘附体①……"

而在融化的凉爽里还有一种时间的幻力,能将我们带回到一个原始的维度,虽只是幻想,但依然浸淫着情欲。清凉,更是新鲜的,灌入我们体内的新鲜,使我们重整一新。我们在某些饮料,或者某些亲吻中找到这种返老还童之物。因为在这里喝的动作与拥抱的动作还挺相像;时而竞争,时而结合。例如,一天晚上,在盖尔芒特家,马塞尔为了解渴,自问是否喝一杯橘子水还是享用阿尔贝蒂娜更好些,他似乎更倾向第一种("除了少女

(接上页注)身上"(《女囚》,第三部,第 130 页)。食人女妖(吮吸式,而不是啃咬式)的幻想。还有遵循物质固有逻辑的施虐-受虐场景:陷落,坍塌,崩溃。

　　食物与性爱的联系就在此公布于世了。我们在上述引文后面的那段话里又找到它,但它已经有所改变,有所掩饰,并且在后一段话里,凉爽的同一残酷本质不再与冰淇淋相关,而是与它的一种代用品挂钩,即矿泉水("在蒙茹万[Montjouvain],凡德伊小姐家附近没有好的制作冰淇淋的师傅,但是我们在花园里玩我们的环法自行车赛,每天喝一种矿泉汽水……"《女囚》,第三部,第131 页),通过凡德伊小姐这一人物的牵引,矿泉水与女子同性恋这永恒的话题建立联系。

　　① 《驳》,第 86 页。

的吻,它[我的欲望]还更渴望喝杯橘子饮料,游个泳,或者静静观赏那轮替天解渴的明月,月亮像只剥净的水果,鲜汁欲滴①"),最终选择把两件事都做了:

> 我问阿尔贝蒂娜是否想喝点什么。"我似乎在这儿看到了橘子和水,这美妙极了。"她对我说。经她这么一说,我竟能从她的亲吻中品尝到了清凉,觉得比在盖尔芒特亲王夫人府上接吻更为凉爽。我喝着汲着,那挤入水中的橘汁仿佛向我奉献出她那成熟的隐秘的生命,对人体的某种状态产生了妙不可言的作用,身体已归属于一个迥然不同的世界,弄得我浑身酥软失却了活力,不过反过来,为我提供了浇花灌草的戏法,通过这种种戏法,可以对身体有利,因为水果已经为我的感觉,而不是为我的理智揭开了百般奥秘②。

绝妙地分析了多汁(juteux)这种易溶于口的果味形式的魅力。凉爽感在这里显得更强烈,也更自然:它分散或稀疏地喷洒而出,水果榨汁、果肉压浆溅射出的清凉浇灌在整片渴求水分的肌肤上③。这种口渴感的缓解程度与可支配的时间长度相关:不

---

① 《索蛾》,第二部,第 645 页。
② 《索蛾》,第二部,第 738 页。
③ 这种灌溉,此处指内部,应放入更全面谈论浇灌,或者,也许是被水浇的女人的系列里。详见下文,中译本第 118—120 页。

仅仅是融化的迷人过程,还有远在那之前的,融化物的诞生之期。果汁被一滴一滴地享用,它使我们在这缓慢的品尝过程中深思果子随着时间生长的过程,就像思考其味道不为人知的形成之源。矛盾的是,这里的凉爽感不能真正地与源头挂钩,因为它出现在果实成熟之后,这就与刚才说的追本溯源完全相反了。然而,实际上果实的成熟在这里与返老还童之术并无冲突。恰恰相反。果味凉爽带来的不是一个特定的开端,而是一个周而复始的开始动作,一个不断往复的延绵动作,普鲁斯特就是喜欢在创作时在所有大自然的非凡之物里探寻这种延绵:大海、鲜花、少女。那么,根源,大概仅仅是时间本身的缓缓滑动,它从一个开端滑到另一个开端,使我们能准确无误地辨别出是清新凉爽还是成熟欲滴①。

———————————

① 有必要将果汁那清凉且有时间作用的无害性与酒精那令人眩晕、瞬时发作且凶险的威力相比较:在整部《追忆》里,酒精是种具有深度诱惑力并受到严厉谴责的东西。被普鲁斯特认作是家里唯一"粗俗"的人物姑婆就是在贡布雷通过让外公喝酒来虐待折磨外婆的。此外,热拉尔·热奈特(Gérard Genette)还指出了这一动机的迁移作用,文中紧接着发生的便是在散发着蓝蝴蝶花香味的小房间里独自淫乐的一幕:压抑从那里移到了这里,我们也进一步了解了外婆(母亲)哭泣的原因。参见《辞格三集》(*Figures III*),巴黎,瑟伊出版社,1972 年,第59 页。为巴黎-巴尔贝克火车上的醉酒一幕哭泣的还是外婆:然而给马塞尔买酒以缓解其哮喘发作之痛的也是她。面对晚辈的禁忌之欲,女性长辈的同谋/谴责行为令人匪夷所思。

在里弗贝尔,酒精带来的兴奋还不幸地与体表的主题集(饭店邻桌美人的香肩、皮肤)、消逝瞬间的动机以及送上门、开放的性爱(出卖肉体,甚至拉客)动机——简言之即全肉体的露骨动机——联系在一起。这种联系甚至存在于演奏的乐曲里:"因为每个动机都像一个女人那样特殊,却不像女人那样把某个幸运男子掌握的肉欲秘密留给他一个人享用;每个动机都向我推荐这个(**转下页注**)

食物：断开还是连接？

　　直到现在，我们都没有离开均质场。柔嫩、溶化、柔软、稠腻、多汁、清凉，从所有这些常常联系在一起的品质（例如，阿尔贝蒂娜喜爱的"鲜嫩的青豆"，"细嫩细嫩的，再淋上酸醋沙司：简直不像是吃的青豆，新鲜得好似露水[①]"）中，我们归并出一个特质：光滑，连贯。毫无疑问，普鲁斯特不喜欢撕碎的东西，也不喜欢导致撕碎的东西；同样地，他拒绝尖酸、粗糙、还有脆性的物质。例如，最具代表性的便是小玛德莱娜在小说里的诞生：我们看到它来自那些烤面包或干面包片，在《驳圣伯夫》中，祖父在周日把这些面包拿给前来拜访的小外孙吃。而这块烤面包因其松脆的硬度、粗糙干硬的口感而无法符合感官要求，以及，普氏借此对精神世界的追求。因此，综合数种原因（在上文援引菲利普·勒热纳发表于《欧洲》的文章中，

（接上页注）秘密，觑觎着我，迈着多变而淫荡的步伐朝我走来，上前跟我搭讪，抚摸我，仿佛我突然间变得更加迷人、更加有力或更加富裕；我感到这些乐曲有点冷酷无情；这是因为美的无私感情，智力的反映，它们都一无所知；在它们看来，只存在肉体的快乐。"（《少女》，第一部，第 812 页）然而，这些被酒精激起的乐曲带来了一阵强烈的快感，致使叙述者意味深长地表示自己已准备好为它"离开他的父母，去追随那动机"，它在无形中扬起的动机。酒精象征着有强烈犯罪感的欲望（因此当这个欲望被满足时，它便成了某种强烈快感的载体），它在这里以拒绝深入的普遍形式成为主题：拒绝肉体、时间、情感或是物质实体的深度。它是具有魅惑力并缺乏担当力的饮品：带给我们只有自身禁忌的陷落、空虚（但有气泡，轻浮，可无限蔓延并令人想望），别无他物。

　　① 《女囚》，第三部，第 128 页。

31

作者完美地分析了玛德莱娜这个物体引发丰富幻想的原因），柔软而富含油脂的小蛋糕将面包片取而代之。不过，要知道，过分的联系可能会给对象食物造成被匿名和单调的缺点。吃它的人会非常容易因此而失了兴致。事实上，它无法完全真正钩住味觉，将其唤醒甚至使其发生变化。如何阻止甜蜜恶化成不自然的腻味儿？理想的办法是利用同其口感相反的食物从内部将其抵消：因此，可以在柔软的均质里注入断裂质食物的要素或诱因。

取舍的情况的确出现在两种状态互为对立的食物间：或者，应该说是粒状食物与片状食物间。比方说，让我们回忆下主人公在巴黎的海报柱前驻足，在《皇冠上的钻石》(*Les Diamants de la Couronne*)与《黑色多米诺骨牌》(*Le Domino noir*)两部戏剧间难以选择的那段叙述，前者海报如"白羽毛般发亮"，后者则如"光滑而神秘的缎子"。此刻顿时出现了食物之说，将这段双重暗喻中的物体置于绝对对立的位置。普鲁斯特说道，在这两出戏剧间做选择，就像"在皇后蜜饯米粥冰糕和巧克力冰淇淋中选一种那样困难①"。皇后蜜饯米粥冰糕(riz à l'Impératrice)：点状装饰和不同质地、多种食材混合的食物，仅存于其断续性本身散发的荣耀光辉中。巧克力冰淇淋：暗色质层，柔嫩滑溜，明显向内卷，甚至自我遮掩，简直是食物界的均质杰作。将这种分开分析法用在蔬菜上：这回面对面的是

---

① 《斯万》，第一部，第73—74页。

青豌豆和芦笋①。前者是圆形的豆粒，外壳合拢将豆子盖住，内部豆粒相互有间隔，松散地并列排列，"排列成行，可以数得清楚，就像台球桌上的绿色弹子"。后者不是杂乱无章的一大捆呈现，而是以光滑的、经过巧妙的茎部处理、颜色渐变的个体呈现："但是，我看得出神的是一根根芦笋，它们仿佛在群青色和粉红色的水里泡过，上部穗状，精细地染上淡紫色和天蓝色，彩虹色渐渐变淡，直至根部——那里仍有泥土的污迹——这彩虹并非出自泥土②。"蔬菜的实质连贯性在此延续，超出了它本身所占的空间，直至连接天与地。叙述者先为这堆芦笋"出神"，这没什么可惊奇的。

---

① 芦笋这种受欢迎的蔬菜无时不刻地出现在《追忆》里：在贡布雷，各式各样，挥之不去（甚至还将莱奥妮的胳膊喻成芦笋……），在巴黎也有，落在诺普瓦的盘子里，出现在盖尔芒特家的餐食中，甚至经艺术美化，出现在埃尔斯蒂尔的画作中。弗洛伊德(Freud)曾指出其性爱涵义，这些意义在此一览无遗。作为柔嫩的阳物崇拜题材，芦笋与自由甚至抗拒的幻象联系在一起（滑稽的出现形式：在贡布雷，来自管辖压制机构的本堂神甫先生［M. le curé］只会种些既小又坏"毫无用处"的芦笋……），与随意的施虐淫幻象联系（弗朗索瓦丝用它来折磨帮厨女工），还与性感装扮的幻象联系在一起。我们看到，它身上隐藏着"美妙的精灵"，其"身体可食用"且紧致，使人联想起某个莎士比亚的幻梦剧。但是，在普鲁斯特看来，莎士比亚戏剧主题几乎必须与异性装扮、性别混乱的主题相联系，因此，我们不知道要将如此掩藏在蔬菜里的肉体归于哪一"性"。最终，插入一条尿道色情的评价：在"我晚饭时吃过芦笋之后的整个夜晚"，芦笋"宝贵"的本质还能被辨认出，那晚，莎士比亚麾下相同的主人公演着"既粗俗又有诗意的闹剧"，"把我夜壶里的脏物变成香水"（《斯万》，第一部，第 121 页）。精神分析式的描述也许将这些芦笋表现的阳物崇拜主义（需与一系列竖立状的物体联系：钟楼、树、圆柱、伞、喷泉等等）与在普式情色世界里尤为重要的奶油、面团或谷粒所含有的口欲/肛恋情结对立起来。

② 《斯万》，第一部，第 121 页。

但这并不意味着一定要放弃捆扎食物的食用乐趣。恰恰相反，最理想的是将两者完美结合：培养物体的柔嫩甘甜、内在传递性，同时保留坚固的部分、紧缩的地带，或者，至少是某种意义上的温床，甚至是支撑我们感知物质的坚硬部位。总之，需要建立食物的**颗粒**(granulé)控制。因为颗粒粘上膏浆或面团，并控制它；同时，它将它激活，带它攀上我们味蕾上的欲望。小玛德莱娜蛋糕不正属于这种情况吗？富含油脂，内部分区成块，互相触碰，却非常适合弄碎了吃，它是一系列美味糕点的典型。还有，在贡布雷，人们可以把草莓捣在复活节的白奶酪上，这使后者断断续续地存在于两种形式，存在于乳制层里被捣碎的水果籽和汁液中，存在于混着它自身白粉末的红丝上。让我们再来品尝下吉尔贝特的尼尼微蛋糕，"这墙像涂过清漆般光亮，嵌有一个个鲜红的果子，具有东方风味[1]"。这种凹凸相隔扩大并重塑了上文分析过的**粒状**(grenu)结构，或者更确切地说，**凝块状**(grumeleux)结构[2]。

然而，要形成凝块，将断质元素与均质物集中到一个膳食空间上是不够的。在此基础上，还需要相接的两种物质能够结合成第二种连贯体，即连贯互通或迫使各自将最独特的优

---

① 《少女》，第一部，第 507 页。
② 普鲁斯特笔下的众多食品里并不具有这般鲜明的颗粒与面团的对立关系，它们根据多与少的区别，通过调整柔嫩程度并将该结果与原来的程度并置从而使柔嫩这一主要的食物本质发生变化。因此，稠腻感减弱，发生了某种内在的变化：奶油鸡蛋羹、奶油泡芙、酸醋汁浇四季豆，等等，它们恰当地把握了食物的稠密度，为用餐者妥善处理了过稠或过稀的食用问题。即保持了味觉的灵敏。

点汇入对方的连贯相互体。好吧,以《追忆》的重头菜为例:异质混杂的外形,肉和蔬菜、固体和液体混合一起,它就是诺普瓦男爵的胡萝卜焖牛肉。归根结底,这道获诺普瓦称赞的佳肴,其成功全靠美味互通:"这在歌舞餐厅也吃不到,我说的是最高级的歌舞餐厅:焖牛肉,肉冻没有糨糊味,而牛肉却有胡萝卜的香味,真妙①。"这种互相渗透的味觉效果来自弗朗索瓦丝对两种食物的处理方法:食物必需在缓慢的烧煮过程中并存,以此向彼此挤榨出汁液并相互吸收。弗朗索瓦丝亲自确认了这一说法:"'他们烧得太快,'她回答时谈起大餐馆的厨师,'另外,菜也不是一起烧,牛肉要烧得像海绵一样,才能把汁水全吸进去。②'"同一盘菜里还产生了另一种关系,不同却相似,即饱含想象的**肉冻**与放在那里深陷其中的肉块之间的关系。牛肉占满并滋养了肉冻,后者则将其包裹,托住,使肉块自身聚集在一起。我们看到这场面极具震撼力,致使普鲁斯特在顷刻间勾勒出其创作的缩影:作品被注入盘中,被大量添进来的碎块"过度投食",而在独有的文字"冻"及其透明且散漫的深厚度的作用下,这些反复出现的碎片相互接触,被逐渐吸收,通体浸没。"况且,由于个性(人类的或非人类的)在一部作品里是用大量的印象塑造起来的,它们取自许多少女、许多教堂、许多奏鸣曲,用于构成一位少女、一座教堂、一首奏

---

① 《少女》,第一部,第458页。
② 《少女》,第一部,第485页。

鸣曲,那么,我写这本书的时候,是不是能像弗朗索瓦丝做那盘得到诺普瓦先生高度评价的胡萝卜焖牛肉那样,加上那么多精选的肉块就可以使肉冻内容丰富了呢①?"胶冻:我们将会在别处看到它,同样具有"融化的,透明整体"的特性、大师手下的**亮漆光泽**、或是光滑、透彻深邃、有着维米尔②画中"小块墙面的珍贵材料"之征。普鲁斯特的**行文**与这美食有相同的品质:油润、轻柔平滑、厚稠相连,能够在同一稳固的盖浇层下合并反常、或是矛盾、亦或是无限分裂的事物。

而这一"连接"未必能实现,食物又给了我们另一个极为典型的例子譬喻它。我们知道,当诺普瓦就餐进入尾声,叙述者的母亲想上一道菠萝块菰色拉。然而,事与愿违,这位舌尖敏锐的食客并未做任何慷慨颂词。他不说话,甚至仅是出于遵行女主人"真正的命令"才再吃了点。他应该是排斥该食物的极度杂乱感。结合在同一道菜里的两种食物间的味觉距离(也是空间位置上的)表现得过于明显,以至于它们之间不可能建立任何协作。食材被切成两段,如同独立个体,此外,若是烧煮还能使它们发生粘接(这里是一盘即食生菜,食材间的连接总是略显生硬:色拉):因此,它只能被拒绝食用。

---

① 《重现》,第三部,第 1035 页。
② 约翰内斯·维米尔(Johannes Vermeer, 1632—1675),荷兰巴洛克绘画大师,著名的风俗画家,作品大多是风俗题材的绘画,基本上取材于市民的平常生活,画面温馨、舒适、宁静。代表作有《戴珍珠耳环的少女》(*La jeune fille à la perle*)、《代尔夫特的风景》(*Vue de Delft*)等。——译注

肉体:同质体或多质体?

　　肉体,我们说过,它与食物如此相近,它也能被构成凝块状吗?也许单独的肉体不能,尽管普鲁斯特在不同场景下饶有兴致地提及阿尔贝蒂娜脖子上的豆沙痣或是奥丽娅娜(Oriane)的美人痣。但是可被称作为集合的肉体肯定能转化为这种结构,倘若我们将由巴尔贝克那群少女组成的、尚未加以区分的实体当作这种集合。事实上,她们成群结队的效果不错,普鲁斯特多次强调其均质、互连一致性。在这个完全活跃的群体中始终有一种表现明显的飘忽感,人与人之间界限模糊:她们令人琢磨不透,她们间有"一种联系,虽然无法看到,却像同一个发热的阴影,同一个大气,把她们变成一个整体,这个整体的各个部分全都相同,但却跟周围的人群截然不同,她们的行列在人群中缓缓移动①"。这种联系在其他地方更像是一种路途,可以横贯穿越,可以换位迁移,好似"在她们这个群体中,有一种液体般流动的集体美在和谐地浮动,并在持续不断地移动②"。在这种漂浮不定或者说流转不停的同质性里,总是存在着一些个性闪光体,那便是后来的花季少女。她们全体构成一只裱花蛋糕,自身就像其中的粒粒点点,她们看过去已然是增员壮大又即将各自分

────────────

　　① 《少女》,第一部,第790页(此页码有问题,后一条注释的引用出处大早于此引用)。

　　② 《少女》,第一部,第790页。

散的大家庭;或者,就如普鲁斯特更到位的描述,"构成形状不规则的集合体,显得密集、奇特,并叽叽喳喳乱叫,如同几只在起飞前聚在一起秘密策划的小鸟[①]"。在此,先想象密集体,并知道它将会解散,再不久便变成一个个分散的个体。我们看到,这群少女通过短暂地各展风姿再次呈现了先前我们描述食物时所引出的结构:到处布满颗粒、凝结成块的断质标志构成某种连贯性,颇得人心。

然而,要如何进一步想象同与异的这种结合呢?普鲁斯特根据自身习惯,发挥想象力试图通过隐喻的手法来表现这种结合的独特之处:他为此对可与这个少女群体相比拟的不同物体进行探寻,能够相比较的物体至少能实现同样的本质汇合。在最均匀的混合体里进行比较,没什么比看着他在这场最为精准的比较探究中纠结、修改、摸索来得更有意义并值得借鉴了。

第一处比较采用了天象的描述:"围坐在一顶帐篷周围",这些小女孩"如同模糊的白色星座,其中可看出有两只眼睛比其他眼睛更加明亮,有一张调皮的脸和一头金发,它们的突显仅是为了(立刻)消失和混杂[②]"在千人一面的大团队中。尽管经模糊和白色两个修饰语擦拭,星座的形象还是过度突出了这个闪耀整体的锐度和零星局部性;因此,立即转而青睐一个更加柔弱、缺乏特征的漫射体,即星云:"一片模糊的银河星云"……随后,

---

① 《少女》,第一部,第792页。
② 《少女》,第一部,第823页。

这场使用隐喻的探索另辟蹊径:展开从个体到集体的研究(同时较清晰地设想她们合成的整体),而不是从整体到细节(进而较详细地论述整体)的研究。因此,就有了这段使用另一种喻体的随笔:"原始生物的个体并不存在,确切地说是由珊瑚骨骼构成,而不是由每个珊瑚虫构成,同样,她们也相互挤在一起。"珊瑚骨骼的形象恰到好处地提供了一个多元统一体在自身重组并超越其构成要素之细节的示意图;而这个统一体继续将这些构成要素相互挨着放在一起,但不会将它们捆在同一种实体形态里。为此,还需借助某种外力使其发生凝聚;那就是一种能够起到折中效果并有积极影响力的物质,具有如此优点和特点的物质,我们再熟悉不过:这些少女的面容最终确实混在了"一连串闪闪发光、不断抖动的**糨糊冻**"里。

这就是凝冻的新变身:然而,我们看到它并不仅是将整个凝块物里的各式块状——在此即珊瑚骨骼里的珊瑚虫——重新一一粘起来;另外,它能够并构成一个新的、复杂又模糊的结合体,同时保持自身的多样性:最终以串的形态呈现。颗粒汇集,它成为了珊瑚虫的新形象。但是这回,颗粒这些复杂的个体在外部并排连接,就像一个个粘结成了一排悬空并微微颤抖的"冻"。而在内部,它们也由同一种混浊的浆料构成、充胀鼓起,就像后者四处流淌后用延续的厚度将它们逐个沾满。因此,葡萄的果肉与籽、串与冻、单一性与多元性、连续与断续性,各个重要的组成部分纷纷结合,直至彼此连通,真真切切地实现互相穿透。如果最后再给这串串加上闪闪发光和**不断抖动**的品质,而这两个品质又使我们想到了先前试图摆入的**星座**和**星云**的象征形象,那么我们将会在这幅终稿中辨认出多个幻想时分、多个连续的幻想行为所带来的成果。其合成的复杂结构从某种意义上来说在能指层面重现了这个画面力求的所指。凝聚过程相同程度地影响着物体的感官构成以及象征的内部功效。这个过程既保障了局部的独特性,又保障了语言与实物的统一性,无一疏漏。

II

被禁之物

这些结合都是充满欢乐的：这首先是因为热爱美食或好施愿的我完全投入其中，全身心探索憧憬对象的深层世界。他时而深入这个世界，仿佛与之融为一体：例如，马塞尔先是在幻想中，随后在现实中被那群不易区分的少女拥簇，在她们围成的亲密圈子里进食，加入到她们的闲聊或戏耍中。时而，相反地，以食物为例，任由进食者掌控、融并、随后消化的是硬稠度本身。这两种投入方式中有参与也有占有：愿想之物完完全全为施愿者所征服。

然而，这样的满足感在此是十分难得的：因为其他关于感官的研究并不尽如人意，哎，这些研究占了大多数，也最为普遍。暂且先把气味的问题放一边吧，它在某种意义上与味道都具有极度的瞬时性(气味来自物质最隐秘之处，它们从物质中心自由衍射出来，人们轻而易举地吸入它们，我们"想象"它们，普鲁斯特说道，那是来自他体内最深处的渴望）。然而，眼见、耳闻甚至体触在这里都显示了感知力的极度局限性；在大多数情况中，这些接触都在临近目标对象时被迫终止。努力感知客体固然有助于触及念想中外壳向内的一面，但还是要牢牢守在物体的最表层。因此，尽管人们看到、听到、碰到事物的最宝贵、最迷人之处，而它面对欲望的逼近总是显得有所退缩。

让我们来看一个熟悉的例子：在贡布雷，布满维冯纳河岸的那些迷人的黄花毛茛：

> ……黄得如同蛋黄，而且金光闪亮，这在我看来，是因为我观赏它们感到愉悦，却无法满足口腹之欲，就把这愉悦在它们金色的表面积聚起来，越积越多，直至产生不用之美①……

体表的光泽、花儿的黄色在此似乎先带来了一种舒适的厚稠度：这种厚稠度因食物的隐喻而立即出现在关乎味觉（"蛋黄"）的幻想中，并非偶然。但是，确切地说，看不等于吃，至少在普鲁斯特的世界里是这样：目光在金色的表面止步。尽管使出浑身解数，由于缺乏实质的物器协助，它还是没法被真正地食用，吸入一丝美味。因此，被禁止接触的硬稠感试图在发光的体表上堆积、最

---

① 《斯万》，第一部，第168页。

大限度地汇聚、集结一齐，就像是为了吸引更多的目光，然而这一切都是徒劳，它无法满足感官的根本欲望，即进入和交合。那就"只"剩下美了：普鲁斯特认为，这是毫无意义的补偿品，鲜明地标志着一场未如愿的贪婪。因此，我们须清楚，美在这里还远不是幸福的充分条件。恰恰相反，美在此意味着欲望的落败：也许就似欲望不可达成的征兆或象征①。

---

① 关于黄花毛茛的整个主题集都集中在《斯万》的这个片段中，标志着不可达、不可得、不可知：一个秘密，其遗存与欲力的本质一目了然。首先是**过去**、历史本身的遗存，后者以其最原始、亦是最粗野的形式呈现。黄花毛茛的花确实开在中世纪贡布雷的断垣残壁上；那个年代的贡布雷仅剩"塔楼的几个残片，在草地上呈现**凹凸不平的形状**"，以及那些"**半隐半现**""**面貌令人费解**"且"**与如今截然不同**"的花儿。我们在下文中会看到地下之城与残垣断壁这个双重主题所包含的感官意义。

然而，继丁香（其在《让·桑德伊》中是非常重要的花种，也是我们所熟悉的山楂花的前身）之后，黄花毛茛也同另一个欲望与距离的主题相关，前者指的是**空间上的想望**（同时连接着时间的遐想）：东方，其代表形象便是伊斯兰教里神秘的被祭献的女子，天国美女（la houri）。虽说丁香和黄花毛茛的确来自亚洲，但它们"已永远定居村里"。因此，"自他的幼年"，马塞尔伸出手臂，"无法拼读出它们像法国童话里王子他们那样的漂亮名字"而奔向的便是它们。我们在下文会看到**有名花与无名花**所蕴含的动机的重要性；我们仅需注意阴性到阳性、异域到本土的正常转变（不过也可能以另一种欲力推动的方式转变）。

这不可食用的黄色，即使是在厚实的花朵之肉里仍遭拒绝的东西，那大概就是被渴望又被禁止的东西了，是某些被黄花毛茛这种**象征**自然之物（还需与各种疹子、谷粒、美人痣、乳房痘等颗颗点点的重要系列相联系）所指的东西，尽管它极力将其压制在体内。欲望与禁忌中间的这种折中，事实上就是欲望的落败，它正是普鲁斯特所说的"虚妄之美"。

我们在后面的叙述中会发现，在维冯纳河畔的另一种水生花——与黄花毛茛同科目并代替它的**睡莲**——不断往返的模式中，动态地自我献身，获得完全自由、脱离同样是不可能的："它被冲向河边时，其叶柄展开、伸长、松开，达到绷直的状态，直至到达河岸，然后又被河水往回冲，其绿柄**收缩**，把这可怜（**转下页注**）

43

然而,有时候,欲望也是可能达成的,《追忆》里的其他片段就证实了这一点。为此,仅需视觉画面能**真正地**在味觉中体现,而非呈现在祈愿式的隐喻里。或者,相反地,要从舌尖上的满足感出发,抓住引发这一切的所见之物,并且,当然了,不能丢掉总是与味道相关的掺混价值。例如使马塞尔成功成为盖尔芒特家常客的果汁,那是烧过的樱桃汁或梨汁(此外,在某个时刻,这些果汁里凝聚了从夏吕斯[Charlus]那转移来的力比多)。对于这种果汁,普鲁斯特解释道:

――――――――――

(接上页注)的植物带回到完全可称为它出发点的河岸,因为它在那里停留不到一秒钟,就又得以同样的方式**出发**去对岸"(《斯万》,第一部,第 168—169 页)。如此构成惩罚[普鲁斯特讲到睡莲时提到了但丁[Dante]《地狱篇》[L'Enfer,意大利诗人但丁·阿利盖利创作的长诗《神曲》的第一部分。——译注]里的罚入地狱者们]和癔症色彩的景象:睡莲,也指奥黛特,她禁锢在自己的那些"古怪的习惯"中,生活在消灭和遏制——间接满足冲动之欲——的怪癖规程中。
　　文章因而在不知不觉中形成了严密的逻辑关系。这个片段前后出现的事物也进一步肯定了其包含的性意义。在它之前提及了维冯纳河边的陌生垂钓者;之后提及了被孩子们放在河里的玻璃瓶:我们会看到,这些事物非常清晰地蕴含了一个关于诞生的幻象。至于我们提到的两种带有癔症色彩的花,黄花毛茛与睡莲,性幻想在后文中给予了它们发泄释放的机会。在睡莲(这些花仙子)池中,美好的倒映效应确实能使蓝天白云和茂密树林(我们会在下文中见识其强大的派生力)将它们的解脱价值注入水中,甚至直达池底。毛茛因而被睡莲取代:"水面上到处是点点红色,犹如草莓,这是睡莲之花,花中央鲜红,镶有白边。"草莓是供食用之物,就像刚才说的鸡蛋一样,也未被摘取:颜色的渐变(白-红)在这里使我们逐渐接近被层层围住的花芯。而但丁式的睡莲则挣脱了命运的桎梏,如花冠散开、飘浮水中,"偶尔会聚成一团团,十分优美","就像在一幅游乐画中,花瓣黯然落下"。(这便是性欲的标志,满足的气氛引出了新的内在压抑,即这番**黯然**)向内深入、随波漂泊(即将出现仰躺着、听凭小船随波逐流的划桨船夫):这便是**散尽、欲满**两种结局可能呈现的画面。

  ……数量不多,不够他一人解渴。水果的颜色变成了美妙的味道,决不使人厌烦,而烧过的水果,则仿佛回到开花的季节。果汁紫红,如同春天的果园,或者无色、清凉,宛如果树下的微风,果汁让人一滴滴吸入、观赏①……

非常显著的逆向转变,并且分两个阶段相继进行:首先,从果汁想象到水果,然后再从水果引向结出它的花朵。如此这种想象的目的在于通过以即刻消失的水果(它仅用来提供味道)作为媒介,捕获与其相同的颜色,而这种颜色已成了舌尖上的滋味,即来自樱花的红色,而它也是樱桃汁的颜色,它是一个真实的变化循环的源头也是末端。而梨汁里则发生更微妙的变化:事实上,由于这种果汁颜色浅淡,在无色液体中发生的更是一个感观联通的转递作用;如此,在这种果汁里,借可触却不可见的风代替梨花的白色,我们在很快会看到它贴合并激活该液体中被渴望的凉爽本质。通过这种双重或三重的感官转移,视线里的东西便可能被吸收并占有(品尝或吸入),这也是作者有意为之。因为同一物体能够就此既被闻,又被见,还被饮。当然,像看一样饮(这才是实际食用果汁的乐趣);但更妙的也许是如饮、如吸般看(例如由此产生幻想中的花朵):缓慢地、一丝一缕地掺入,或者,就如普鲁斯特惊人的妙语所道:"一滴滴地观赏。"

---

  ① 《盖尔芒特》,第二部,第513页。

被禁的肉体

我们也可以在更富肉感的章节中进行类似分析。因为在观察肉体时，目光也仅能在其表面停留。而这种限制带来的不足少之甚少，因为眼睛对身体没有真正的渴望："那些男人、青年、老年或是中年妇女，我们觉得跟他们在一起开心，但他们向我们展示的只是一个**不可靠的平坦表面**，因为我们对他们的感觉只是通过**视觉本身**……"而有了欲望，那一切就完全不一样了，因为此后被列为目标的正是这种可靠的、隐藏在这"平面"之下的东西。因此，用性欲去感觉时，视觉会联系其他所有的感觉效果，尽管后者是被克制、受压抑的：

> ……但视觉在面对那些姑娘时，仿佛也代表了其他感觉；这些感觉将依次寻找嗅觉、触觉和味觉方面的各种优点，它们这样品尝这些优点，甚至不用双手和嘴唇帮忙；借助于欲望所擅长的移花接木技巧和综合能力，它们用面颊或胸部的颜色，来再现触摸、品味和被禁止的种种接触的感觉，使这些姑娘显得甜美而又厚实，如同它们在玫瑰园采集花卉或在葡萄园观赏一串串葡萄，也会使花卉或葡萄变得如此甜美[1]。

---

[1]　《少女》，第一部，第893页。

这段文字很复杂,要领会其中的双重防御之举,即被饱含想象力的灵巧欲望击溃并超越的两次防御。因为大众社会是禁止触碰、嗅闻、品尝这些被垂涎的身体的,也就是说禁止直接享用它们。由于目光是一种可以隔空占有的工具,它便打破了这第一条禁令:它独自重启其他感觉的占有计划,普鲁斯特说道,同时作为它们的代表,并与它们一起或代替它们瞄准远处那被禁止的肉体里众多被垂涎的品质。而下一个阻碍:视觉是无法真正妥善完成这项深入的占有计划的;我们已经意识到必须停止它对立体感、色彩等所见物体最表面之处的进攻。然而,这条禁令必须在这里被再次否定,并击破……充满欲望的目光的确能够将感官深处最晦涩的信息,普鲁斯特用了"搬到"这个动词,应该理解为译成它的代码,即在表皮的呈现。无论视觉如何紧锣密鼓地发挥想象,上面提到的黄花毛茛其物质深处都无法发出表皮的黄色光泽,而与这种花的感官效果完全相反,我们在这里,在胸部与面颊的色彩渲染下,反而**看到了**肉体的**甜美和厚实**。多亏了普鲁斯特所说的欲望的"综合能力",诱人之物的所有看不见的深厚之处都跃入眼帘,清晰呈现。这种"综合能力"在别处以联觉之才、或者隐喻作用出现。

然而,最为常见的是,这个搬移的动作并不会发生,或者发生不了;"甜美厚实"未能进入垂涎者的视线。《追忆》中若干个著名片段里,在看到富含肉感却总是千变万化捉摸不透的物体时,眼睛总会吃力地做起眼操。例如,如何用视觉捕获阿尔贝蒂娜脸上那令人渴望的东西,即其下隐含的体液因子、力比多特

征、深处的奥秘? 马塞尔在此碰壁,遭到了一系列躲闪:

> 有些日子,她身体修长,脸色发灰,神色阴郁,透明的紫
> 色在她眼睛里斜向下倾,大海里有时会出现这种情况,她仿
> 佛感受到流放者的那种悲伤①。

她的面孔在这里刻画得很好,但缺了率性,缺了活力,似乎从侧面避开,阻止窥探者真正进入内心:要如何与这流放的神情汇合——它也许在身体最隐秘之处——却不让自己落单、沦落至"流放"之境……? 要么就是,被一种更饱满的、更性感、闪耀的暧昧之物阻挡:

> 在其他日子,她的脸更加光滑,把种种欲望涂抹在光亮
> 的表面,但不让它们脱离这表面……

我们在下文中会对光滑的漆面在普鲁斯特景观里的固有价值进行研究:在此,它假冒的透明既是陷阱也是目光想努力穿透的屏障。它把目光吸引过来,却又挡住了它。而另一种透明质也介入一场未开始便失败的探索,这回几乎是从侧面探索深奥之处:

---

① 《少女》,第一部,第 946 页。

······除非我突然从侧面看她,因为她那无光泽的面颊,如同表面上涂有一层白蜡,因透明而呈现粉红色,这就使人非常想去亲吻,想要触及这被遮住的不同肤色······

又是同样的闪避,它在其他笔调的感官描写中重复出现:例如,在深情款款地聆听少女的声音时,这声音也许比面孔"更使人心神不安","因为它们不仅像脸那样提供有性感的特殊表面,而且是**无法抵达的深渊的组成部分,会像毫无希望的亲吻那样使人晕头转向**[①]······"这些亲吻不具希望,因为触觉本身只能到达嘴唇,例如,它是"用来让味觉器官品尝到嘴唇喜欢之物的味道······只是在表面游荡,并被无法进入却又想进去的面颊拒之门外[②]",其他什么都触不到[③]。对于这拒之门外,试试强行破门

① 《少女》,第一部,第 918 页。
② 《盖尔芒特》,第二部,第 364 页。
③ 并不总是如此。就如目光有时候能成功打破不可进入的定律,触觉也能勉强地深入占有。为此,它只需模仿进入深处,随后再回到表面的样子:某些**性感**的肉体所具有的**弹性**能使这个动作完成。
我们知道,那肉体就是阿尔贝蒂娜的双手。安德蕾(Andrée)的手不会给眼睛带来令人失望的透明感(空洞无物,不具性情),那"阿尔贝蒂娜的手更加肥嘟嘟,先是顺从片刻,然后**抗拒**握住它们的那只手的握力,使人产生一种非常特殊的感觉。阿尔贝蒂娜握手既温柔又性感,仿佛跟她粉红中透出淡紫色的皮肤协调一致。**这握力仿佛使你跟这姑娘交合**,进入她感觉的深处,如同她响亮的笑声,跟情人的窃窃私语或某些叫声一样有失体面"(《少女》,第二部,第 919 页)。我们在不久后就会看到粉红、淡紫色以及笑声的"有失体面"之处的色情意义。值得在此跟随这个特殊的交合之梦,它完全是围绕手的**肥嫩**触感与一开始顺从的暧昧之举展开。这个举动是真正深入的开端,随后在想象中延伸。因此,**弹性**,这个混合了迎与拒的动态性质在实体层面同**柔软**或**稠腻**一致。

而入,以几近绝望地一击,破釜沉舟般地将"未尽之吻进行到啃咬之境①",可这个施虐的切割式动作(口虐淫:既竭力吮吸又力图撕毁被垂涎的对象)也无济于事。因为,事实上,这个亲吻想触及的,是一片生机勃勃、被感动的空间,若从相互角度来说,是另一个回敬它的亲吻的空间。欲望在这里总是欲之所欲②:而硬稠度也许(在物质上、母子关系上)象征了或者承载了一种爱的无限付出、一种亦可以是回应的付出。然而,现实恰恰不允许建立如此联系:根本没有(母方的)对象;因此,实际上,欲望必需一直且无止境地落空。

---

① 《驳》,第 86 页。

② 在遇见卡尔克维尔(Carqueville)的渔家女一节中,普鲁斯特意味深长地写道:"但对我来说,并不是我的嘴唇在她嘴唇上感到愉悦就已足够,而且还要使她的嘴唇感到愉悦,同样,我希望对我的看法进入这女人之中并留在那里,带给我的不仅是她的注意,而且还有她的欣赏和欲望,并迫使她保存对我的记忆,直至我跟她重逢之日"(《少女》,第一部,第 716 页)。最后几行字揭示了这个欲望的极度自恋特点,这也永远剥夺了它被他人他物满足的任何可能性。

III

　　这就是与所有(肉体或物质的)内在世界分隔的欲望;它被硬稠乐园拒之门外,而滋养它生长的事物曾经几乎将它置于这个乐园里。这使普鲁斯特投入一段与外表的漫长较量。因为,面对他的欲力,被觊觎的深厚度戛然而止或匿迹潜形,欲力该去投入、触碰、探询的是客体对象的表层。对实体内在性的幻想是通过对皮肤表层的想象建立的。瓦雷里①曾说,人最深奥之处便是他的皮肤,该言辞备受争议。普鲁斯特应该是认同了这个说法,尽管只取其字面意思,即逆向推导其含义:对他来说,皮肤确确实实完美地诠释了最深奥的东西,只要幻想中的深度能在它上面——且只在它上面——显露、聚集、表达。而据某些已经评述过的章节段落显示,这样的三重显示是不可能自发进行的。这需要外界的支

---

　　① 　保罗·瓦雷里(Paul Valéry, 1871—1945),法国作家、诗人、哲学家,象征主义大师。其诗歌耽于哲理,倾向于内心真实,追求形式的完美。代表作为《年轻的命运女神》(*La Jeune Parque*)(1917)、《幻美集》(*Charmes*)(1922)等。——译注

持、召唤以及刺激才能发生。那么，如何从外部策动稳定的硬稠质呢？如何使它从藏匿的最深处显现、然后抛头露面呢？在此，只有激发它，使它出现：可是上哪儿找可靠的诱因？普鲁斯特知悉并杜撰出两个因素：风与光，事实将证明它们是非常有效的。

通　风

　　普鲁斯特的世界凉风习习，采光良好，似乎无需外力，便能自我生息，甚至面对消极、忧郁的景象也能恢复十足的生机。生命垂危的贝戈特：他走进展有维米尔作品的画展，经过若干幅让他感到无用并且枯燥的画作；他认为，这一切都比不上"威尼斯的宫殿或者海边简朴的房屋的新鲜空气和阳光①"。临终回忆并怀念空气、液体、光照一齐带来的愉悦之情：唯有不远处那幅画上的一小块黄色墙面所带来的启示比这种愉悦更具生命力。事实上，微风和阳光联合所产生的效应能够战胜死亡，至少令人忘记它，暂时将其画面抹去。这回用它们去见证些喜剧性的东西吧，我们记得斯万的父亲因丧偶之痛而泪流满面，但很快被晴天、鲜花、阳光治愈。"您是否感到这微风吹拂?"他在妻子去世时对马塞尔的外公说道，"啊！说什么都是白说，生活总有美好的一面，亲爱的阿梅代②!"

---

　　①　《女囚》，第三部，第187页。
　　②　《斯万》，第一部，第15页。

斯万父亲的这缕微风以不同形式吹拂在《追忆》里美好之处的角角落落、欢乐时刻的分分秒秒。贡布雷那凛冽的大风,巴尔贝克的咸咸和风,威尼斯那微微潮湿的海风,各式各样,但总是一股顺风,所到之处惊动了最阴沉之物,并给它们带来生机。它推动着使它们发生摇晃以刺激它们,给予它们获得新生的机会。事实上,它的动机与普鲁斯特笔下两个欣快现象强烈的主题相关联:对新的幻想,向外的需求。因为风总是从别处吹来:它是来自另一个世界的使者,在这片天地里安置了那个世界的新颖与鲜活之物。"只要有微风吹拂",迷恋奥黛特而被俘的斯万叹息道,"麦子摇曳,我就会感到有人要来,感到我得到什么消息①……"别人的消息,被这股温柔推动的气流从它行进间距的另一头吹来,并能够将我们与这个人绑在一起。就是这样,在梅塞格利兹(Méséglises)奔跑的风,"在这片拱起的平原上,在几法里的范围之内,它吹到的地方没有丝毫崎岖不平之处②",它把远处的吉尔贝特带到马塞尔身边,让他们建立爱恋关系,就像后来,在巴尔贝克的马塞尔与阿尔贝蒂娜一样。矛盾的是,这个来自别处的东西也因此成了一件传播甚至建立内心活动的工具:由于它一路飞扬,为所有自然终结的欲望带去了延伸和蓬勃增长,从而创造了这个内心世界。

这个与近处如此完美结合的远方来客将会在其他地方以更

<hr>

① 《斯万》,第一部,第342页。
② 《斯万》,第一部,第146页。

鲁莽、更粗野的形式刮起,飞沙走石。风在这里完全如同一个彼岸的形象;它是空穴深渊自身发出的狂猛攻势与呼啸之声。无法抵挡的呼声,这"强弱不定的灵活而又凄惨①"的风声在冬季的壁炉里嘶吼,像是为了夺走我们太过封闭、太过娇弱的住所里的平静。暴风雨在《追忆》里总是在幻想中,从未被亲眼所见,在《让·桑德伊》里几乎是从神秘主义角度被谈及与接触(庞马尔[Penmarch]部分),它在作品中始终坚持风的这个阵发性外露的意愿。它显示出欲望,欲与惧,某种绝对无情、始自天性的纯粹欲望。因此风吹来就对精神产生了强大威力(赶走了所有的自恋自满),气流过就有了根本的张力。在《追忆》里有一个人物似乎专门负责管理并操纵风:外婆。她总是面对雨天和暴风雨,深信自然力量有振奋提神的作用,她支配着一个活跃的、有益身心的外部维度:因此就像是掌管某种外部世界深处的女祭司,而根据必要的角色分配,母亲则看管着家里的室内空间以及与外世隔绝的内心深处。母亲进屋来拥抱焦虑不安的孩子,外婆却是大大打开了巴尔贝克旅馆餐厅里的所有窗户,惊吓了那里的用餐者,见缝插针地猛攻他们的习惯成规,迫使他们遭受一场名副其实的野蛮突击。

或者窗户只是半开着,空气受到阻碍便减速流动,缓慢穿过:这带来了更平静的满足感,也许更为重要。例如,在拉斯珀利埃尔(Raspelière),一块被绿色全丝光亮塔夫绸封上的窗玻

---

① 《盖尔芒特》,第二部,第142页。

璃,以及一扇没关好而导致轻微穿堂风吹进来的门激起了叙述者的热情和颂词。维尔迪兰夫妇极难理解这番驻足赞叹("'我看您喜欢穿堂风',他们对我说,带着显而易见的嘲讽①"),它大概是针对吹风时的流动性、风带来的远方景观以及与必然要联系到的凉爽本质。这种凉爽感因小块全丝光亮塔夫绸的绿色活力而翻倍,几乎不间断地将我们带回到初始或复始之地,带到一个返老还童的乐园:里面的回春之物能立刻被身体吸收。这是极具普式特点的呼吸乐趣,是另一种源自口腔的内心满足,可以说是美食享受的气流形式。

还是接着说说我们那块绿色全丝光亮塔夫绸吧。它早就以一种阐释对象的形式出现在《驳圣伯夫》的序言里,但最终都未被言明。我们在《女囚》②里再次见到它,但要豪华得多,充满各种联觉关系。这次是在威尼斯,马塞尔窗前的浮动气帘:"……人们可以领略到同样的清凉和户外的灿烂阳光,这得归功于那些顶篷,它们在永远开着的窗户前面晃动,通过这些窗户,暖烘烘的阴影和蓝绿色的阳光随着源源不断的气流流动,就像流动在一个飘浮的平面上,使人联想到邻近动荡不息的波涛和那闪烁着变幻不定的色彩的粼粼波光。"空气流动在这里不仅使内部空间与外界最活跃的本质进行(谨慎的、有筛选的)交流,它还就此使一些欣快的感性品质在流动时发生真正的结合:阴暗、明

---

① 《索蛾》,第二部,第944页。

② 《女囚》,第三部,第645页。(根据原文参考,该部分引用出自《女逃亡者》。——译注)

亮、温暖、变动、灿烂、振动……能与空气帘的品质整合能力相提并论的只有其连贯实体的平滑性：这种连贯性最终在流动的液体里发挥到极致，即滔滔大海。

风始终具有**变更价值**（因为无论在空间还是时间里，它都是它者、异者），该价值赋予它产生关联的魔力、唤来同一重现之物的能力。例如，元旦那天微风在海报柱周围吹拂时，叙述者高兴中带有伤感地认出并感到"那永恒而又共同的物质重现，那就是以往的时日熟悉的潮湿及其无知无觉的流动性①"。我们猜测，风若要保持活动，它就得使这两个互相矛盾的使命去互相弥补：用摇晃振动时的活力去平衡气体流动时的温柔。否则，它的存在尽管可能是融洽的，但不会引起任何动摇，也不会带来任何翻新。因此，风的完美吹拂形式是始动并流畅的、多变的，带一些突变急转，以及不规则的颤动：阵发性、"一小阵风"，这些反复无常的特点在普鲁斯特笔下的气象里经常与阵雨、气温变化以及灯光间歇闪烁的幻想联系在一起。

总之，风这个可触到的搅动者只能作用在某一类物体或是某一类外表上：这些物体或外表能切切实实地被风捕获，被它划过或穿透，或者起码受它摆布。因此，那是些柔软甚至脆弱，或还碎成条纹、散成丝缕、半开半闭的物体；而那些外表面上则覆盖了一层轻薄、活动的东西。这便是普鲁斯特喜爱赏花的理由

---

① 《少女》，第一部，第 488 页。

之一。花朵以其感风性著称，就像诺曼底苹果树上"红艳的花簇"在"徐徐吹拂但冷飕飕的春风"里轻轻摇曳①的样子。同样地，他还喜欢绿草、常春藤、苔藓、所有"这种转瞬即逝的攀缘植物②"，还有穗田、漂浮的泡沫，即所有能最大声控诉风的肆虐怒吼之行的事物。例如，在关于其他感性复苏主题（我们在下文会对这些主题进行研究：太阳的光芒、瓦屋的赤色、水中的倒影、相回应的微笑等）的全部系列中，出现了蒙茹万池塘边上这绝妙的一幕，墙上的母鸡："风把墙缝里长出的野草吹得弯成一条条水平线，母鸡身上的绒毛被风吹得一根根完全拉直，就像无生命的轻巧之物，任凭自然力的摆布③。"任凭摆布、轻巧，这种几近恋人间的信任给予了风、给予了空间里的生命力，它将对象之物捕获并定格、夺走并展开、迷惑并唤醒④。

---

① 《索蛾》，第二部，第 781 页。

② 《斯万》，第一部，第 397 页。

③ 《斯万》，第一部，第 155 页。

④ 风的野蛮行径也会使遭受对象产生不安，甚至恐慌：这是所有重要的个人主题专有的双重矛盾性。风若能作为欲望的存在而吸引对象（您最好看看这个色情的隐喻），还带着意味深长的禁止色彩："那些天，尤其当壁炉里传来风声，一阵不可抵抗的召唤，与少女听到的开往并未邀请她的舞会的轿车的行驶声相比、与从敞开的窗户传来的管弦乐喧闹声相比，这种召唤更使我心跳不已……"《驳》，第 82 页），那它同时也会引起不安，就像一个危险的主题。我们知道普鲁斯特害怕穿堂风，《书信集》[Correspondance]里有许多片段都证实了他对没关好的房门、半开的窗户表现出的恐惧。他对此的反应众所周知，精神与身体方面尤为强烈（哮喘、失眠），因"我"而与风的来袭相对立。普鲁斯特正是这些神经过敏患者群体的一元，就如夏吕斯"感到稍有凉意，便怀疑楼上有人在他面前打开窗户，进门时怒气冲冲，并打起喷嚏来"（《索蛾》，第二部，第 1038 页）。

（转下页注）

（接上页注）

因此,这个动机在母子关系的复杂格局中有着毫无疑问的重要性。通过如此被风(还有气味、"风媒传粉")引起的哮喘发作,马塞尔向母亲发起反抗,或是抱怨后者不够爱他,或是自责自己的这种抱怨(详见D·费尔南德斯[D. Fernandez],《植树入根》[L'Arbre jusqu'aux racines],巴黎,格拉塞出版社,1972年,第322页)。他通过这些哮喘带来的痛苦告诉母亲,我要是咳嗽,喘不过气来,那是因为你弃我不顾,把我交给了外界的力量,任其对我搜刮劫持……这个能被口腔吸入的外界事物,身体对它既渴望又排斥:身体利用这种斥力,当作要挟母系人物的手段。在外婆掌管的风媒主题集合里,风最终成了有优势的动机,我们因此猜测所有这些主题可能遮盖或者破坏了某种深沉的苦痛,既是苦痛,也可能是欲念。

此外,外婆这个人物自身也没能避开风刮来的魔法。身为天赋异禀的风操作手,事实上她也是风的第一位受害者,起码她对布尔邦(Boulbon)大夫一个非常细微的假设作出的回复让我们这么认为(《盖尔芒特》,第二部,第304页):"'也许刮风的天气能使您进入梦乡,疗效最好的安眠药却无法做到。'——'恰恰相反,先生,刮风时我肯定睡不着。'"我们还记得当贡布雷的本堂神甫在莱奥妮面前提起在教堂钟楼里吹的风的威力("有些人表示从那上面感到了死亡之寒"《普鲁斯特手册》第六卷[Cahiers Marcel Proust,6],伽利玛出版社[Gallimard],1973年,第324页)以及她本人被卷入其中的唯一可能情况时,后者所表现出的愤怒。当然,没有比风更让幽居癖恐惧的东西了。

若要与风对抗,或迎风而上,迎向这渴望已久的威力,迎向这骇人的唤醒之力,那就必须创造出一个防风填缝、母爱关怀涉及的主题集。这便是**浮动的气帘**这一动机的意义所在;或者,**大衣**那如此丰厚、如此充满情感的动机价值。这是一种用来挡风的包裹物,然而,特别是由于随意、敞开(格子花呢长巾、披肩)的外形,它在某种程度上与风串通一气。大衣是一张浮动的隔墙,出于最强烈的保护之情(母亲、父亲、友人)供给畏寒之人穿着:能改变形象的献礼(富瓦亲王[Prince Foix]的大衣,圣卢在咖啡馆的椅背上跳跃奔跑来到我面前,把这件大衣拿给我),以及施虐亵渎之物(凡德伊那件被他女儿辱骂的大衣)。然而,在保持其遮盖之力的同时,大衣更大程度地吸纳了风吹推动的活跃价值:记得那个在寒冬室内幻想的"空气制成的大衣"(《斯万》,第一部,第7页)这一极端情况,风自身成了被子一般的覆盖物。"无法捉摸的凹室,"普鲁斯特说道,"在房间中央挖出的温暖洞穴,这温暖的地带,范围会发生变化,时而有冷风进入,吹得我们脸上发凉,冷风来自各个角落和窗子附近,或来自远离壁炉、已经变冷的(转下页注)

日　照

　　然而，光照射产生的热情更为激昂。特别是阳光，我们得把它看作是一个发光、发热、可以无差别地作用于所有可见之物的诱发物。而且，它的出现具有一定的规则，甚至符合某种自然法则（昼夜交替，四季循环）。然而，光之于普鲁斯特意味着什么呢？一种纯粹的活动原理，空际的固定振动，仿佛风运输着空际，划出它的航线。太阳的神话统治着《追忆》，阳光在书中各式各样探索的所经之地穿过，发挥着多种功能，偶尔几乎为小说染上宗教色彩。我们会在即将要分析的大部分物体中发现阳光在作品中的意义。现在我们只需注意它真正本源的优点。太阳的光照形成一个空间，真相被完全暴露其中，"幸福王国，那里没有秘密，也无需有秘密"，阳光几乎总是用来为普鲁斯特铸就某场圣典的时间或地点。"我们不知道"，《让·桑德伊》的作者仍如是写道，"为什么冬季清晨的刺眼阳光会给予我们如此多的希望，给予严冬初寒时节如此多的欢乐，为什么五点的万丈金色晨曦……在我们眼里有如此大的魅力①……"别的作品中，在《驳

（接上页注）地方。"我们看到，这是一种既能保护又引起侵袭的包裹物：因为它源自一个中心（火烧时的气），同时也来自周围：此外，这种周围并不是真正意义上的外面，确切地说是接近外界（窗子附近）或者与中心相反（远离壁炉）的地方。因此，为围绕空间注入活力的空气力量正是来自该空间本身的内部活动。

　　关于其他与风有关的折中构成体，例如帆（膨胀/强夺），请参见中译本第108页。

　　①　《让》，第299页。

圣伯夫》里,小说家将自己比作了一尊孟农(Memnon)石像:"只需一缕曙光就能让他唱歌。"我们在《追忆》里找到那个"体内的小精灵",不可救药的乐观,并且住在自我世界的最深处,在那里"唱着礼赞太阳的颂歌①"。这里被礼赞和颂扬的是**升起**的这个动作,它也是诞生、或再生之举,描绘了广义上的清早景象,而这幅景象时而昭示一种精神创造(凡德伊的不同作品表现了"同一种祈祷,内心一旦出现不同的日出,便喷溢而出②"),时而引起感性事物的显现,时而又匿名(几乎千篇一律)地标记了深刻的欲望宣言,因为:"我们以为自己爱一个姑娘,其实,唉,我们爱的是曙光,因为她们的脸庞昙花一现地映出了曙光的绯色。③"

　　非常短暂的红色:晨光(或者薄暮,甚至黄昏时分的阳光,因为在这里阳光照射的任何时刻都各放异彩,各有所长)的意义不能、也不该被**定格**。第一束光芒转瞬即逝,它要求一直重现,重塑:就此,我们想起了叙述者向夏吕斯陈述的一条理论,即世界的构成不是一劳永逸的,而是需要每天早晨不断重建。这道短暂的阳光,是某种经久不息的自我创造的客体或主体,因此,它是《追忆》真正的熠熠闪烁的炉膛。相较阳光的存在,普鲁斯特可能对它的降临之谜更感兴趣;相较太阳,他对它的照耀以及敏感表面在第一束光线照射下获得生机的奥秘(类

　　① 《女囚》,第三部,第12页。
　　② 《女囚》,第三部,第255页。
　　③ 《少女》,第三部,第644页。(根据原著参考,该部分引用出自《女逃亡者》。——译注)

似诞生之谜)更感兴趣。因此，由于必定有不合常理的事物存在，这束光线就得永远具有始动性：连续地出现与消失，中断与再生，状态与色彩皆千变万化。比如一道受狂风暴雨要挟的光：在贡布雷弥撒结束盖尔芒特公爵夫人离开时照亮室内的阳光，以及射在意为隆重的红地毯上的光线（我们在下文中会对这段叙述中的感官细节进行评述）。又或者，顺序倒一下，阳光在雨后出现：它使洗净、焕然一新的风景锃锃发光：比如使蒙茹万的池塘大变样的阳光。同类型的结构还出现在光照的空间分布上：最好是弯折、间断、溅射在目标外表上的阳光，深浅光斑交替出现，从而在表面上演一出横向跳动的舞蹈、一个闪烁的光影游戏。

若这个游戏里跳动的是极端对比色，即黑与白，那则玩得更激烈。在我们看来，真正触发光照效应的有时候是光与影这对伴侣，而不是光独自行动：两者分别使对方发挥价值，产生不完整的彼此，在前一瞬间出现或者邻近地接触促使对方完全成为自己。因为阴影在普鲁斯特笔下并不意味着对白昼的否定，而是它的反面：这是个与亮光的活跃程度、光辉程度相差无几的维度。因此，人们会想要在这里看到某些景象，例如阴暗的黑色在一个被强光照亮的空间里划成线条、织成网或拉成花丝。就如阳台上的铁栏杆被投射在被反光照亮的墙面上，"细小的轮廓都勾勒得一清二楚，仿佛在揭示艺术家的匠心独具和心满意足，这阴暗、和谐的整体富有立体感，又显得天鹅绒般柔美，因此在实际上，这些酷似枝叶的宽大阴影，落在这湖面般的阳光之上，仿佛知道自己是宁静和幸福的保证①"。尽管光影形式相反,这种幸福与光线照射下的这根"阳光之指"所带来的幸福一致,"指头"在众多幽室的黑暗中划出一道会动的线。没有什么比察看两块明亮程度对立的区域的边界线、接合与分隔的地图更令欲望着迷的事了:地图上,光明与黑暗为彼此唱着最尖锐的颂歌,力度之大致使这份热情偶尔仿佛要揭穿什么一样。我们还记得《重现的时光》里那个片段,马塞尔以为自己失去了情感的能力、失去了回应世界万物的才能,为了尝试找回它们,他记录下"那条……将树的光与影分隔的线②"。一般来说,这个细节足以引起他最敏锐的注意力,但在此这个不经意的态度似乎正好向他证明了那消逝的感受力。相反地,如何向自己证明或证实还有生气,那就通过照亮阴影的能力,或者更厉害地有能力制造阴影,在被暂时遮蔽的光照背景上制造一个独具个人特色的影子?《让·桑德伊》中一个非常说明问题的片段回应了这一点:"举手的时候,他看到它棕色的影子在床单上跃过,他曾拥有在颜色浅淡的金色向阳床单上制造这个漂亮的棕色阴影的能力,动用这种能力似乎让他感到了生命的某种幸福本质③。"

这股生命力,我们现在需要观察它是如何作用在物体身上的,以及它迫使物质优化发展哪些新的品质。由于无论怎样都无法进入里边的界域,因此这些品质无疑将只与物体的表面相

---

① 《斯万》,第一部,第396页。

② 《重现》,第三部,第865页。

③ 《让》,第300页。

联系。它们呈现在表面的样子至少需与其描述相符,并且总会让我们进入某种预先感知深入物质性的状态。因此,实体在幻想中的存在被完整投射到诱人物体的自身**上面**:从它充满感官享受的外表入手,享用它。

柔　滑

在这些物质呈现的模式中,没有一种比丝绒质地更具诱惑力。因为它呈一种铺展的柔美,几近肌肤搬柔嫩,仿佛自身在收集或呼唤来自实体的深切热度。它往往与光照联系在一起:也许是一道光落在一个面上,使其变得如天鹅绒般柔滑,也许恰恰相反,一块天鹅绒引来一道光,将其虏获,然后在被照射到稠厚织物上不断延伸。事实上,柔滑(velouté)并非无光泽,也不会反光:它没有真的使光褪色,亦没有反射,它将光明留在自己身上,使那道光的光芒保持潜伏状态。因此产生了真正丝绒的迟缓、温柔、还有神秘感:那些总是赋予它魅力、有所保留甚至迟缓、几近沉重(**丝绒,更是沉重的生活**①)的东西。但是这份重量、这种保留就如某种深处的允诺般体现在它身上。对于实体之下的内容,柔滑则起着显露的作用:它是看不见的下面得以显现的空间与平台。

---

① "丝绒"的法语是 velours,发音与"沉重的生活(vie lourde)"相似。——译注

为此,我们想起了佩尔斯皮埃小姐(Mlle Percepied)的婚礼弥撒,那时盖尔芒特公爵夫人首次出现在贡布雷。这具充满诱惑的肉体显灵时的光环在阳光的照射下达到辉煌的顶峰,而这光照也引来一段精彩的物质宣言:

> ……太阳快要被乌云遮住,但仍把全部光线射到广场上和圣器室内,使红毯上仿佛长出一层肉色的老鹳草柔毛,铺红地毯是表示隆重,是让德·盖尔芒特夫人微笑着走在上面,阳光还使羊毛地毯增添一层粉红的天鹅绒,一层光线构成的表皮,增添一种温馨,一种庄重的温柔,即在《罗恩格林》(Lohengrin)的某些片段和卡尔帕乔(Carpaccio)的某些画中特有的盛典和欢乐气氛,这种气氛能使人理解,为什么波德莱尔(Baudelaire)会用"美妙的(délicieux)"这个修饰语来形容喇叭的声音①。

在此,某样物质,如地毯上的红色羊毛上的光感会引发它那蓬勃的女性气息,近乎性感(**表皮、肉色**等用词能体现这一点),随后幻想鲜花在它上面绽放(用到了**老鹳草**,这是普鲁斯特笔下象征肉体愉悦的花卉,也象征艺术带来的幸福感),最后灌入深层的活力,升温发热:因为在羊毛的范围里,通过柔滑表面的微微弹性,达到幻想中的自然热度以及接近这动物肉体体温的热感。

---

① 《斯万》,第一部,第178页。

此外，粉红色减弱、过滤并在自身映出深红的炽热。这一系列感官动作最终释放出一种精华并成为本质，即**温馨**（tendresse）。接着普鲁斯特继续探究其存在意图，幻想它，并将它迁入他所青睐的三位大师的艺术创作中：瓦格纳①、卡尔帕乔②、波德莱尔③。然而，**温馨**这件涉及一整块欲望之田的美物（通过换喻传播给另一个物体，对公爵夫人的身体本身也产生了影响，别忘了，这具身体借着双脚走在地毯的天鹅绒般柔滑的羊毛上）、这个既影响物体被感知的表面又影响其被幻想的深厚内在的品质，事实上，正如引文末尾所示，它是一种**混合物**。它像是（内部的、涌现的）亮度与（摊开的、相连的）连贯性联合加工般被制成；它在自身融合了深厚的支撑保障以及轻拂间的滑溜与快感：**庄重的温柔**，普鲁斯特说道，**盛典与欢乐的混合**……**丝绒**在自身层面产生的正是如此一种混合物，一种表面与深厚内里如此热烈叠合的和谐之物。这时候，我们就不知不觉地听到了波德莱尔的奇特喇叭声：事实上，在波德莱尔笔下，感觉只会在（某种"能

---

① 威廉·理查德·瓦格纳（Wilhelm Richard Wagner, 1813—1883），德国作曲家、剧作家、指挥家、哲学家。开启了后浪漫主义歌剧作曲潮流。代表作为《尼伯龙根的指环》（*L'Anneau du Nibelung*）、《纽伦堡的名歌手》（*Les Maîtres chanteurs de Nuremberg*）等。文中提到的《罗恩格林》是他的歌剧作品。——译注

② 维托雷·卡尔帕乔（Vittore Carpaccio, 1465—1526），意大利画家，威尼斯画派。代表作有《年轻骑士》（*Portrait d'un jeune chevalier dans un paysage*）、《圣乌尔苏拉的故事》（*La Légende de sainte Ursule*）等。——译注

③ 夏尔·皮埃尔·波德莱尔（Charle Pierre Baudelaire, 1821—1867），法国19世纪最著名的现代派诗人，象征派诗歌的先驱。代表作有《恶之花》（*Les Fleurs du Mal*）、《巴黎的忧郁》（*Le Spleen de Paris*）等。——译注

激起联翩浮想的魔力"的)悦耳之声的平息下、在铺展开的(柔滑的)平静中强劲迸发;被感知对象的(竖直向的)能量便在此与某种水平方向的**乐趣**结合在一起①。

在其他片段里,天鹅绒般的柔滑总是以它下面的某物(下方实体)为目标,展示的不再是从一束光芒中感到的温热,而是某种宁静、某个闲适慵懒的维度。同样地,在这座洒满阳光的巴黎阳台上(上文光照主题中已引用该片段),铁栏杆的影子尤为突出,"这阴暗、和谐的整体富有立体感,又显得**天鹅绒般柔美**,因此在实际上,这些酷似枝叶的宽大阴影,落在这湖面般的阳光之上,仿佛知道自己是宁静和幸福的保证②"。这天鹅绒般的影子,连同铺展、植被密集、浮动自由等包含丝绒质地的主题所显示的便是某种安宁、某个有生命的静物所带来的内在享受……这个有生命的静物定会受到注视,呈现在目光下,用普鲁斯特的话说,如同一种**保证**。同样的静物在别处则可能会处于被横放

---

① 值得一看的是,这种混合物出现在《追忆》的其他地方(《女囚》,第三部,第260页)时,散成了自己的构成成分,再重新重组成某种对立关系(普鲁斯特用这种对立来指出凡德伊的奏鸣曲与七重奏的区别)的两头;"这是一种无以形容的快乐,似乎来自天国,一种与奏鸣曲之乐**完全不同**的快乐,犹如**蒙塔尼亚**(Mantegna)画中一身猩红、吹奏号角的大天使与**贝利尼**(Bellini)画中手抱双弦诗琴、**温柔庄重**的天使两者间的迥然相异那般。"我们在这里摸到一丝古老混合物的痕迹(联想到贝利尼画中的**温柔庄重**形象)、听到一阵色彩-音乐间的联觉回声(**猩红-号角**);但是重点还是在分裂上,这种分裂通过其他两位艺术家(贝利尼、蒙塔尼亚),借助两件不同的乐器(**双弦诗琴**、**号角**;而不是一件——**喇叭**),在(尘世的)**温柔色调**与猩红的、超尘世欢乐的色调间产生。

② 《斯万》,第一部,第396页。

的深度、透过某个间隔的光隐约瞥见的远方:就如凡德伊的小乐句那样显得有所距离,仿若他物,像被铸成了彼得·德·霍赫①的画,"处于中间的、绒般柔和的光线之中②"。因此,丝绒就像是一个别处的标志,象征另一个世界(实体或本质),通过某种方式将我们与这个世界相连。在普鲁斯特笔下还会看到人在"醒来之后依然觉得柔美③",也就是半裹着厚实的残留绒被,这层绒被便是叙述者刚刚脱离的那个黑色祥和的陌生空间:睡眠。

由此展开一则独特的神话,涉及经历最丰富多彩的区域。在这些地方,柔滑与确定、清楚的定义里的二律背反义素相对立:与所有能够任由理智或观念斩切之物的品质相对立。面对单义过于单纯的清晰性,它突显了双重或多重含义的模糊性,吸引了一些隐迹文本,带来不同层次空间的诱惑与陶醉。例如布里肖(Brichot),维尔迪兰家的"老常客",他通过对他们家各式沙龙聚会的记忆画面的叠放,察觉到这层"古玩的色泽和光润"(柔滑同时在时、光上表现),"这些东西的柔滑感上还添了一层灵魂的色彩,因而具有某种深刻的意义④"。这个公馆里相继进行的所有"考验"叠印式回放,从而使它的本质像一块丝绒布料那样展现出来。时间所具有的丝绒般柔滑、岁月沉积的朦胧与

---

① 彼得·德·霍赫(Pieter de Hooch, 1629—1684),荷兰风俗画家,擅长描绘室内景色,色调温暖,风格接近维米尔,但多一些透视技巧。——译注

② 《斯万》,第一部,第218页。

③ 《盖尔芒特》,第二部,第85页。

④ 《女囚》,第三部,第286页。

踉跄,最终为它筑起了永恒的铜墙铁壁。

然而,时间性与丝绒质的关系也能反过来,或被否定:条件是时间的延绵不再依次丰富一个个事物的特征,而是用来定义这些特征,即决定它们,删减各种多余的初始可能性。衰老,因此就是远离某种原始的丝绒,那上面曾驻扎了繁多的可能性。在此与丝绒质相对的是表面性,即理智:那些被理智揭示的真相的"轮廓(与感觉到的真相相比)较不柔和,它们比较平坦,由于要达到这些真实不用逾越什么深度,由于它们并不是再创造出来的,所以,它们没有深度"……因此成熟的创作显得生硬乏味,令人唏嘘:"有些作家到了一定的年龄后,心中不再产生那种神秘的真实,从此时起,他们往往只凭借越来越有力的才智进行写作;鉴于这个原因,他们成熟时期的作品比他们年轻时的作品更苍劲有力,*然而它们失去了往日丝绒般的柔美*①。"丝绒的柔滑在此正好涉及了关于某种如在伊甸园里的未经分析、尚未展开、未释明之物的主题,尽管该主题里的事物已宛然在目,可从各个角度切入。这不过是个秘密的空想计,而这个秘密可能由于自己的保留而被昭然若揭。所有青年作家都是如此,公然施展着这个空想计的魔法。就如希腊:"这是一个人们不去发展思想,就这么将其不加分析地囫囵呈现、使其内涵受到禁闭的年代。绒毛、纯真都未被褪去②。"

---

① 《重现》,第三部,第898页。
② 《让》,第267页。

天鹅绒就这样开启了一个感觉的空间,却并未将其打开。它呈现为一阵铺展、发散的——因为它也能产生芬芳——清新感,带来一种内在、幽禁、或许还受保护的富饶色彩。它带来的享受即使没能消除禁卫,至少也绕过了它。关于这一点,再来读读《让·桑德伊》中最重要的、最直面某些普式感觉秘密的一个片段(这个主题在《追忆》中仅是碎片式、隐秘地出现):这是一个关于花瓶的故事,主人公让(Jean)奋起反抗他的父亲,也许还当着他母亲的面,愤怒之下拂袖摔碎了花瓶。这位母亲先前刚禁止他出门去朋友家,雷维永(Réveillon)家,她将这次外出想像成一个无法接受的摆脱束缚的行动("没有父母在场,同一些女性一起,准备我们的狂欢之夜①")。被摔碎的球形瓶身别具一番象征意义,它原来象征着母性包裹的连续完整性,在主人公心里却成了严察和抑制,随后拒绝接受,对其蔑视,将其粉碎②。

---

① 《让》,第 414 页。

② 普鲁斯特在另一件感官物体破碎时亲自指出了这场攻击的极具象征意义的特点,那件物品的破碎发生在花瓶事件前没多久。与父母争执结束时,让·桑德伊"慢慢地走出"餐厅;他"使出全身的力气敲门,震碎了木门上的玻璃(他不知道这后面的东西被拍打成了一幅模拟像),然后,就像卡比托利欧山(Capitole)上一个犯了法的罗马人,他回到自己房间"。在此,玻璃在无意间模拟了其他事物的"象":法律规则,或是其所维护的个人。

还要注意的是,让最终打碎花瓶,是一种宣泄行为,不受意志与意识控制的强制性发狂:"他站了起来,跑向壁炉,接着他听到一声可怕的响声:他母亲花了一百法郎给他买的威尼斯玻璃花瓶,刚刚被他摔碎了"(第 418 页)。

我们在《追忆》中分两处拼凑出了这只花瓶。记得《斯万之恋》(Un amour de Swann)里,奥黛特在冲斯万发火时摔碎了一只花瓶。那发生在两人一阵亲热与怀疑之后,斯万最后被赶走了:她对他吼道:"你这个人,真是无法相处!"(转下页注)

然而,在这个特征显著的撕毁动作之后,不久就产生了修复的愿望:要满足它,就要使出天鹅绒强大的黏合与深化威力,我们对此并不感到惊讶。让·桑德伊回到了自己的房间,在衣柜里找衣服,并意外地发现母亲的黑色天鹅绒旧大衣。通过一系列联想,以及对记忆中另一块丝绒的思考,他被这件大衣送回到一段幸福时光,那时,他在晚间睡觉前去拥抱他的母亲:

> 那是一件镶有饰带的黑色天鹅绒大衣,配樱桃红缎面
> 衬里和白色皮草,留有重击后的痕迹,它像一位少女被军人

(接上页注)《斯万》,第一部,第373页)无论怎么解释,这只与性爱如此紧密相连的花瓶,它的碎裂标志着欲望(奥黛特的欲望面对斯万的封阻,或者,斯万的欲望转移到奥黛特身上)的溃败。它(以激烈的、施虐的方式)昭示着无法实现的亲密关系。它使奥黛特碎成无数个难以捉摸、扑朔迷离的人物角色。

不久后,在与吉尔贝特的少年之恋期间,为了筹钱给她买礼物,马塞尔决定出售莱奥妮姑妈留给他的花瓶(遥远的母爱替代品):而他的母亲时刻担心这个花瓶被摔碎。打破关系的意愿在此更为隐秘,盘踞暗中:主人公将花瓶出售以换得取悦异性的钱财,也就是说,他利用象征母亲的东西去满足禁忌之欲。此外,卖掉它的同时,也剥去了其神圣的意义,根据某各普鲁斯特的常用机制,这种行为为物体披上了更多的色情色彩(回想下那件夸张的、绝对不可思议的事情:与花瓶的命运相同,莱奥妮的家具被送至一家妓院)。所有这些亵渎行为最终都不可避免地招来惩罚:就是在去出售花瓶的途中,马塞尔发现了,或者自认发现了吉尔贝特的不忠,因而失去了她。

也许淫秽之词"让人砸坛子(指不正常的性行为。——译注)"会向摔碎的花瓶这一主题发出回音,马塞尔无意中听到阿尔贝蒂娜说漏了这几个字,没说完便打住了。这本身也是个被砸断的短语,就像个谜语般不完整,并且较它的本意、完整意义还尚有距离。它引起马塞尔心中极强的愤怒情绪,这正好印证了他对罐类物体(花瓶、性器官、所有容器)的体验探索以及它们与性欲高潮之间的震撼联系(如坛子破碎、"开裂"般的自慰,自身或母亲的身体分裂成块)本质上都能引发创作幻想。

拉着头发般被让攮在手里拿进房间。当让闻到这天鹅绒那难以形容的味道时便如此挥动着它，但目光并未落在上面，那是十年前当他去拥抱尚且年轻、靓丽、快乐、准备出门的母亲，双手环抱母亲时闻到的气味，他感到天鹅绒在手里被揉压，当他在母亲的额头上感受幸福的气味时衣服的饰带在他脸颊上温柔地拂过，那是母亲身上闪耀着的幸福之光，也好像是她允诺给他的欢乐时光。

典型的用施虐色彩描绘欲望的片段，其中劫持般的动作连同墨洛温王朝里被拽住头发的少女的野蛮主题突出了施虐色彩，通过温柔地"碾压"象征性的织物刻画出博人同情、重归于好的气氛。但是这种接触还不能形成占有；他使出了一种更灵活的攫握，与丝绒的柔滑表面有更亲密的接触。这便是若干行之后发生的内容：

> 他困惑地看着那件大衣，上面的颜色依旧鲜艳，天鹅绒依旧柔滑，就像这些岁月，尽管不再有用，与生活没有任何关系，但并不会枯萎，完好无损地住在回忆里。他将它凑近鼻子，感受着天鹅绒在手里融化，并把这当作是在拥抱母亲①。

---

① 《让》，第 419 页。

这块天鹅绒不可思议地融化,那显然是整具母亲的躯体在热情的不懈抚摸下重现、被缚再到解脱。为了能完全重新吸纳这具此后与他自身贴合的躯体,我们的主人公只需钻入它,将它穿在身上。事实上,让穿上居家便袍;接着他就穿着这身衣服,在父亲不解(且失望)的注视下,去寻求母亲的原谅之吻。典型的团聚标志,也是一场圆满的本质回归,返回根源的囊壳里:毫无疑问,能取得这个结果,天鹅绒的向内驱动力、挖掘力、粘合力功不可没[1]。

丝滑(soyeux)、缎般光滑(satiné)、浓密的皮毛(fourré)、苔藓绒(moussu)

可以举几个与天鹅绒的柔滑感相似的质感:例如**丝般光滑**、**缎般光滑**。它们属于同一范式,功能相似,但方式略有不同:表面没有厚质层,质地更紧,并且具有更轻盈的顺滑感,表面更滑溜,更便于光与影在上面飞驰。然而,这样的平坦似乎并不能真正满足普鲁斯特的欲望。事实上,普鲁斯特经常喜欢通过召唤深处的散发物来挖掘欲望:例如,在这块象征着"芬芳"的"**充满**

---

[1] 然而,《让·桑德伊》的叙述为母子冲突带来第二种象征意义的解决办法。让的母亲提起那只摔碎的花瓶,她表示:"就像寺庙里象征着坚不可摧的联合的东西。"象征犹太婚姻的结合的东西,因此,这件物品几乎让我们直接看到儿子与母亲的被渴望的"结合"。的确,神圣的、被升华为某种神秘意愿的结合。在确认并接受碎裂的时候催生出了这种联姻:与重新融入柔滑的根源相比,这可能是更成熟、更"先进"的解决办法。

老鹳草香味的绸缎里①"，流露出凡德伊音乐的芳香能量。或者他将它点燃，想象着通过空气运动使它鼓起：例如在缪塞②的这些《故事》里，人们感到"颤抖，丝滑，翅膀欲展翅高飞却不见抬起③"。此外，光滑与丝滑似乎不约而同地力求变厚，旨在使目光，或触觉，进入诱人的内里那一边。就像巴尔贝克的两名女使者用唇枪舌剑且微带色情地铸造了那段对马塞尔的绝妙赞词，或者，更不如说是对他的肉身外皮、皮肤的赞美，隐与现，内与外，柔嫩与尖利，享受与爱抚：欲望与言语相挽起舞，被敷上绒毛的光滑肉体在其中占据了我们能预见的位置："啊！脑门看似那么纯洁，可脑袋壳里隐藏着多少东西，面孔和蔼又精神饱满，就好似一颗打开的巴旦杏，纤细软滑的小手，毛茸茸的，指甲却像爪子一样锋利④……"

这种软滑-毛茸茸的触感再发展下去应该就是**浓密的皮毛**触感，因为更具生命力，所以会产生更深沉、更复杂的舒适感，就如这些盖尔芒特的头发带来的模棱两可的感觉，"像金色苔藓，一半是绸缎，一半是猫咪的皮毛⑤"。这绺丝绸被披上植物，被压

---

① 《女囚》，第三部，第 376 页。

② 阿尔弗雷德·德·缪塞（Alfred de Musset, 1810—1957），法国 19 世纪浪漫主义诗人、小说家、剧作家。代表作有《世纪儿的忏悔》（*La Confession d'un enfant du siècle*）、《勿以爱情为戏》（*On ne badine pas avec l'amour*）、《四夜长诗》（*Les Nuits*）等。——译注

③ 《驳》，第 207 页。

④ 《索蛾》，第二部，第 848 页。

⑤ 《驳》，第 321 页。

平,从肉感描写转为大地的笔调,并为我们带来苔藓般毛茸茸(moussu)的享受,或者,不那么紧凑的、更散乱的草丛感①。总之,这几种触感都对应同一种水生物质,即泡沫,一种轻如空气的透明丝绒,深渊之水的奥秘在里面化为无数个气泡短暂滋长。不过,我们不能就这么谈论泡沫相关的主题集,而不对气泡这一同样特殊的主题进行研究:目前这还不在我们的探讨范围内。

漆 釉 面

现在,停止考虑到目前为止物体表面所具有的不透明性,想象它在某些作用下获得新的透明品质。我们将着手普鲁斯特创作中尤为重要的漆釉面(Vernissé),它经常会转变为冰面(glacé),或者古色光面(patiné)。这也是个阈限种类:它在水平方向呈连续的半透明,这种半透明度在物体面上迅速延伸,却永远无法抵达其内部。然而,对于这个内部,这种半透明品质似乎也有可能

---

① 青草丛生(表面如天鹅绒的丝绒感,在草丛里铭刻并呼唤下方某个至关重要的内情真相)这个隐秘显现的品质能够体现类似以下片段中大力想象的价值:"我就说过严酷的艺术法则是生灵死亡,我们自己也在吃尽千辛万苦中死去,以便让青草生长,茂密的青草般的多产作品不是产生于遗忘,而是来自永恒的生命,一代又一代的人们踏着青草,毫不顾忌长眠于青草下的人们,欢快地前来用他们的草坪午餐。"(《重现》,第三部,第 1038 页)在地下的死亡在地表成了生命之草。而未来的人类正是以艺术为形式(普鲁斯特的小说,马奈对其隐喻的画作),一种为多重欲力(食物、女性裸体、友谊:所有关于"草坪午餐"的主题)所用的艺术,萋萋荒草般地浸浴在入土(或在这种享受之乐中被遗忘/留存的)先人们的艺术奇才中。

带我们进入其中,但方式与天鹅绒不同;它甚至为我们带来某种预先享受。因此,被邀请去斯万家用餐的马塞尔感到"晴天、寒冷、马路上冬天的阳光"如同"奶油炖蛋的前奏,如同在斯万夫人住宅这座神秘小教堂的饰面上添加的古色、**玫瑰红和透明淡色**,而小教堂内却完全相反,是如此温暖、芬芳,摆满鲜花[①]"。这位访客还未被允许进入主人家中,而这个家的中心已完全匹配所有普鲁斯特笔下的家庭主题,具有累积热量的强大力量、发散气味与开满鲜花的性能以及关联美食等特征。然而,在这个被强烈渴望的物体表面,所感知或被幻想的发光且透明的外壳能带来一种预先的享受:在它的边缘甚至临界品尝深处的味道。

表面传来的冰凉感便是如此引向幻想中深层的稠腻感。某些诱人的肉体也是如此引导幻想,它们的"果肉"透过半哑光的皮肤若影若现,欲迎还拒。就如已经经我们百般研究、变化莫测的阿尔贝蒂娜的脸颊:"阿尔贝蒂娜对我说话时,我看着她的面颊,心里在想这面颊会有什么香味和滋味:那天,她的皮肤并不鲜艳,而是光滑,呈均匀的粉红色,略带紫色,像奶油那样,**如同某些玫瑰,带有蜡的光泽**。我酷爱她的面颊,如同我们有时酷爱一种花卉[②]。"非常有意思的品质组合:光滑(lisse)、均匀(uni)与鲜艳(frais)相对立,就像平静的水平状态与张开的直立状态的对立关系;**紫色**(violacé)给予了强烈、色情充血的色调;**奶油**

---

① 《少女》,第一部,第 526 页。
② 《少女》,第一部,第 888 页。

(crémeux)唤起对品尝表皮的联想;最终,(上了蜡的)光泽(vernissé)将所有这些细节汇聚并融合一起:它通过这些细节能推断出那被渴望却被禁止、封固(覆盖着蜡层)的稠厚质地,这种稠厚来自某具富有肉感且诱人的躯体(玫瑰)。因此,只能看,不能摸。有时,在这光亮的漆釉面之下的内容像是做了个动作、有了活力般出现在想象中:借助冰面的保护,深厚的物质部分,尤其是深厚的植物部分似乎会要求获得脱身的空间,像是要诞生什么一样。例如《让·桑德伊》里这段古怪的叙述:

> 在我们看来,在叶子的**绿色釉面**与花朵的**白色缎面**之下,有个特殊的生命,一个为我们所爱,并且无可取代的个体。我们觉得不能停留在白花的**白色缎面**上,或绿叶的**绿色釉面**上;我们感到这下面像是藏着什么,我们的乐趣可以说垫伏于表下深处,我们感到有东西在里面晃动,它十分柔软滑嫩,让人想抓住它[1]……

我们看到,这种柔嫩同时牵涉到我们所研究的两种相近本质(漆釉面的光泽与缎面的光滑);它笨拙地将它们呈现出来,从而建立联系,让人觉得那下面有东西要释放出来或有秘密要被揭穿,我们在下文将对这种感觉进行十分重要的分析。这"绿色釉面"以及这"白色缎面"既是召唤也是回应("每朵花,每片叶子都回

---

[1] 《让》,第279页。

应了我们心中的一个欲望"),面对它们,普鲁斯特的感受其实与马丹维尔(Martinville)的两座钟楼、于迪迈斯尼尔(Hudimesnil)的三棵树甚至是小玛德莱娜蛋糕所带来的印象并无太大差异。所有这些场景"下面都藏着什么":那是些我们惟有通过对"上面"进行一场热情洋溢的探寻才能认识、一睹真容的东西。

再回过来看看我们的漆或釉面,以及它们更为特殊的品质。普鲁斯特对它们感兴趣的原因之一便是它们始终与**流动性**这一概念保持联系,后者在作品中总是带来那么多的欣快感。事实上,所有泛着漆釉光泽的表面似乎都经历过透明在身上流动、随后被冻结在这个表面。浸泡在这漆釉里的是流动的液体,甚至是液态光,它为物体露出的表面再铺了一层亮面。如果冰面能够像换向器般折返出里边的物质世界,露出《让·桑德伊》的引文向我们讲述的"下面的东西",那我们也能将它简单地想象成是外部浸泡的产物,就像一个堆积场,或者更恰当地,一层光亮涂层。从上了漆或釉而产生的固定性出发,我们将会看到在活人身上**上釉涂漆**的奇思幻想:例如全身被流淌的液体包裹的奥黛特,"处于她阳伞投下的**液体般透明、清漆般发亮**的阴影之中,不时被人认出①"。停留在诱人躯体上的,使它均匀一致、亮丽光鲜的,是空间本就具有的舒柔。它可能直接或通过隐喻覆盖在任意一种或多种组合的感觉上。就如在下面浮现的场景中,一间凉爽的房间内产生了感官联觉,其精湛造诣令人称奇:

---

① 《少女》,第一部,第640页。

77

相反,我的屋子较为凉爽,稠腻的空气如上漆般贴进来,将盥洗室的气味、衣橱的气味和沙发的气味一道道隔得清清楚楚。昏暗的光线中泛着一层珠光,给窗帘的折射轧上柔和的光面。在这半明半暗之中,道道气味并列竖立着,互不混淆。我看到了自己①。

在这里,清漆或珠光在自己身上将每股气味、每片反光一一隔开、围截;使它们(竖立、一道道地)完全清清楚楚。然而,矛盾的是,这种区分却与最初的渗透原理相联系:因为为各种感觉涂上釉涂漆的是半明半暗的光线、柔和的反光,普鲁斯特甚至说是包裹它们的稠腻空气。

当然,这种稠腻为所有的目光抚摸提供了辅助。轧光的冰面也是眼睛和手的滑面。它将自身所有不连贯或粗糙的地方都剔除干净。如同在文章里展现的那般,它在世界这块组织上施展了"某种融化、透明合体的魔法,所有失去物质原始面貌的东西来到这里有序地挨个排列,它们被同一道光渗透,相互映照,无需外界的只言片语,因为那只会阻碍这种同化的进行……我想这就是人们所说的名匠漆作吧②"。这是一段关键性的文字,其中的上漆动机使普鲁斯特将其代表作的所有构成方面——看上去皆互相矛盾——聚集在单独一种舒适欣快感中:深厚与散漫,密集与平

---

① 《女囚》,第三部,第411页。
② 《书信集》,第二部,第86页。

坦,明晰与和谐。因为,需要明白的是,这层清漆出自层层堆积的透明,贝戈特临终前的思考有助于我们进一步理解这一点。"我最后几本书太枯燥了,应该涂上几层色彩,好让我的句子本身变得珍贵……"与维米尔画笔下的小块黄色墙面的物质一样珍贵,这种物质可以是化为光的冰面物,也可以是化为物的冻结光。然而,这层漆同时也完完全全地存在于表面:它是理想并置的工具,完美并排的处所。或者,更不如说,它诞生于普鲁斯特所说的"融合"之中,即在其他所有物体被通体照亮时水平透视每个物体。万事万物既被"同一道光渗透",也"相互映照":在同一股强大的恒定冲力作用下,外部渗透,内部(互相)靠近。从这里看出,漆釉面是风格神话里最成功的形象。它当之无愧,因为如同解释每条指定术语的句子一样,它在每个被它包围的物体身上展开一系列谜题:平坦的透明,旁侧的活力,绵延的深度①。

---

　　① 与漆釉面非常接近并在文章中常常与之联系的**古色光面**为前者增添了时间的意义:它是一层光膜,被延绵的时间置于物体和艺术作品上。而这个动作并非普通地上一层"涂料",把它盖起来,恰恰相反,而是令它们更加光彩夺目,更加充满活力。因此,说到阿格里吉特亲王(Duc d'Agrigente)时,首先想到了一些"透明的玻璃制品"、"紫色大海"、"金色阳光"等画面,普鲁斯特接下来描述了一个沐浴在阳光下的西里人,门第光耀,家族古老"(《盖尔芒特》,第二部,第432页):富有古风的、明亮清晰的光泽景观。同样地,马古维尔-奥格约兹(Marcouville-l'Orgueilleuse)教堂的墙面"半新半旧","夕阳撒下经世不衰的古色光泽"。透过"这层流动着的珠光玉液"(我们在下文中会探讨普鲁斯特对这种混合质的偏爱),整块石像似乎破墙而出,开始漂浮,"浮游在水面上或沐浴在阳光下"(《索蛾》,第二部,第1014页)。"从热浪滚滚的尘埃中涌现",石像们一个个真的做起了这个飘飞上升的动作。——古色光面与漆釉面偶尔也相当难区分:例如诺普瓦对食物发表意见时说道:"那道牛奶烤蛋,口味稠腻,上面有层古色亮光(patine),你们还记得吗?"(《重现》,第三部,第1053页)。也许这个提醒之举本身也包含了时间概念(很有可能也将此隐含义引到艺术作品上),因为是对过去记忆的召唤,所以有了这层"古色亮光"。

79

反　射

这种深度在具有映照能力的物体里断裂,这股活力不再水平向流动:事实上,映像突出的不再是透明在感觉表层的附着,而是被照亮之物的反应,即光反射回来的信息。它就是这样作用于物体,即使不是真正意义上的主动(物体受激发后才会发亮),至少是某种第一时间的反馈能力:标志着物质更积极地投入光的游戏中。

映像通过普鲁斯特文字中丰富多样的语义、词义而保存着上述价值。它在此可能意味着光斑或者花斑在尚无生气的物体表面的简单停放。它还能使在反光空间里的某个形象以拆分或者颠倒的形式反复出现。但是除了这些激发和表现功能之外,它以更积极的方式协助光线折返,其再次射向别的表面并给予生气,它在这些表面被弹回,随后再跑向新的表面,与它们接触并赋予活力。反射性就此建立了一条光明的激发线路,既中断又连贯。反射与上漆一样,接连不断,散漫无边:然而,它的射程是断断续续的,因为它总是从明亮的一处跳到另一处,且变化多端。因此,反射属于位移行为,众所周知,该行为对于普鲁斯特的意指结构与享受布局有着非常重要的影响。在这里,由于每个物体只有通过一件或多件相似且相异的物体才能被接触到(涵盖、品尝)——这也是作家的意思,因此,世间的感官运作实行了转移的普遍原则,即映像构成原始模式,而隐喻则使之二次理论化。我们的确经常在作品中看到隐喻与映像相互暗示，互为喻体。它们有时甚至附加上自身的优点，从反射到比较，从比较到联想或主题对比，从而勾画出实现感官与欲望之间完美轮换却总是中断的线路。

以下两个片段将具体说明它们在创作中的融洽结合。第一段向我们回述了在贡布雷散步，以及傍晚回莱奥妮家途中的场景：

> ……我们屋子的玻璃窗上还有夕阳的点点反光，而在髑髅地树林深处，则有一条紫红色的余晖，映射到更远的池塘之中，这红霞常常伴随着料峭的寒气，在我的思想中同烤鸡的红色炉火联系起来，这烤鸡给我带来的，是继散步带来的诗意乐趣之后的美食之乐，以及暖和与休憩的乐趣①。

简单（阳光射入玻璃窗）或双重（阳光射向树木，接着树木映入池塘）反射作用，配上另一个隐喻性位移的作用（通过类比：天空的红霞/炉火的红色；或对比：天空的寒气/炉火的热气，诗意/食欲，散步/休憩），最终将景观和步行者引向欲望的终点，即热情、滋润、修复有术的内在世界。一切事物总是被间接地安排，一棒接一棒，迂回再迂回，以姑妈家为中心向其汇拢。

目标中心的动机没有出现在其他地方，反光的移动产生了

---

① 《斯万》，第一部，第 133 页。

简单的环形回应:使具有映射能力的物体与被映射物体展开互动,相互辉映,甚至协同显现。这大概就是蒙茹万池塘一角的风景激起马塞尔内心愉悦的原因。那是富含启发和朝气的景色:经雨水冲洗,被初曦触摸,在风中凌乱。并且这里的风景,还被光的反射游戏附上了生气:

> 太阳复出,池塘又如同明镜,瓦屋顶在水面上映照出淡红的大理石花纹,对此我还从未注意过。我看到**水面上和墙面上露出淡淡的微笑**,以回答天空的微笑,就挥舞合拢的雨伞,欣喜若狂地大声叫道:"嘿!嘿!嘿!嘿!"但与此同时,我感到我的义务不是说出这些含糊不清的字,而是要把我欣喜若狂的原因弄得更加清楚①。

总之,为思想带来的启示必需与景观中的光明同属一脉。这种启示形成于三方(甚至四方,若将"嘿!嘿!嘿!嘿!"的口头反应也算在内)构成的一系列反射运转:在明亮并彩色的模式里,太阳、屋顶、池塘相互作用,在它们之间产生了一系列激发/回应。通过这些映像带来的欢快感,世界似乎呈现为一个动态连接的整体;这便是这抹微笑的意义以及这阵无法言明的**欣喜若狂**的原因,我们之后将会对这微笑的固有价值加以分析。此外,这反射回应的路线也能使反射各方显现出最细微的物质特性:

---

① 《斯万》,第一部,第 155 页。

82

瓦片的粉嫩色彩，水面的浅淡透明。如此，这一角的反射映照使我们既领略了统一的景观，又捕捉到其细微之处。

在这里，需要注意这些反射要素所具有的相当特殊的本质。它们不是基于反射目的而被制造或安置于此的用具。我们注意到①，普鲁斯特极少用到镜子。然而，他却喜欢看自然物体的表面产生反光或映像，这些表面所具有的反射能力是短暂的，不稳定的，可以说是偶尔才有，因此尤为珍贵。既然他对阳光的兴趣不及阳光照耀（以及所有不同样式的光照）之景，那么反射性对他的触动则不如偶发的映射，不如在某些意外的地方或物体上发现映像来得深切。我们将侧重观察那些尚且是哑光与照不到的物质，看它们如何通过把光转至其他物质上从而展现自己。这是哪些物质呢？房屋的玻璃窗当然名列其中，但还有所有自然水，（威尼斯的）运河、河流、池塘、湿地等生动的"玻璃面"：由于具有活动性，它们为映像附上被溅洒、不可捉摸、流动的特点，而这更能吸引目光的注视。也会涉及一些更加非同寻常的镜面：草坪，"当太阳将它们照得像池塘的水面一样反光时，草地上映出苹果树的枝叶②"；或"仍然潮湿，被阳光漆成金色③"的人行道；抑或"积水未被闪耀的太阳晒干的水洼"，使"路面看上去像一块沼泽地④"。

---

① 详见大卫·孟德尔松(David Mendelson)，《马塞尔·普鲁斯特想象世界里的玻璃与玻璃物品》，巴黎，约瑟·科尔蒂书店出版，1968年，第166—168页。

② 《斯万》，第一部，第185页。

③ 《盖尔芒特》，第二部，第59页。

④ 《索蛾》，第二部，第781页。

我们会发现,在这些地方,反射能力的诞生与其他一些已被认可具有裨益的品质有着不言而喻的联系:比如草地那天鹅绒般的青葱活力,人行道那像是流动着稀薄液体的漆釉面,或是坑坑洼洼的路面那四处散落的斑点状。我们还注意到,这些天然自生的镜面里,被投射的几乎总是相同的感官价值:富有生命力,就像红色,这些特质使光影闪烁的唤醒价值翻倍(蒙茹万屋顶的红色,威尼斯运河汩汩流水里乔尔乔涅①壁画上的红色,巴尔贝克海面上阿尔贝蒂娜欣赏的帆之红色);或者,相互对立,这些特质能够在具有反射力的空间内注入白底黑象的力量与规整性。就如在下文中的双重景观里:"树木的侧影映照在这片微微发蓝的金色雪地上,显得清晰并洁净[…];这些侧影躺在树木根部的地面上,在大自然中太阳落山时往往可以看到这种景色,这时,太阳沐浴着草原,把草原照得如镜子般熠熠反光,那里的树木一棵棵等距站立着②。"

　　最后需要指出的是,这种惬意的反射产生了平衡的现象。只有避免两种妨碍映像成立的过度行为,反射才能发生。第一种即消极反射、反射/拒绝:反射表面只有以将光掷回远离表面之处,永不接纳它并且不被它标记为目的,才会回射光。就像斯万的房子,将爱恋者的目光从闪着光亮的玻璃窗上赶走,窗户

---

　　① 乔尔乔涅·巴巴雷里(Giorgione,1477—1510),第一位真正意义上的意大利威尼斯派画家。代表作有《暴风雨》(*La Tempête*)、《睡着的维纳斯》(*Vénus endormie*)等。——译注

　　② 《重现》,第三部,第736页。

"用明亮、冷淡和短浅的目光把我和并非属于我的珍宝隔开,这目光在我看来如同斯万夫妇的目光①"。同时,或者说相反地,这满腔敌意(这轮无法附着的映射)里刻下了一道暗淡之光(无反射之光)的苦楚。此时,物体接受光照,但也将其阻断,将它困在表面,不让它溜走。因此滋生出怅惘沉重的感觉,与暴风雨前这道景观的印象一致:"田野仍然明亮,但已不是光彩夺目,所有的生命似乎都已暂停,而鲁森维尔(Roussainville)这座小村庄,则在天上雕刻它那些白色屋脊的浮雕,刻工精确、精致得令人难受②。"浮雕与雕塑标志着形状的闭合;悬停使我们麻痹无力,物质死气沉沉的白色则巩固了这种感觉。反射的缺席使物体那令人难以忍受的有限性一览无遗。

大理石纹

若有纹理,或者说大理石花纹(marbré),如此意外便不会发生,因为这两种新的要素从一开始便将我们深深置入活动的中心。与漆釉面相比,大理石花纹突出了透明原则与发光意义的分离,而发光在前者原则里曾一直占据着重要位置。透明范围越来越大,直至深深占据了物体所有可见的部位;而这块变得半透明的空间中心被火焰或彩光照亮,并且仅是中心。这些照明物似乎从外部

---

① 《少女》,第一部,第 503 页。
② 《斯万》,第一部,第 150 页。

滑过来。就像斯万,虽然对上流社会的社交沙龙心生厌烦,当他每次在那里遇到或被介绍一个新情人,都会重新感到这些沙龙的魅力:它们的"构成物质一旦**被他增添新爱情的温暖火焰,就会使他感到珍贵、美好①**"。大理石纹在这种火热的安插过程中诞生。它刻画了物质辐射中心的光束之舞的途经范围。因为大理石花纹的位置既不固定也非零星布点。它呈现为一些起伏的波状线条,或者蜿蜒交织的波束条纹,进一步显露了它的活力与悸动,因此,也突出了它的散发力。亮光闪闪或色彩斑斓的大理石纹如波浪般在有花纹的实体上四散延伸。而另一方面,这个实体将它覆盖、包裹、容纳:从某种意义上来说,也限制了它,几乎使它陷入瘫痪。因此,大理石花纹面总是在自身保存了某些被遏制、滞留甚至被囚禁的东西。它回溯流放之行,与忧伤窃窃私语。因为它的诱惑力与某条禁忌息息相关:这种诱惑力不能使物质获得真正的自由。

我们在《追忆》中多次看到大理石纹面的出现:例如,在蒙茹万,瓦屋顶在池塘水面的映像也形成了大理石般的花纹,可以想成色彩扎进水里并穿透它的潺潺活力。然而,有一种物品格外具备这种纹路的主题特征:那就是**小球**,玛瑙球,它出现在普鲁斯特奇思幻想的角角落落。它的特殊地位离不开它所承载的强大感官力。因为弹珠或小球首先带到我们眼前的是它的赠予者,吉尔贝特(或者是《让·桑德伊》里的玛丽[Marie]),通过她,我们看到了所有秀色可餐的少女的身体:"我觉得它们十分珍贵,一是因为它

---

① 《斯万》,第一部,第 195 页。

86

们活像微笑着的金发姑娘,二是因为它们每个值50生丁①……"吉尔贝特珍贵的替代品(我们知道金钱对于普鲁斯特来说的色情意义),玛瑙球从此被马塞尔视作吉祥物:他不让它离身,将它放入口袋,夜晚置于枕下。他摸着它的球体时,会感到吉尔贝特之前——可能专门为他——留下的抚摸:但这个动作也是对物体本身做的,它与肌肤零距离接触,用普鲁斯特的话说,具有"生活一般的透明和朦胧"。重点可能仍是发散的"金色辐条",既被俘虏,又乖巧地活动着:"这金色的闪光像是来自它体内深处的看守②。"因此,假想拥有玛瑙既能释放它那被囚禁的火焰(此外,玛瑙球在被购买时首次获得自由:被未来的爱人解救的奴虏……)又充满爱怜地回应其闪闪亮光。这抹亮光无疑具有性感的品质,并且还在别的片段里大有彰显。就如这段关于盖尔芒特家族的回忆,通过比较巴黎贵族圈里无差别的其他实体而使家族成员的相似之处如矿脉③

---

① 《斯万》,第一部,第402页。

② 《让》,第769页。

③ 矿脉动机通过矿化大理石花纹动机并加入价值理念,使该动机发生轻微变化。就像在《少女》中那个与本段引文非常相似的片段里,普鲁斯特提到了圣卢的古怪之处,颇带生物学色彩:"他头发、眼睛、皮肤和举止的优点十分突出,使他在芸芸众生中鹤立鸡群,如同闪闪发光的天蓝色欧珀的*珍贵矿脉,被粗糙的物质包裹其中*,与此相对应的是,他的生活应该跟其他人的生活不同"(《少女》,第一部,第729页)。在普鲁斯特对矿物的幻想中,这条被包裹的矿脉与埃尔斯蒂尔画室里那块隐喻的"大水晶"特别接近,"这块东西的一个面已经雕琢、磨光,会在各个地方像镜子般发亮并呈现彩虹色"(《少女》,第一部,第835页)。两个画面里,发光、独特、珍贵的中心价值与无生气的、平淡无奇的大包裹相对立。另一方面,这些包围物质暗不透光,这使我们脱离大理石纹结构,从而体会另一种感官表现(至少第二个例子引领我们至此),即光/影的对立。

(大理石花纹的相邻主题)般大肆延伸:

> ⋯⋯由于有这些特点,盖尔芒特家族成员虽然在贵族
> 社交界里到处出现,但不管这种社交界的成分如何珍贵,他
> 们仍然能被认出,仍然容易识别和注视,这就像矿脉,金黄色
> 是碧玉和缟玛瑙的纹理,或者更像这发亮的波浪软发,马鬃
> 般的乱发如同曲折的辐条,在苔藓玛瑙的两侧迅速移动①。

可塑性、流动性、伸缩性、蜿蜒或似动物般潜逃的天赋("马鬃般
的乱发"),这些特质最终都在我们的玛瑙球上一一展现,同时完
美映照了一系列婀娜姿态。此外,这种姿态的女性特点一直扩
散至包裹的空间,或是拓扑涵义所指之物(两侧),或是在具体物
质里(这块苔藓,多亏了宝贵的字词协助,它抹上了一大块蓬松
且飘逸的温情植物色调)。

那么,大理石花纹具有单独的生命,这使我们在此要在想象
中回溯它的形成。每条脉纹都促使我们想象其形成过程。然
而,根据脉纹的主要属性与其外包层之间的关系的瞬时变化,这
个过程被想象成多种多样。有时,这层半透明的包裹好像早就
存在,从而在大理石花纹的形成过程中被投入灌输、连续渗透的
加工中。例如餐厅里"明亮的凝结":在感官通联的进程中,透明
已被众多气味占领。"它就像玛瑙石的内部,桌布、餐盘、苹果酒

---

① 《盖尔芒特》,第二部,第438页。

88

的不同香味在它的上面划出条痕,格鲁耶尔干酪的香味也参与其中,搁放餐刀的玻璃棱柱周身的折射光为这块干酪附上某种神秘性。"飘进餐厅的每阵新的气味都为气味条痕增添新的变化:"当盛着果香的高脚盘被端进来,先是樱桃,然后是杏子,它便轻轻地被饰上纹理①。"这些不同的气味从外部渗入接纳空间,渗入餐厅这个感觉均匀分布的空间里,在那里,它们被包裹着,像是神奇的悬浮物。

其他时候,纹理或矿脉被想象成脉纹形成前已存在之物,那么就等透明形成将它们包裹并层层加厚了。透明能以不同的速度形成,该过程中还能发生些许变化。像是透明沉淀,缓慢的过程,它与已经提过的漆釉面等理想的艺术主题产生联系。普鲁斯特所描写的贝尔玛(la Berma)的表演不也是如此吗?他在隐秘之处发现了玛瑙的影子。因为表演拉辛②作品的贝尔玛所附加的感官诠释(声音、姿势、手势、纱衣)仿若

变成半透明的各种物质的流动,这些物质叠合在一起,使穿过它们并囚禁其中的中央光束在折射时更加光亮,并使光束镶嵌其中、浸满火焰的物质扩散,变得更加珍贵、艳丽③。

---

① 《驳》,第 86 页。

② 让·拉辛(Jean Racine, 1639—1699),法国 17 世纪剧作家,创作以悲剧为主,多为古典主义戏剧的代表作。代表作有《安德洛玛克》(*Andromaque*)、《淮德拉》(*Phèdre*)等。——译注

③ 《盖尔芒特》,第二部,第 49 页。

状似有大理石花纹之物的两方间建立了巧妙的关系：中央与周边，作品（火焰）与声音（透明的流动物），所指与能指；一方激发另一方愈发强烈的半透明度，另一方渗入，以身下流动且灼热之物"浸满"前者。

然而，透明的包裹也可能忽然凝固成形，在此之前仍分开或相异的各种感官要素都在里面重现，就像在富有艺术性地变化后钻入同一幅画中，即它们自己的纹路里。例如，这道月光，它将"已被融入苍穹的田野和森林揉进这块纯净蔚蓝的枝形玛瑙里①"。在此，物体被如此强大的透明封锁，以至于大理石花纹、树形枝状（我们在下文中再谈及这种差别细微的形状，它更具活力，花纹更具喷射感）的脉纹动机消失在载体或是固化的空间环境里。

微　笑

想象将脉纹的内部火焰移至另一场感官探索，移到人脸上，那我们便会面临这阵来自深奥之处的全新欣快表现，即微笑。众所周知，这是普鲁斯特引用较多的物质感官类别，并且常常与前文提到的种类相结合，蒙茹万的池塘依旧是个很好的例子。然而，除了真情流露的面部表现、富有情感的响应标志，什么是微笑？通过它，能知道感觉的深度有时也是空间的

---

① 《逃亡》，第三部，第 480 页。

深度甚至是时间延绵的深度,它们被触动,看上去似乎能够并致力于某种交换。这便足够引起表象的变易。就如在巴尔贝克海堤上遇到的帕尔玛公主①:"(她)对我们露出美妙的微笑,这微笑仿佛来自过去,来自她青年时代的优雅,来自贡比涅(Compiègne)城堡的晚会,并完好无缺地洋溢在刚才还怒气冲冲的脸上②……"我们注意到那些产生于肉体、灵魂以及时间跨度的东西"洋溢"时的美好连贯性。那是因为微笑能够将此前仍被包裹或掩埋的生命铺展示众:"我真的已经忘记吉尔贝特的相貌,除了她*容光焕发*的美妙时刻:*我只记得她的微笑③*。"

然而,微笑并不仅仅只是在面部展现个人内心的真情:它将后者转为外部的精巧之物,且还自诩背负使命,生动流露,奋力冲向相异的对象、冲向某物或某人的空间。这将它置于情感表现轴上另外两大表达欲力的普式动作中间:笑、亲吻。

笑,可以说是直接从浓厚的情绪中提取,它身上似乎保留了该情绪的痕迹,甚至能够在外界激发、乃至传播这些情绪。因此,从中生出一种强烈的乐趣,就如叙述者面对阿尔贝蒂娜时的感觉:

---

① 经与原著对照,在巴尔贝克海堤遇到的应是卢森堡王妃(Princesse de Luxembourg),而后面引文所指的是玛蒂尔德公主(Princesse Mathilde)。——译注

② 《少女》,第一部,第 544 页。

③ 《少女》,第一部,第 490 页。

原因是我刚刚听到了她的朗笑声。这声朗笑旋即令人联想到粉红的双唇,芳香的口腔,从那里摩擦发出的笑声,散发出像老鹳草一样浓烈、性感、直露的香气,似乎带着若干个可掂出分量、富于刺激性的神秘粒子①。

我们想起她享用完冰糕时发出的相同笑声。在此,爆发的大笑与人物最性感之处以及其变化起伏、暗中绽放、尖刻直接、会心拂拭的幻想作用相连。它"强烈而深沉",表示心心念念的亲密关系开启,总想在笑声里捕捉到的"前所未有的聚会"拉开帷幕②。这些内涵也经想象在外部世界投射出丝丝踪迹,可以说是有形的碎片。作为喻体的老鹳草自然而然地刻画出这喷涌爆发的画面:这不也是欢呼肉感或美感的象征吗?它全力投入,将此用途发挥极致:其香味之力,或者,普鲁斯特所言更佳,芬芳(fragrance)(这个词的发音与明目张胆[flagrance]、爆炸[déflagration]如此相似)之力,甜中带苦,甚似精液;爆发的猛力,通常染着红色,沾着血腥;还有其品质,颇为独特,就像脱去表皮层的花朵孤枝傲立。面对惊人的粗俗言行,这些花瓣所给的感官体验,事实上,与皮囊相比,我们想到

---

① 《索蛾》,第二部,第 795 页。

② 这一点往往很明显。普鲁斯特提到了那些少女,她们"在我们谈到要做爱时,那双眼睛却在*充满阳光的笑声重压下低垂下来*"(《女囚》,第三部,第 42 页)。阳光/笑容/爱情三者的联系甚是紧密。重压的动机也值得探讨,它涵盖了笑声里阳光之压、性感之重以及情绪波动的加剧。

更多的是某种植物的黏膜，被翻搅的、仿若被活活分解的果肉内部①。

　　至于**亲吻**，沿着与笑平行的想象路线发展，只是发挥的动态价值极为不同。虽然是肉体亲密关系的产物，但它在想象中，更多地向有待触碰、品尝、感动的另一具躯体的奥秘延伸。欲望全部驾临于此，并且几乎不顾一切地涌向外部世界：我们已经看到，它必会遭到挫败，并以永远无法触及想望对象而告终。

　　这两种感官享乐的表达形式，前者有力地指向（有欲望的）根源，后者则指向（被想望的）终点，微笑在这两者间构成某种中间解决方案，某种更稳定的自身或他人的感官关系的形态。与朗笑一样，微笑来自肌肤深处，但是它并不会保留其津液、撩人又猛烈的芳香，与其将它们封存，它更想要通过情感展开其意图，将它昭明于世②。它若也能流露真情，那都是有所克制的，

　　———————————

　　①　事实上，我们可以如马塞尔幻想那诱人的**舌头**——即阿尔贝蒂娜的舌头——那般想象老鹳草的这层外皮："……她那母性的、滋补而又不能食用的圣洁的舌头，阿尔贝蒂娜即使只让她的舌头轻轻拂过我的脖颈，我的胸腹，她舌头上神秘的火焰和露珠也会使我认为这种**表面的抚爱**几乎出自她肌肤的深层内里，如一块翻出衬里的布料一般显露在外，因此这种抚爱哪怕是最表层的接触，也仿佛具有沁人心脾的神秘温馨"（《逃亡》，第三部，第497—498页）。外皮/衬里、翻转的表皮、外部/内部之乐带来轻触/渗入。母性人物在此仍属禁忌（不得食用：既不能吸收也不能渗透）；然而，黏膜、肌肤内里的力比多却能在兼顾表面完好的前提下欢快地抵达最深处。

　　②　这种铺展有时候会成为一种溢流：就如在歌剧院，公爵夫人的微笑使"天降闪闪发光的暴雨"袭向叙述者（《盖尔芒特》，第二部，第58页）。而通过这里提到的闪闪发光的光亮主题，我们将看到，在此，与大笑痉挛性的间断相对的是微笑的液态流动、紧密连贯性。

微持一个角度,被迫滞留,不自主地施展:例如普鲁斯特会说晴朗的天空"在拉上的窗帘的角落露出微笑,就像在紧闭的嘴角泄露出幸福的秘密[①]"。然而,从它自我呈现的角度来看,它又与亲吻相似。它不过是种定向的莞尔:伸向旁人,意在向他暗示微笑者肉体和精神的奉献。例如马塞尔的母亲在威尼斯的那抹微笑:

> ……她向我送来发自心底的爱,这份爱只在那里停留,因为它不需要任何物质来载托,只由母亲那富于情感的目光之面载着它,母亲将它的目光尽量与我靠近,并微微撅起嘴唇,把她的目光升华为一个仿佛在亲吻我的微笑,她就坐在那尖拱形窗框上,沐浴着正午阳光的尖拱宛若一个更为含蓄的微笑,笼罩着母亲[②]……

完美的微笑,原因在于,首先,它来自微笑者的典范,即母亲;此外,它与艳阳的万丈光芒有关;最后,它与艺术延伸的欣快感以及升华的优点相结合:事实上,这座尖拱框体是此处微笑的另一种复刻,它可以说是在自身嵌上了两圈薄唇。然而,这寥寥数语却在字里行间突显了这抹微笑固有的忧伤。看得出它是用力挤出来的,来自一个几乎预先被判不可实现的欲望:升华间,撅起

---

① 《斯万》,第一部,第 422 页。
② 《逃亡》,第三部,第 625 页。

樱唇之时,它离开了发送者,去与接收者切身会合,最大程度地靠近他。登上这段无可避免的里程,微笑必须充当两者间搭桥的初探,就像"一个吻的羞怯雏形①"。一个远处的吻,仿佛那是被滗析后澄净的朗笑。因此,便有了摆脱、振翅欲飞、获得自由、生生不息的意愿:甚至还有要在"华托的那些专用三色铅笔画在浅色草纸上的习作,在**各个地方,各个方向**遍布着**无数微笑②**"中得到满足的意愿,这些意愿始终撩拨着微笑者。

然而,在普鲁斯特的创作中,微笑者也能够化为物质,并保留相同的价值。微笑的光线,能使被照亮之物相应地报以微笑。就如海浪,在巴尔贝克,"太阳在上面添加不露尊荣的微笑③";或者大海"露出疲惫的微笑""让阳光(在它身上)闪烁④";或是蒙茹万池塘的水;抑或在另一个领域,凡德伊那带着"难以言表的微笑"的小乐句。相反地,没什么比**看不到微笑**更令人不适、更消极负面了:吉尔贝特的面容更好地为我们阐明了这一点:

> 她在这样的时候,眼睛里和脸上**没有一丝微笑**,只有一种无法形容、令人难受的单调神情印刻在她忧愁的双眼和阴郁的脸上。她的脸变得近于丑陋,活像那乏味的海滩,海

① 《斯万》,第一部,第 409 页。
② 《斯万》,第一部,第 240 页。
③ 《少女》,第一部,第 672 页。
④ 《少女》,第一部,第 705 页。

水已退得十分遥远,其反光让你看得厌烦,因为反光总是一模一样,它上面则是一成不变的地平线①。

不愉快的要素汇聚一起,值得一看:单调,一成不变,在这里与弯曲的并总是摆出微笑的魅力相对立。丧失了流通之力的被照映物被弱化,失去了增姿添色的能力。而在空间上,广阔无垠却又疆域有界(同时结合了这两种互为矛盾之状的弊端),不具大海的活力,并且用反语呼唤着构成微笑的各个优点:深入接触,平易近人,悬停的静止、聚焦、满足。

彩　色

撩拨感官的最后一步便是显露物体感知表面上最后一个揭示性的品质:色彩。普鲁斯特认为它对于物体在受到光的进攻时做出的一个最佳反应功不可没。面对色彩,面对色彩的全部表现,它那如此和谐的多样性,它的光泽,他有时会忍不住赞叹:

每样东西真正的色彩如和声般扣动您的心弦,使人止不住要为眼前那些粉色的蔷薇掉泪,或者,若是冬季,为了树干上那苍翠欲滴的油亮绿叶流涕,而要是在这些色彩上落下点点辉光,就像白色丁香花在日落时分咏唱的那抹素

---

① 《少女》,第二部,第484页。

白,那真是美不胜收①。

在此,色彩的饱满、"歌唱"之态显然是在宣告物质的存在;它们突显了物的首要实体特性,主动跃入眼帘,所带来的喜悦仿佛具有感染力,就此赢得观众的芳心。《追忆》的叙述者在东锡埃尔清晨的阳光下见证了这种力量:

> 阳光把树叶的**红色**和竞选广告上的**红色**和**蓝色**照得更加鲜艳,我也因此而心情激动,唱着歌走在街上,并克制自己,以免高兴地跳起来②。

跳跃是身体对色彩的感官抬升作用所产生的反应。此外,我们会在以上两段引用中发现,被注目的色彩其本质对观察者来说似乎并不重要:白、粉、蓝、红、绿,这些色彩于此于彼带来的欢喜出于一辙。但是,不难看出,视觉享受与所领略到的色与光的关系有关,这种感官体验无处不在,不尽相同。这是一种相互促进、相互形成的关系:因为阳光若使各种色彩显露斗艳,那么反之,它们会尽显其光辉,或者使它逐渐更新,根据色彩展现新的亮光。因此,就有了以下风雨过后在草坪上的一幕,在这里两者同框呈现:

---

① 《驳》,第 194 页。
② 《盖尔芒特》,第二部,第 81—82 页。

整块草坪都布满了阳光，不仅被淋上栗黄色，镀上金色，还被阳光渗入、浸透，像一名睡眼惺忪的女子般被阳光滋润，而阳光不时地在某株闪闪发光的草尖闪烁①。

绿草的颜色就是如此显现了日照的光辉：然而，这道日光穿透各实体，深层滋养它们（后者通过它而变得充满生命力，就像女人的肌肤），促使它们——栗黄或镀金色——着上幸福的色彩。物质在此被照亮，亦是被注入了活力。

那么，在活跃的**着色**现象中，与光在外部对物质的激发作用相对应的是将其内部释放的推动作用。擦上的颜色便能揭露能量在物质内部的深层堆积。在普鲁斯特的作品里常常看到蓝更**青**，红更**赤**，黄更**橙**。就如巴尔贝克的大海，美得就像"海中仙女格劳科诺墨(Glaukonomè)，她美丽而又懒散，呼吸时有气无力，透明度如同雾茫茫的绿宝石，透过这雾气，我看到给她着色的各种有质成分涌现②"。这里的**涌现**，正是各种沉重且有形、**有质**的成分在内部涌动，最终酿成色彩。在这段例文中，绿宝石之雾用来隐喻无形之物在光的照耀下的扩散、上升、显现之象，同样局限于鲜艳的色彩，并呈现出大理石花纹的样子，同时具有玛瑙或欧珀的凝固透明度。我们可以把这个过程想象成与某种宇宙力量的作用有关，与普遍动力论的演绎有关，这种动力会每时每

---

① 《让》，第 474 页。
② 《少女》，第一部，第 705 页。

刻、在物质不为人知的阴暗处生出、再生出众生之肌。所有颜色都能这般一下子、彻底地带给我们追本溯源的欣快感。因此,色彩中不能有丝毫决定性、无可改变的东西。举个例子,跟随马塞尔一起来欣赏清晨的这朵貌似颜色不变的云:"……固定不变的粉红色,如死去一般,也不会再改变,犹如用来染翅膀上羽毛并被翅膀吸收的粉红色,或像画家随心所欲地涂上粉红色的水粉画①。"然而,所观察到的这种固定性同时被一种矛盾的感觉否定,这是色彩能量带来的固有感受:"但我感到,恰恰相反,这颜色不是死气沉沉,也不是随心所欲涂上,而是**必不可少又生气勃勃**。"事实上,阳光驱使这股生命力爆发:"这颜色后面很快就堆积起储备的光线。它鲜艳起来,天空则变成肉红色,我把眼睛贴在窗玻璃上,想看得更加清楚,**因为我感到这肉红色跟大自然的神秘存在有关**。"通过颜色在光下的逐渐变化和展现,在此出现的是凉爽的本质,我们在前文已经知道该本质在普鲁斯特对感性的想象世界里的重要作用:它在普式想象中与真正的起源神话篇章息息相关。

因此,普鲁斯特的文字围绕感官世界所捕捉到的各式表现来探讨色彩问题。颜色根据自身的主要属性或带来的好感,使自己流露出汹涌的力比多之力。有些色彩呈现出负面意义:如白色、黑色、灰色等反色,我们在这些色彩中能辨认出同是拒绝生命活动的三种不同方式。白色标志诞生前的先决时刻:依据

①　《少女》,第一部,第654页。

棱镜原理,此时的色彩混合盛放,尚未加深加浓,或者互相抵消中和。素白一片意味着之后五颜六色的乍现,也暂时阻止这些斑驳色彩的泄出。而黑色,像是对禁忌冲动的掩盖与压制般同彩色相对立。这里,我们不考虑有光照的黑色,例如阴影或密闭卧室里的黑色,因为我们已经领略过这种黑色与光的协作性以及几近(反向的)一致性。我们考虑的仅是一种参与压制色彩以及色彩里所有不可接受的欲望的黑色。例如夏吕斯那过于考究的定制西服的颜色。面对阿尔贝蒂娜的长裙,夏吕斯毫不犹豫地称赞了其最为放纵、最为疯狂的颜色,而当他自我表现时,却显露出最为严格、最令人费解的低调态度:

> ……只要走到近前就能感到,颜色在这些衣服上几乎完全没有,不是因为消除衣服上颜色之人对此毫不在乎,而是因为此人因某种原因而加以禁止。他所展示的朴实无华,看来是为了服从某种生活制度,而不是因为缺乏对色彩的追求。裤子面料上深绿的细线,跟袜子上的条纹浑然一体,显得十分雅致,展现了一种爱好的活力,这种爱好在其他地方均受到压制,唯有这里因宽容而对其作出让步,而领带上一点红色,则难以觉察,如同大家不敢作出的放肆行为[1]。

---

[1] 《少女》,第一部,第753页。

绿色与红色在此处代表微小的越轨之举,它们为解除由服装的深暗色所打造的防卫系统(围绕身体建立,就像有约束力的硬壳)中的细微环节提供机会。至于灰色,这是黑色的一种弱化形式。它或是显露着色前的呆板、翘盼之态,或是展示一种谨慎、晦涩、几近虚伪的欲望形式:理想的"放肆"与必要的驯化间的折中色彩。此外,这常常是有意识的、战术上的折中,就如普鲁斯特所欣赏的那条卡迪央王妃(princesse de Cadignan)①的裙服:这条裙子的使命是通过正直、纯洁、朴素的婉转召唤,道出甚至激起欲望。

至于那些正面意义的色彩,它们艰难地构成一个简易系统。若干条主线连在一起,掌管着这个系统。因此,一如既往地以光作为各种感官表现的主管:一些色彩被光标记了表面,有时甚至呈现出与后者无异之色——镀金、橙红、鲜黄、橘黄(盖尔芒特这个词所折射出的光辉色彩之一)——,其他色彩则被照至阴影之域或者物质的半透明带:绿色的价值大概就在此,它是海洋或者植物的内在本色。由此可得,绿色与起源的一系列主题相关联,容易被附上青春青涩、凉爽的隐含意义,且通常预示着光照的潜在可能:它似乎吸收了充分的光能,就像在自身积聚了一座耀眼的宝库。《重现的篇章》(Textes retrouvés)(第162页)其中一篇里,叙述者面对这些"美妙的绿叶,……绿至叶缘,仿佛从内部绽

① 巴尔扎克的小说《卡迪央王妃的秘密》(Les Secrets de la princesse de Cadignan)的主人公。——译注

放出光明、生命以及蕴藏在这片翠绿中的夏天,这个夏天对这种鲜艳坚固、嬉雨的绿色尤为敏感,它确保阳光在云散时重回蔚蓝的天际,洒落在道路上的光线将重新牵动漫游的步伐"时对此有所体会。青涩之绿在此像是希望一般的存在,是光明的保证;而它的晦暗处只不过是放射出新光明的神秘谷。

因此,光照是色彩的重要因素。但它并非唯一:浓度值也会影响色彩明暗的排列(此处评论仅供参考,尚不成熟)。例如,根据浓度等级的上升,这条数值支配了紫色相关的重要色彩系列:淡紫色(mauve),这种色彩无处不在,与色情魅力相关联,那是褪淡、分解,即"任意化开"(就如斯万夫人的紫罗兰花)的颜色;紫罗兰色(violet),淡紫色的加强版,更浓,甚至呈充血状;还有超紫色(ultraviolet),它几乎在精神上超越并颠覆了这系列色彩。然而,特别在肉体感知波动方面——进而与血液建立紧密联系——才涉及浓厚度对色彩的影响。被激发的感触表现在晨曦露出的玫瑰红上(这种粉红色与绽放相连,因此也常常出现在花瓣上:例如"这种性感、鲜艳的粉红色,在德·斯泰马里亚小姐[Mlle de Stermaria]那苍白的面颊上展现,如同把肉红色加在维冯纳河的白色睡莲之中所呈现的色彩[①]"……)。这抹粉红呈现于此且愈发浓烈,从而达到红色更浓厚的刺目感:那是笑、蔷薇、老鹳草以及所有感官波动甚至是无法抑制的性欲(还记得圣卢那过于细腻几近透明的皮肤上呈现出一块块色彩强烈的红斑)

---

① 《少女》,第一部,第 689 页。

的色彩。然而,红色可以具有多种形态、不同的鲜艳程度和亮度①。在不断的刺激下,红色会达到强度几乎令人难以忍受的色调:它的凶猛态势离不开浓重程度,展现了被遏制、禁锢、不被外泄的欲念,例如几乎从病理角度刻画的某些时日里阿尔贝蒂娜面容的红色:

> ……有时,她面颊的肤色变得像仙客来那样粉红里带紫,而在有的时候,皮肤充血或者发烧,这肤色表明她体制多病,使我的肉欲兴味索然,使她的目光显得更加反常和病态,这时,她的脸色像某些玫瑰那样呈暗红色,红得几乎发黑②。

粉红、红、酒红、紫红、苋红("盖尔芒特"名字联想的另一种色彩③,即维冯纳河面上的花束的颜色)、暗红、黑:这便是同一种感官追求的各种渐进形式。它们根据欲望堆积程度按张力从小到大一字排开。这股张力自行施展,直至造成病态或性虐突击,

---

① 此外,红色的能指([ru:ʒ])进行音节易位后所得的有声意象与老鹳草(géranuim)相似,也许在肉红色的感官撩拨下,还能联想到乔尔乔内(肉欲或绘画:普特布斯夫人[Mme Putbus]的贴身女仆被比作了乔尔乔内画中的一位美人)。

② 《少女》,第一部,第 947 页。

③ 盖尔芒特的法语为 Guermantes,苋红的法语为 amarante,两个词的最后一个音节相同。在《盖尔芒特》卷中,叙述者表示:"她说的话必须反映出她姓氏最后一个音节的苋红色彩,这种色彩,我从第一天起就没有在她身上看到而感到惊讶,并将其藏在她的思想中"。——译注

产生某种内部骚动、皮肉灼烧的样子。

胀满、圆形

然而,这种肉感或物质的大量汇聚不再仅仅是为了促进物体的质变。它甚至还摧毁物质的布局、原状;从内部攻击它们的阵势,搅乱其形态。

一开始,物质的形态因受影响而自我扩大、腾起,但仍未破裂。这是**鼓胀**,表示存在的真正膨胀。对此,普鲁斯特在《盖尔芒特那边》举了几个通俗的例子,并对欣快感做了进一步阐释:

> 我在住所中仍然感觉完美,就像刚才在外面那样。这感觉充斥了物质使其外表鼓起外凸,因此,炉火的黄色火焰,天蓝色大墙纸[……],粉红色铅笔般的开瓶塞钻,图案奇特的圆桌毯[……],这些东西,我们往往感到外表平淡无奇,这时却变得异乎寻常,并使我感到其中饱含一种特殊的**生活**,我觉得能从中将其提取出,只要我能见到这些东西①。

由此,鼓起的形态在视觉或想象空间里能与迥然不同的物体联系在一起。它指出了所有这些物体的内在强度,显示了某种迫

_____

① 《盖尔芒特》,第二部,第95页。

不及待的完美推动力。然而,这种扩张运动,即使从中看到这鼓起的感觉并继续鼓动它,也无法将它真正释放:因为这些众多感觉的精华仍蕴藏在感觉内部,需要从感觉本身寻获它,或者说"提取"它。尽管隆胀能带来乐趣,但仍无法完全解放物体。

此外,与其说鼓起(bombé),也许在这里说胀满(gonflé),或者充胀进行中、正在鼓胀更合适,后者能引起动态想象、对隐秘的肉体与物质范畴里的有效之力发挥想象。普鲁斯特如此解释了那些妙龄少女于他的魅力:"她们的身体如同珍贵的面团,尚未成形[1]"。而我们在前文已经领略了这些食物的诱惑力,它们能使自身拱起上抬,仿佛为了更体贴地将自己送入食者的口中:比如舒芙蕾以及其他糕点,它们的内部在发酵或分层的制作过程中有气体流动。在著名的"香味蛋糕"的片段中,通过隐喻的手法,将蛋糕在莱奥妮姑妈房间里的阳光下烤制。它的"起皱"和"鼓胀"这两种表面膨胀现象,前者呈波浪形,后者鼓成泡,它们如何延长面粉内部的大型翻腾运动有待琢磨。我们在另一个类似的例子里看到一种液态的、更加轻薄的、或许与较原始的幻想有更紧密联系的物质的肿胀过程:它就是正在炉子上沸腾的牛奶。我们首先看到白色物质过于剧烈的翻滚、膨胀,如暴风雨般的飚射:

……因为这时,沸腾的牛奶痉挛般升起的卵形,在几次

---

① 《少女》,第一部,第 905 页。

斜向上升后已如涨潮一般,使几张倾斜的帆鼓起并呈圆形,
奶油使这些帆形成波形褶皱①……

然而,这种性事色彩浓重的涨潮以溃散告终。这些倾斜的帆,炉
灶一旦熄灭便使它们"全都原地旋转",将它们"变成玉兰花瓣随
波逐流"。肿胀(与飚射)之后,降退,一系列与收缩、起锚、散落
相似的动作。

鼓胀准确地预知了一个如此不幸的结果。它没有寻找外泄
的空隙,而是定型为一个闭合的平衡形状:故而使得这个闭合空
间避免了各种引起破裂的突发事件,同时,保留了曲拱形状在感
官享受方面的优点。

若要快速探索普鲁斯特在圆形范畴的词汇使用,我们首先
会遇到两个花了大笔墨叙述的静物动机:水果,帆。前者的圆形
形成于一个成熟过程。它引申到某个自然能量的主题、某段时
期里幻想和反复进行的工作,对此,我们在前文对果汁的分析中
已有所提及。所有水果都将某段活跃期内的累累果实汇聚并弯
向自身。而在空间上,它呈现的圆形也使它成为譬喻的对象,自
发引述了所有正在变圆的东西:例如德·维尔帕里齐夫人送来
的这些"蓝盈盈、亮晶晶的李子,如同此时的球形海面②";或者
是巴尔贝克的教堂钟楼:

---

① 《盖尔芒特》,第二部,第 76—77 页。
② 《少女》,第一部,第 698 页。

106

······鼓起的柔软圆顶在天上如同水果，上面的阳光跟房屋烟囱上的一模一样，把粉红、金黄和多汁的果皮照得成熟①······

此处的阳光令我们想起了它的激发力，在这里有催熟的功效。成熟之物自身被大范围地附上粉红与金黄色，柔软感勾起了味觉，另外，它还能够向我们昭示即将迎来的结局：水果将会在我们的嘴里嚼出果汁，它的圆形也将会变形。如果说鼓起之状表现了某种美好的成熟过程，那它也只是宣告了某种垮形、某种散乱以及某种享受。而胀满之仓保存了不稳定性的全部魅力：在一阵漫长的表现运动与释放之后，它表明了一种暂时中止②。

---

① 《少女》，第一部，第659页。
② 水果里将圆形维持到最后的是包裹它的果皮。一旦去掉果皮，生冷的果肉/果浆裸露在外，唾手可得：便再也没有东西能阻止它被享用了（直接接触肉的部分、捕获朝思暮想的凉爽）。由此，我们想到了马塞尔在吉尔贝特第一次喊他的名字时的欣喜之情：他觉得仿佛"在片刻中被她衔在嘴里"，自己"一丝不挂"，被剥夺了家族身份、脱去了衣服，"就像去皮的水果，人们只能吃其果肉"（《斯万》，第一部，第403页）。融入的乐趣。与以往一样，马塞尔在此把自己想象成了这种口头融入的客体对象，而不是主体行动者（主动转向被动，对象也回到了人身上）。这段文字甚是接近冲动的真相，也为果皮与裹身衣衫之间建立了对等关系。

它还延长了（隔了一页）马塞尔对玛瑙球（另一个圆形物体）的幻想：玛瑙球代替吉尔贝特，我们看到，在他的欲念中，她被拿起来，抚摸、摆布，包裹，就像他自己在此因为她的意愿而被含住、吸纳。

这几行字也许还能延伸至姓与名的幻象，扩大研究。当叙述者被冠以其本名，即他父亲的姓氏，吉尔贝特说出他的姓——普鲁斯特特别指出，她说这词与她父亲说得很像——时，他其实无法被愉快地享用。也许是由于忘记（转下页注）

至于帆,它的鼓胀则源自气流。它又满又空,或者,起码装满了这种虚空的活力,前文分析中有提到这种活力,在此我们称之为风。这就与它扩成圆形有了矛盾:充胀的水果皮是脆弱的,总是容易产生裂纹或者碎散,果壁凹陷;与水果不同,帆布则更倾向变硬且紧绷。因此,如几次视觉上的幻觉所示(但我们都清楚,普鲁斯特笔下的这种幻觉通常将我们引向所感的真相),它产生了某种坚固性。例如此处模模糊糊中看到:"……在天际,只见一个**鼓起的白色四方体**,无疑是一艘**帆船**的远影,但看去似乎**结结实实,如同石灰岩,令人想起某座孤零零的建筑**的向阳角,那或许是家医院,抑或是座学校①。"然而,我们若不将想象停留在它的表面,而是从它的内部,即被风吹得凹陷的地方着手,那么胀鼓鼓的帆将会具备截然不同的优点:不是结实,而是猛烈相迎,异常强烈的狂暴扬帆之力。水果带我们思考了过去与根源,畅想了横亘在源头与我们之间的距离;而帆则带给我们召唤,将我们带到被再次激活的未来维度。就像第二次来到巴尔贝克旅馆时,那里巨大的床单,塞不紧、盖不实,"如帆船般**鼓起的球体**,不太舒服,**鼓鼓囊囊的床单晃动着第一个清晨里升起的充满希望的灿烂朝阳②**"。而没有风吹的鼓胀,就自然而然地

<hr />

(接上页注)姓氏(远远避开了两位父亲)的缘故,唯有名字(无皮之果)才能带来享受吉尔贝特的口头乐趣(几乎不会减退),以及吉尔贝特享受嘴里的马塞尔的乐趣。之后我们会看到,吉尔贝特露出的莞尔一笑表现了对这种口中之乐的诚意与感激。

   ① 《索蛾》,第二部,第 783—784 页。

   ② 《索蛾》,第二部,第 764 页。

显示了与沉重相反的不安,对某段逆来顺受、失去希望、一成不变、受困为囚的时期的厌恶。就像阿尔贝蒂娜在巴黎的住处:"现在海风不再鼓起她的衣服,我剪断了她的飞翼,她已不再是个胜利女神,而成了一个我难以忍受,很想摆脱的奴隶①。"

然而,即使是奴隶,女子仍趋于浑圆:由她的肉体发生最和谐自如的鼓起而带来愉悦之情。对此的幻想偏爱停留在身体的若干个固定部位。首先是脸颊,《追忆》的众多篇章描述了这个部位:"健康、丰满和红润的肉体②","丰满宛如玫瑰",这是斯万所有欲望中尤为重视的物体。力比多的冲劲往往都以双颊为目标,想要亲吻它,那是当然,但有时也想咬噬,更甚者,掐紧它……它的反应是变红,并且越来越硬绷绷。就像吉尔贝特,与马塞尔在香榭丽舍大街的花园里你争我夺地玩着挑逗的游戏时:"我想要把她拉过来,她则拼命抵抗;她因用力而面颊发热,变得又红又圆,如同樱桃;她嘿嘿地笑着,仿佛我胳肢了她③……"当马塞尔试图在巴尔贝克的大旅馆里抱吻阿尔贝蒂娜时④,同样的欲望烧灼在"阿尔贝蒂娜圆圆的脸蛋,被夜明灯

① 《女囚》,第三部,第 371 页。
② 《斯万》,第一部,第 192 页。
③ 《少女》,第一部,第 494 页。
④ 这一幕通过各处的鼓起,使全部身体兴奋起来,并且激发了所有实体:室外风景"曼恩维尔(Maineville)前面几座如乳房般隆起的悬崖"与少女那裸露诱人的脖子以及"粉红色浓重的面颊"相对应。而所有这一切被一种更重要的球体撑起,那就是欲望,以及马塞尔看向阿尔贝蒂娜的目光:"……仿佛都轻如鸿毛,能被我眼珠轻易举起,我感到眼珠在眼睑之间膨胀,变得坚固,准备举起其他重物,举起世上所有高山,用的却是其娇嫩的表面。它们的球体不能(转下页注)

般的内心之火照亮①"。还有很多其他焦点定留在脸颊上的例子,明显具有原始意味。这些被觊觎或亲吻的脸颊将我们的注意力转向这生来具有之物的圆形轮廓,转向这具肉体,叙述者能无限地倚靠在上面,汲取养分,同时把自己的脸颊贴于其上,就像:"我温情脉脉地把左右面颊都贴在枕头面子上,枕头圆鼓鼓的,比较清爽,犹如我们小时候红润的面庞②……"仔细看这个枕头(以及在别处被奥黛特以称得上熟练的手法触摸并摆弄的靠垫),它具有某种极具衔接性的物质。有时候,对面颊的欲望甚至还会更直接地表露其根源目的,连同滋养与融入的双重意愿,该意愿为欲望提供了原始的动力支持。例如"翘起"嘴的马塞尔靠向他外婆的面孔:"我这样用嘴贴在她双颊和前额上,从中汲取十分有益的营养,我纹丝不动、一本正经,平静而又贪婪,

(接上页注)被天边的地球面完全充满"(《少女》,第一部,第933页)。然而,这种眼球突出的效果,或者用普鲁斯特在别处的说法,目光凸视的效果,这场在过度兴奋且饱含欲望的目光下的视觉盛宴产生于所有性贪婪的人物身上:圣卢,夏吕斯,还有斯万。"睁得过大的双眼,俨然超出了眼眶"(《驳》,第98页)是最肯定的感性召唤的标志。对于这种表现力比多的方式,普鲁斯特甚至还给予它美学保证:他在《驳圣伯夫》中用了一句话(第98页),提到这位"敏捷的年轻男子,双眼睁得过大,俨然超出了眼眶……像是伯恩·琼斯画笔下的一个人物,或者曼特尼亚(Mantegna)画笔下的一位天使"。

亲吻阿尔贝蒂娜这一幕采用了《驳圣伯夫》里在挂着鸢尾籽的小间里手淫片段中的一些要素。文中也出现了一些圆边云朵,就像"如乳房般隆起的美丽山丘"。而在这段叙述中,欲望膨胀扩大,随着一股水柱喷射而出(详见中译本第117页)。

最后,在东锡埃尔,另一次愉快的情感表达中,我们看到了同样鼓起的山丘:从圣卢房间的窗户向外望去,看到它"把灰色的圆顶献给阳光"。

① 《少女》,第一部,第934页。
② 《斯万》,第一部,第4页。

如同一个正在吃奶的婴儿①。"

　　说到吃奶,自然就要提到浑圆的乳房,它的球形大概是这整个系列的样板雏形。因为乳房与水果的幻想有关,有时甚至会让人联想到风吹的鼓胀形态。一起来看看田园圣安德烈教堂(Saint-André-des-champs)②门廊上这位女圣人的雕像:"(她)面颊饱满,乳房竖挺,使呢绒衣服鼓起,犹如麻袋里一串成熟的葡萄③。"同样的乳房/水果令阿尔贝蒂娜的裸体充满诱惑力,它们在此几乎脱离了肉体/果树而存在:"……我解开了她衬衫的扣子。她那两只耸得高高的小乳房,那圆鼓鼓的样子,看上去不像身体的一部分,倒像是两只成熟的果子④……"此外,这里的圆球仅是一个前奏,之后将会出现另一种更为根本、更为重要的弯曲物,我们能在这闭合的圆弧里想象自己被占领并受控制:

　　……她的腹部(遮住了那换在男人身上便很丑陋的部位,

---

　　①　《少女》,第一部,第668页。某些衣物能在面部、双颊边上或者下方重复鼓胀。鼓胀形态始终具有吸引力,但根据它所在不同物质表面的纹理柔度、弹性,抑或是轻薄质地,价值略有不同。例如德·盖尔芒特夫人在贡布雷的教堂佩戴的"鼓鼓的淡紫色打结丝围巾,平滑、崭新、闪闪发亮"(《斯万》,第一部,第174页)。这件物品充满性感意味,"年轻的公爵夫人戴着鼓鼓的淡紫色打结丝围巾,颜色柔和,过于闪亮,又过于新颖",这种色彩使丝巾变的柔软,最终渲染了盖尔芒特的姓氏。淡紫色、闪亮、柔软、鼓起、平滑、崭新:这就是感官享受之精华的完美集合,这些精华要素我们已在前文提及并分析。

　　②　此处原文为圣安德雷艺术(Saint-André-des-Arts),经与《追忆》原文核对,应为田园圣安德烈教堂。——译注

　　③　《斯万》,第一部,第151页。

　　④　《女囚》,第三部,第79页。

就像一根铁钩子插在从壁龛上拆下的雕塑身上似的)往下收去,在与大腿交接的地方,形成有如落日收尽余晖时的地平线那般宁静,那般恬适,那般隐遁的一条曲线的两个弯瓣儿。

这里露出的圆面将我们围住并提供防护,带给我们如腹中胎儿甜睡般的祥和气息。但这个封闭的圆弧,普鲁斯特用了几近宗教色彩的说法"隐遁的曲线",它却一望无际:漫至天际,鼓胀在这个最终也是原始的形状里达到极致,也触及了它最真实的秘境①。

斑　点

现在,在鼓起的表面出现了其他代表内在推力的符号:色彩特殊的小点在那上面构成了一块块密密匝匝的小区域,体表之下的性感信息似乎集中在这些区域里,甚至爆满。然而,这些点

---

①　隆起的女人味这一主题集既向自身收拢又无限开放,此处的不自在,是与之相对的一个近乎悲剧的男性奇数形象。作为间断和破裂的元素,奇数混乱地超越、打破了肉体曲线的连贯性。它也牵涉到了外接、外部插入的不雅动作:那是使劲"插入"身体,因此并不是专门为了将后者打开的东西。然而,它若显得**过多**,则能从另一方面表现出**欠缺**,因为所谓**拆除**,就意味着还有因脱离墙面而带来的不适。总之,无论是勃起插入的阳具,还是贴在原墙上的躯干,都是不完整的物体,能完全拆卸的"小东西",因此也是可丢可弃的。

使用括号插入语是自我抑制的标志,并对文末的"落日余晖"加以评论,用精神分析法来阅读这段引文也许会推翻上述分析,并在这过于密闭的女性腹部上看到确凿的、令人心生畏惧的阉割标记,而那段既插入又拆除的男性肢体也从反面夯实了这个标记。菲利普·勒热纳在《欧洲》中也指出:"女性的腹部被启封并大开着,它展示了换在男人身上便会因其性器而美丽的部位。"

也能够被想象成一些开放之地：这是一些孔，实体与肉体的最纯粹的神秘品质从孔中穿过。譬如山楂花的花瓣上就被布上如此富含表达力的斑点，弥漫着"一种巴旦杏般既苦又甜的气味"。那么，这种气味从哪里来？又是怎么来的？

> ……我这时发现，花上有一些颜色更黄的小点，在我的想象之中，这气味应该藏匿在那些花的下面，就像在撒有面包屑或干酪丝的那部分下面，有杏仁奶油饼的味道，在雀斑下面，则有凡德伊小姐面颊的味道[1]。

这种如此宝贵的想象涉及嗅觉、味觉与触觉等三种不同的感觉，皆是紧扣斑点这个主题，并且显示了同一种价值：凡是有斑点的地方既是均匀分布在物体表面的品质的强化地带(黄的更黄，撒上的面包屑或干酪丝更密，雀斑点在红润的皮肤上更浓)，又是通往尚且隐秘的体表之下的入口："被藏匿"的气味，面包屑或干酪丝下的可口面食，雀斑下肉嘟嘟的脸颊。斑点既满，甚至太满，又空，至少有开放空间：大量、分散的缺孔以激动人心的方式凿向那难以攻克的坚固体。

后一种价值则会妨碍斑点在粗糙不平的外皮上停留。当然，它们由于自身的不连贯性以及这种不连贯性对周围感官场内均质性的激发(特别是这个原因，雀斑或美人痣的性感诱惑力从此而来)而相像。然而，与颗粒相比，斑点更是一种传递物、介

---

[1] 《斯万》，第一部，第 113 页。

质,相互间的区别小得多:它们通往肉体或物质的内部世界,而颗粒仅是东一处西一处地将自身周围硬化。叙述者在阿尔贝蒂娜的脸上(我们清楚地记得,她的发色是褐色,而非红棕色)看到一些深色小点,它们将思绪联系到了一系列透明物的载体,进入了凿通或超越浑浊肉质的整片理想:

> ……有时,你不想这些,而是看着她的脸,只见**上面带有棕色小点**,只有**两个蓝色更浓的斑点**浮动其上,仿佛是用一只金翅鸟蛋做成,往往像一块乳白色玛瑙,经过加工,只在两个地方磨光,在这棕色石块中间,眼睛如同蓝色蝴蝶的透明双翅,在这两个地方闪闪发光,眼睛里的肉成了**镜子**,使我们产生幻觉,觉得在这个地方比在身体其他部分更能使我们**接近心灵**①。

我们已经见过这块不均匀抛光的玛瑙:令人好奇的是,它被作为布在面部的多个小斑点与平凡而剔透的双目之间的协调介质;眼睛在这段文字中仅是两个更蓝、睁得更大的浮动斑点②。此

---

① 《少女》,第一部,第946页。

② 敞开式与个体化结成颗粒的原理会再次在目光所及的空间里得到实践。就如普鲁斯特在下面这些文字里提及那些诱人的陌生少女的眼睛。将她们的魅力与"一小块欧珀或玛瑙"(这些石头总是与目光的主题相联系,在这里却失去了吸引力,因为它们变得扁平,没有厚度,且被均匀切凿)的负面或中性的特点相对立后,他继续说道:"我们知道,使这双眼睛呈虹色的一小束光线或者使它们闪闪发光的晶亮颗粒,这就是我们仅能看到的一切,却看不到它所表达的思想、意志以及记忆,那里面有着我们不熟悉的家族,以及我们羡慕的挚友……"(《女囚》,第三部,第171页)颗粒:向内融入的场所,"内"在此不再是自动呈上的内在世界,恰恰相反,是一个充满无限诱惑力且难以捉摸的内在世界。

外,它们能够在想象中增多,仿佛是为了借助透明性与飞行力(在未来破壳长大的金翅鸟、蝴蝶的翅膀)来改变即将解体的整个脸部表面:普鲁斯特不是在这段话的前面提到亮光了吗,这种亮光使阿尔贝蒂娜的皮肤"**像液体在流动,变得模糊不清,仿佛下面有目光经过**,使它显出一种跟眼睛不同的颜色,但看上去并不是由跟眼睛不同的**物质构成**①"?因此,在布有斑点的表面边缘不仅会对断断续续的口子(要取 accès 这个词的双重含义:入口、通道;激化、发作)产生想象,还能幻想某个全然显露的深邃之处、某个注视着我们的神秘世界②。

---

① 《少女》,第一部,第 946 页。

② 斑点主题里也会出现颠倒其意图并从而起到负面作用的元素。例如奥黛特的面颊,那"常常是暗淡无光、有时还有小红点的黄色面颊",唯有颧颊是"粉红、鲜艳"(《斯万》,第一部,第 222 页)的,这面颊常常扫了斯万的兴。它所带来的不适大致是因面颊与小点这两种通常搭配在一起的物质的色彩不协调而引起。在这里,后者在聚集时似乎已经招徕并囤积了前者所有的生命力以及光辉。这些红点没有使粉色面庞的魅力在几个最亮处达到顶峰——就像雀斑——,相反地,它们攫取了脸蛋的魅力,以此消除了面颊的肉感(因此,这股魅力就显得如一种不正常的多余存在)。后来,抱恙的斯万的脸上也长出了不讨喜的斑点:"他脸上布满铁青色的小斑点,看去不像是张活人的脸,散发出一股异味,就像在中学做完'实验'后弥漫的那股气味,难闻极了,使人不愿在科学实验室再待下去"(《索蛾》,第二部,第 699 页)。在此,脸上的肉通过这些小点暴露了肌肤之下的腐烂与死亡。

斑点的其他可能形态:将它从深处抽离,与其他斑点隔开,脱颖而出,成为一个**不完整的物体**,一个令人失望的物体,象征着难以捕捉的全身。就像阿尔贝蒂娜那颗飘忽的美人痣,在他身上——仅在他身上——留下了面对难以捕捉的对象时撼动欲望的恐慌。

喷发、溅射

散布的斑点徐徐拉开帷幕后,出现一个更大的开口。鼓起的表面出现裂纹,破裂,尚被容纳在内的实质向四面八方流泻而出。就像绽放的花朵,这"第一朵风信子",暗示了第一个好日子的涌入,"慢慢裂开滋养花芯,以迸射出缎子般的淡紫色花朵……"。并不痛苦的撕裂所带来的乐趣(淡紫色、缎子),最大程度消减了这势必要与出生相关联的断裂的价值①。在喷射物体为水果的情况中我们会再见这种乐趣。水果自身在成熟果浆的推挤下破裂:我们在此看到清凉的液体溅射而出,在前文已经说到,这种液体能够满足普鲁斯特笔下最执着的一个欲望。就像一具刚醒来的身体:"……我唤醒她,犹如掰开了一只水果,只见那解渴的果汁喷涌出来②。"果汁涌出来的这个画面能够暗指所有短暂解除围栏或抑制的容纳物将诱人的内盛物向外排出的动作。例如,贡布雷就寝的一幕,这里的内盛物正是母亲的实体本身,她没有回应孩子的渴望与亲吻,远离孩子,留在他不得进

---

① 这种延续(疑为间断性 discontinuité。——译注)的价值在欣快感的迸发中必定与突如其来的特点相关。从整体自然脱离却未能提前知晓的元素最能代表整体的丰富价值。"真正的多样化,是在出人意料的真实成分的这种饱满中,是在从似乎已经满载春意的绿篱中出其不意地伸出的蓝花朵朵的枝条上。"(《少女》,第一部,第 551 页)"饱满"之物因从身上涌出的某个元素而显得满溢,另外,它自身在这股喷涌时也被填满(开满花朵)。

② 《女囚》,第三部,第 38 页。

116

入的餐厅里。我们记得，马塞尔因此让弗朗索瓦丝给母亲送去一封信：这是个违抗家长意愿、强行闯入母亲所在地、突破那里的围栏与约束的行为，它带来一阵愉快的遐想："我的焦虑顿时消失……：这餐厅对我怀有敌意，不准我进去……现在，**对我开放**，它犹如**变软皮裂的水果**，将使妈妈在读到我的信时给予我的关心，如热流般**喷出**，涌入我那颗陶醉的心。"之所以说是段充分令人满意的遐想，因为它在内盛物溅射式喷出的那番更积极、命中率更高的乐趣中加入了在此被称为"柔软"的满足感，以及与之相关联的同化乐趣。

事实上，这个喷射的动作具有双重价值：它既释放又浇洒。请以这些喷射的水柱为例：它们以不同的形式呈现，自然风光——圣克洛德(Saint-Claude)的喷泉，艺术气质——休伯特·罗伯特(Hubert Robert)的高喷泉，抑或是充满欲力(此外，明确与前两者相关联)——《驳圣伯夫》中大篇幅描写的自慰射精，这些液体喷射表达了一种兴奋感觉的正常流出。然而，它们还能够通过所有被水柱赋予性征的景观区域来使自身那清凉的、洋洋挥洒的飞溅之物散开：布上斑点，还有"浅朱红或黑色的小裂瓣[①]"。就如休伯特·罗伯特喷泉将德·阿巴雄夫人(Mme d'Arpajon)全身浇得湿透，水流入衣裙内，而弗拉基米尔大公(grand duc Wladimir)目睹这一幕后纵声大笑（"了不起，老太婆！"）。还有吉尔贝特，叙述者第一次在唐松维尔(Tansonville)

---

① 《驳》，第70页。

的小道上注意到她,旁边有一条漆成绿色的浇灌引水长管喷着水,"把在彩色水珠构成的一幅幅棱镜般的扇面,垂直竖立在花卉上方①"。

水珠呈扇面展开,不久便与吉尔贝特的**名字**联系在一起,"这名字就这样传了过来,在茉莉和紫罗兰上方传播,刺耳而又清新,犹如绿色水管喷出的水珠②",表现了涌出物满满的感官精华③。第二次听到这个名字是在香榭丽舍大街边上的公园,

---

① 《斯万》,第一部,第140页。

② 《斯万》,第一部,第140页。

③ 我们可以利用吉尔贝特以及她的喷水场景作为合理进入网络的切入点,不再仅仅是主题网络,还是个易位构词网,后者似乎受用于整部小说,并且与某种强力驱动的基础相关联,控制着全书专有名词的某种语音形象。若根据罗兰·巴特(Roland Barthes[1915—1980],法国作家、社会学家、社会评论家、文学评论家,是法国符号学的理论大师,结构主义的思想家。——译注)为代表的评论家的理论,即启动《追忆》的诗学事件就是对名字的探索,并且一旦这个系统浮出水面,"作品就立即完成了",那么,没什么比这个语音形象更重要了。

以吉尔贝特这个名字为例:它的发音([ʒilbert])中能听出相近的紫罗兰(giroflée[ʒirɔfle])与茉莉(jasmin[ʒasmē])的音,也有绿色(vert[ver])、清新(frais[fre])的音,而吉尔贝特第一次闯入叙述者的视线时就在它们所形容的喷水扇面旁边:普鲁斯特说,这个名字"刺耳而又清新,犹如绿色水管喷出的水珠"。尖刺感来自她母亲的声音:"尖锐又威严",叫出了那个名字:吉尔贝特。这个声音反射出的是家庭管理、防御保护制度,后者一直投射到名字的发音以及绿色植物(带来享受!)的物质层面。至于清新这个要素,它在语音及语义上都与绿色非常接近,我们能否这么想:通过易位构词,它诠释出西坡拉(Zéphora,米甸祭司叶忒罗的女儿,嫁给摩西,在"斯万之恋"中,斯万认为奥黛特美,像波蒂切利在西斯廷礼拜堂一幅壁画上的叶忒罗之女西坡拉,还将后者的复制品放在书桌上,权当奥黛特的照片。——译注)的魅力,而西坡拉含有微风拂面的温柔韵味,是在圣经中形象与奥黛特·德·克雷西(Odette de Crécy)相似的人物? 再回到吉尔贝特:正如她与阿尔贝蒂娜还有相当明确的关联(电报那段甚至混淆了两者的名字),两者名字的结合将我们的注意力移至 br 这对她们名字中共有的(转下页注)

（接上页注）双辅音。在我们看来，这两个辅音音素——可以演变成 *pr*，或者 *vr*，甚至是 *gr*（请参照布里肖提出的一条变化规则，《索蛾》，第二部，第 888 页）——组成了一个母体，从它出发衍生出一系列名字，并且同时发散出众多非常原始的意义分支区域。

例如，这个母体在某种**青涩之力**的召唤下展开了贡布雷（Combray）这边的故事：青涩/清新与童年的回忆联系在一起，并且被维尔迪兰家（维尔迪兰的法语 *Verdurin* [vɛrdyrɛ̃] 前三个字母与绿色 *vert*、青涩 *verdeur* 一致。——译注）的反青涩之力歪曲成负面打击（这里没有"拖音"，就如罗兰·巴特所认为，名字词末戛然而止的鼻音废除了青涩的要义）。这股青涩力量也能招来严酷、错误残暴式守旧的隐含意义。由此，我们接触一系列墨洛温王朝的人名：达戈贝尔（Dago*bert*）、希尔佩里克（Chil*péric*）、提奥特贝尔（Théode*bert*）、西日贝尔（Sighe*bert*）、尤其还有热纳维耶芙·德·布拉邦特（Geneviève de Br*abant*）（遭戈洛罪恶之欲的陷害）、盖尔芒特（Guer*mantes*）氏一名来源于此，以及吉尔贝特对应的男名吉尔贝（Gil*bert*），恶人吉尔贝——另一个蓝胡子（*Barbe Bleue*）——在贡布雷教堂前的空地被隆重行刑（斩首）。（关于这部分内容请参阅本书附录。）且不说据布里肖提出的规则，**盖尔芒特家**会变成维尔芒特家（*Vermantes*）（既是绿色，因此，也是镀金、发烫、苋红；而且，事实上，盖尔芒特那边、维冯纳岸边的草坪那边的确被青葱气息笼罩）。

这股青绿色还出现在一个意想不到、受某种无意识强力推动的分支，即肛恋。关于**康布勒梅**这个名字（Cambremer），它在斯万与奥丽娅娜·德·盖尔芒特的一次谈话中与**康布罗纳**（Cambronne）以及发音与这个名字词末音节相似的排泄物（《索蛾》，第二部，第 700 页）建立联系。类似的玩笑，夏吕斯粗俗地评论德·圣欧韦尔特夫人（Mme de Saint-Eu*verte*）时，直接将绿色（*vert*）与粪迹斑斑（*mer*deux，*br*eneux）联系起来。*br* 也能掀起对生殖器画面的想象（多多少少有些自恋）：我们已经看到它连续两次出现在休伯特·罗伯特的名字里，这可是位手淫式喷液的高手。我们又在骁勇雄壮的博罗季诺公爵（duc de Bo*rod*ino）、充满男性魅力的罗贝尔·德·圣卢（Ro*bert* de Saint-Loup）的名字里遇到它，除此之外，它还出现在两位艺术造诣极高的人物名字里：贝戈特与贝尔玛（Bergotte，Ber*ma*，读起来能听出关联，有**父亲** père 和**母亲** mère 的发音，此外，它们来自真实人物的名字，柏格森[Bergson]、萨拉·贝恩哈特[Sarah Ber*nhardt*]、巴尔黛[Bartet]、马德莱娜·布罗安[Madeleine Br*ohan*]，而且这些人都在《追忆》中被提及）。

（转下页注）

而且吉尔贝特此时正好又是在一注喷泉前,这一次,叫声从承水盘那边传来,而她的名字再次从上方跃来,划出喷水柱般的"抛物线"。我们在下文中会了解到女性形象与所有浸泡以及液体包裹主题间的主要关系:喷淋是这种力比多关系里最活跃的形态之一。因此,我们认为喷淋场面能够非常轻易地彻底改变场面中参与者的状况:例如,歌剧之夜,当坐在正厅前座的马塞尔

(接上页注)

再说说那些抛头露面的人物,布里肖(*Bri*chot)、诺普瓦(No*r*pois),还有以下不分类别的人名与地名:帕尔玛公爵夫人(duchesse de *Parme*)、沃古贝尔(Va-gou*bert*)、布雷奥泰(*Bré*auté)、夏吕斯男爵(*bar*on de Charlus)、弗罗贝维尔(*Fro*berville)、福什维尔(*Forche*ville)、布雷基尼(*Bré*quigny)、阿朗布维尔(Ha-*ram*bouville)、布里克维尔(*Bri*cqueville)、圣劳伦昂布雷(Saint-Laurant-en-*Bray*),以及很多未提及的名词。

让·帕里斯(Jean Paris)一早就指出(《拉伯雷在未来》[*Rabelais au futur*],巴黎,瑟伊出版社,1970 年,第 43 页)普鲁斯特的人名、地名里 *r* 无处不在。*br* 一起出现似乎也成了一个功能性的独立个体。依据上述分析或者精神分析,它能让我们想到什么? 普鲁斯特自己的姓(Proust)? 他弟弟罗贝尔的名(Robert)? 后者在《追忆》里毫无踪迹,实在令人惊讶(D·费尔南德斯在《植树入根》,第 321 页提出这一点)。或者联想到构成父亲名字的字母? 作为家庭成员,这个人物甚少出现,如同绕开了一般,却散射在所有人名、地名的能指上。这类推理还未得到任何肯定。但它们打开了不可判定之物的研究领域,充满无限的可能性。

让我们愉快地结束这段关于名字的小征程,看看两个被普鲁斯特认为是可笑的却又引发联想的地名:凯斯唐贝尔(Questambert [kɛstãber])和蓬托尔松(Pontorson [põtorsõ])。在同一个音律模式的内部,后者为构成前者的大部分音素,打乱重排;而前者是个有些大胆的易位构成词,几乎没有掩饰,应该不难看出是探寻逝去的时光(Quête du temps perdu,《追忆似水年华》的法语题目为"à la recherche du temps perdu",也可直译为"追寻逝去的时光"。——译注)的缩合写法……

被奥丽娅娜认出时,画面被附上神话和隐喻色彩,"包厢"①里所有的海水魔力使她浮于其中,她忽然向他倾注些许这神奇的液体,使"她的微笑如天降闪闪发光的暴雨②"淋在他身上。

多枝,多叶

接下来要说的便是具体喷发物在空间上的后续发展(因为这种物质并非总能像微笑那般分解成暴雨)。表面释放后,它往

---

① 此处指的是歌剧院的楼下包厢,法语"baignoire",也有浴缸、澡盆的意思,与本段所提到的"浸泡"主题相关。——译注

② 《盖尔芒特》,第二部,第58页。另一柱喷水为这倾流或纷洒的场面带去了有意思的变化。依旧是巴尔贝克,在出发去里弗贝尔(产生兴奋和愉悦之情的地方)之前:"在我的窗下,雨燕和燕子不知疲倦平稳地飞着,飞得不高,不如喷泉的水柱高,也不如生机勃勃的烟火高,它们时而火箭般地向高处飞,时而平飞,并在水平方向留下长长的纹丝不动的线状白色尾流……"(《少女》,第一部,第804页)。注意这段话里:喷水固有的挥发性(其竖直的样子隐喻了鸟儿起飞的样子);这种挥发性与某个能量主题的关联("生机勃勃的烟火");尤其还有水柱竖直与水平的交替飞射,火箭(fusée)与线条(filée),在发音上也非常相近。迸发时的狂喜减退、中断或者破裂,它们能为这些可能发生的危机状态提供巧妙的解决办法。这线条横向、液体化(尾流)、连续地(纹丝不动的平稳)聚集了多种不同的火箭式喷水柱,并一一融合。我们知道,普鲁斯特在《驳圣伯夫》里将自己作品的连续发展比作的也是一条线,并且清清楚楚地指明是一条精致线(见下文第122—123页)。由此,燕子们喷射-滑行式的飞行可以被认为是象征了小说文字表达本身的某种虚构结构。

《重现的时光》里的一个片段(第三部,第698页)间接地证实了这一点:普鲁斯特将所有人物比作喷水柱,这些喷水柱皆是来自同一个盆地,来自贡布雷,并且,它们注定会在重现的时光域里相聚。"就像在我出生地贡布雷的盆地里数量颇大的喷泉,它们与我成对称地喷涌而出,为它们提供水源的是同一水团。"

往有两种可能的发展方式，并且两种都来自植物世界发起的想象：要么是缓慢的喷射，如绿色植物那样呈现线状或网状；要么是如花卉般，展开一个新的延续面。后者自然衔接前者，而分叉与绽开、枝叶与花朵并不完全来自相同的想象：因此，需要将它们分开描述。

我们首先来看绿色植物和树木这方面。枝桠不间断地生长，同时原始的茎干最大程度地减速伸长，并分生出新芽。从地下土壤深处到可见的地上空间，树木从仅有的内部能量里吸取生长所需之力，以一股持续的冲劲向上生长：它们"靠自己的汁液长出下一节树枝和上面的一层树叶①"。因此，在枝条如分歧

---

① 《少女》，第一部，第906页。汁液上流相当于植物自身内部物质向上喷涌，就像盖一栋建筑。而它却深刻隐含了性情的意义。在《驳圣伯夫》的一段文字里（第70—71页），汁液被认为与这另一种体液——精液——非常相近。手淫后，小房间里散发出鸢尾花的香味："这时候，我感到周身萦绕着一股温情的味道。是丁香花的味道，在我到达兴奋时闻不到它，而此刻却扑面而来。但是，有种辛辣的味道，一股汁液的味道混在里面，就像我把枝条折断而流出来似的。我仅在叶片上留下了银色的、天然的痕迹，就像圣女的纺线或蜗牛的黏液拉出的行迹。"

而这根精液线与汁液那欣快上升的线条不同的是，前者一眼就被刻下罪恶的印记（这一点在折断的枝条上已有所表示），甚至显出各种逆向延伸："而我觉得这根枝条上的，是恶之树上的禁果（此处应指圣经中的善恶树，长在伊甸园里，结出的果子食用后能分辨善恶，神禁止人类食用其果实。——译注）。就像为神灵披上混乱外形的人们，在这根银线的表象之下，他们才能近乎无止境地奔走，看不到丝线的尽头，而我也得从我体内射出那东西，这与我生命原本的发展方向截然相反，此外，那之后的一段时间里我都觉得自己很邪恶。"

寓意丰富的大作，想象中颠倒了汁液的天生趋向性。此外，出现多重逆转：记忆（向后、向过去回溯，而不是向前、向未来展望）、生命（写作是种反生命行为，剥夺了尘世与存在的"自然"享有权）、力比多：一条绵绵长线（与刚才说（转下页注）

般长出枝杈的同时，内部还出现层次叠生，即分枝同时伴有分叉与叠加两个主题：这就引出了**节子**的双重意义。同一条养分通道越往上越细且分道越多，我们可以将节子想像成从内向外的张口。那么，在它充满生命力的窟洞里，树节既在编织网络又在搭建栖所；树枝沿着梗的生长方向越伸越远的同时，各种物质在上面缓慢生长，却也各自分开，并远离原来的中心。就如巴尔贝克大旅馆的结构，十分富有植物特性，这根茎干就是旅馆里的电

（接上页注）到的诺普瓦享用的牛肉冻一样"黏稠"而粘在一起）错误地、曲折地伸展，另外它还陷入走投无路之境（如自慰、自恋）、也会无限延展（与汁液的出口限制相反），这条线便是写作的欲望之线，或者实质化地说，是色情津液、精液-写作之线。

在《欢乐与时日》（*Les Plaisirs et les Jours*）中（第 107 页），一段文字讲述了对射出体液的幻想："为了生点火，我必须砍断这里的一根树枝，我觉得这是些枯枝，汁液从里面喷出，弄湿了我的手臂，一直沾到胳膊肘，显示了冰凉的树皮下一颗怦怦乱跳的心。"这株植物喷射的性感蕴意尚未明确指出：但心脏乱跳恰恰影射了其欲力本质。我们在这段话中还看到为了释放这种喷射所必要的断裂。

另一个值得一读的片段以不同的方式调制了植物断裂的动作：译著《亚眠的圣经》（*La Bible d'Amiens*）（巴黎，法兰西水星出版社，1904 年）的前言中有一段关于教堂里神职祷告席的**木头**的美好幻想（第 30—31 页）。普鲁斯特一如既往地极力发挥想象，他利用那些小雕像在岁月里被磨损的痕迹，幻想木头的实体私密空间。"这些祷告席上的木头总被摩擦，上面几乎不盖东西，或者更多的是暴露这抹暗红，就像它们的心脏……[……]在木头那总是愈烧愈旺的热情中，我们所要领略的是一种陶醉感，就像树木的汁液在时光荏苒中渐渐满溢。"这里的"陶醉感"建立在一系列极有针对性的幻想结合上：物质使用耗损的幻想（显示并内部调动被损坏之物：就如圣伊莱尔钟楼[Saint-Hilaire]的石面；复活的人物雕像的幻想（就如田庄圣安德烈教堂门廊的石雕像）；尤其以物质实体厚度里能生出心脏、活性动力源之处作为幻想对象。这几行文字的美妙之处在于幻想对这种活力展开三重奏：流动的植物液体（满溢的汁液）、向外蔓延的火焰（愈烧愈旺的热情）以及深浓的血液（物质中心的暗红处）。每一重都能巩固并影射另外两重幻想。

梯柱，像根主轴："……旅馆被镂空，如同玩具，一层又一层地在我们周围伸展其**枝形走廊**，只见走廊里光线柔和，渐渐暗淡，过道上一扇扇门和内部楼梯上一个个梯级因此显得狭窄①……"，呈现一个缓慢消失的过程。而枝杈还可以以同样的形态将生气蔓延开来：例如奥黛特的在场使维尔迪兰宅邸的各个角落都变得敏感、触动神经，她为这里增添了"一种感觉器官，一种**神经网，交织分布**②**在各个房间**，不断刺激他的心脏③"。

类似植物的物体受到的这种刺激使茎干末端上的枝叶成倍扩大、变宽。树叶努力协助完成分叉分枝。而它也具有某种自主性，使它也能够撑起多种千差万别的幻想。树叶一脉相承却又各自分散，其活动性、可塑性轻而易举地将它们融入液态流动的幻想里。例如，米歇尔·布托尔（Michel Butor）曾将对卡尔克维尔教堂的描写与若干页后对克里克贝尔（Criquebec）的教堂的追忆联系在一起，前者建筑消失在其周围叶林掀起的波浪里（"波涛般汹涌"、"颤抖着"、"活动的门廊般"的叶子，门廊上有"涡流穿过，颤抖着扩散开来，如同亮光④"），而后者全部浸没、被水渗透，与之一起进入回忆的甚至还有埃尔斯蒂尔展现卡尔克蒂伊海港（Carquethuit）的画作，我们知道，占据画面的固体与

---

① 《少女》，第一部，第 800 页。

② 根据上下文，在此译为"交织分布"，原文动词为"se ramifier"，即分枝、分叉。——译注

③ 《斯万》，第一部，第 226 页。

④ 《少女》，第一部，第 715 页。详见米歇尔·布托尔，《索引》（*Répertoire*），第二卷，巴黎，午夜出版社，1964 年，第 276 页。

液体部分看上去互相交换了的品质。树叶的分散与颤动能大力促进这种交换。茂密的树叶还有内化作用，当然，这与刚才提到的功能并无矛盾。葱葱叶林若能打开一株植物，直至使其化为液态，那也能在它身上开凿出新生命的空间，并予以保护。从而，滋生出了它的温热、秘密、包裹天赋（可以在那里躲避暴风雨，或者藏在那里不被人发现、或偷偷观察）、隐秘性、物质间的融洽性以及模具般的匹配性。

因此，繁叶也有利于植物承载某些源于欲望的重要幻想：事实上，这股欲望自然而然地将女性与枝叶放在一起，甚至形成必要的绵延。这种结合源自最初的恋爱体验："中学时**和女子们在那片已然茂盛的绿荫下的幽会**，早已忘却了，现在又断断续续地回忆起来。也许是由于这些回忆，这春天的世界在我眼里既是花草绿荫的国度，也是翩翩女子的国度"：伊甸园，"郁郁葱葱的新世界"，马塞尔在这里醒来，"就像年轻的亚当，第一次遇到生存的问题，幸福的问题[①]"。我们知道，在贡布雷，对于年轻女子的身体的欲望特别集中在鲁森维尔的树林里产生：在那里发挥想象，她们的肉体仿佛从植物世界即刻散发出来，像是要将人引至神秘的真相。那是对突然出现在树干后面的农家姑娘的幻想，对"插满枝叶"的姑娘的幻想。（我们顺便注意一下色情斑点的新形态，即这古怪的树枝戳孔，如此修饰无可避免地令人联想到施虐色彩的攻击性。）另一处在巴黎，几乎附有神话色彩，依旧

---

① 《女囚》，第三部，第 405 页。

能让人捕捉到植物世界与幻想的肉体间的古老联系，那是在布洛涅林园(bois de Boulogne)里。"女子优雅的杰作①"在"无意中当了同谋的叶丛"间完成，并在十分短暂的时间里展现，"无意"与"同谋"两个修饰词极其清楚并准确地显示出树林的诱惑本领，此外，这些杰作富含原始而神奇的意义。林子里的树木以其神秘之力罩住了最强烈的冲动形态，例如"山林仙女"，"美丽的社交界女子，反应敏捷，脸色红润"，与树木接触时被枝叶覆盖，并使她适应它们的水土，"迫使她像它们那样感受到这季节的威力"。一些场景为此带来的触动更为巨大，同时呈现宛若枝叶直接却意外制造出的某种肉欲产物：例如这片"乔木林，里面突然迅速走出一名散步女子，只见她身穿柔软皮大衣，美丽的眼睛像野兽般发亮②"。从茂密的植被里直接跳出的女子，并且身上披着林子内部的柔软之物(皮大衣)：从树叶到肉体，此处想象以动物作为衔接是正常的，因为它本身蕴含了弹性灵活、天然魅力、隐蔽且优雅的特点③。

---

① 《斯万》，第一部，第424页。

② 《斯万》，第一部，第417页。

③ 来自枝叶林的女子这一主题(通常是一名远古、神话中的女子：女神、山林仙女、宁芙等)需同受躁郁困扰而死气沉沉的相反主题结合：例如藏在小树林里(也常常藏匿于树林边上的水域里)静止不动的雕像。请看以下例子，在《让·桑德伊》中，沿着卢瓦河(le Loir)散步，河里的小艇驶向一些"隐匿处，树丛中河流的弯道，池塘之类的地方，在那里，水影下的平静面庞以一种恒定不变的表情守望着，就像是**树丛里一尊雕像的脸**"(第326页)。

"守望的雕像"的这张"纯朴"的脸，展示了不变的执念，我们在"遗忘之园"里会再次看到这个画面，这回它带有更多的悲剧色彩。这个花园的名(**转下页注**)

126

花

　　这里的女子完完全全来自枝叶林,她也可以来自花丛,普鲁斯特笔下繁花似锦,不同的女子对应不同的花朵。通过涉及色彩(诱人的淡紫色、紫色,性感的粉红色,肿胀的红色,触碰心灵或自带微笑的蓝色)、结构(丁香花的点状散布、山楂花的繁多浓密、维冯纳河水中的神秘绛红色总状花序的乍现、矢车菊爆裂似的大量盛开、虞美人的孤独挺立)、实质(玉兰花的肉感、紫罗兰那浅淡的温存、老鹳草如缎般的柔滑、玫瑰那沉重的甜美)等方

───────────────────────

(接上页注)字以及其古老的建筑触及了某件难以言喻之事的秘密。在那里,人被缓缓引导着,在花卉与树叶的包裹下,走向某物,或某人。然而,目标永远触不可及。"然而,小径只通往几尊无言的雕像,其中一只*消失不见的手*弄乱了它们的头发,露出笑容以回应某个*如今已看不见的*动作,沿路的花、还有那那抹微笑宛如旧时的痕迹,那时候,*本该将此处打造成宜居地*的*神祇之工*被无期限停止,这个如今看来*不可思议*的工程只剩下了轮廓。"瘫痪般的中止,使得驻满雕像的花园变得如一篇内容疏松、有涂抹痕迹的文章,其失落的意义为我们所不知并无限引诱着我们。

　　然而,该意义在后几页的篇章里会清楚呈现。落日使这些树木显得"荒芜"、"被穿透、压弯、制服、掏空"。"林荫道在夜里开放";雕像仍立在那儿,但是"无力进入林荫道""逃脱乏力且动弹不得"。"它们的弓"留给了它们,仿若被捕的野猪留下犬齿:"可它们再也不能使用它们了。"一幅性侵袭与惩罚的景象,这里的一切都遭遇了阉割(就连施刑物本身也遭到拔除:弓、犬牙)。解救这被惩办的欲望的唯一办法:口舌慰藉。夜里,在园内唯一有光的看守房里──就像后来在莱奥妮家里──正准备了一桌丰盛的佳肴。

　　因此,在普鲁斯特笔下有一种枝叶带来的忧虑,这种忧虑与同是枝叶的诱惑相关联。由于它是最好的包裹物,也是*必须摆脱*的对象,因此,它亦是让人不敢轻易进入、渗入的地方。

127

面的众多形式,来自花卉主题与肉感主题的欣快感于此结合在
了一起。甚至偶尔能看到两者在同一物体上交错出现,直至产
生令人费解的交杂:例如在盖尔芒特家的舞会上遇到的花姑娘,
一种混合体,"完全袒胸露背",她们的"玉肌从含羞草弯曲茎干
般的两侧露出,或是在一朵玫瑰宽大的花瓣下露出①"。最性感
之处(乳房)与最花样之处(含羞草的弯曲弧度、玫瑰花摊开的样
子)缠绕在一起,模样撩人,在隐喻的基础上还完美加入转喻。
肉体-花在其他地方的结合较为直接、简单,例如奥黛特在布洛
涅林园大街上展现女性光彩并摘取植物界桂冠:

> 突然,在沙砾小道上,有一人姗姗来迟,慢慢悠悠而又
> 生机勃勃,犹如只在中午盛开的最美丽的花朵,那就是斯万
> 夫人,身穿着怒放的裙衫,她的服装总是变换,但我记得大
> 多是淡紫色②……

在此,女人-花既踩着稠密的有形支撑物(这一路给予她脚底实
物的沙砾)而来,也随着一天里时间的成熟而出现:她将它们糅
合并推至顶点,姗姗来迟。花样的身体被长裙围绕着,这条裙子
使顶端的花冠二次绽放。接着,最后一个上隆且拓宽的动作为
这一切加冕:

---

① 《盖尔芒特》,第二部,第 423 页。
② 《少女》,第一部,第 636 页。

......然后,她在光彩夺目之时,举起并撑开像长花柄的伞柄上那顶篷般的真丝大阳伞,伞面的颜色跟她连衣裙上摘下的花瓣相同。

繁花盛开正好烘托了耀眼的光彩;有助于此前仍是隐秘或内敛的魅力大范围扩散;在外部展示某种诱人的私密世界①。

---

① 似锦的繁花在展现这种魅力的同时还为之**冠名**。普鲁斯特对花名的重视几乎不亚于他对地名或人名的思考。因此,花开之时,不对其命名,即无名或剥夺名字,具有重要的意义。我们回忆一下,维冯纳河水面上那直直的成串或成纺锤形的红花就属于这种情况,它们也出自马塞尔读的文学作品(也许是《弗洛斯河上的磨坊》[*Le Moulin sur La Floss*],小说中的水域风景与一对兄妹的感情故事相关联),并且,他将它们与对奥丽娅娜·德·盖尔芒特的欲望联系在了一起。我们将一直不知道这种花的名字,然而,在一次萌生情愫的散步中,奥丽娅娜自己将它的名字告诉了马塞尔:"到了晚上,她拉着我的手……紫色或红色的纺锤形花枝伸出矮墙,她把那些花指给我看,并**把它们的名称一一告诉我**。"(《斯万》,第一部,第172页)主动告知花名的举动意义重大,且立刻联系上了文学本身的主题:"她请我**说出我想要写的那些诗歌的主题**。"花(性之花)的名字就是这样与未来某部著作里的名称(题目)进行交换。而这个名字是由一位女性长辈告知的。此外,我们还注意到这**不言名或无名**在维冯纳充满母性色彩的环境里的重要性:无名垂钓者(我们在下文会说到该人物的色情意义)、被抛弃的女子,来此"隐居",品尝"苦涩的乐趣,因为她感到**她的名字**,特别是她无法把它留住的那个男子的名字,**在这里无人知晓**"……(《斯万》,第一部,第170页),她是另一个具有诱惑力(脱下其"长手套"、将双手裸露的动作)、却失宠的性感人物形象。不过,我们也会看到,将花名告知主人公这件事立刻为他带来了极其不快的后果。马塞尔不知道自己要什么,他的思想"**停止活动**",全神贯注却只能看到一片空白。这就像一描想写作的开端(对于这种花来说,相当于说出其秘而不宣却被巫巫渴望的名字)就把真正的创作进程阻断了。在这样的障碍面前,马塞尔退缩了,并开始深深地依赖家庭三角关系中另一角:"有时,我想依靠父亲来解决这个问题。"孩子让父亲成为一方主宰(事实上,他的确是漫游的全能领导),尤其还是语言、文字的主导者(例如,他帮萨士拉夫人[Mme Sazerat]的儿子调(转下页注)

就这样，花朵持续地将赏花人带到深奥之处，与枝叶相似，但没有枝叶那般分散，比它们更集中。花朵绽放开、微微低头或者

(接上页注)换中学毕业会考的名单位置，从本应放的姓氏起首字母为 S 的名单里换到了姓氏起首字母为 A 的名单里)。

  在马丹维尔的那段叙述中，为了使马塞尔能真正提笔写作，佩尔斯皮埃大夫这个男性人物的开导应将着眼点转向盖尔芒特那边的母性、女性世界、那里的鲜花世界(以及与这些鲜花相比拟的钟楼)(我们在下文会进一步评论这段叙述)。或者，他需要见识见识贝戈特的作品，后者是另一个父辈形象，也会(间接地)教他一些东西的叫法，并通过隐喻激发这些事物的美感，直至呈现在读者眼前。绘画领域的埃尔斯蒂尔没做什么特别的帮助。我们还会注意到，在山楂树的片段中，传递花朵秘密的人是父亲与外公(母亲没出现)：第一个"隐喻"的使用者也是外公(用浅红色的刺指代山楂树和山楂花[此处为英国山楂，花为白色，周围有刺，且世界上大多数山楂树开的花都为白色，épine 的本意为刺，原文利用一词多义进行修辞，épine blanche 在法语中指英国山楂，而 épine rose 应指山楂树上浅红色的刺。——译注])。可能是因为只有父辈人物才能合理地(同时伴有限制)命名，或给予写作之力。(间接地写作：不直接写名字，而是写关于名字、围绕名字、从名字出发的内容。)至于母亲，她谈论、阅读文学作品：贝尔玛与拉辛之间的关系就在此，我们在后面会再谈论这种关系(贝尔玛，用声音演绎作品，而贝戈特，《淮德拉》的书面评论者，他们两位搭在一起结成一对，就像父亲与母亲；贝戈特是位放浪形骸的父亲，贝尔玛则是位遭受背弃的母亲)；特别还有母亲真人与《弃儿弗朗索瓦》(François le Champi)之间的关系。因此，在叙述的话语、声音方面，对母性人物的描写可以说与父辈人物相反(见下文第 222 页)。

  在结束这小段研究之前，我们再说说维冯纳河边那些无名花朵的秘密。我们为何不幻想一下它们真正的样子？假设它们在现实中(又是哪个现实?)的名字为苋属植物(amarantes)。这种花的外形、颜色的确与普鲁斯特在文中的描述相符。它们可能也会为他带来直接的色情价值(纺锤形、绛红色)。然而，这个词，尤其是它所包含的字母，进行字母易位再根据发音音素结合诞生的例如女性情人(amante)、母亲(mère)、苦涩(amère)等新词完美地符合了欲之所求，这种欲求在这条踏花之路上喃喃不止。从此，盖尔芒特的名字(在其他地方通过联觉与苋红色联系在了一起，《盖尔芒特》，第二部，第 209 页)可以充当这种鲜花的替代名或正式别名而被念读，因为这个花名太过直白，也极难说出口。我们在前文看到了类似的联想(运用同音异义、换喻、隐喻)：吉尔贝特与红棕色的紫罗兰花(giroflées)。

半张开的外形,花冠里面一根雌蕊与数根雄蕊的分布,这些都能使人对着它想象某个无法捕捉的焦点的诱惑与躲闪——但是,我们知道,在普鲁斯特的欲望结构里,这两个行为趋于一致。而这个焦点往往具有较浓、或较明亮的色彩("水面上到处是点点红色,犹如草莓,这是睡莲之花,**花中央鲜红,镶有白边**①……"),因而象征了那诱人的女子特征,并成为后者的退避点(但同样也是接入点)。甚至有时,同时具备进与出这两种用途:例如,面对奥黛特的卡特利兰花,斯万"战战兢兢地希望,**对这个女人的占有,即将出自卡特兰花淡紫色的宽阔花瓣**②"……因此,花朵既向外打开又向内合拢,将内在世界展开,又将所展示之相内收。通过想象,盛开的花朵使我们身陷一场守卫森严、具有征服力且奉献般的运动中。例如,一起来到东锡埃尔那个非常合人心意的饭店,想象一下那间小盥洗室的空间结构。那里的一切为我们带来花卉的幻想:绘在隔板上的花朵,隔板浓烈的红色在召唤花冠,引起的翩翩浮想一直延伸至向心弯曲与大肆打开的模样。普鲁斯特写道,在那里感觉被置于"一种虞美人中间来观察世界③"。

花被断然用来应对深不可测的神秘世界,且也能够与后者建立连续的实体联系。事实上,花朵盛开时将白粉或白沫带到我们眼前,它们的组成形式浓密而轻盈,堪比气泡,充分暗示了

---

① 《斯万》,第一部,第 169 页。

② 《斯万》,第一部,第 234 页。

③ 《盖尔芒特》,第二部,第 89 页。

隐藏的坚实。例如苹果花,经过长时间的观察,大量流出"奶油状汁液",仍用其"白沫涂抹叶芽①"。从一个目的地到另一个目的地,这儿更密集,那儿更清淡,或者粉末更细,沿着这条植物画出的路线,会看到同一种本质的温柔。这就是埃尔斯蒂尔那柔弱的玫瑰,曾大受维尔迪兰夫人称赞,"由于插玫瑰的花坛油彩有点儿过重,玫瑰那稠腻的鲜红与拂上的纯白显得黯然失色了②"。这些花开得太过厚重,可能是因为颜料稠腻,没有足够的空气,与背景贴得太牢,尽管还有颜色"拂"在上面。丁香花则更赏心悦目,它们"伸出精致的圆形花朵,犹如高挂的淡紫色分枝吊灯③":然而,这种外露的方式可能有些过于用力,导致花枝稀疏,这与厚重的玫瑰相反,使得"泡沫般的芬芳花朵"在凋谢后变成"无香味的干瘪渣滓"。这是两个极端,要么乳油过多,要么沫子过多,应在它们之间取一种更妥当的平衡,比苹果树更能"泛起泡沫",掺入"带有绒毛的明亮花卉"里的"白色泡沫④"。

通过这些不同的组合可以看出,花瓣的物质特性里保留并略加渲染地体现了某个想象的品质,即花所承受的厚度。对于这种厚重感,花瓣具有摆脱之力,而这并不仅限于植物范畴。它们结合成花冠的打开形状,在某些十分坚固且外表与花无关的物体内引发不可思议的物质变化和减量。例如,我

---

① 《少女》,第一部,第707页。
② 《索娥》,第二部,第943页。
③ 《斯万》,第一部,第136页。
④ 《盖尔芒特》,第二部,第155页。

们记得巴黎的那些屋顶,叙述者在盖尔芒特公馆的观察室里
看到它们的变化:

> ……在巴黎的某些贫穷街区,喇叭口般的高大烟囱,
> 在早晨被太阳照成艳丽的粉红色和浅淡的红色,宛如房屋
> 上鲜花盛开的花园,其花卉的色调丰富多彩,如同代尔夫
> 特或哈勒姆的郁金香爱好者在城市上面开设的空中
> 花园[①]。

因此,这些花样烟囱上悬着的花园开满鲜花,在自身释放了砖石
和瓦片的重量。阳光照耀、泛出淡红色、赋予五颜六色的生命、
升至闪亮的高点、向外延展:这些积极意义的主题在此一同出
现,使我们在最沉重且最封闭的物体——即房屋——的矛盾性
里感受到了繁花那飞舞的精华[②]。

---

① 《盖尔芒特》,第二部,第 572 页。
② 这种飞扬偶尔也会直接出现在花身上:我们能够想象它的花冠,在类
似阳光照耀的激发下,仿佛立刻升起、直冲云霄。在巴尔贝克的旅馆里,叙述
者在外婆房间的家具上看到了如此景象:的确,这里涉及的不是“真正”的花
朵,而是这间房里的扶手椅面料上绣着的粉红色花卉(它们旁边是银白色边饰
上的“金银丝图案”)。太阳的暖光照在家具上,普鲁斯特说道,就好像“将扶手
椅上绣花的真丝面料层层剥落,把这些椅子的边饰统统取下”:实际意义(一丝
一线地作用在真丝面料上)与隐喻意义(一片一片地作用在绣花花瓣上)的剥
落。紧接着,感觉的翻腾变成感觉的脱落,最终分解、飞离;花之物化为分散、
摇曳的光线,化为“闪烁的银光和玫瑰花瓣”(《少女》,第一部,第 704 页)。此
外,花在光的作用下发生的这种变形还与一系列复杂的变幻相结合,本书第
268—269 页会有进一步评述。

气　味

　　然而,在达到完全的空间自由前,飞行要经过几个极端的阶段:因为花卉本身往往比它的花冠飞得更远。它可能要把一些近乎独立的延伸部分扔出花冠外,它们就是悉数点缀悬空围成一圈的雄蕊。例如英国山楂花:

　　　　叶子上方,到处开出妩媚的花冠,显得无忧无虑,它们漫不经心地拖着一束雄蕊,犹如拿着最后一件轻盈的首饰,雄蕊细如蛛丝,全都像被浓雾笼罩[①]。

这束雾茫茫的雄蕊,依旧维持原本的姿势,却完完全全摆脱了雌蕊:它们变成了飞舞的、在花周围窸窣作响的昆虫,或是这些小虫采集的花粉(与凝块状一样,花粉状是修饰贡布雷的形容词之一),即另一种轻盈的颗粒样式。想象力从这些主题的一个跨到另一个,可以从两个方面进行:根据植物雌雄性征引起的主要想象,在花丛中飞行的昆虫由于能够钻入植物的生殖器并对之授粉,也可以参与想象。总之,它与这个器官化为一体,化为花卉:面对树篱,普鲁斯特指出有"几个橙红色般的雄蕊"(与吉尔贝特或凡德伊小姐面颊的红色如出一辙),"它们仿佛保持着春天的

　　[①]　《斯万》,第一部,第112页。

锐气和挑逗的能力,如同昆虫,而**如今已变成花朵**①"。

若要彻底释放这股锐气,就需要另一种更轻、更缥缈的颗粒来承载,肉眼无法看到这种颗粒的增加,它就是**气味**。因为花香是花卉内部直接传来的信息(这个信息一经传出便立刻被我们的身体内部收取,从呼吸道吸入,被身体吸收,一丝不剩),也是后者最细致、最弥散的形态。但奇怪的是,在许多好闻的花香里,这种缥缈性并不能真正改变空气的流动。普鲁斯特的气味只有在以某种未知方式搭附在物体根源上时才备受青睐。以一个本质上隐秘的物体为例,那众所周知的**霉味**就属上述情况,它与四周的背景布置紧密关联(阿道夫外叔公[oncle Adolphe]的房间、树林里的猎人小屋、香榭丽舍大街上绿色栅栏的小屋:这种气味的附着力使它成为启发性几乎与小马德莱娜蛋糕或盖尔芒特公馆的铺砌地面并齐的传输工具)。若相反地,气味来自一个开放的、散发性的源头,那么,芳香能够在这个源头周围停留多时,仿若最后一层萦绕的外衣:例如英国山楂花的气味(与空中挥发的香精气味相反),在普鲁斯特记忆里,仿佛"**插在花朵前**"并"**受其浓烈成分的牵制**","**固定地飘在山楂树篱前的范围内**"。或者,类似的情况,"早在到达刺槐小道之前,刺槐花香四溢,在远处就能闻到,宛若一个**高大且柔软的植物枝干**,在接近时有着其**独特之处**②"。在普鲁斯特笔下,这气

---

① 《斯万》,第一部,第114页。
② 《斯万》,第一部,第418页。

味甚至能够就此与母爱的一些特质挂钩:柔软,热忱,浓烈,浓厚等,由它引发的想象中的这些不同品质有助于我们将它置于所有其他实质形态的连续排列中,而它正好是这个序列的终点,构成空中形态。

现在,我们是不是会看到以上我们尝试描述的大部分具体本质在某一场幻想运动中汇聚一齐?这令人想起普鲁斯特提到凡德伊的小乐句诞生的那个片段,或者说某一次诞生的片段,因为有很多次:

> ……在一个持续了两个节拍的高音后面,他(斯万)看到有什么东西从这长音下面出来,越来越近,这长音犹如拉起的一道音幕,用来掩盖它孵化的秘密……

(我们将在后面的章节评述这些帘纱、开口、孵化的主题)

> ……他认出了自己喜爱的轻盈、芳香的乐句,只见它神秘莫测,悠悠作响,清晰可辨。[……]最后,它迅速离去,在它支流般散发的香味中留下踪迹,并把微笑的光泽留在斯万脸上[①]。

微笑、反光、窸窣声、轻盈、芬芳、多枝(支),甚至还有芬芳/

---

① 《斯万》,第一部,第211—212 页。

发散,真是不可思议的联觉重叠组合:悦人的本质如此相聚,使我们有多种方式去感受无处不在的幻想行为,并通晓其奥义:诞生,苏醒,显现。

IV

植物志,海洋志

我们发现,到目前为止见到的大部分本质都属于陆生的、植物的(它们有助于构建一个极其丰富、持久的春之神话:在贡布雷,更确切地说,在复活节,神圣的复活之日)。我们是否能在另一个物质范畴内幻想它们,例如水域里,江河或海洋? 令人费解的是,普鲁斯特首先竭力将这两个领域分开,随后从中觅得相似的价值、想象行为。《女囚》里一段重要的文字便以最直观的方式在植物与海洋这两种原生代表物之间建立了对立-对等的关系:

> 突然景致变了;回忆中出现的已不再是昔日的印象[这些印象与巴尔贝克的乡村相连接],而是旧时的欲望……,在我眼前展现了另一种春天的景色,不见嫩绿满枝,甚至花

138

草绿荫骤然间散尽,取而代之的是这个我刚刚在心里默念的名字——威尼斯;此处的春天是经过提炼,只剩精华的春天,春时那与日俱增的绵延、趋暖和开花不是表现为一块浊土的萌发,而是一片净水的翻腾,这汪春水没有花冠,而只能用流光倒影去回答五月的呼唤;五月拍打着春水,春水则闪烁着蓝宝石的幽光,赤裸着全身拥抱这五月①。

事实上,对照法能使想象力将陆上春天表现为海上春天,同时保留,或许是净化出("提炼"出)主要的起源形式。我们在这段话中会注意到若干处特征格外显著的迁移:首先,转向透明性(用了纯净、赤裸这样的字眼),最终化为蓝宝石的亮光(相当于海洋的玛瑙,并且更贴近陆地)。还体现了普鲁斯特保留昔日植物生长姿态——延绵、开花——的方法,只是融入了时间,并且将这种姿态象征性地附在相关的时日主题上。目光在这番景象中还直接捕获了水面的倒影以及闪闪亮光。还有由于日照而趋热的效应,相较更坚硬、更浑浊的物质而言,这种效应在一汪波澜不惊的水域里显然更容易感知或想象。最后,这股温热使幽深之物动了起来,并赋予其主动性。我们所引用的这段话的最后两行字将我们带至一个幻境,那是真正的实体动态幻象,就像幻想植物的汁液在水里无形地上蹿游荡。

---

① 《女囚》,第三部,第 413 页。

海:汹涌

　　大海,它同样要翻腾,也许比任何一种物质都更为猛烈。在巴尔贝克,大海的上腾成为那片景观最强烈的一个迷人之处。那里的海洋空间看上去先是像在进跳,给人以上下翻腾的体验。它有着强健的动力属性,有时候甚至像是来自力士发出的一股猛力。海上的波涛在"跳动着"朝观众"回归"之前,"一个接着一个,如同一个个跳板上跳起的杂技演员①"般掀起。波涛的这种跳跃或舞姿在别处则被赋予了动物的野性、散乱性,并且不露真容。例如在埃尔斯蒂尔所画的卡尔克蒂伊海港里,"大海的力量到处展现",我们看见"水手们在用力,一条条船成锐角倾斜……他们在水中艰苦奔忙,如同骑在一匹牲畜之上,这牲畜桀骜不驯,跑得飞快,常常突然跳起,要不是他们灵活,准会被扔在地上②"。这种惊跳,这种摇晃最终在海面上仅仅表现为随处可见的*起伏*。我们知道,海洋/山岳的隐喻将巴尔贝克那片海首次呈现在读者面前。这种描述方法能从海洋活动里提取其构成特质,而不仅仅是如某人所说③的*高程差、不平坦性*的本质,我们所说的特质其活性大大超越这些本质,那就是

---

　　① 《少女》,第一部,第 672 页。

　　② 《少女》,第一部,第 837 页。

　　③ 详见 F.-X·尼古拉,《从自然那边到人类这边》(*Du côté de la nature au côté de l'homme*),《欧洲》,1970 年 8 月,第 77 页。

汹涌的特质。因为,海对于普鲁斯特来说是直立的、上升的:这是对水平向的坚决否定(因此,在过高处看到大海由于距离远而显得平坦时会感到失望)。汹涌之物不停歇地在海上剧烈翻腾。它一波接着一波,历久常新,骤然跌落的样子使它看上去像个矛盾体,当然这只是表面现象。事实上,海浪往上打,致使自身不断坍塌。"大海碧波如山的宜人美景①"得顺应这个事实,"一轮接一轮地陷落,如同波浪,涌到顶点后立即被其他波浪所取代"。海浪的峭面在这里表现为一个倾斜甚至滑落的愉快幻象:雪山崩塌带来快感,因轻而易举使这些海水筑成的高山"听任其山坡一个个倒坍、滚落,而太阳则在上面添加不露尊荣的微笑②"而带来愉悦之情。因为唯有高度,真正的高度,不断重建上推的高度才能为竖直方向的上升之势赋予这种完全自由的特权:倒塌。

此外,如果说这种倒塌并不是物体的掉落,那是因为海洋的深处总是酝酿着我们前文所提及的幻象。一股能量在海里毫无遮掩地运作着:一种物理化学类的力量,它随着日照趋热而来,使大海"发酵,变得金黄和乳白,如同啤酒,泛起泡沫,就像牛奶③"。而这种发酵、乳化不仅召唤了食物的力比多,还快速推动了我们那些与鼓起并浑圆的女性特征相关的主题发展:大海也鼓了起来,"胀成一个个蔚蓝色的乳房",这个表达不仅使肿胀

---

① 《逃亡》,第三部,第 453 页。
② 《少女》,第一部,第 672 页。
③ 《少女》,第一部,第 674 页。

的性感多元化,也加深了其程度。这种丰满的球形最终呈扇形展开,这个结果是可预见的:这便是普鲁斯特钟爱的**孔雀尾羽**的样子,它总是带着强烈的色情意味出现在作品的各式场合里①。目光在巴尔贝克的海面上看到了"一片碧蓝的海洋,张开的羽

---

① 这些时刻总是含义深刻的:例如《让·桑德伊》中,雷维永公爵夫人(对让来说,这位夫人扮演了传奇母亲的角色:D·费尔南德斯非常明确地指出弗洛伊德的"家庭小说"理论是如何准确地运用在让·桑德伊与雷维永一家以及后来叙述者与盖尔芒特一家的关系上的;详见《植树入根》第33页)急着带这位少年一起去给她饲养的孔雀喂食。其中一只栖息在屋顶上:"这时,停在顶棚的一只孔雀使这里一片光彩熠熠,就像百里之外被艳阳照射的汪洋大海上呈现的闪闪波光,这只孔雀成了顶棚最华丽、最令人惊叹的装饰。"(《让》,第463页)不久之后(第491页),同样的景象再次出现:"一只孔雀站在饲养棚的屋顶上,**宝蓝色的脖颈挨着绿色的尾羽**在阳光下闪耀,这两种颜色宛如阳光普照却乌云滚滚下大海的色彩,它纹丝不动,侧身儿簇薄羽在风中微颤,仿佛它已经成了某种失去生气的物体,全凭风来打动,且不具备向其反抗的力量。"

从这两段文字看出:海的主题与鸟的联系(色彩关系:彩色,以及双色;形状关系:"光普照却乌云滚滚"下的鼓胀)、它在日照下发光的能力、它与风吹激荡的关系:这只站在自己顶棚上的孔雀就是蒙茹万池塘边被风撩起羽毛的母鸡的预告版。这里飞禽与其所在地也是精心选择的:与孔雀相比,母鸡与贡布雷风景的田园氛围更为相符,而前者则被指定在巴尔贝克开阔气派的海洋环境里落脚。

然而,孔雀与雷维永公爵夫人(在《追忆》里就成了奥丽娅娜·德·盖尔芒特)的联系尤其令我们感兴趣。她统领着它们,而反过来,它们是她的象征,它们象征了她那母性光环下显贵而传奇的魅力。请看《欢乐与时日》(第43页)里的希波吕忒(Hippolyte),奥丽娅娜的首个雏形:"……出自一位女神、一只鸟。通过享只憧憬的飞禽到这个女性模样的变形过程,我认出了**孔雀那美丽的小脑袋**,它后脑不再泛起蓝莹莹的、绿莹莹的海波,羽毛上也不再冒出神话般的泡沫。这颗脑袋的美在眼前久久激荡,令人难以置信。"舒展的尾羽从而在她身上刻下了波涛那变化不定的本质。奥丽娅娜的其他标志,如扇子、羽饰,它们只是重复地将这羽毛展开,并放慢速度,撩拨得人心痒痒。我们还在这部早期作品中发现多处孔雀的出现。并且始终都围绕着空中扩展的主题:"树木、晾干的衣物、大力甩动的孔雀尾羽在透明的空中勾勒出无比清晰的蓝影,随风四处飘荡,却不离地,就像一顶没抛好的风筝。"(第131页)

(转下页注)

（接上页注）

最后一个片段将我们带到一个诺曼底的饲养场。这里的孔雀被明确比作了家里的女主人："朱诺(Junon)之鸟,闪动的不是伪宝石的光泽,而是**阿尔戈斯**(Argus)**之眼的灵光**"(根据希腊神话传说,阿尔戈斯死后,赫拉取下他的眼睛,撒在自己的孔雀尾巴上,留存至今。——译注),"在火鸡和母鸡群里,它是饲养棚里真正的**天堂鸟**"(第107页):这便是贵族气质的本质,在一个平凡的群体中脱颖而出(在一群奴隶中纺毛线的俘虏安德洛玛刻[Andromarque]、被阿德墨托斯[Admète]的子民围住光彩夺目的阿波罗[Apollon]),促使飞禽与女人之间相互隐喻。然而,一个微小的细节忽然引起了我们的注意:农场的太阳点亮了"来自臭烘烘的肥料、**地面不均匀铺砌的院落**、像老仆人般弯折的梨树的有利能量"(出处同上)。与动物的排泄物、植物的断裂主题相联系,这不就是未来在巴黎的盖尔芒特公馆的院子?后者最终也露出了不规则的铺路石。因此,孔雀的动机可能秘密地联系了《追忆》里最重要的几个片段、地方、人物,并使它们出现在彼此的范围里,即便看上去无太大关联:奥丽娅娜·德·盖尔芒特("家庭小说"里的母亲),蒙茹万与它暴露在外(渎神的女同性恋被揭露)的池塘(母亲?),巴尔贝克性感的大海(鼓胀、汹涌),后来与它相联系的记忆启示,盖尔芒特家院子及其不规则的铺路石,以及重现的时光带来的醉心沉思。当然,还能在贡布雷,圣伊莱尔钟楼的彩色玻璃窗上捕捉到它。

因此,这是个主导动机。它建立在鼓胀/铺展的性感本质上,与一个双重的动物系列相融合:鸟类系列(根据其固有的飞行能力),始终具有海洋意义的海生物系列(鱼类、水仙女、水中女神)。并且,以此突显这两个想象系列的秘密连带性(见后文第241页)——奥丽娅娜·德·盖尔芒特身上也会被大抵附上这两个系列的属性……此外,这个动机与普鲁斯特所有的色彩实践(虹彩、棱镜、调和多彩等主题)以及外形运用(圆形呈现:喷泉、彩虹、扇子也同属一支)相关联。

最后,这个动机参与了某种被注视的幻想:因为这是一个既有极强的表现性又带有掩饰、隐藏性的形象。孔雀开屏,引来赞美与观赏;然而,就像在家庭小说里,它也代表了乔装的君主或神祇(被俘的安德洛玛刻、被阿德墨托斯接待的阿波罗)。因此,它是显露的秘密本身,呈现为秘密,或是指出自身需保持神秘的地方,我们可以称之为"隐秘之处"。但它亦是个**好奇**的秘密(百眼巨人阿尔戈斯),那个注视着我们的神秘物。因此,它受到普鲁斯特青睐,被多次运用于普式偷窥或观淫情节里。

翎,就像孔雀的尾巴①"。这个样式显示了物质实体的另一种壮丽展现,在此即是深海之水的尽情澎湃。这种展现的物体的确坦荡如夷地在海面上舒展,但呈现出五彩缤纷、活力四射且柔软滑腻的形态,最终被另一种魅惑十足的斑点点睛,那就是眼圈斑。孔雀的尾屏真的展开了,它使水中所有的瑰丽宝藏在尾羽上抖动或跳动:那是一汪注视着我们的水,并且,也能捕获我们投向它的目光的水。

海:诞生

这些鼓胀、这些盛开在此还召唤了一场迎接诞生的仪式。大海整个儿涌现,它也是想象中的涌现之地本身。我们在这里想象:潜伏到出现,隐形终化为有形,阴影投向光明。在这里,无形生出有形:这个过程常常通过声乐实现,从海一般的深厚度里直接跳出一小节旋律。例如凡德伊的小乐句瞬间显露了它那阿拉伯花纹式的"流动"、"淡出",以及为音乐打底的"哗哗水声②";或者,在巴尔贝克,早晨音乐会的"小提琴的经过音群"在摆脱海浪的束缚前被封闭在"翻打而来的浪涛"里,随后琴声悠悠回荡,宛若"在海上迷路的蜂群",嗡嗡作响。(我们会顺带注意到在海上的这种奇异转变,即变成长长的花形昆虫群这个植

---

① 《重现》,第三部,第 869 页。
② 《斯万》,第一部,第 208—209 页。

物样式。)此外,飘来的这些乐句很快唤来其他景象,且为感官带来更大的享受:就如在巴尔贝克"晨曦中大海的蓝色烟波"遮掩着"如水妖的香肩般犹隐犹现的悦耳语句①"。水妖,全身滑溜溜,深海的性感产物。巴尔贝克的所有少女在观赏者眼里便是如此,并且通过与海的某种复杂关系成为被垂涎的对象。海不仅形成了对她们的重要隐喻——它能够塑造不同形象,跟她们一样,虚幻的,活动的,变化的,总是令人耳目一新——,还构成了其性感来源:例如,阿尔贝蒂娜不停地在一个海洋背景下勾勒自己的身份,而她本身也完完全全是这片海的产物,离开这里就使她失去了鲜美的味道②。《盖尔芒特那边》里有一个著名的篇

---

① 《重现》,第三部,第 870 页。

② 对于来自水中(或叶丛中)的女子这一动机,普鲁斯特似乎谙熟其特征,并将它放在重要位置。《少女》里有一段对埃尔斯蒂尔展开的叙述:画家本人、艺术家"未意识到的才能"、"情景"、"对他的探求如同实验室或画室那样必不可少"的"景观",简言之,即被我们称为特定主题的选择。普鲁斯特借这段叙述说明画家的天赋:"他知道自己创作出杰作,是用光线柔和的效果,是用改变对一种错误看法的内疚,是让一些女子站在树下,或让她们像雕塑般站在齐腰的水中"(《少女》,第一部,第 852 页)。普鲁斯特在此说的自然是埃尔斯蒂尔,他在想印象派画作,但这几行字显然也是他个人幻想空间的背景,其中仅是犯错后的不安感就能证明这一点(见前文,第 122 页)。

树与水这两个根本动机结合在一起(两者都孕育了诱人的尤物,并将这个产物围绕、以自身提供倚靠),事实上,这种结合能充分满足他的要求,即便是要将此处逐渐显露的躯体铸成雕塑,或是以美学的方式阻止其诞生的要求。两个动机在《追忆》的景观里多次结合,且始终带来感官享受:例如,围绕德·斯泰马里亚小姐的人物形象展开幻想,在布列塔尼的风景里,海上之物与叶丛秘密联合("在受到啪啪作响的波涛击打的棵棵橡树下面"),或者在布洛涅林园里。吉尔贝特的首次出现也同样是在一个承水盘边上,随后穿过唐松维尔的花丛和树篱来到叙述者的世界。奥丽娅娜·德·盖尔芒特这个专题对流水(维冯(转下页注)

(接上页注)纳河)与植物元素(树林、庭园、结成纺锤形的红花)相结合的诉求尤为明确。沿着维冯纳河,那名躲在树叶丛中的神秘落单女子,我们已经辨认出她的爱情职能。河边的一座房子:这正是《弗洛斯河上的磨坊》里描述的最初情景,这是普鲁斯特钟爱的小说,也许也是莱奥妮在庭院里念给马塞尔听的那本。在另一幕欲望的场景里,我们看到这座房子与周围的具体布置:那是在铁路停车点发生的一幕,一位迎着阳光走来的农家少女端来一罐牛奶:"峡谷底部,激流岸边,只能看到一幢铁道看守人的房屋,这屋子陷入水中,水在贴近窗子下端的地方流过。"(《少女》,第一部,第655页)通过挖沟使屋内的(不再安全的)事物与流淌的(能运载、漫溢的)河水组合在一起,着实有趣。

另一篇与《追忆》无关的文章非常清楚地总结了这种幻想倾向,它将其归为艺术方法:"只有当一名女子身上披着树木或河流的色彩,仿佛是一面真实反映它们的镜子时,文学才能将她描绘,因为我们总是习惯在树木或水流旁边想象着她。"(《马塞尔·普鲁斯特之友协会学刊》[Bulletin de la Société des amis de Marcel Proust],第8期,1958,第466页)的确,这是对换喻法的挚爱,但也是勾画连贯性的手法,利用共通性,将这两个感官动机与被渴望的对象连在一起。这种连贯性包括两方面:女子(女神、仙女、女妖、维纳斯,波提切利[Botticelli]笔下的人物)自水-叶丛中来;而她同时就是(请再次欣赏波提切利的《春》[Le Printemps])这片叶林,这汪水,这棵树,这些也是人们想象自己的起源地。

因此,这是一张和谐的关系图,只是它过于直接地透露了根源,在这种情况下,压抑会使它蒙上焦虑的色彩,甚至是可怕的幻象。就如《让·桑德伊》中,德利尼浴场(bains Deligny)一幕的最初版本(第305页)。母亲的身体就是在这里从泳池的水里浮出,"欢笑着嬉耍",还朝凝视自己的儿子抛去飞吻(他被"允许观看她沐浴")。而这一幕大饱眼福的窥伺却被一阵恐惧打断:这一池碧蓝的水不久便显得深不见底,无穷无尽,它是"奇幻世界的入口",而母亲是来自那里的女神(最一目了然的形象升华,也是普鲁斯特笔下经常出现的形象),但也令人担心,怕它将您吞噬。让·桑德伊感到:"正如古人认为在离波佐利(Pouzzoles)不远的某处是地狱的入口,因为那是进入冰海的入口,后者的极点隐藏在这片狭小的空间里,被激起的威力在这些守着入口的桩基间飞腾"。禁止进入的里边,多重阻碍:它不但被冰雪覆盖(联想到出生时的寒冷),还燃着熊熊烈火(火山)、沟渠丛生:在下文中,作者将它与巴黎地下"巨大的可通航的下水道"相比较。"那里看不到入口:然而,警察局长,还有其他人,在某个广场中央撬开一块与其他石头毫无二致的石头,从那里下去。"不可思议的渗入/诞生幻想,还有(转下页注)

章,提到肉体在水中诞生,这绝不是指字面意义上的巴尔贝克的水域,而是通过必要的婉转说法,指具有隐喻意义的"楼下包厢(baignoire)"里的水,里面漂浮着美丽的剧院嘉宾们的身体。我们想起那段描述,这些"白衣女神"、这些新出现的水妖中的每一位一点一点"从黑暗深处出来,如同盛开的花朵",无精打采地从此前隐藏她们的"阴暗的墙壁里"钻出,并"朝亮出升起",在正厅的光线下"露出她们半裸的身体"。随后,在神圣的一瞬间,她们的面孔露出来了:它们"一个个从羽扇后面露出,一把把羽扇如波浪般轻轻翻滚,泡沫四溅,十分欢快,她们紫红的头发饰有珍珠,显得零乱,仿佛被起伏的波涛压弯①"。从深处流出来的(此外,她们并没有真正现身,也没有引起欲望,因为这幅繁花盛开

(接上页注)父系行为者的巧妙参与("警察局长"),但后面紧跟着的潜在违规者("还有其他人")亦使这成为一场地下勾当……

因此,不可过于深入地走进普鲁斯特笔下的沐浴空间,需保持恰当的距离;要注意在浴盆(包厢)里寻求的满足感,保持警惕。盖尔芒特公爵夫人在剧院的包厢在一条长长的走廊尽头,而叙述者并无权进入那里。(顺带一提,任何字面上的浸泡、沐浴,其本质必会让人想入非非,这就是 baignoire 这个词所具有的隐喻触发特质——G·热奈特曾强调该特质)叙述者在巴黎与阿尔贝蒂娜一起用了一个有趣的折衷办法:他不看她,但是挨着他们毗连的两间盥洗室的隔板听她泡澡。两个人分开浸泡在各自的浴盆里,互相交谈,却看不到对方。保持距离交流的好榜样,是协调密布在平日里点点滴滴的感性生活(照在浴室玻璃窗上的阳光,记忆里对"更早时候的一位青年男子"的追念,对大自然及其"镀金树丛"的回忆)的产物,并令人想起与外婆在巴尔贝克旅馆的相处方式。或近或远的阿尔贝蒂娜在此占据了母亲的位置;然而,为了解除,或进一步否认其危险性,普鲁斯特明确指出,他的母亲在套间的其他地方拥有另一个浴室,她并没有习惯使用文中提到的这间(《女囚》,第三部,第10—11页)。

① 《盖尔芒特》,第二部,第40页。

147

般的景象最终仅是停留在"半明半暗的水面"、包厢边缘、"凡人的居所"与她们那"阴暗透明的王国"的边界处），是本身就流体化、插着羽毛、蜿蜒游来或汹涌而至的身体，仿若大海从不停止在自身的产物里再生波涛，不断涌现，也恰如它总在咆哮，一如既往地卖弄着如开花般绽放的新的蓬勃之势、新的显露动机[①]。

---

① 依旧在这个性感显露、水中诞生的系列里，我们需要研究下**鱼**这个尤为重要的动机。它是整个巴尔贝克景观的专题索引，因为它在这儿发挥了凉爽、柔软易溶、错乱不清（难以捕捉）、漏网逃离的涵义价值。就如这个垂钓的午后，普鲁斯特追忆这朵"浪花，在它上面，在透明而又流动的蓝色海水之中，会显露出一块光滑的肉，一个犹豫不决的形状，我们却不知道要把它们派什么用场"（《少女》，第一部，第796页）。这份犹豫不决恰如其分地显示了内心的慌乱（能拿这显露的肉体做什么？……）：它传染般地立刻附在了形状上，加入实体的描述。

由此，女人（难以捕捉、难以琢磨、无止境变化）直接与鱼画上了等号："这有一个走过去了，左右探望，不疾不徐，又调转方向，就像一条在透明水里游的鱼。"（《驳》，第87页）另有，将里弗贝尔餐厅的女食客们比作一群"闪闪发光的鱼"，但这回它们被捕在鱼篓里；我们记得在卡尔克维尔遇到的那位迷人的渔家少女，她身边放着装满鱼的小桶。对普鲁斯特来说，钓鱼是带来欲力的活动，《追忆》里的一些其他片段纷纷证明了这一点。例如，吉尔贝特在唐松维尔（后文中，吉尔贝特被形容为"滑溜得像水中精灵"）的首次出现便是由这根映入眼帘的钓鱼竿宣告于众，它显然已被人遗忘，带着鱼漂投在池塘里。当马塞尔对奥丽娅娜产生爱慕的幻想时，又是通过类似的视角："我浮想联翩，臆想着德·盖尔芒特夫人*心血来潮，钟情于我，邀请我去城堡做客*[去她那富含活水的花园]；*她整天和我一起在花园里钓鳟鱼*"（《斯万》，第一部，第172页）。在同一条维冯纳河里开展着不同形式对诞生之谜的探询或模仿：或是以捕捉隐藏之物的形式（当地男孩用来捕鱼或引鱼出现的容器瓶/内盛瓶，这些总是刚刚露出的物品）；或是以突然行动的形式：那些"饥饿"的蝌蚪，既虚弱又虚幻地游来（也许有人会说它们刚从一场手淫后释放出来……[此处原文为"onanité"、"onanition"、"onanisme"，意为手淫，而上文的饥饿虚弱为"inanité"、"inanition"，两组词的词根仅差一个字母。——译注]），在一小团面包周围凝聚起来。

因此，我们进一步明白贡布雷的垂钓活动是受到长辈管制的（"家里人让我去钓鱼的那些日子……"），也知道钓到的鱼盖着草以保鲜（我们知道**（转下页注）**

（接上页注）植物的通用功能），它们能通过自身极难破译的神秘存在来表现有待诠释的印象（详见后文对阐释性物体的分析）。另有征象显示钓鱼具有被半禁止的性感面（鱼便是被觊觎的欲望终点）。事实上，一位神秘的陌生人在维冯纳的河里垂钓，他是贡布雷唯一身份不明的人物（马塞尔的父母为了不吓跑鱼儿，从未向他告知其姓名）。然而，普鲁斯特笔下的一个片段将这个神秘人与普特布斯夫人那位想象中的女仆联系在一起，我们知道，整座爱情建筑的中心就在此："'我曾有位朋友，他常去贡布雷钓鱼，因为那里的鳟鱼很有名。'我觉得我最终会知道那是谁。但是我无法知道她的这位朋友去哪里钓鱼。"（《重现的篇章》，巴黎，伽利玛出版社，第265页）充满欲力的重要角色身份被掩盖，着实奇怪。其他篇章（第三卷，第307页）更直接地将钓鱼、游船（《斯万》的爱情幻想里包含此活动）与色情活动捆绑在一起。例如，在巴尔贝克，泰奥多尔（Théodore），典型的多面派"恶棍"，每次来码头"不是带走这个水手，就是带走另一个，真不要脸"，摇着船远远去转一圈，"也干点其他事"。

然而，鱼还具有其他想象价值。例如此处，对**鱼刺**或者这条"大鱼"的骨架展开想象："身体有无数椎骨以及蓝色和粉红色神经，由大自然构建而成，但根据一张建筑图纸构建，形成多彩的海洋大教堂。"（《少女》，第一部，第695页）这"海中妖魔"不再是盘中餐，而是本身就包含了众多食物，因此，如同圣伊莱尔教堂在贡布雷乡村的意义，它对于巴尔贝克的景色具有同样的象征与囊括价值。说它"生长在**原始时代**，在那个时代，**生命开始**在大海中涌现"，也值得注意一下，这是以另一种方式将它的动机与诞生（在此不仅涉及个体发育，更牵涉到种系进化）的动机，以及大海的某种能量、某种宇宙生产力等动机相连。

这种液体生产力最终表现为直接产鱼：如此一来，后者无需通过被捕就能脱离原生的流动环境，向上方的海水游去，这有点像我们后面要谈到的气泡，两者动作相似。例如，在维冯纳河里，"有时，一条鲤鱼闷得发慌，就跳出水面，惶惶不安地吸口气"（《斯万》，第一部，第171页）。在《驳圣伯夫》里，普鲁斯特写道，同样的鲤鱼"热情地纵身跃入空中，跳进未知世界"（第72页）。鲤鱼跳出水面，它的这种"不安"自然印照出了普鲁斯特呼吸困难时的恐慌（见"**通风**"一节中的分析），身心综合表现为哮喘发作。我们知道，离开水的鲤鱼不会停止呼吸，也不会放弃痛苦挣扎：这会令人想象它们在空中跳动时也伴有同种煎熬。在它们身上，**痛苦吸入**的所有相关主题均显示出与无聊、苦闷动机的联系，前者受后者的刺激推动，更准确地说，后者的闷来自**压迫**、无法满足的欲望、一种显露（诞生）即死的命运。

（转下页注）

然而,这类主题也能颠覆其构成元素间的关系。女性躯体不从海上产生,而是将海放入、深深植入自己体内,其形式就是这种尤为重要的体液:血液。因为"人们都说人体的血液是咸的液体,而这种液体只不过是原始海生元素的内核残余[①]"。这就展开了新一轮关于显露的幻想:从此,要在皮肉里等待显露,这是一种神秘的**生长**,它的显露态势犹如水的自然循环运动,一种原始流体的往复运动。塞莱斯特(Céleste),巴尔贝克的两名"女使者"之一,她演绎了这个干涸以及内部涌动的幻想景象,并成为此景的发生场所:

　　　　我也认为,塞莱斯特不仅在动怒的时刻,而且在郁郁寡欢的时刻,都保留了她故乡溪流的节奏。当她精疲力竭时,表现出的也是河流干涸的状态,浑身真的没有一丝生机。每到这时,什么都无法让她恢复生机。可突然,在她那颀长、轻盈、优美的躯体内,循环运动又开始了。河水在她白皙、透明而又略显蓝色的肌肤中流淌。她迎着阳光微笑,并且,全身愈来愈蓝。此时,她便成了名副其

(接上页注)

　　此外,围绕垂死之鱼的死亡能够更换其参与主体的位置与形象。在《让·桑德伊》中,让在实施了一系列典型的暗中窥探后钓得这些鲤鱼:"为了不被鱼发现,选在一块树荫下"(第322页)。一条娃娃鱼,"躺在深水处,毫无知觉","半身观赏鱼,半身女神",使这片水域环境的水下部分成了禁忌之地,"超自然存在"之地,并且因这股阴柔妩媚而仙气缭绕。

　　① 《索蛾》,第二部,第850页。

实的蓝天塞莱斯特①。

在这场运动中,通过一系列宇宙调和主题的聚集——阳光、液体循环流动、微笑、剔透的肌肤、活力、天蓝——这具如此美妙的景观—躯体恢复行动,更确切地说,重新*浮起*。

这几个例子表明,正如之前已谈论的繁花盛开之象,海上新生需要在一个矛盾的二重维度里进行,既明示又藏掩。海中仙女出现只为逃离;塞莱斯特靠着她的血液之谜,或另一种更重要的液体而有了生气。任何一种浮现行为里,显露者召唤隐匿者,后者使前者拥有了生命;隐匿者则通过使他显露的动作继续如是出现在幻想里。成功现身意味着有所保留,也许是密不透风地闭合。这就是事物通过*气泡*这种性感形式得以隐现有致地露面的原因,普鲁斯特的目光热衷于停留在水环境中,看它们出现和消失。

海:起沫

泡沫在此具有流露、散发的意义,但始终是一种隐秘的流露,像是有所克制般。悠闲地向上滑行,穿过层层水流,或者隐喻性地穿透灵魂、记忆,连续"穿过一层层叠在一起的不同环境②",这

---

① "céleste"作为形容词意为"天上的,天堂的"。——译注
② 《少女》,第一部,第 662 页。

些水中环境将它与水面隔开,肉眼可见或有意识的气泡在这里展现出极大的活力、感知力、记忆力①。就像这杯苹果酒:"**一些气泡蹿到苹果酒里,并且,它们数量如此众多,以至于其他气泡遗落在杯身上,我们拿只勺子就能在上面把它们铲下来,如同这充斥着东方海域的生命,一网撒下去便捕得千万鱼卵②。**"这些卵—气泡在此与被捕之鱼的想象联系在一起,让我们想到某种无异于大量繁殖的沸腾景象③。然而,在气泡里,最为重要的依

---

① 有时候,还深刻展现了某个幻想的地狱空间。我们记得曾一度被想象成地狱入口的维冯纳河的源头,"实际上只是像一个涌出水泡的方形洗衣槽"(《重现》,第三部,第 693 页)。水源原本是一个神圣的开口,如今(因"洗衣槽"一词)不再神秘,然而,尽管水源被世俗化,上升的气泡依旧实实在在地透露着河底深处的某种活力存在。在同一段文字的早期版本里,没有气泡上升的场景,取而代之的是一些正向外涌出、从洗衣槽底部"呈树权型上升"(《重现的篇章》,第164 页)的水珠,它们同样具有超验意义。水珠就是盛满水的气泡。水珠树相当于气泡云。两个场景里的生产形态——上升、外涌——都指向同一个神秘本质,即根源、来源。

② 《驳》,第 87 页。

③ 气泡主题在这里接上了**玻璃杯**的相关主题,此处的玻璃杯即盛了苹果酒和气泡/鱼卵的玻璃杯。杯身上的气泡在玻璃壁上又贴上**颗粒**(中空的玻璃杯,点缀着一粒粒空气)与**锯齿**这两个范畴的标签:"从外面看,它们布满杯身,在上面划出一个个结块,就像威尼斯的水晶玻璃杯,并且,它的表面被苹果酒染成玫瑰红色,气泡在上面绣上成千上万个细密小点,使它显得无比精致。"(《驳》,第87 页)稍往前一点,同一只杯子已经被形容为"**又模糊杯身又厚**":普鲁斯特认为,它像"某些女人的肉体,由于不能如愿亲吻,最终令人升起啃咬的欲望"。喝一杯起泡(且凉爽:最根本的功效)的苹果酒,用嘴唇触碰**模糊**(这个词本身的语义场有多么混乱模糊啊!)的玻璃杯,咬噬女子的肌肤:这三种享乐相近又相似,在此互相连通……总之,气泡苹果酒以及布满颗粒的玻璃杯(**被干扰的同一透明性两种不同状态**)所隐含的女性意义暗地里表明并证实了咕咕新生的气泡与蜂拥般聚集的鱼卵之间的隐喻或梦幻平等的关系。
我们在下文中会再次谈到玻璃杯,及其模糊性与突变性引来的特殊想象。

旧是它专属特性的均衡表现:它与生俱来的轻盈透亮,优美的弧度,还有它的易碎性,不可触碰的特质,最后,呈现出一种既是自我封闭又成群结队逃离的矛盾性。它身上不会发生真正的爆破,更不会盛开。它只是一团被保护的真空、隐遁的空缺在空气里的出现。

它来到水面,可能发生三种情况:一旦完成使命,便立刻消亡,这是维冯纳河里所有随着水流上升并游走的气泡都会遇到的情况。或者,穿过水面,冲入新的空间,投入到空气里,停驻,像凡德伊的小乐句那样:"它还在那里,如同悬空的*彩虹色气泡*[①]。"这种自体支撑,近乎神奇的腾空,其本质兼顾了统一性与开放性,透明性与多彩性:所有这些品质促使我们在短暂的瞬间将它想成某种缩影,确切地说,也许是宇宙溶解、分解的缩影。

然而,气泡也能成倍增加,毫无规律地分散在水面上,并在那里转变为这种快飞起来的海洋沫状物:*泡沫*[②]。我们已经清楚地知道了这种泡沫带来的舒适感,与丝绒相近:不过,它还具有气化漂浮、群聚起浪、驱散性热狂等专属价值。完美的实质混合体,因此也是物质变化的首选转化工具:海浪挥打到空中散成泡沫,就像花卉凋谢后只留芬芳。在感性施展的尾声,事物化为芬芳或碎末,消失殆尽。在描绘卡尔克蒂伊海港的那幅画里,克

---

① 《斯万》,第一部,第 352 页。

② 原文为 écume,意为白色的泡沫、水沫。此处指浪花里的泡沫,与"沫状物(mousse)"有所区别,后者多指沫子、浮渣类的泡沫,或者有绒感的苔藓。本节题目里的泡沫指的也是前者,白色泡沫。——译注

里克贝尔的教堂变形将能为我们证明这一点。它们被大海托起,被阳光穿透,被海风吹鼓,被白沫困住,受制于一切激发性、扩散性的力量,在以下几行文字里,可以看到它们经历着某种隆重的衰变过程:"……不是在城里,而是四面被水环绕,处于阳光的浮尘和波涛的飞沫之中,[它们]仿佛出自水中,用大理石或泡沫吹成,并被套上闪色彩虹带,形成一幅非现实的神秘图画①。"这里,只有当两股对冲的力量都发挥出来,物质的消散或渐退过程才得以告终:光线的虹彩圆弧(我们在下文中将分析虹彩的重要性),从激情洋溢的感知到某种艺术幻象的静止、形态的转变②。

---

① 《少女》,第一部,第836页。

② 上述所有分析描述了物质的某种离散/消散。然而,这个结果亦可以通过更短的路径来达到。事实上,一种想象力的短路能使物质从它最浓密(且最禁忌)的形式一下子转换到最不稳定(从而也是最易逝、最难以捕捉)的状态。例如,当直直地照着阳台的太阳将"它那一片片**轻薄织物**""嵌入""碎裂石块的各个坚硬部分"(《盖尔芒特》,第二部,第308页)的时候;或将同一场景上升一个档次,那些"阳台,**被阳光照得仿佛拆卸下来,如薄雾弥漫**",开始"在屋前浮动,犹如黄金云朵"(《斯万》,第一部,第405页)的时候。《少女》里"**粉碎悬崖**"(《少女》,第一部,第925页)的一幕使阳光被指为传奇,此处的阳光完全符合这个定义。巴尔贝克的阳光吸走了一半大地一半大海,使它们变成"气态",普鲁斯特对这道阳光的描写并不止于此,他还说它"仿佛已将现实摧毁":这个它企图更多地置于欲望空间的现实本身。

V

从稀薄到坚实

这便是释放出来的稠厚度，脱离如此之迅速，表现如此生动，以至于它挥发到空中，或者可以说分解为某些与松软、稀薄十分相像的东西。普式欲力完全发挥也许最终都会这样驱散那些被一味激发并掀扬而起的物体。然而，进一步观察普鲁斯特笔下的景观，我们看到那里同时存在着一个完全相反的趋势：那里进行着一个同样剧烈的运动，旨在使流体发生凝结，使透明度加强，使光线变得浓厚。稠厚质如此热烈地自言自语并展现自我，直至变为非稠厚质，变得松薄，后者试图在这股热情里重建，以新的方式重拾稠密度。

增　厚

我们以光亮度为例，做一番探寻。方才，光被定义为振动的真空,然而,它却常常有减慢速度、融化、几乎向臃肿发展的趋势。这个效应在室内灯光的照射下尤为明显:光线不断从灯具这种室内光源射出,它们被包围在室内,在壁板上做必要的停留。因此,它们静止不动,并且,由于无法出逃,亮度得以累积,被困的光越来越多,越来越重,最后,它那难以捕捉的颤抖之形变为一种可触碰的漂浮实体,终遭"捕获"。如此一来,除了最初的照射效应外,还要考虑光量这一动机:对于被照亮的物体而言,光保证了充足的背景照明,提供了流畅的照明环境。例如,在巴尔贝克,旅馆里的"电灯使巨大的餐厅光辉灿烂",餐厅变成大鱼缸,住客们的"奢华生活"漂浮在里面"在金色波浪中慢慢晃动①"。这种明亮并非将室内空间扫一遍或者点亮唤醒,而是裹上一层薄衫。它以自身出乎意料的浓密度支撑人们的位移,后者动作减缓——而且是在它的照亮下减缓——,他们被扣住,被改变。

然而,对于这焕发光芒的液化,如何想象它具体发生的样子呢? 通常利用油腻、油质②类物质(出现这些物质也许是因为要

---

① 《少女》,第一部,第 681 页。

② 以下这段文字又展现了油腻与光亮之间的关联,并通过一系列联觉联想,明晰了盖尔芒特公爵夫人的声音特点:"……一个声音[……]宛如拖在贡布雷教堂的台阶上,或是广场糕点铺的屋子上,外省那懒散而又黏糊的金色阳光。"(《盖尔芒特》,第二部,第 205 页)慵懒、缓慢、黏合、性感拖地,这些特点不仅描绘了声音(而留有外省特色的东西,也被拖进了声音里),也刻画了阳光。通过隐喻与换喻的结合,又想到了铺在教堂前、隔壁糕点铺前空地上的羊毛地毯。油腻(黏糊)最终在自身汇聚了这些不同的感性色调;它将它们的价值连在一起,并落到实处,目的就是将这群星般的普式特征集(我们也可以称之为油腻(转下页注)

156

利用它们的发亮本质)来实现,正如以下《盖尔芒特那边》的这段文字所示,它重新描绘了巴尔贝克旅馆的场景,但是加以扩充,幻想更为全面:

> 有时,我抬起眼睛,看到一个古色古香的大套间,套间的百叶窗均未关上,里面有水陆两栖的男女女女,每天晚上都在适应跟白天不同的生活环境,在油腻的液体中慢慢游动,天黑之后,这液体会不断从一盏盏油灯的油罐中流出,流到一个个房间里,一直升到房间的石墙和玻璃窗边缘,这些男男女女在液体中挪动身体,扩散着油腻的金色漩涡①。

灯光的流动使内心的隐秘氛围充盈了整个室内空间,在此发挥的作用与白昼相反。对连贯性的一系列想象(涌现、缓慢、油灯—油罐)促成了这种变化,而后者也是回应日暮的一番全盘侵袭。我

(接上页注)又灿烂的点点风味集)限于该价值本身。它在此涉及声音、光线、羊毛、糕点、教堂、外省。

　　另一段文字描写了组织结构相同的场景,依旧与贡布雷有关,但是更为精细:"……教堂大钟金光灿灿的音色里,不仅像蜂蜜一样有着光亮,而且有这光亮的感觉(还有淡淡果酱的味道,因为在贡布雷时,这钟声经常在我们刚吃好饭撤去餐具要吃甜食的当口,像只胡蜂似的姗姗来迟)。"(《女囚》,第三部,第83页)这里,光与味觉的蜂蜜、果酱(它们甜甜的液体)联系在一起,与触觉及视觉的胡蜂联系在一起,与听觉的钟声联系在一起。然而,这里所提的每种物质都或多或少地展现出被同一幻想品质(应该就是:蜜汁般的金色)囚禁、包裹的状态:它们被阿在、粘在蜂蜜—果酱里;半逃半困在胡蜂群里;在钟声里获得自由。

　　① 《盖尔芒特》,第二部,第97页。

157

们已经了解了稠腻在普鲁斯特物质体验中的地位,但看着这片光使自身变得稠腻,尤觉怪异。然而,稠腻在这里并未完全发挥:金灿灿,闪闪亮(正如《驳圣伯夫》中的一个先前版本所言:这是一种断断续续的镀金,就像金色本身的均质被粉碎)的,它在漩涡里获得生气,这也使它继续成为一个潜在的活动地,至少是个纷乱之地。午后的光线充满了斯万的客厅,令人心旷神怡,它以类似却略有区别的方式,不再对隐秘性施以想象,而是产生新生的幻想,使整个家具都变了样:"……只见它让金色的波浪戏耍于我们眼前①,而在这些波浪中间,发青的长靠背椅和薄雾弥漫般的挂毯如同一个个魔岛露出水面②。"这种魔力最终会以更强烈、更巨大的震撼形式施展:光线越来越厚,几近凝固,同时依旧充满活力,光芒四射,它不仅成为了肉体漂浮的营地,还成为了肉体本身,没有什么能遮盖它的诱惑力:盖尔芒特男爵以及沙泰勒罗公爵(duc de Châtellerault)见证了这一点,这两位典型的盖尔芒特式年轻人"身材修长,皮肤和头发金黄",在去维尔帕里齐夫人家做客时,仿佛"把沐浴着大厅的春光暮色凝聚在自己身上③"。

结 晶

同类型的变化,我们在研究过程中,在另一个原始的不坚固

---

① 经参考原著,此处原著原文为"à nos pieds",即"于我们脚上"。——译注
② 《少女》,第一部,第540页。
③ 《盖尔芒特》,第二部,第212页。

范畴里会遇到这种变化,即空中透明:纯距离的品质,间隔的绝对真空。然而,没有什么比这种环境的骤然或逐渐硬化更能撼动普鲁斯特的想象,在分析食物时就已看出这一点。为了说明从空心到填满物质的这个变化,幻想里会包含多种变形过程。例如凝固过程,或者结晶过程,即溶液超过某个特定的浓度值而突发的硬化过程。类似于维冯纳的透明河水里发生的情形,当然,是隐喻的说法,当马塞尔向河里扔了几小团面包:这些面包"仿佛足以造成过饱和现象,因为在顷刻之间,河水犹如在一个个面包团周围凝固起来,饥饿的蝌蚪聚在那里,像一串串卵形果实,而在此之前,蝌蚪想必散布水中,无法看到,但即将达到结晶状态[①]"。诚然,这是个幽默的假设,但它也真实还原了幻境。串状只能反应局部团聚的样子,为晶体状做准备,而后者的形成必然需要透明空间的全面收缩。我们在《驳圣伯夫》的一个片段中找到另一个例子,这回出现的是一片天空,逐渐化为有形,最终变成一座城池:

> 忽然,左边一小块天空上的一条长带似乎暗了下来,并且变稠、有了生气、向四周扩散,这些都不会发生在云朵上,最终,形成建筑物的模样,凝结成一座幽幽发蓝的城市,里面矗立着一座双塔钟楼。我立刻辨认出这不规则、过目难忘、令人又爱又怕的轮廓,那就是沙特尔(Chartres)[②]。

---

① 《斯万》,第一部,第 168 页。
② 《驳》,第 342 页。

"城市在天际的出现"，或者不如说是城市从天而降，出人意料，此外，该出现的神奇性会为这座城市染上神话色彩（"如此巨大的象征性形象出现在古代英雄之战前夕"）并带来有意义的双重反应（"受人爱戴又令人畏惧"：仿佛这座顶上插着双塔钟楼的建筑物无法从远处、从它的消隐之处、从将它后推的力量中涌现出来，也许就是这股力量将它推至隐没）。在《追忆》中还有一幕相同的场景，但想象的事物有所不同：与外形相比，更多的是地理分布上的描写。这幅景象即普鲁斯特追忆"这明亮的地平线"之时，"在更远的地方，**圣克鲁（Saint-Cloud）仿佛是其零零星星、容易破碎和并行排列的化石**①"。

---

① 《女囚》，第三部，第 174 页。以下是另一个实质转变的例子，里面提到了某种突然出现的现象。它的重点落在听觉上，不再是从液态到刚硬、从真空到可见的满盈的变化，而是描述了从静默状态到喧闹状态的变化。普鲁斯特写道，在贡布雷，某些午后的阅读时间，天气十分晴朗，当钟点敲响，"仿佛这钟声不是**中止白昼的寂静，而是把寂静的内涵排除出去**，钟楼[……]刚刚——为了挤出因炎热而缓慢地、自然地积聚其中的几滴金液，**并让它们掉落下来**——在适当的时刻挤压饱和状态的寂静。"（《斯万》，第一部，第 166 页）

由此，一片过饱和的寂静在这里转化为其对立物，如同水凝结成蝌蚪，天空石化成城市。然而，从这几行字明显可以看出，所发挥的想象力减弱甚至除去了这种突发转变的中止作用。要体会这种突变带来的影响，我们必须把它当作某种连续生成过程的产物，简言之，当作某种新生的模仿形式，而这种新生并不会真的产生任何相异、新颖之物（自然也没有干扰之物）。因为普鲁斯特笔下的物质转变更多的时候包含了对某种关联进展的意愿；它需要最大限度地抹去转化阈值（例如通过饱和、结晶、石化等模式）。

那要如何跨越喧闹与寂静之间看似绝对的差别？那就得利用两种动机，将它们与包涵的幻想相联系（我们在下文会看到，这种幻想假设了——至少期待着——容纳与内容的某种同质性）。这两个动机，前者是**明显的驱逐**；以消极的方式进行，排空内涵，将寂静从它包涵的内容物里抽离：因此，想象中（转下页注）

160

凝　固

　　这些透明的不同硬化发生在石化、结晶或过饱和中,它们隐喻性地依附于某些物体或实质上,我们在先前的分析中已经得出这些物体或实质的价值与优势。例如,胶冻,美食家的精选食材,总是以十分令人惬意的方式去解答透明物最初的发黏发稠之谜。就像这条"大海上方的空中红带,结构紧密,又能切割,如同肉冻[①]"。我们会发现,在天空—肉这样的托衬中,突显物质牢固程度的紧密几乎使切割产生声音效果,标志了硬度极限。这种凝胶的稠密度还要进一步缩减,从而得到普鲁斯特笔下另一种常见的物质,就像在这些"煤炱般的黑色雾气,它们也如玛

(接上页注)的喧闹声像是被完全包含在寂静中,并且与其性质一致。而另一个动机,恰恰相反,非常积极,是满溢的表现状态,引起对过剩和顶点的想象。但是它显然只能在联觉迁移的辅助下发挥功效。那便是液体与热量在空间上的竞争,这里的空间相当于饱和状态的寂静,后者像颗成熟的果实(我们已经辨认过该动机)化为几滴光/音液掉落下来。我们会发现,这来自饱和空间的滴液会在此造成不连贯的假相;其个体依旧贴在它被挤出来差点要脱离的面上。因此,看似中断,其实并未中断,看似冲撞,其实并未破坏饱和空间,反而促成它的圆满形成。由此,表面上看去的间断性、喧闹声的全新品质以隐喻的方式连续地诠释在了视觉、触觉、味觉并行的感官层面。

　　那我们这两个隐喻系列(本体间断性,喻体连续性)如何在这一片景观里进行转喻性整合?通过钟楼滴液状(这个幻想出来的功能已经让我们对其特征有所认识)的实体运作实现:钟楼既是饱和空间的中心,以它为中心慢慢达到饱和,也是时间、准时之源,响声的源头。

　　① 《少女》,第一部,第803页。

瑙般光滑、坚实,显得沉重①"。胶冻和玛瑙自然而然地引向在此至为关键的**大理石花纹**生成步骤:在里弗贝尔,紧扣纹理这一主题,将斑纹印在夜空上的正是分支分叉这个动作,空间就此慢慢凝固:

> ……饭馆的花园里还没有开灯,白天的热气渐渐下降,并沉积下来,如同在瓶底周围的瓶壁上,空气结成透明的霜,呈深色,看样子十分坚固,像一枝巨大的蔷薇,贴在阴暗的墙上,留下粉红的花纹,看上去像是缟玛瑙里的树枝状结晶②。

透明自身越积越浓厚,在此凝结:这种浓厚度被幻想与黄昏侵入以及热量下降的动机相关联(而热度使温和的空气变重,使其部分液化)。这种因自身下降而淀析出来的澄净掉落下来,在容纳它的容器里聚集,就像我们前不久看到的流动光线。然而,在它这全新堆积出来的坚硬质地里,再一次通过凝霜与缟玛瑙的隐喻,绽放出因葩的火花,迎候黑夜。

待这最后一步凝结结束,我们在透明硬物的另一边看到**玻璃**,这种空间的凝固,这种"日光凝聚",据大卫·门德尔松(David Mendelson)统计分析,它是普鲁斯特笔下众多物体的构成

---

① 《少女》,第一部,第803页。
② 《少女》,第一部,第808页。这里的"霜"法语为"gelée",也有"胶质、胶冻、肉冻、果冻"的意思。——译注

材料(眼镜、单片眼镜、花瓶、玻璃瓶、玻璃杯、玻璃罩、玻璃窗等等)。它是围栏禁区的完美写照,或者内容不变,从另一个角度来说,是被目光穿透、突破禁令的形象化表现①。我们回想下浸在维冯纳河里的长颈大肚玻璃瓶或埃尔斯蒂尔画的小花瓶②,对着玻璃想象与某种完全硬化的澄净体、还有某种即将丧失并

① 以玻璃窗为例,玻璃的禁忌特点显而易见,但也不足为奇:窗户将观望者拦在室外,不得入内,使他落入沮丧的境地,但也以某种方式刺激了他(也能轻易地理想化、美化这场景:想想《追忆》里所有**玻璃窗**里的画作,例如盖尔芒特公馆院子里的"荷兰绘画作品"),将他置于**窥探者**的位置。

接着,玻璃罩多次出现在报时类设备上,鉴于其与女性丰满模样相似的外形,其覆盖、禁止以及包含功用,这也许更值得一谈。在香榭丽舍的小屋前,在邀请一勾引这甚为重要的一幕里,普鲁斯特将这种引诱比作回忆中"古阿施糖果店(Gouache)的那些小姐,我们去订糖果甜食时,她们就在柜台上的**钟形玻璃罩**里拿出一块糖给我吃,可妈妈总是**不准我拿**,唉"(《少女》,第一部,第493页)。他放在玻璃罩下的隐秘世界(碎裂与局部化后)象征性地被母亲禁止了……

其他既展现又阻止进入禁膛的玻璃壁描写:斯万家的客厅里"一团灼热的炭火"被"珍藏在水晶挡板后面的白色大理石缸里,不时让一颗颗危险的红宝石在里面掉落下来"。这些"红宝石"(十分危险)与刚才提到糖果的作用相同;玻璃挡板以同样的方式既展示又防止接触壁炉(他者之炉,生命之炉[此处为文字游戏,壁炉在法语有多个说法,作者在此处特意用 âtre,而他者、其他的法语为 autre,生命、存在的法语为 être,三个词发音非常相似,而且押韵。——译注]……)里这些太过灼热的火焰碎片。

然而,通过玻璃也能建立各种折中组合。就像在**彩色玻璃**上,尤其是**彩绘大玻璃窗**这类:红彤彤的色彩带有欲望标志,而玻璃却保持了距离间隔。例如,在铁路中途停车时发现了卖牛奶的姑娘,并对她产生渴望,她"脸色金黄、粉红,**仿佛站在一扇被照亮的彩画玻璃窗后面**"(《少女》,第一部,第657页)。这里的玻璃仿佛带来一阵"金色与红色"的目眩,如晨曦般富有生命力,但是被一条"镶边的带子"同马塞尔隔开:总之,大玻璃窗上的五颜六色使玻璃这种实体的呈现一禁止并存。

② "花瓶的玻璃本身就为人喜爱,里面盛了水,石竹花的茎秆插入水中,仿佛插在跟水一样清澈并近乎液体的物质中。"(《少女》,第一部,第848页)

融化的硬度的接触。因此,它是幻想中所有穿越、合并(玻璃与泡沫、玻璃与气泡、玻璃与凝霜或冰珠)、物质颠倒的对象;是能臆想"物体的形状改变,液体在光照下发生变化",以及容器里的东西因变质而色变(就如这高脚果盘里的李子"从绿色变成蓝色又从蓝色变成金色[①]")等变化发生的地方。总之,它是物质实体自由活动的场所:固体、液体、气体组合一起或相互交换它们最微妙的功能价值。正因如此,这是一种颇受重视的物质,在普鲁斯特笔下所有关于包裹和变形的主题集中居于举足轻重的地位。

---

① 《少女》,第一部,第869页。

VI

硬稠与稀薄之间

这几个例子恰如其分地说明在普鲁斯特的幻想世界里难以触摸之物的稠密度增加与厚度的气化表现有着不相上下的重要性。两种变化趋势在他笔下并存,并且常常出现在同一物体上。幻想不仅打算在某种稀薄质中展现浓稠,或在硬稠质的新状态里感受、重拾稀薄:它还企图利用可感知的现实去支撑这两种看似互不相容的运动同时发生,或许还从这种不兼容性本身出发,构建该现实的价值、其独一无二性。

模　糊

我们这两种相反的向性是围绕某几种重复出现的物质形态

而建立的,其中最原始的应属模糊不清这一形态。某种已有的原始感知,感如均质,与物质状态、景观地点无关,却在令我们无法将它固定的扑朔迷离中清楚呈现。由此,就有了感官障碍的体验,也许还是根本性的。这种感觉在埃尔斯蒂尔所画的萨克里庞小姐(Miss Sacripant)的肖像画里施展得最为全面,这是一个秀色可餐却暧昧模糊的尤物,仿佛在性别分界线的另一边徘徊。模糊性不仅能够影响性别征象,对有形的物质也会产生作用。例如,在巴尔贝克,叙述者有时候会"把大海中颜色较深的部分看成遥远的海岸,或是欣喜地观看一条变化无常的蓝带,却不知道这是大海还是蓝天[①]"。这句话的前半部分显示了一个错误认知,就像视觉幻想。后半部分则带来一种模棱两可性:这块变化不定的蓝色区域带来由某种无知、某种主题尚未明确的认知,或者如梅洛-庞蒂(Merleau-Ponty)所说的未开化的认知而产生的愉快感。这里的疑惑影响着感觉投射在物质上的判断——大海还是蓝天? 空气还是海水? ——进而引来一阵昏乱。两种元素在那里闪烁着,空气钻入海水,海水滑进空气,却不会发生任何消解(与理智的消融不同,理智会立刻从外部斩断,将各类事物回归原位)。模棱两可性不会这样出自合成物。甚至可以说,它与后者相对立:是一种分离性的合成形式。现在,它具有多重意义,令人迟疑,像套上个基础系数那般影响着物质。

---

① 《少女》,第一部,第 839 页。

混　合

现在,让我们假设模糊在一起的两个元素构成主题,在空间上彼此分离,与此同时,在同一景观中彼此靠近,这两个元素在此即指空气与水,或空气与大地。想象力试图利用某些关联性物体、某些它们中任何一个都能进入的混合状态,将它们结合起来。这便是无界限原则,普鲁斯特提出了该原则的理论,并就埃尔斯蒂尔的大作——卡尔克蒂伊海港一画,部分性地阐述说明。他还在其他不确定的地方求证,例如威尼斯,或者应该说是埃尔斯蒂尔评论的威尼斯古典画作:"你再也无法看出,陆地的尽头是在何处,海水又在何处开始出现,哪里还是宫殿,哪里已是大船、快帆船、帆浆大木船或督治乘坐的大型画舫①。"在这里,无知仅仅是找不到那根线条,那根使画面上各版块的分界消失的线条。混合物,即宫殿—大船,只是将这边界的模糊性置于自身,并铺展延伸。它稳定在这个阈限区域周围,达到一个断断续续的状态,却传递着各物质的性质:每个对立体的最新状态重叠一起,并在此被盖上"还是"、"已是"的标记。就像卡尔克蒂伊海港的景观,从未让人辨出其中的各部分始于何处,终于何处。在这个无比复杂的集体里(许多评论对之总是太过轻描淡写,也许是普鲁斯特本人起的头……),所呈现的

---

① 《少女》,第一部,第899页。

多重形态引来普遍的物质混淆。那些相对立的感官要素被连续并入里面,如此得以相互同化(被陆地包围的大海:港口本身;被海水围绕的陆地:克里克贝尔的教堂,海洋洞穴);这些要素在那里并列排放或是通过远景手法、起舞的倒影,并借助共通的第三方(在此即指鲜活跳动的兽性精华)等作用下"鳞次栉比地排列";不仅如此,它们还通过某种半水半土的"两栖"边缘物相互连接,该边缘物既属于前者也属于后者,因而使它们能不断地进入对方领域,并正好处于两者之间,它就是*湿沙*:"一些男人把几条船推到海里,在*波浪里和沙滩上奔跑,沙滩被弄湿之后,已能映照出船体,如同水面一样*①。"水平方向的混合效果,再加上竖直方向的反射效应。

易　位

最后,第二种形态,即互通形态,能够发生精华交换或转换。每一方将自己最纯粹的构成品质传达给另一方。它们不会在含糊不清中相互邻接,也不会在无界限的朦胧中相互靠近,它们在暧昧里忽然陷入,进入对方。比如普鲁斯特喜欢的"带有潮气的光线,如在荷兰",人在这道光里感到"*自己升到太阳之中,尽管海水里渗透了刺骨的寒气*②"。抑或反向地:"又圆又红的太阳

---

① 《少女》,第一部,第 836 页。
② 《少女》,第一部,第 898 页。

落入倾斜的明镜……，夕阳酷似*希腊火硝*，在我的书橱玻璃上，*燃起了大海的战火*[①]。"我们注意到，火焰在这里的燃烧是不合常理的，这不仅发生于字面意思所指的大海实体上，还在窗玻璃映出的大海上燃起熊熊大火。从反映实体到映出物，从直接的可见物到间接看到的相同物体，如此关联，除了我们之前已经分析过它的修光价值，即使物体更加明亮绚烂，它还能最大程度地激起普鲁斯特对物质实体易位的兴趣。客观上的统一体，被分成两种硬稠度不同的对立形式（可触知的与不可触知的），周而复始，互相追逐、吸引，永无止境。况且镜子的厚度也是个具有独特价值的要素，这些价值在反射时发挥出来。比方说维冯纳河畔的花卉，有时像是诞生于滔滔水流中（水中起源，我们此前已见过其他例子），有时在那里盛开，根据熟悉的抬升主题，从天空的轻透薄亮中看着它被风吹走，而这片天空被认作是这湾河水本身的倒映。由此就有了颠倒浓稠关系的念头，使映像完全化为实体并使反射对象失去物质形态的愿望，颇具巴洛克色彩。例如，月光"用映像来复制并后移万物，使其比原物更加厚实和实在[②]"。或是在卡尔克蒂伊海港，"*大海风平浪静，船的倒影几乎比船体更加结实和真实，而船体则被阳光照得如同蒸发一样，在远景中显得鳞次栉比的模样*[③]"。月光或日光的去物质化，以及远景中鳞次栉比的模样只是巩固了这里的反射性效果：

---

① 《索娥》，第二部，第 1035 页。

② 《斯万》，第一部，第 32 页。

③ 《少女》，第一部，第 837 页。

反射影/反射物的各个状态通过该效果作用相继或同时与其相反面对接。

埃尔斯蒂尔的另外一些作品则使该效果发挥地更加淋漓尽致。它们就是那些著名的**海市蜃楼**,由于这种幻景诡异多变的本质,我们在这里需放上整个描写片段:

> 阴影的这种手法,已在摄影中普遍使用,曾使埃尔斯蒂尔产生兴趣,因此他以前热衷于描绘海市蜃楼般的真正幻景,在这些幻景中,一座饰有塔楼的城堡,看上去仿佛完全呈圆形,顶端有一塔楼,使其伸展,下面则有一倒置的塔楼,也许是因为天气晴朗,空气特别纯净,使水中倒影显得跟石头一样坚硬、光亮,也许是因为清晨的薄雾,使石头变得像阴影一样模糊不清①。

我们会注意到,这些幻景并未真正动摇景观的价值,尽管它们有意为之(至少毫不掩饰)。上一个例子中,"几乎……更加"显示了两种运动(倒影的稠密度增加,反射原物变得虚幻朦胧)最终使不同的硬稠度得以交换,或开始交换。而现在这个例子或许有所不同,反射行为产生的效果尽管不合常理,但它通过另一种矛盾,导致一种表象的统一。这在形式与物质层面同样重要。从最直观的层面看,普鲁斯特写道,倒影"伸展",即令这座被戴

---

① 《少女》,第一部,第 839 页。

上华丽顶冠的城堡(极具性感意味)的轮廓扩大、稳定、对称：总之，倒影补足了幻景显然缺少的另一半(并由此弱化了后者突现带来的不羁、不安感，弥补了它所体现的不均以及从这种不均联想到的空缺、豁口)。而关于实质层面，这里的每个幻景都会发生同化效果，即同化反射现实的两个不同程度。晴天里，倒影硬化，就像坚硬的石头；其他情况下，薄雾使塔楼变得模糊，如同它难以捕捉的倒影。还会发生价值交换、转移，但都依次进行，且每次只能发生在其中一半的景观里，另一半不受任何影响，从而使它们的稠密度发生双重且连续的均等化。每时每刻，每个幻景都能出乎意料地使得——也得益于气象大师普鲁斯特擅长的渗透与融合才能——我们这两种相对立的硬稠度统一①。

最后我们补充下，海市蜃楼的幻景在普鲁斯特笔下变化无穷，几乎没有定性，涉及要素成倍增加，两倍、三倍、四倍，甚至更多，再通过双重、偶尔三重隐喻(或联觉)来描写：普鲁斯特认为，隐喻能被理解为是某种语言内部的幻景，此外，这个定义本身也具有隐喻意义……我们可以重读以下几行回忆福尔图尼(Fortuny)裙衫的文字，我们看到这件物品丰富多彩的不确定性通过隐喻撬动了其原生地的所有模棱两可之处，这个地方就是威尼斯：

---

① 我们还可以认为，既然幻想在此之前可能已经作用在形式上，它在这里会作用在物质实体上：它消除了这种建筑勃起般(带有痛感)的硬度。为此，它将此价值延伸至原始目标之外，从而削弱后者的相关性；或者，它直接从目标着手，运用蒸发效应，使其在空中显得虚而不实。

> ……绸缎的光泽闪烁出深蓝的颜色,然而随着我目光的移动,深蓝色又变化为柔和的金色。这色彩的瞬息变化,犹如坐在威尼斯的贡多拉上,随着小船轻轻地划移,湛蓝的大运河瞬时会泛出火焰般的金光[①]。

长裙独属的魅力,闪烁的蓝金光泽,带来一种强烈的感官效应:前进、深入,暗示了大运河的面貌,后者以河上的同种进展方式(贡多拉的滑行)闻名。然而,这种隐喻化是通过在其他两个关于威尼斯的隐喻之间建立联系得以实现的:使金属光与火焰般的阳光对等的隐喻,以及使河水与倒映在水里的天空一致的隐喻。而这种联系的建立很快被想象成一种物质转为另一种物质的变形过程:威尼斯的河水——湛蓝在实体上变成了金属火光,一如长裙的深蓝色变成了柔和的金色,甚至可以说长裙本身成了大运河上的那么一抹湛蓝。所有这些变化看似复杂,但事实上都指向了一个非常简单的目的:仅一个物体(分成三段)得以在此流动、被追逐、联合,或许还能躲避,总而言之,使所有美好的物质存在形式——水、火、土、天——能在它身上穿过。

---

① 《女囚》,第三部,第 395 页。

VII

两种硬稠度

我们之前认为,*硬稠*是某个普鲁斯特物质想望的终点。然而,它的概念是如何形成的呢?它在这些变化循环中没有受到决定性的负面影响吗?在这个循环中,我们失去它令人安心的品质、这个独特的铺展与支持价值了吗?对于这些问题,必须要有区分地回答:事实上,一个对硬稠主题更细致的分析应该会非常有助于我们辨别其存在以及运动,即分成两个相当不同的活动层面。

首先,深度与起源固定的活动。在这个基本的观察视角中,硬稠度以沉积甚至打底的方式呈现,属于一段过去、一块陆地、一片母性肌肤那固定的、永恒的、滋润的厚度。它的主题与某种岩石的概念相结合,或许还融入了提供资源与保障的土壤的概念。普鲁斯特认为,我们可以通过某些特定的尝试去体会这块老式基底:记忆体验也许并不多(因为时间上的间歇性回忆以及超时间精华的萃取在这里与重回原点同样重要），更多的是饮食、或者更平常却更隐秘的**睡眠**体验。原因是，睡觉就是进入肉体"深处的地道"里，进入"我们身体这块土地和这块凝灰岩……，那儿，在我们肌肉深入、弯曲其分支以吸取新生命的地方，见到我们孩提时玩耍过的花园①"。因此，睡眠将我们带回年幼无知的状态，精力充沛养分充足的状态。这段文字隐含了树与根的画面，使我们想到一个追根溯源的动作，一个能够迎来复生、或至少能大幅度重启生活的下潜动作。

马塞尔在东锡埃尔就有这样的体会："……我感觉自己被关节用肌肉的和滋养管的侧根栓在看不见而又深奥的土地上，关节因疲劳而变得敏感。我感觉劲头十足，生活在我面前展现得更加广阔；这是因为我又像回到了在贡布雷度过的童年时代那样，感到十分疲倦，那是在我们去盖尔芒特那边散步的翌日②。"

但是，从同一遐想的另一方面来看，我们应该会发现，这块孩提时代的凝灰岩产生的幻象来自石头带来的凉意，而不是它的坚固性：我们来领会下它与创造行为的紧密关联，因而还有它的朴实性，它的相对脆弱性，以及它尚未触动的可塑性。这便是硬稠质展现的另一面，它还具有变化的天赋，也就是说，至少在表面上，它还与松软性有关。

要去哪里找这另一种硬稠度的表现样式呢？也许不会在陆

---

① 《盖尔芒特》，第二部，第91页。
② 《盖尔芒特》，第二部，第91页。

地上,应该去海边,或母亲那边,尽管这回依旧无法进入她那无比令人渴望的内心,但能通过海上的动态画面,在其周而复始繁衍生息的摇篮里想象她,占有她。由此,稠密度的意义不再仅仅体现在浅表与深奥、或液态松散与固态紧凑的对立上:它在凝固性与活动性、决定性与暂时性、观念性与感官性的根本对立中涌现。它几乎与青少年期的概念相提并论,因为后者

> ……是在身体完全固化之前,因此,在这些姑娘身边会有一种清新的感觉,这种感觉是在看到不断变化、不断在变幻不定的对比中跳动的形状时产生,而变幻不定的对比,则使人想起在大海前看到的大自然各种主要力量的不断再现①。

非常关键的一段文字,不仅为整本《少女》点明主旨,还定下了普鲁斯特感性描写的主要笔调。大海在这里作为发源地,但这是一股善忘之源:它那"古老的水面上,在神奇的童年时代,这水一直保持着时代的色彩,随时会忘记云彩和花卉的形象②"。

善忘的记忆……一整套"再生(recréation)"原理——从这个词的双重含义理解,形状的跳动再现,以及"不断复始的创造③",后者在前者的跳动中循环往复——支配着普鲁斯特的尘世欲望。硬稠在这个原理中无异于变形、突如其来、无限可

---

① 《少女》,第一部,第 906 页。
② 《盖尔芒特》,第二部,第 385 页。
③ 《重现》,第三部,第 796 页。

塑性。

那么,在普鲁斯特的创作中,是不是真的存在两种硬稠度? 原生硬稠与非原生硬稠? 支撑性硬稠与区别性硬稠? 陆上睡眠的硬稠与刮风或海洋启发的硬稠? 或者直截了当地说,贡布雷的硬稠与巴尔贝克的硬稠? 基础的硬稠与转变的硬稠? 如果真的存在,那看到它们在以下这段幻想中相互关联,一种被另一种包裹的样子会很有趣,叙述者在这段幻想中希望将睡眠全部托付给风与海。沉睡在深海里,他其实是被自己纷乱的动作支撑着,这是种非支持性能力。迎着风,支撑他的仅是自己的满腔热情。总之,这是一副欲望满足(并且得到双重满足)的美好画面,即"多亏有天神守护,在大自然和生命的怀抱中的休息"。幻想者继续叙述道,要实现它,就得"化作一条鱼,在海洋中睡觉,在昏睡中随波逐流,或变成一只鹰,只倚靠风暴展翅翱翔①"。

---

① 《少女》,第一部,第 654 页。飞鸟与池鱼在这里是一对对立的幻想形象,我们在下文中将看到它们在想象中的团结关系。

注意,要达到此处描写的惬意感,在普鲁斯特的世界里,只需搭乘火车,然后睡上一晚上即可;事实上,上述引文就是这样一种经历的隐喻表达。我们明白他成功的原因:在火车上,我们其实被完全关在一个闭合、运动的空间里,被围拦起来,像货物一样装着带走,享受"运动产生的镇静作用",普鲁斯特说道,在失眠的"离心力"与"相反的压力"作用下保持平衡,后者作为向心力向自我施加,施加于自我的内心、睡意。最终,我们轻轻松松地进入那两个画面。

第二部分

意　　义

然而,在感性世界的广度里,到处都有一些不寻常的岛屿,闪烁着异光。《追忆》的主人公在这些地方所体会的感受与我们此前分析的所有感官印象都不同。我们之前的篇章已清楚描写了实体的显露,而这里的感觉不再需要,或不再只需要这种显露。这里的感觉需要以另一种方式继续延伸。此过程中感知到的对象呈现出不完整、不完全甚至残缺的痛苦之状,以引起一阵强烈的高涨之情。它们征显的欣快感无不与某种缺失感相连,这些被感知的物体掩盖了缺失的大小并引入其内。为了真正存在,且从头到尾彻底发挥价值,这些物体亟待一种非感知的超越之力,而这一需求表达的方式即是它们被感知的方式。它们是些只能在二次行动中才能烙下印象的物体,并属于另一范畴:诠释类。

这些有待说明的物体——如果可以,我们将它们称为阐释物——在整部《追忆》里都有出现。它们在这部作品里制造了最受称誉的感觉:小玛德莱娜的味道,英国山楂花的芳香,马丹维尔两座钟楼与于迪迈斯尼尔三棵树的视觉体验,香榭丽舍上小屋的气味,凡德伊小乐句的优美旋律,蒙茹万池塘里的倒影,水暖炉发出的打嗝般的声音,盖尔芒特公馆院子里不规则的铺路石,或者,《重现的时光》中,同一宅邸内勺子落在杯子里的声音,餐布擦在嘴唇上带来的包浆发硬感,水管的声音,《弃儿弗朗索瓦》这本书的封面和题目。这些著名的感觉附近有许多其他更简陋、更微不足道、却具有相同价值的东西:"屋顶,太阳在一块石头上的反光,小道儿的气味","钟楼的声音,树叶的味道","一阵雨",一记"踩在沙砾上的脚步声","房间里或烧旺火的霉味","一片云彩、一个三角形、一座钟楼、一朵花、一块砾石",抑或是这塞在碎玻璃窗里的这一小块绿色布料,它在《驳圣伯夫》[①]中被赋予极为强大的启发力,但在《追忆》里却以非常平庸的形式、于维尔迪兰一家在拉斯珀利埃尔会客时出现在那难以理解的装饰上。另外,我们需要把这个阐释系列看作是开放式的:对《追忆》草稿的研究可能会为该系列提供新的元素。莫里斯·巴代什[②]发表的一些片段向我们呈现了"四张少女面孔,两座钟楼,一行贵族,带着诺曼底绣球花,一声我不知道能用来干什么的'我们进一步'[③]";还有,其他"我们不认识的老式写作符号",

① 《驳》,第 59 页。
② 莫里斯·巴代什(Maurice Bardèche, 1907—1998),法国作家、传记作家、时事评论员,极右派人士。——译注
③ 《小说家马塞尔·普鲁斯特》,第一卷,巴黎,七彩出版社,1971,第171 页。

"那儿一把匕首,那儿一张隐约发光的平常面孔,那儿,那儿一个长方形,这儿一朵花①"。

面对这些物体,会有各种各样的问题,而首当其冲的便是:它们似乎承载着某个不寻常的维度,那这个维度是如何在想象中体现的呢? 它们身上刻着某种空缺,那要如何在幻想中构建这空缺的空间,以及与之相关的启示空间呢? 这些物体与此前提到的物体不同,它们以分裂的形式呈现:它们被分成两种混杂的存在,不再依据某一物质的传递性排列,这种传递性至少是有意存在的,而是根据某种意义的间断性,甚至功用性出现。它们被分成差异显著的两方面,能指的一面朝向我们,所指的一面则秘而不露,前者表示后者,指向它,却也掩饰它,并以同一动作阻挡它,两者只能存在于两面派的模式下。这种两面性,在某些方面与狡猾之相所含有的色情歧义(间接、迂回的表现:我们想起吉尔贝特在唐松维尔小道上、或在香榭丽舍大街上的灌木丛前露出的眼神,想起她低头的样子,垂下的眼帘,她那暧昧又琢磨不透的动作)相似,如何在想象中将其结构主题化? 又如何想象缩减它的行为? 总之,首先需要考虑,普鲁斯特对意义的想象是如何在某种感性的阐释学主题笔调下展开的。

---

① 《小说家马塞尔·普鲁斯特》,第一卷,巴黎,七彩出版社,1971,第255页。

I

意义(的)空间

想象力似乎完全依赖于某种空间转译。每个所指在能指的文字里出现一消失,(普鲁斯特将关于这世界的感性书写比作一块"象形文字"组织,一本"绚丽复杂的天书",同时也是一本"未知符号的内心书",这些符号是"被强调的",注意力只有在"勘探"观众或读者的"无意识①"时才能触及含义)依据某些空间特征,在想象中或与能指相连,或与之分离。如果说这种引向分离的汇合通过对某个水平状态展开想象,在触手可及(肉眼可见、经许可的)与遥不可及(隐形、禁忌的)的连贯中发生,它则需要纱幕这种为人所熟悉的遮掩形式实现。含义被盖上纱巾般遮掩,退居不透明的屏障之后:但由于隐藏之物的魅

---

① 《重现》,第三部,第878—879页。

力难挡,这种撤退增强了它那引人向往的精彩特质。"隐匿于帷幔后面的一种想法,即贝尔玛的演技完美①"便是如此。这里的遮掩物与"冉森教派的朴实无华,太阳的神话"这些词语等同,这些特性旨在引向,总是神秘地引向这位伟大的拉辛作品的女演员所追求的艺术精髓。此外,我们知道关于贝尔玛,帷幕的能指主题被延伸,且颇具特色,因为它成了亲自登台呈现的主要实际元素。遮掩物因而不仅富含隐喻性,并且是有形的,它促使人为疏远、产生差异,起码使戏剧主体神圣化,或者本质化。"犹如耶路撒冷神殿中的至圣所,隐藏在帷幔后面",在这帷幔后面有一些模糊的诞生迹象,"一些模糊的声音,犹如听到小鸡即将破壳而出时在蛋壳里发出的声音②",这块舞台帷幔带来的间隔令人长久期待,贝尔玛需要这种距离以契合观众的目光;另外,开幕本身被延时或推迟,因为第一道幕布拉开后露出第二道,这道幕"在这位明星演出的所有戏中都用来展示舞台的深度③"。确实,没有天界就没有星辰,而若没有一套连续的遮挡与揭幕机制,也无法构成天界般的视野。贝尔玛显灵般出现,这一安排极好地象征了普鲁斯特意义诠释里本质的戏剧性精华。

将同样的布局移至垂直竖轴上,便成了这个表面遮蔽的深邃形状:顶盖。就像《盖尔芒特那边》里这条"屋顶的线条和石头

---

① 《少女》,第一部,第 443 页。
② 《少女》,第一部,第 447 页。
③ 《少女》,第一部,第 448 页。

的色调",叙述者也不知道是什么原因,就觉得它们"就要微微裂开,要把它们盖着的东西"给他。盖上和盖下互为对立,这种对立替代了前面与后面的对立。在能指—障碍物的遮盖下,意义就此下沉隐没;它的开裂意味着深挖与密闭的动作。就如阿尔贝蒂娜,"被关在我心灵的深处,就像关在威尼斯内城的'污水槽'里,有时一件小事使水槽那**变得牢固的盖子**打开,为我打开一个通向过去的洞口①……"牢笼深化,那是遗忘在光阴里的样子。这顶盖被覆上植物,又被侧在一边,绕着一根方向轴扩大,因此若要隐喻马丹维尔的钟楼形状,我们就要提到一个非常相近形象,即**表皮**。

我们就此来到同一结构的第三种形态,也是出现频率最高、可描述性最强、引发最丰富想象力的一面。这次,被禁止的意指关系依据某种包含关系在想象中确定了意指的空间范围,此处的新关系为内与外、中心与周围的关系:所指汇聚,被封闭在这个空间里,却也在有意义的外圈显示出来。这是普鲁斯特十分执着的**包裹**主题,同时又极度模糊。因为从某种意义上来说,外包物能够保护并保持意义。例如,当马塞尔从盖尔芒特那边散步回来时,有很多印象和感受,但他却没时间或者缺乏勇气去深入理解其中的奥秘,他宣布不再关心"这被包裹在一种形式或一种香味里面的陌生东西":"……我心里十分平静,因为我正把这东西带回家去,虽然它被形象覆盖,受到保护,但我会发现它在

---

① 《逃亡》,第三部,第639页。

里面是活的,就像家里人让我去钓鱼的那些日子,我把鱼放在筐里带回家,鱼上面盖了一层草,以便保鲜①。"全然为植物的包裹物,其鲜活力在这里仿佛通过渗透或感染作用保持了被包裹个体那全然来自海里的活力。然而,鱼跳不出盖着的草,意义也无法摆脱形式或香味,这些东西谜一般地围绕着它。那么,我们看到了被俘的灵魂这一动机——被关在瓶中的少女、精灵或仙女——,这些形象在整部《追忆》里萦绕穿梭,并且十分清楚地呈现在《驳圣伯夫》的卷首:"理智给予我们的名叫过去的东西并非过去。事实上,正如在某些民间传说里,亡故者的灵魂都有过去,我们转瞬即逝的生命里的每时每刻都会化为某些有形的物体并隐藏于其中。这些时光仿若被俘,直至永远,除非我们碰到那个物体。通过它,我们辨认、呼唤这些时光,将其释放。而隐藏时光的物体,或者说感觉——因为对我们来说所有物体皆是感觉——,我们极有可能永远遇不到它们②。"并且,即使我们遇到了该物体,我们也永远无法确定是否能真正释放那些时时刻刻。因此,有必要将意义认作囚徒,想象它被监禁在感性物质里:并为此涉及**容纳**的普遍形式(具体表现多种多样:碗、瓶、盒子、罩子、套、气泡、气球、弹子等),吉尔·德勒兹③曾清晰地展示了这种形式在普鲁斯特关于意指关系与本质的整套写作策略

---

① 《斯万》,第一部,第 179 页。

② 《驳》,第 55 页。

③ 吉尔·德勒兹(Gilles Deleuze, 1925—1995),法国哲学家,其作品对哲学、文学、政治、精神分析、电影以及绘画领域都有深入影响。——译注

中的关键作用。

从能指—障碍物的这三种样式——帷幕、顶盖、包裹——出发，很容易想象那些与解密工程相关的行为。有时候，幻想在物体前设立水平方向的探求背景，向前方伸展，超出帷幕。以于迪迈斯尼尔的三棵树为例，普鲁斯特写道："我看着这三棵树，把它们看的一清二楚，但我的思想感到，它们掩盖着某种它们没抓住的东西，就像放得过远的物品，我们即使伸出手臂把手指伸直，也只能时而触及其包裹物，而不能抓住任何东西。于是，我们休息片刻，以便更加使劲地把手臂往前伸出，设法伸到更远的地方[1]。"可这种"更远的地方"总是向后推得更远，所以"朝那三棵树的方向跳跃得更远，或者不如说是在心里朝这个方向跳跃，在我内心这个方向的尽头看到它们"只是一场徒劳。在其他地方，这个尽头成了底部：朝着下面——可感知的现实下面或"囊括"此现实的思想下面——以相同的劳逸交替、会神分心更迭的典型方式展开同样的探寻，在小玛德莱娜片段里，该探寻采用更巧妙的下潜动作。普鲁斯特说道，那是"深化"感觉，在一场深刻转变中勘探这些"现时的深厚底蕴，任由挖掘[2]"，这底蕴忽然"起锚般脱离"底部，穿越"阻力和移动时发出的嘈杂声[3]"上升，最终真相大白。还有，例如在《重现的时光》中，普鲁斯特更直截了当地展现了对被深藏的意义符号的狩猎，或海钓："我的注意力

---

① 《少女》，第一部，第 717 页。
② 《少女》，第一部，第 561 页。
③ 《斯万》，第一部，第 46 页。

在勘探我的无意识时如测探中的潜水员那样寻找、碰撞、回避①"这个符号;如此深入的追捕只能在写作中展开,并与文学创作行为等同起来……

在第三种行动中,我们还能掰裂周围的包裹物,弄碎表皮,翻转蜂巢,或促使这些东西微微开启,好让里面的内容流露出来。因而在《驳圣伯夫》中出现了小玛德莱娜的意义,或者不如说是其最初的代替品,即烤面包的意义:它尚未脱离某个记忆深处,却已经能够通过一个完胜般的溢流动作("大量闯入,连续不断,无限满载的快乐时光②")使那里"震动的隔板"断裂。关于这般急剧、猛烈的释放,普鲁斯特用另一个片段展现"突然爆发的回忆"。马丹维尔钟楼的外壳以类似的、只是不那么剧烈的方式被撕破,从而将它们此前一直掩藏的真相驱逐在外:读者们都知道,那是整段用来描绘钟楼的语句。这还是种十分愉快的排解,以至于年轻的主人公自发隐喻了其结果,他调用另一种非常自然且惬意的生产姿态:"我觉得它[这一页]使我完全摆脱了这些钟楼,摆脱了隐藏在钟楼后面的东西,觉得我自己犹如变成了母鸡,刚下了个蛋,我于是放声高歌③。"

---

① 《重现》,第三部,第879页。
② 《驳》,第56页。
③ 《斯万》,第一部,第182页。

II

一个小乐句的诞生

这些意义被揭开的形象若是集中到一个物体上,会让人想要重现它们中的大部分吗?我们会想到凡德伊的小乐句,以及《斯万之恋》中接连演奏该小乐句的数个片段。那么,从某种意义上来说,这的确是个有代表性的物体,因为它本就具有阐释意图(它表示爱情的某种神秘精华:"收缩而又脆弱的柔和"),并且根据它的表露方式,它呈现如同一串数字密码,一场生动的诞生表演,那是意义的诞生。小乐句的存在之于斯万首先是某种意义的显露:或者不如说它就是该显露事件本身。它所有的神话、它给出的所有幻想将它同一个来临之谜联系在一起:它既为来者,亦为未来发生之事,瞬间出现,又转眼即逝。它最重要之处因而当属对显露的一阵遐想,我们说的是从它自身发起的显露:因为乐句里意义的产生离不开它自身的起源,或者说离不开它的自我形成。

然而，这种生产的形象多种多样，小乐句在《斯万之恋》中就至少连续经历了六次诞生：撇开其他事物的影响，如此重复能以六种不同的方式列出它的产生动机。尽管如此，这种多样性在想象中只会动用数量有限的简单元素，这些元素出现在每一次演奏里，依附于乐句的结构本身。它们的结合与分布根据一些参数变化而不断更新，并足以确保对小乐句音型的灵活探求。

那么，凡德伊的小乐句是如何在想象中构建的呢？首先想象它的轮廓（旋律曲线、音程、音高），以及它经乐器演奏的实体化（小提琴与钢琴合奏，或钢琴独奏，但是尽管是独奏，却还保持着两个原始声音的区别）。第二步应该比第一步更加重要，至少其影响是直接的，因为这个过程中，想象力加入了双拍结构，使新生的意义得以自此成长。事实上，小提琴部分以其线性连贯性、其张力甚至其硬度承担了能指—障碍物的角色部分；钢琴部分则是在活力、无定形性、流动性甚至（"水击声"的）分散性等相反主题下在想象中发展，这部分代表了潜在的所指空间。所听到的这两件乐器的相对布局构成了表演的易变背景。

它们的首次配合以几近压制的重叠形式发生在垂直竖轴上。"在细声细气地进行抗拒的小提琴那密集的主导音构成的短线下面[①]"——看得出这是条固定、覆盖、指向某物的线——

[①] 《斯万》，第一部，第 208 页。

斯万看到"钢琴的雄浑音调如波浪拍岸一般突然跃起,其形状千姿百态,却浑然一体,平滑坦荡,但又互相冲撞,犹如淡紫色的波涛"……这里,我们的两种通俗乐器由于显现与隐藏的对立而被分开,当然还受线性与宽厚、固体与液体、有形与无形、连续与间断的对立作用。稍往后,下文中,依旧在竖直方向上,同一关系经历了一次有趣的变体:钢琴部分所具有的液体动态不定形性以一种更隐忍、更神秘的形式出现在想象中,即潜伏;这时,钢琴演奏的所指不再渴望冲破小提琴的阻碍而猛地迸射出来:它在等待,仿若一个肉身被对折的生命,在母体里孕育那般,等待一个突破的有利时机。至于压在上面那部分(另外,这部分的音色也是位居上方的原因),则采用了我们熟悉的纱幕形状,即是某种有待被掀开、卸除的东西,像泄露或揭晓秘密般:"……突然在一个持续了两个节拍的高音后面,他看到有什么东西从这长音下面出来,越来越近,这长音犹如拉起的一道音幕①……",那就是他喜爱的小乐句。

八页之后,我们的音乐形象再次出现,但这回是从另一个视角展开,即水平方向的深入探究。小乐句的主体被更好地勾勒,它出现在远处,并总是位于小提琴—遮掩物的音响之后。揭幕背景同剧院舞台幕布拉开一样呈凹陷状(我们再次想到了贝尔玛迟来的出场),或者普鲁斯特的说法更佳,跟某些荷兰绘画的画面空间相似。这一次,钢琴家(这里所说的是

---

① 《斯万》,第一部,第211页。

钢琴独奏版本）"先弹小提琴的震音持续部分,在几个小节中只听到震音,它们占据首要地位,然后,它们仿佛突然离开,并像彼得·德·霍赫的画中那样,半开的门,门框狭窄,就像在深处一般,而在远处,小乐句出现时呈现另一种色彩,处于中间的柔和光线之中,它翩翩起舞,有牧歌风味,插入其中,犹如插曲,属于另一个世界①"。如此看来,彼得·德·霍赫画中半开的门、庭院、拉远的走廊与维米尔的那小块黄色墙面相对,并且几乎对称;一方面享受四散式的满足感,另一方面欣赏意味深长的镂空效果。与之前的情况相比,此处我们看到的不仅是场景的空间导向被倒转了,并且揭秘的动作方向也颠倒了。被揭晓的事物不再以上涌或突破的动作向揭幕者靠近:它仍然以某种方式被包含着,因保留本质和独特之处而保持距离。听众需要前去跟它会合,或者追逐它至这段距离的尽头,可以说,遮掩物自动生成的间隔以及柔光这种温柔的介质使这个行为顺利进行。

第三奏,新的相遇。从这里起,我们的两个基础主题互相配合,结成一个纵横兼并的维度(最主要的还是深度)。尤其是两者交换或结合彼此的物质属性,这才是新颖之处:能指,保持坚硬牢固的同时发生液化;所指,它呢,有了形状、个体化,并同时最大程度地缩小:"……小提琴的震声,用带有两个A调八度音的震音持续来护送小乐句,使其在激动的震音中出

---

① 《斯万》,第一部,第 218 页。

现——犹如在山区,在一眼望去令人眩晕、其表面仿佛凝固不动的高高瀑布后面,有人看到二十丈下面的地方,有个散步女子的渺小倩影——,这小乐句遥远、优美,处于长时间汹涌澎湃的透明声幕的保护之下,持续不断,声音响亮[①]。"景观实体的高度在这里隐喻了旋律音程的高度,如此想象比前两次演奏的叙述更佳。远处首次扮演了深处,如我们在第二奏里看到的水平向的场景一般,这是一种不会升向观看者的深度,它只能在最小的镂空处被能够深入的感知力或欲念之力触及。而遮掩物,就是这片既涓涓而流又看似僵住不动的硬水,目光只有在为了阻止凝固时才能在上面停留。至于所指,蜕变成了女子的婀娜身姿(我们的第二奏对这种变形已经有所准备,只是没有公开进行:当说到小乐句"翩翩起舞"、"莞尔一笑"、"简单而又不朽的褶裥[②]"),展现了生命最诱人、最禁忌的一面:这同时使我们的能指显露,看起来如同承载了某种具体的审查……可这仅仅是一场审查吗? 诚然,这名与我们隔着一道瀑布的女子象征了辨认意义的困难,其难度不亚于接触并享受这肉体的困难[③]。她还被纳入湿身女子这个普鲁斯特尤为重视的色情系列(例如被休伯特·罗伯特的喷泉浇湿的德·

---

① 《斯万》,第一部,第 264 页。

② 此处"褶裥"有双重含义,既指女子裙衫上的折叠纹,也指乐句里的"褶裥音",即经过音,可以理解为一种震音效果。——译注

③ 别处:"我的话在被弄得歪七扭八之后才传到吉尔贝特那里,仿佛它们必须穿过瀑布的流动水帘,然后才会传到我女友耳中"(《少女》,第一部,第 612 页)。

阿巴雄夫人、喷水管喷出的水珠下的吉尔贝特①）。这就赋予遮掩物、凝结在这道瀑布上的"汹涌澎湃"（我们会注意到，这个液态不动的结构依旧与休伯特·罗伯特的喷泉结构非常相像，而后者，我们知道，是个颇为色情的物体）一种十分模糊的功能：隔开，阻挡，但也能以泛滥之势覆盖禁忌之物；既能表示、守卫，又能从性的意义上拥有这被禁止靠近的对象。

至此，我们的音型在产生过程中只使用了一些空间坐标（这里和那里，表面和深处），或一些动态迹象（涌现、凹陷、逃离等）。然而，时间还能在这些点上加入自己的参数，由于在此需要探询乐曲这一存在的时长，那加入这个东西就再正常不过了。在我们的小提琴与钢琴小乐句第四奏时，两件乐器由于需保持连续性而紧密结合：因**等待**的情感模式而感知力增强甚至神经过敏般的演奏次序。幕布、门、打开、显露，都存在于此。而高度在这个时间范畴里具有新的价值，但几乎是种带来痛苦的价值：极致的尖锐性，垂直向、**顶点**的力量，它们是都难以维持、承受的。至于我们这两种乐器的关系，也改变了；它们成了一前一后、默契配合（互相等候）的关系，几乎可以说是种替代或轮流（互相让位）的关系。小提琴的存在似乎只是为了给钢琴从底部涌出、呈

---

① 详见上文第 118—120 页。这个主题也很有可能与诞生的幻象相关联：更何况这里谈论的正是对意义诞生的譬喻。我们记得，莱奥妮渴望有一天能走出自己的卧室，她的这个愿望表现在两个看上去互相矛盾实则互为对等的欲力惯念上：幻想一场将全家烧光的火灾（施虐性），同时令她摆脱包裹她的四壁；计划去米鲁格兰（Mirougrain）庄园度过夏日的时光，"那里有座瀑布"。这便是**结局**、事物迎来的两种可能性。

现的时机：

> 这是因为小提琴手拉到高音,仿佛在那儿等待,等待持续下去,但他仍将高音拉出,并已在激昂之中看到他等待的对象越来越近,他做出最大努力,竭力在这对象到来之前维持下去,使自己在消失之前能将其接待,并用了自己吃奶的力气,使为其到来而开出的道路再畅通片刻,犹如有人托着一扇不托就会倒下的门①。

这种倒落总是可怕的:给这个时间贴上了恐慌和脆弱的标签。

小乐句的第五次出现使此前一直未使用的形象登场,那就是包裹、能指—囚禁的形象。但它并未直接呈现——确实,我们并不太清楚钢琴部分究竟是如何被小提琴部分包围的——,它借助了新的媒介:首先,具有隐喻意义的女声,一个旨在将小乐句那活泼而汹涌的深度品质"表演"出来的女低音(这也是第三、第四奏中出现的两个女性化身的痕迹);然后,使用换喻手法,以小提琴的琴身为介质,在琴身上展开对旋律的想象,这旋律悦耳动听,像是从乐器里唱出来,在封闭的空间内环绕。因此就有了以下这不可思议的一幕:

> 小提琴的声音中——如果没有看到这乐器,你就不能

---

① 《斯万》,第一部,第345页。

把听到的声音跟它的形象联系起来,而这形象可以改变声音——,有些音调跟某些次女低音歌手的声音相同,因此就使人产生幻觉,觉得有女歌手参加了这个音乐会。你抬起眼睛,看到的却只是像中国珠宝盒那样珍贵的琴身,但在有的时候,你会误以为是美人鱼骗人的叫唤;有时,你以为听到被捕的精灵,在这因着了魔而颤抖着的宝盒里挣扎,如同圣水缸里的魔鬼;还有时,空中仿佛有个神奇而又纯洁的生灵经过,展示其无法看到的信息①。

这名生活在水里的女子,这条美人鱼,我们只有将其形象同若干个十分重要且为我们所熟识的主题系列相联系才能明白她的价值:例如鱼系列(在梅塞格利兹被草盖着的鱼—回忆),鱼—女人系列(在里弗贝尔用餐的女子),女子送鱼系列(卡尔克维尔的渔家少女②);或者,又是海上显露的系列(波涛里露出的女性躯体,与那里传来的美妙乐句,即巴尔贝克海堤上听到的音乐会如出一辙③);再或者,后退系列,远处充满诱惑力的召唤系列(这就又要

---

① 《斯万》,第一部,第347页。

② 详见上文第148页。

③ "……那里是晨曦中大海的蓝色涡旋,遮掩着犹隐犹现的如水妖香肩般的悦耳乐句。"(《重现》,第三部,p.870)我们看到,水和女性躯体的关系经由美人鱼发生变化:身体浮出水面,而不是(如同上一种情况)被水掩盖并防护起来;水托着它,它使水在自己身上延伸。水成了这具身体,这具我们看到出现于水面的音乐之体。就这样,伴随着小乐句的初现,行于水,在月光下击起汩汩水声,两者的衔接更为清晰明了。当然,对大海/母亲的幻想是这一切的支撑。详见上文第144页及下一页。

提到我们那曲在彼得·德·霍赫画中的小乐句)。最后,再次涌现了一整群被囚禁的生命与被俘虏的灵魂,它们与美人鱼有关:这还是些令人无法看清的存在,至少外表多变且难以定义,因为它们的魔法会起作用(美人鱼),会遭摒弃(魔鬼),或者被升华(精灵、神奇的生灵)……然而重中之重是重现我们所熟悉的包含模式,后者在这里紧扣于小提琴的实体空间(琴匣、宝盒、圣水缸)。

钢琴部分从一开始对我们的乐曲行进便是至关重要的,它的新布局会带来什么后果?这种变奏似乎不再需要它这部分。是我们的乐曲结构放弃了其中一种乐器的参与吗?事实上,该乐器只是改头换面,以**女声或美人鱼**的样貌参与其中,目的就是被更巧妙地含在另一种乐器的演绎里。然而,该乐曲结构很快在第六奏,也是最后一奏中将钢琴的演奏重置回最初形式。小乐句的最终回登场向我们展示了其演绎结构,这时,它正从两种重现的乐器的**对话**中诞生。

首先钢琴独自抱怨,犹如被伴侣遗弃的小鸟;小提琴听到它的声音,做出了回答,犹如在邻树上说话。……这看不见,正在呻吟的存在,其抱怨由钢琴温柔地加以复述,这是一只鸟……,还是一位仙女?它的叫喊来得如此突然,小提琴家得急忙拉起琴弓迎接。神奇的小鸟!小提琴家看来想迷住它,驯服它,并捕获它①。

---

① 《斯万》,第一部,第352页。

它们的关系将钢琴与小提琴就此置于同一层面（"犹如在邻树上说话"）。彼此已经不再是遮掩与被遮掩的关系，因此也就不存在挖掘行为，在这场演奏中，两者必须**各自**具有深度，也就是说具有奥秘、意义。对于钢琴来说，这通过某个空虚感的主题实现（放任、孤独、忧伤：也许是抛弃的标志，而在前一种情况中，钢琴部分的确被抛弃了⋯⋯）；至于小提琴，它则通过仙女或被虏之灵的动机来实现。不过，这些动机在此的回归并不寻常：小提琴不再将美人鱼关在木盒子里，相反地，它试着在动态中逮住后者，将她活捉，最后关入自己体内，或者，关入演奏者的身体里。因为"被召来的小乐句确实附在小提琴家身上，并使其晃动，犹如通灵者的身体"⋯⋯再次回到躲避的主题（难以捕捉的意义），它叠加在禁闭的主题（被捕获的意义）上。而重中之重依旧是我们这两种乐器间的对话。诚然，由于小提琴部分似乎承担、或者说夺取了我们前几次演奏里交予钢琴部分的若干条职责，因此两位主角在这场对话中占的比重相当不均等。但钢琴仍然是活跃的，并且不可或缺：它就此将逃避与隐秘这两个相似的空间汇集一起，或使它们相互回应，从而使它们中飞出一个独一无二的意义。

这终于发生了。小乐句还是以这被俘之意、或者这被困却又获释之空的形式呈现出来：一个气泡。悬浮在空中的气泡，棱镜上所有的色彩都来渲染它，赋予它活力："它还在那里，如同悬空的彩色气泡。这犹如一道彩虹，亮度变暗，下降后又升高，在消失前一时间光彩夺目，这在以前还从未有过：在此前乐句只展现两种颜色,现在又加上其他一些色彩缤纷的弦,即棱镜上所有的弦,并将其弹唱出来。[1]"这便是大自然折射出来的元素,那些最活泼且最和谐的元素,即所有色彩,它们在这里作为终极能指,指向脆弱,深入空洞,直指这真正无处不在的唯一所指:意义[2]。

---

[1] 《斯万》,第一部,第352页。
[2] 关于气泡,详见上文第143页。

III

想象动机

尽管看上去颇具教益,然而,这种变化的演绎却将意义神话的一个重要领域搁置一边:在该领域里,阐释对象的两部分——能指与所指——试图在阐释过程的想象中结合。诚然,这种结合难以想象,因为尽管是理想的结合,甚至令人觉得不可或缺,但它往往需要显示出偶然性。

的确,小乐句的情况中不会出现这一问题:因为钢琴和小提琴一起参与推动了同一场音乐征途,因自身的功能特点相结合,其最终对话也很好地证明了这一点。但是要如何想象其他情况中的结合关系呢? 例如,如何想象小玛德莱娜蛋糕(母亲让人端来的以及莱奥妮给叙述者吃的蛋糕)与贡布雷一系列印象在本质上的紧密联系呢? 或者,如何想象盖尔芒特院子里的铺路石(以及圣马可大教堂[basilique Saint-Marc])与威尼斯之行的感受展开在本质上的紧密联系？在此，能指与不同所指、记忆与不同回忆之间不存在任何特殊的连续性，至少表面看来如此。它们带着各自的些许差异，看似意外地相遇、捆绑一起。根据普鲁斯特的记忆原理，的确如此：因为使它们互相靠近的就是实际经历在时间和空间上的连接性，多亏了这一次次的靠近，某种后来将再次体验的感觉使所有从一开始就与它相连的元素再现。在普鲁斯特同期盛行的联想主义心理学为这一观点提供了科学依据。但该理论并不符合欲望的要求，后者在此是完全克拉底鲁式（cratylien）的。如何真正接受最初靠近时那完全切实的偶然性？如何解释原始的结合？它可是后续符号的构成部分。总之，如何降低阐释对象的任意性？如何在其身上引起能指的发音？普鲁斯特关于记忆和印象的原理使他面临众多问题，以上就是其中的若干个。

对此，有两种解决办法。首先，巩固并建立原始的邻近关系，同时再附上一层更加满足精神、更一目了然的关系，即相似关系。热拉尔·热奈特在一篇具有启示性的文章①中曾指出，普鲁斯特笔下的换喻常常逐渐延伸为隐喻，这是如何做到的：相似而相聚，这大概就是普鲁斯特的地方、感知域的构成法则。但是，若从鲜明的神话色彩来看，而不再说写作，那物体—符号的推动作用不会真的就发挥到这个层面。与描写相邻关系的各类措辞的意义扭曲相比，普鲁斯特在这里更潜心于这些语言表达

---

① "普鲁斯特的换喻"，《辞格三集》，巴黎，瑟伊出版社，1972年。

的结合行为以及该结合本身的类技术定义。在阐释对象、还有特别是记忆对象(这个问题对其他所有能意指的物体同样有效:名字、身体或脸庞)身上,能指是如何与它的那个或者那些所指捆绑在一起的? 用了何种方法,何种内部调整,或许在如今还能说是何种编码? 要回答这些问题,就得尝试描述,除了符号所成的像,还需描述**意指关系**的一个相似却相异的神话。

要推动靠近,减弱其偶然性,或者,简单地说,理解确实存在的"奇迹",我们可以先将这靠近想象成一个聚拢行为的结果:其不同的并列元素强制集合、因而必是具有统一性集合的产物。包含模式再次出现,促成这一行为。时空框架的形状像个容器,我们将各种感觉杂乱无章地一并放入这个独特的容器里:容器一旦清空,这些感觉也得全部离开。我们在此看到了**瓶子**原理,它清楚地呈现在《重现的时光》的一个著名片段里:"一个小时并不只是一个小时,它是一只玉瓶金樽,满装芳香、声音、各种各样的计划和雨雪阴晴。被我们称做现实的东西正是同时围绕着我们的那些感觉和回忆间的某种关系[……],作家应重新发现的唯一关系,他用它把不同的两部分永远地串连在自己的句子里[①]。"唯一性、串连、永久性:所有这些概念促使我们期待一种接近,相接在一起且必不可少的接近。这种"关系"非常特殊,我们还注意到,瓶子(在这段引文的上文中,它被喝牛奶咖啡的**碗**指代,供我们品尝"晨曦那明确的不可预料")并未真正说明这关

---

① 《重现》,第三部,第 889 页。

系的特别之处：它只能锁定这种关系，将其置于一定的范围内。它的主要价值在于，它在同时性在周围的无限围绕中切出一块完整有限的外部空间，即容器本身。普氏叙述里的真实生活不连续、不完整的特点便在意义所成的像上得到证实，乔治·普莱（Georges Poulet）在早期研究中对该特点尤为关注。

然而，瓶子只能包住某种总是混杂的内容。"一个回忆的各个部分之间有着**牢固的联系**，我们的记忆把它们**汇集**在一起，使其保持平衡，但在汇集之时，不允许我们放弃任何东西，也不能拒绝任何东西①"，瓶子无法诠释这种牢固联系，即回忆的统一性。即便将它的充填想象成一种延绵，变成堆积或者填塞的样子，也仍是如此：例如，在巴尔贝克，"如此清新甜美的味道"在阿尔贝蒂娜的身体里堆积，或者城市的欲望在命名它们的字词空间里积累②。相邻关系尽管充斥各方，但一直保持平淡，几乎总

_____

① 《斯万》，第一部，第 426 页。

② "……巴尔贝克、威尼斯和佛罗伦萨，这些名称表示的地方使我产生的欲望，最终在这些地名里*积累*起来。"（《斯万》，第一部，第 387 页）关于名称的理据，详见 R·巴特（"普鲁斯特与名字[*Proust et les noms*]"，《写作的零度》附《新文学评论集》[*Le Degré zéro de l'écriture, suivi de Nouveaux Essais critiques*]，巴黎，瑟伊出版社，"Point"丛书，1972）与 G·热奈特（"普鲁斯特与间接语言[*Proust et le langage indirect*]"，《辞格二集》[*Figures II*]，巴黎，瑟伊出版社，1969）的相关研究。因此，名称就像是个具体的外壳，里面装满了或有待装满欲望与形象：这个外壳或多或少地与其内含物有同源关系。同理，面孔也是种外壳，鼓满了被强行灌入的想法和观念："对于我们看到的这个人的体貌，我们用我们对他的**各种看法**来*加以充实*，而我们想象出来的此人的全貌，绝大部分肯定就是这些看法。这些看法最终使他的面颊丰满，把鼻子的线条勾勒得十分*确切*，把说话的声音调节得恰如其分，仿佛这只是**透明的外壳**，我们每次看到这张脸，听到这个声音，（转下页注）

202

是消极的。唯有其他幻想动机的介入才能减弱它的外在影响，它们令人想到某种更亲密的联系，并招来一些更积极的吸引或聚结行为。

我们可以想象，能指—中枢将所指在远处率领的队列**招至身边**：磁性吸引的幻想对此发挥了作用①。《弃儿弗朗索瓦》中的复活魔法也许就能用乔治·桑②笔杆子的"**电激**"特点来说明了："……那是我无意中使之带上电流的笔，就像中学生闹着玩儿常做的那样，而现在，贡布雷的那些鸡毛蒜皮的小事儿，我很久以来已不再注意到的数不清的小事儿全都轻轻松松地**自己跳出来**，一件件一桩桩首尾相接没完没了地连成一气，吊在磁化的笔尖上，还带着回忆的颤栗③。"《女囚》里的一段文字以类似的方式说道

（接上页注）就会想起并听到这些想法"（《斯万》，第一部，第 19—20 页）。这里说的是斯万，普鲁斯特写道，他"身体的外壳"被"塞"得满满的，里面都是叙述者一家对他的各种先入之见。

我们会注意到，关于面孔，及其意义重构，有意义的外壳保持中性；它被想象成一个具有可塑性的容器，用来投射最任意的所指。普鲁斯特笔下不存在以相貌为动机的幻想（不如说是对无动机的愿望、对绝对自由地施展幻想的愿望）。而名称这方面，恰恰相反，巴特和热奈特已经清楚地展示了内容与容器（音与意）之间是如何形成互相影响的关系的，这种关系至少是符合期待的。

① 或相反地，是辐射幻想发挥了作用。"我有了一种感觉（浸泡后玛德莱娜点心的滋味，金属撞击声、脚下的感觉），它在我周围辐射出一个小小的区域"……（《重现》，第三部，第 873 页）辐射传播，磁性吸引：归统之力的用力方向反了，但其性质不变，无论在此处还是别处，都如出一辙（遥远的联系之谜）。

② 乔治·桑（George Sand, 1804—1876），原名奥罗尔·杜邦，19 世纪法国著名的女性小说家。代表作有《魔沼》（*La Mare au diable*），《小法岱特》（*La Petite Fadette*）等。——译注

③ 《重现》，第三部，第 884 页。

"这些真实的小碎片,就像磁铁那样,把未知世界的某些蛛丝马迹牢牢地吸住[①]"。然而,事实上,这里需想象的吸引力属于*已知世界*,是另一方,其相近者、同类带来的吸引力。可以认为这种相关的邻近性是在*贴合*、*黏着*的动机下达成的,该动机为我们所熟悉,也许比磁力动机更合适。就如普鲁斯特写道,阿尔贝蒂娜"有如**一块被雪包围的石头**,她乃是我内心里构想的一个巨大工程的中心发电机[②]",她是这些最有效的能指—中枢之一。积在石子上的白雪:好一幅同化粘结的画面,它在别处还能以*缩聚*为主实现内在化[③],有时候因为缩聚物激增而达到*饱和*,或者形成*结晶*。

此外,我们注意到,还可以从另一个方面想象这种从能指—中枢(笔、磁铁、石头)以及施加在近处的吸引力出发的变化运动——该运动在先前的例子中已出现——,即以被吸引对象为切入点:如此一来,想象的便是各式各样的所指,它们仿佛纷纷拥向甚至逃向一个迎接它们的物体—中心地。一个受胁迫的、有情感流露的动作,在这里尤为重要(与卧室、地方、床榻、母体的全部主题相关):这就是*蜷缩*动作。例如在《驳圣伯夫》里,普鲁斯特写道"过去的时光只会躲在那些不被智力试图刻画的物体里缩成一团[④]";或者"在茶水里浸软的面包片

---

① 《女囚》,第三部,第 25 页。

② 《逃亡》,第三部,第 438 页。

③ 因此:"……她的生活跟我的生活隔离开来,有两次,她的生活浓缩在吉尔贝特这个名字之中,我感到这生活在我身边经过,使我十分痛苦……"(《斯万》,第一部,第 395 页)。

④ 《驳》,第 58 页。

带来的感觉如同一个避难所，逝去的时光——因理智而逝去——纷纷流向这类避难所以躲藏在内，并且在冬日晚间，当我从冰天雪地里回家时，如果家里的厨娘不给我端上恢复元气的饮料的话，就像执行某种我那时候还不懂的魔法契约，我可能再也找不到这些避难所①"。我们在此列举的所有粘附形象，它们力图通晓、或不如说幻想的正是这张**契约**。蜷缩是最富动物性、最嫩弱、也是最不幸的动作之一；它呈现为因惶恐或胆怯而合拢的模样，这种向性是转瞬即逝、消退抹除的悲情表现，极具孩提特征。有意义的包含从而多了一种新的价值：收拢、掩蔽的功能。

但是，这并不能完全说明它的重要性。磁化、黏着或蜷缩的确为相邻关系注入活力，但却仍不能赋予其连接性，使之成为一个暗地里的结合产物。感觉或是沉淀或是被磁化，因记忆而聚在一起，无论有序**成排**，还是杂乱**成堆**，在这里都彼此相邻。幻想试图将感觉一个挨着一个的这种排列向内发展，超越其毗连性，进入融合主题，或起码是互相穿透的主题。例如，**编织**动机便有此意图，它在《追忆》里非常重要（因为它与主动展开相关写作的主题范畴关联，我们在后文中会看到这一点）。能指与所指现在系在一起，互相穿过，仿若同一块织物上纵横交错的丝线。当然，在阐释对象的具体定义里，这意味着某种间隙或空隙品质的出现，它使阐释对象能够接纳周

---

① 《驳》，第57页。

围的移植物。原型文本、书籍本身便是如此,由空与满交替组成:"从前在一部书里读到的某个名字,**在它的音节间包藏着**我们阅读这部书时刮过的疾风和灿烂的阳光①。"七孔八洞的写作,布有陷阱的写作,感知现实里最易逝、最变化无常的元素来此停留、固结。在另一种情形里,这些元素换成了贡布雷夜晚的天气与情感的冷暖阴晴,它们被录入母亲的亲吻和《弃儿弗朗索瓦》的阅读里:"例如,看到一部已经读过的书的封面时,**在标题的字母间**,视觉已经**编织**进了很久以前某个夏夜的**皓月流光**②。"另外,这种编织会扩大超出记忆对象的本体,从而离回忆里的众多感觉越来越近,并将它们覆盖、相互连接。在这些感觉中,能指与所指被编成**网格**状,这是与编织相近的图案,但更具再包裹的优势,从而能够在自身重建具有摄取力的包含规模。以斯万为例,当奥黛特已不再爱他,他在聆听小乐句的时候:他重新看到了那一切,"菊花雪白、拳曲的花瓣,就是她扔到他所坐马车里的那朵"、"'金屋'餐馆的凸印地址"、"他的双眉紧皱"、"理发师的烫发钳发出的气味"、"春天的暴风雨",简言之"思想习惯、季节印象和皮肤反应,**如同一张张网,铺在一个个串连在一起的星期之上,形成均匀的网络,他的身体重又处于其中**③"。这重回的状态犹如一大块重生的时空被再次卡入网中,再次插入牢固的关联体里,上面互

---

① 《重现》,第三部,第885页。详见下文,第289页。
② 《重现》,第三部,第889页。
③ 《斯万》,第一部,第345页。

相关联的事物是曾经网状般的经历①。

　　除了上述构造，还有一种更均匀、更神秘的互相穿透形式有待想象：说完错综复杂的间隙交织结构之后，还有些东西，例如一段路程的全程连续性，或者某种互相同化的平滑性。不仅外形拴在一起，实质也参与其中。这就是*彻底浸透*（imprégnation）的行为意义，主要出现在可任意想象的嗅觉关系层面的叙述中。事实上，能指—芬芳能够配合所指景观中最断断续续的品质：轻易地渗入、穿透各类物体，将它们连成固定的一片，统一且无形。从中产生后来起到调动作用的气味力量：清漆的气味、香根草的气味、封闭房间的霉味（封闭的味道）、或汽油的气味（开放的、移动的、扩散的味道）。然而，普鲁斯特笔下还有一些非嗅觉的浸透：例如，气候、热量、水、散布的积云等自由扩散的力量产生的完全浸透。盖尔芒特在首次被幻灯片的黄色浸润式渲染之后，其整个世界发生变化，带有色情意味："完全不同的梦幻用急流的*潮湿泡沫*将它*浸透*②。"这句话促使我们当即捕捉到了从简单的地理位置上的毗邻（盖尔芒特城堡、维冯纳河、那年夏天在贡

---

　　① 　在此不得不指出一种非交错的编排形式，即*连接*。于此，我们会看到一大片关于*接合*、*多重关节*、*铰链*的幻想。例如，当说到巴尔贝克与威尼斯因盖尔芒特公馆的经历而恢复昔日的光辉时，普鲁斯特展示了巴尔贝克是如何与上浆内衣带来的感觉"连在一起"的。后面的叙述中，他又描写了两块高低不平的铺路石板是如何"从各个方向，在各个维度上*延伸了*"那些他心中关于威尼斯的"干涸与单薄的形象"，同时"*连接*了广场和教堂、运河和码头"（《重现》，第三部，第874 页）的。这里幻想的并列结构犹如互相挨着的不同物体被连接在一起，有序延续。肩并肩的排列产生厚度，形成*结合体*，连接一整片远景。

　　② 　《盖尔芒特》，第二部，第 11 页。

布雷读的书,以及用色情手法呈现某片多水景观的地方)到感觉上的连续性的理想转变,该连续性从内部聚集并使前后两者的不同方面对应起来,互相说明。这种潮湿在想象中像是能够同时召唤真实的河流、书中的河流以及以隐喻方式将它们连在一起的爱情主题,因为湿气穿透它们,浸润它们,最终将它们固定,被某个独一无二的想象环境包围。

这种有地方环境特色的水在别处则更多的是随风升入大气,例如,它弥漫在东锡埃尔的空中,成了一片*薄雾*。最独特的一个景观元素又一次地在想象中迫使其他元素将自己吸纳,直至牢牢地连成一体,形成均质:

> 这晨雾渗入了山丘的形状,又跟巧克力饮料的味道与我当时思想的整个网络融为一体,虽说丝毫也没有被我想到,却*浸湿*了我当时的所思所想,如同经久不变的大片金色,同我对巴尔贝克的印象结合在了一起,而黑黝黝的陶土制成的屋外楼梯就在近旁,它使我对贡布雷的印象具有灰色的色调①。

我们注意到,编织、浸润(渗入)、彻底浸透这些上文分析过的不同行为在这里汇合。就此体现了所运用的各种想象方法,它们使得投影成一幅幅景观(云雾、大片金色、灰色/陶土)的同一品质出现在该景观的全部想象范围里。这个品质时而缓缓注入,如同东锡

---

① 《盖尔芒特》,第二部,第81页。

埃尔的蒙蒙薄雾①；时而紧紧裹住，如同巴尔贝克的金色阳光；时而又在底部稳稳支撑，如同贡布雷的灰色岩石。这抹受青睐的色调通过各种方式构成了物体的统一基调；它成了感官密码、要诀，有点像《包法利夫人》(*Madame Bovary*)中的灰绿色、或《萨朗波》(*Salammbô*)中的红色在福楼拜笔下的作用。在想象力的作用下，所有传递意义的有形介质都能通过它开始互相连接。

最后，需要通过描写某个幻想区域来对这个积极的同化主题予以补充，而该幻想区域由另一个重要的动作支配，即铺展动作。在完美意指关系的理想范畴里，客观能指不能仅仅与声音这一具体所需挂钩，或仅仅与它的所指产生联系，它还必须被想象成有能力制造它们，或者能使它们因它而产生。这种生成意义的能力主要在铺展动作带来的效应里得到具体化。（我们已经在分析喷涌、多叶、花卉时谈及过它的样子。）此外，该效应由

① 同一个地点里，对这种统一性元素的选择在文中会随时变化。以东锡埃尔为例，普鲁斯特明显想通过想象力将这个片段孤立起来，调和均匀（此外，这铸就了其独特的和谐感），这里的薄雾能够被乡村（与它对等的地方，但色彩更为丰富）的灰色替换或补充；或被某些元素替换或补充，构成对包含的幻想（那杯巧克力饮料），或更巧妙地，对压印形状、标志的幻想（狭长的山丘）："一边是乡村清晨温柔的灰色，一边是一杯巧克力饮料的滋味，我在这两者之间把我的肉体、精神和道德生活保持得别具一格，跟我大约一年前在东锡埃尔所过的那种生活相仿，这种生活以一座狭长而又光秃的山丘为纹章——这山丘在看不到时仍能感觉到它的存在——在我心里产生阵阵愉悦，跟其他愉悦截然不同，无法跟一些朋友诉说，因为这种愉悦跟我可以叙述的事情不同，主要是由相互交织在一起的丰富印象，在我不知情的情况下为我加以组织并赋予其特点。"（《盖尔芒特》，第二部，第346页）另外，这段文字如同显现了一个双重的同化游戏：同化作用发生在每个单独的元素上（色彩、滋味、形状），也作用在新的包含空间里，这个空间是由以上元素联合一起、用隐喻手法创造出来的："……灰色，……滋味，我在两者间……保持……"

于还符合普鲁斯特阐释学里另一个十分突出的要求而更为难得:该要求便是能指(往往是简单、短暂甚至是无足轻重的)与所指的展开规模或多个性之间需存在不相称性。正如普鲁斯特所言,我们能够、必须十分重视"比例和细节[①]";在气味与滋味"不可触知的小点滴"上建起"负载着记忆的宏伟大厦"。能指的空间越小,由它而起的所指的物质范围则越宽广。这种不对等性难以消除,它可能是某个隐含的倾向,即向完整的普氏叙述性以及他对**不合逻辑的逻辑性**(产生相反、相对、意外之物,并使它们一个接一个地连在一起[②])的探索靠拢。在此情况中,我们会发现,正如吉尔·德勒兹所明示,唯有与蕴涵动作平行呼应的**阐明动作**才能使人幻想生产失衡的矛盾性[③]。

---

① 《少女》,第一部,第885页。

② 不对等性在概念里是**矛盾**的。关于无意义、轻微之物(气味、滋味)的能指力量就证明了这一点,请看《少女》中的这段话(《少女》,第一部,第643页):"能使我们一清二楚地回忆起一个人的事,**恰恰**是我们已经忘记的事(此事微不足道,所以我们让它保存全部力量)。""恰恰是"是矛盾的突变标志,它在此又附上第二重矛盾("能指乃无谓之物")。从而展开了一番必要的论述,旨在缩减矛盾,或者至少"解释"这条悖论,并重建符合因果的推论。在此,便是关于习惯的论述,习惯消除了那些重要的感觉,但同时也忽略了所有微不足道的东西,从而使它们永存。就这样,仅一条消极原则的不规则运用成功地推翻了"感受最大"这一"自然"规律。

③ 非逻辑性与铺展动作在想象中的另一种结合是"捣蜂窝"的行为,它曾在手稿里出现。非逻辑性在这里成了颠倒(这是它的最高级形态),铺展则化为群蜂飞舞(这是它最自由的施展方式之一,如同一片烟雾)。两者的重合标志了阐明与颠倒/破裂被平等化,尽管后者引发前者。如此幻想或许能够清楚解释某些普鲁斯特所钟爱的叙述手段(出其不意、视角反转、创造意义、感想、虚构的多重可能性)。

铺展动作根据因种类繁多而需分门别类的叙述形象:连续展开,它开启流通口、散播流溢物(例如听到的吉尔贝特的名字"使它穿过的空气洁净的区域**湿透**,并**呈现彩虹色**……叫这个名字的姑娘生活神秘……他们关系密切的精华,**弥漫**到花色淡红的山楂树下……他们跟她,以及她那陌生的生活关系密切①……");间断性却有层次地进行,它符合某种分裂逻辑,即花卉或其他植物的增加逻辑(日本游戏里的小纸片"伸展开来,发生变化,呈现不同的色彩,形状可辨②",最终变成各类花朵以及整个贡布雷的景观);线性施展,最终拉成具有美感的**饰带长条**(巴尔贝克的女子们,从她们原始星云般的阵容拉成一长串少女③,或者从巴尔贝克的"大旅馆这个潘多拉的盒子里出来的一连串布袋木偶般的人物④");弥散、零散型呈现,随着(山楂花的)花苞首次绽开,它成了悬在周围的昆虫振翅,随后转为(散着花粉的)芬芳缭绕。这里出现的某些主题在上一章已有分析。无论如何,都是依照与意义阐明相同的形象来想象物质如气体般打开的展现。

---

① 《斯万》,第一部,第 142 页。
② 《斯万》,第一部,第 48 页。
③ 《少女》,第一部,第 873 页。
④ 《少女》,第一部,第 666 页。

IV

阐释对象：解剖学

这就是普鲁斯特的意指神话，由其基本特征勾勒出了轮廓。若要知道这种意指关系是如何构成的，仅局限于神话般的回忆是不利于我们的研究的。现在，除了普鲁斯特叙述中独具一格的诠释之外，还需从分析作者想象偏好的普遍性出发，考虑是什么使这个或那个物体具备意义。为什么是它而不是其他物体？它的哪些品质使它能够胜任意指这份如此特殊的使命？要开始回答这些问题，并且答案肯定是猜的，那就得试着描述承载意义的物体在作品里、在现实生活里被选中、被构成的方式，而不再力图勾画普鲁斯特的意义神话。可以说，这需要如**解剖**某样东西那般为其绘制草图。

我们首先要强调一下，这种描述会重现很多特征，这些特征为所有感性表现打上欣快的标签,而不仅仅针对阐释对象带来的感觉。比方说,这些对象激发的极度敏锐性会使我们震惊,这是毫无疑问的:它们也许能激起想象力,或者唤醒记忆,因为它们也是受到激发而变得活跃的。阐释对象时而被撒满阳光(照在上面的阳光变幻不定,明暗交替,"微笑着":就像马丹维尔的两座钟楼),时而灿烂夺目(如《驳圣伯夫》最初的情形里,盖尔芒特公馆的铺砌地面);时而五颜六色(那块绿色全丝光亮塔夫绸),或者闪闪发光(蒙茹万池塘的倒映,"一块石头上的反光"),它通常属于想象中的事物,已为人所知,给予启发并富有影响力(例如,请注意《女囚》开篇部分里关于回春之火的片段)。有时候,这种阳光聚集在烤得金黄的蛋糕(小玛德莱娜蛋糕的焦皮)或花朵(山楂那光滑如缎的表皮)的活力里。同样的激发作用转移至非视觉的叙述篇章里,成为一种震撼力、创导力,或带来意外(因此,该作用较易与非自觉、偶然性的思想结合在一起)。《少女》开篇部分就出现这种情况,"夹带着雨水的微风"配上"第一次生火的气味①";或者,《重现的时光》的结尾部分,结合小勺子碰到餐盘发出如晶体般清脆的声音,硬得如上过浆般的餐布给嘴唇带来的毛糙感,水管里意外传来的噪音。所有这些感觉都有一种始动品质。它们因首发的魅力而突显。它们在自身周围又创造了一个生动活泼的世界,从而也是个丰富多彩的、有潜在发展的世界。同时,它们几乎直接涉及某种追忆起源的仪式

---

① 《少女》,第一部,第 643 页。

性主题。

这个通常鲜明的庆典特征(出现在凡德伊的七重奏及其对"未知的缤纷节日"的召唤里、在关于英国山楂树的篇章、还有对佩尔斯皮埃小姐婚礼场景描写的延伸部分中,即关于马丹维尔钟楼的篇章里)被打上了十分浓重的力比多印记。这个印记已经在普鲁斯特笔下的其他众多物体上显现,在这里看来仍至关重要。阐释对象的价值发挥总是跟某个欲望的出现,甚至迫切性相关联,这种联系的方式层出不穷,都极为显著。欲望偶尔会扑向食物:小玛德莱娜蛋糕的美妙口感,在盖尔芒特家吃的蛋糕的可口滋味(这味道与小勺子以及包浆餐布引发的启示结合在一起),与英国山楂花连在一起的奶油草莓与干酪。然而,常常还会出现一种单纯的性冲动,它超过或者加重这基本的美食之欲。它会轻易向邻近的四周展示自身的急迫与坚决,或者在主要承载意义的物体因叙述而产生的结合中展示这些特点。

普鲁斯特本人指出,对山楂花的欲望就是这样延伸了对吉尔贝特或凡德伊小姐的面颊的欲望。香榭丽舍大街上的小屋里感到的喜悦[①],这是种因坚实可靠与清凉而感到的喜悦,在小屋里掀起力比多的三重欲念,袭向主人公。首先是肛门之欲,这是最明显的:人们能够如狮身人面像那样蹲在这地下墓室般的排泄地,无偿"消受"。当然还有口舌之欲:

---

① 《少女》,第一部,第492—493页。

前者的免费"消受"唤起了对糖果的回忆,母亲曾阻止接受这些糖果,它们被古阿施糖果店的那些小姐们别有用意地藏在钟形玻璃罩里①。最后是生殖器的欲念,连带对花朵的回忆,那些花是一位有些猥琐的花店老妇拿给主人公的,她的眼球突出,眼神颇有含义("像花店老妇那样……她则给我一朵玫瑰,并转动着温柔的眼睛")。当然了,这一幕还具有其他感性内涵。例如,它为之后在附近花园的小树丛里秘密地半占有吉尔贝特做了预热准备。主人公在那里闻到了一股清凉的霉味,通过这种味道的本质,小木屋里的画面也令人联系到另一个具体场景里的印象,初看该场景会给人与上下文离奇脱节的感觉,但只有它与此处小木屋这一幕之间的遥远联系才能突显该场景的必要性:那就是见到阿道夫外叔公的那段叙述②(在贡布雷的房子里,他拥有一间休息室,里面散发着与这小屋相同的凉爽气味),年少的主人公未打招呼便去他家里,遇到了身穿粉红色连衣裙的女子,即奥黛特,她恰恰是后来上面这位吉尔贝特的母亲,少女此刻正被觊觎着,并很快将被占有。这样就织成了一张脉络较清晰的网。而叙述者无意中加入阿道夫外叔公与奥黛特的对话,最终被后者"吸引",这使得这张网更加纵横分明。此刻公厕小屋里化着浓妆的"年迈的侯爵夫人"施展的诱惑力也许是当年那阵吸引的升级版,只是

---

① 详见前文第 163 页,注释 1。
② 《斯万》,第一部,第 76 页及下一页。

披上了伪装，具有讽刺的悲剧色彩①。此外，所有这些欲力的召唤都笼罩着一层相当沉重的罪恶感，尽管作者有意以幽默的文笔为这个场景添加轻松的气氛。事实上，后来外婆受到绝症发作的折磨也是在这个小屋里(早期的版本描写得更详细，主人公不顾她抱恙的身体，强行拉她出门，去赴一个约会，地点同是

---

① 我们是否还能从突访阿道夫外叔公这一幕里辨认出某个*原始场景*的模式？当然了，肯定是个缩小版的模式，并且其中的参与者表面上看都是纯良朴实的。我们会看到：奥黛特与阿道夫外叔公的关系遭到家庭反对这一特点；他们的对话被他人*意外撞见*的特点；外叔公/侄外孙之间暗含的敌对性；奥黛特说起马塞尔与其母亲外表相似时发出的奇怪赞美；少年去亲吻奥黛特的手时那不可抑制的动作("做了个失去理智的盲目动作……用我的嘴唇在她伸过来的手上面亲吻")，这是口头占有、或再占有的动作；以及这一经历之后叙述者一家对阿道夫外叔公的弃之不顾。

至于叙述者，他通过一个自我压抑却适得其反的古怪举动表达了他对外叔公/父亲的不满。他因家庭不和感到郁闷，身为造成这个问题的原因，心中对阿道夫外叔公满怀内疚，当他在街上与后者迎面相遇时："但我极其痛苦、内疚，觉得脱帽致敬会显得我心胸狭窄，并会使我外叔公认为，我只想对他表示平常的礼貌。我决定不做出这一无法表达我内心感受的动作，并把头转了过去。我外叔公还以为我是听从父母之命才这样做，因此无法原谅他们，他在好几年之后才去世，我们之中无人再去看望过他。"(《斯万》，第一部，第80页)通过"违背常理"的双重抑制动作清楚揭示了叙述者的心路历程。

将这个场景与《让·桑德伊》中的一个片段(第334页)放在一起，那便能更清楚地展现其幻想本质。《让》中的片段是上述场景的早期版本，使用隐喻装点，因而更加完整、更逼真地体现了心里悸动之需。让的叔父(不再是阿道夫外叔公)是本段的主要人物。他邀请侄子(因此，这回没有意外到访，而是主动引见、分享诱人之物)去他的花园观赏一朵刚盛开的大山茶花，它开放的样子就像一名*产妇*。让被这神奇的一幕(我们看到的是起源之谜的另一种形象表现)惊得目瞪口呆，呆在那儿"*面对它，就像面对一位穿戴华丽的陌生美女，等着他叔父把自己介绍给她，而她微笑地看着他*"。接着，是对这朵花、这朵女人花的长篇爱慕之情，而开花的神奇景象则与山楂花之谜密切相关。

216

香榭丽舍大街）：典型的自我惩罚，它在阐释对象出现的地方、在如此多的力比多系列交错的节点上再次插入母亲遇害的幻想，该幻想在普鲁斯特的创作中有着难以动摇的地位。

还可对蒙茹万的池塘①或马丹维尔的钟楼②等物体进行类似的分析，结果都差不多。叙述者在蒙茹万闲逛，那是最初真正无拘无束的一次散步（在莱奥妮过世后独自一人漫步，莱奥妮对叙述者来说是类似于母亲的女性人物），对着被阳光照亮的池塘出神，酝酿了一种高涨的爱慕之情，产生这种热情的原因是追逐并幻想那些年轻的农家姑娘。池塘还与早已散布并定格在这个地方的女子施虐淫联系在一起，那是凡德伊小姐与她的女友这两位重要人物的亲密关系，它先从佩尔斯皮埃嘴里传出来，之后被叙述者无意间看到亲热的一幕而得以证实。我们记得，在这一段的早期版本中，对着水中倒影的欣喜之情来自维冯纳的一座桥：显然，地点的选择是有一定意义的。池塘边一幕以"嘿！嘿！嘿！嘿！"的语言表达性欲高潮，叙述者欣喜若狂而差点把伞挥到一位不明情况的农民脸上（该行为非常容易逆向转化成

---

① 《斯万》，第一部，第154—155页。蒙茹万这个名字本身也有享乐的意思，这是第一人称的享乐，既有享受，也有青春（蒙茹万[Montjouvain]，其中"mon"是第一人称主有形容词，表示"我的"，"jouvain"与"jouissance[享乐]"以及"jouvence[青春]"相似。——译注）。这个名字与莱奥妮姑妈拥有的一座庄园名非常相像，米鲁格兰：现实中这个地名所指的地方正是小说中发生偷窥行为的蒙茹万。其他性欲方面的相似之处：在米鲁格兰有一道瀑布，而蒙茹万有一口池塘。

② 《斯万》，第一部，第180页。

217

为一个自我阉割的惩罚行为)而告终,之后也许还会加以评论。
我们在这个片段里看到,意义的重要性,在这里即目标、空白、理
解对象中脱离该对象并与之有所区别的东西(那些叙述者无法
说出来的话),它们的地位与某些围绕欲望、不可捉摸或难以靠
近的 *TA* 的论题是分不开的。不明情况的农民便是委婉表达这
种不可触及性的一个形象。而下一段,父母的态度对此有所加
深:"我饱含温情地想起自己的父母,并做出考虑周全、恰如其分
的决定,以便让老人家高兴,但就在此时,他们把我早已忘记的
一个小小的过错告诉了我,并对我严加批评,而我却准备扑上前
去抱吻他们。"又是不合逻辑的模式(对某事的期待必然引起与
期待完全相反的结果),我们在普氏叙述中对此已习以为常,这
种模式在此与受责罚的过错动机相结合,从而在我们那缺失的
阐释篇章边缘掀起对做到完全相符的重重困难的联想:无论是
欲望符合对象,还是对象符合意义①。

　　我们再来看看马丹维尔的两座钟楼,它们别具意义,带来

----

　　① 还有另一个有趣的例子,但只有用因重要空缺而产生欲望这一观点才
能解释清楚:如何理解踩在沙砾上的"阿阿的脚步声"所具有的阐释性?这需要
再回顾下《让·桑德伊》,以及遗忘之园,我们在前文(第126—127页)已经探查
了园内丰富的幻想题材(诱惑、不安、引人注意却纹丝不动的雕像、被阳光照得凌
乱的树林、原始的场景)。让就是在那里体会到"无数铺在小径上的砾石在鞋底
轻轻滑动的感觉,它们互相挨着,如此紧密结合,以至于在他的脚下一动不动",
一种比游客踩在大马路的坚硬地面上的愉快脚步"更细腻、却不够健康"的乐
趣……(《让》,第323页)揣测(又拒绝)这种精细、(令人担忧的)堕落的感觉。他
将脚半踩入沙砾里,或沿用听的习惯,聆听这个动作带来的沉闷回声,以此身体
力行地观察思考这脚步声背后的意义。

218

的愉快效应几乎毫不掩饰地与之后叙述者试图诠释另一处景观却不得要领形成对比,那便是于迪迈斯尼尔的三棵树,与钟楼的景观非常相似。此外,若参照《驳圣伯夫》的卷首篇章,那么从根源角度来看,于迪迈斯尼尔这个失败的原始版本似乎通过简单的转变,转移至贡布雷的一处惬意景观,最终召来了在马丹维尔的成功。那究竟是什么导致了两处效果的巨大差别?除了下文有待分析的原因之外,这种差别毫无疑问是来自各处景观因欲望不同而处于的不同状态和地位。马丹维尔这段正好紧接着佩尔斯皮埃小姐的婚礼:婚礼尾声,奥丽娅娜·德·盖尔芒特首次出现在马塞尔眼前,后者对她抱有爱慕之情,随后她踏上了铺在贡布雷广场那撩拨感官的羊毛红地毯。这段叙述在小说空间内置入一个爱情张力的元素,该元素唤起了一批早期的细小阐释对象("一个屋顶,一块石头上的反光,一条小路的气味")的出现,之后便是马丹维尔钟楼引发的一连串范围更广的思考。真正把人带入这个迷宫的那个人也很重要,他就是佩尔斯皮埃的父亲,这个人物在此的角色仿佛就是某种俄狄浦斯式渡工:他乘坐马车,梦幻般,有几许疯狂地"飞速行驶";他是位父亲,但是位与欲望同谋的父亲,因为他刚把自己女儿嫁了出去;再想想古代神话里"肿胀的脚"的主人①,而这位

---

① "肿胀的脚(pied gonflé)",即俄狄浦斯(Œdipe)。俄狄浦斯出生后未被起名就被父亲抛至荒山,后获得牧羊人解救,因其受伤的双脚被命名为"肿胀的脚"。此处佩尔斯皮埃大夫的姓为"Percepied",拆开可得"percer le pied",即"扎破脚"的意思,与受伤而肿胀的脚呼应。——译注

父亲恰恰天生自带"扎破脚"的标签,这个"天赋"从阉割能力变形而来。我们还需注意,他还是连接马塞尔与盖尔芒特家族(他们的园子、水塘、鱼、鲜花)的直接纽带,并且,他因此打开了盖尔芒特那令人梦寐以求的空间,哪怕仅是通过寥寥数语的谈话,也为叙述者获得了进入许可。此外,我们从凡德伊的家事中已经看到,他先前就与嚼人舌根、桃色流言的主题挂上钩。这使他轻而易举,当然也是象征性地担任了引导者的角色。这一节的性感本质在剩下的篇章里一览无遗(我们在后面会谈及撞到的门廊这一动机)。它以两个明显与性有关的结果收尾:一个施虐淫的行为(象征钟楼的三位传说中的少女被抛弃);一场诞生,通过三种方式相继表现:叙述者创作出一段文字,随后,普鲁斯特说道,"犹如变成了母鸡,**刚下了蛋**",唱出一曲歌,发出胜利的啼鸣。文章,歌,鸡蛋,这便是这一段欲望奇遇的终点,实际的或隐喻的三重结果。

同样的事物与情节是否也出现在于迪迈斯尼尔三棵树①的叙述中呢? 是的,但是主题、时间顺序都有所变化。事实上,我们记得,在遇到这些树之前,并且也是在乘车漫游途中——这回坐的是德·维尔帕里齐夫人的马车(并且外婆也跟他们在一起:因此陪伴叙述者的是女性长辈,而非男性长辈)——,主人公渴望并用一枚硬币象征性地收买了一名卡尔克维尔的渔家美女。他从中获得的性满足(与"侯爵夫人"、"两匹马"两个词结合在一

_____

① 《少女》,第一部,第 717 页及下一页。

220

起:为什么不是与"维尔帕里齐"这个也很惹人注目的词相结合呢?)是毋庸置疑的①。此外,在这段话的另一个版本中,这种满足感立刻与被占有的年轻女子那可怕的、惩罚性的身体扭曲结合在一起。("我看到她被晒黑的脸颊上有好几道疤":对裂缝、女性生殖器、令人愉快的平滑圆面上突然出现的阉割标志表示厌恶;再升级到对嘴部的反感:"……它使她的嘴露出怪相,粗野可怖②。")如此有所准备的占有、如此厌恶之情毫无疑问影响了之后主人公对于迪迈斯尼尔三棵树的态度。这段文字所用的词汇证实了这种前后关联:马塞尔无法"控制"它们,因为他在稍早些时候已经用力"抓住"了渔家美女的精神,并在想象中"捕获"其肉体:普鲁斯特写道,那是种非物质占有,"使她失去了神秘

---

① 能否看出这些字词具有触发性欲的功能? 那就对第一个名字做一些大胆假设吧。德·维尔帕里齐侯爵夫人的头衔令人想到香榭丽舍大街上那位年迈的侯爵夫人,我们已经看到她为人提供排泄之便的作用,而她也是位老皮条客。从发音角度看,"侯爵夫人(marquise)"的能指可能还与圣马可(Saint-Marc)(最终的狂喜之地)、老城圣马斯(Saint-Mars-le-Vêtu)有关,后者与过去的圣梅尔德(Saint-Merd)(关于这个地名,对其词源有考据的布里肖说道:"观点不正者必遭唾弃!")相似。也许就是这样,肛欲的基调在这个带来性高潮般快感的能指以及那枚闪闪发光、为马塞尔所炫耀的金币之间建立联系,这枚金币帮助并使马塞尔成功收买了那位渔家少女。

② 《少女》,第一部,第 974 页。我们会注意到,马塞尔在经历长久的困扰与渴望后,通过贡布雷的回忆,终于再次遇到普特布斯夫人的贴身女仆,这个片段里也出现了同样可怕的身体变形:她的脸在一场火灾中被烧伤,整个人被毁得不成人样,"让人不忍直视"。然而,这里的惩罚印记并不能令欲望停止,贡布雷的幻想又让它重新启程:"我不去注意她的脸,扑向她的怀抱,那些用力很猛的爱抚,我感觉是她从牧羊人那里学来的,在她的抚摸下,我觉得我已不再是我自己,而是一个年轻的农夫,被一个大胆的、已经人事的农妇滚入干草堆"(《重现的篇章》,第 265-266 页)。

感,就像肉体占有那样"。随着这阵扫兴,这种神秘感的破除,另一种神秘,即蕴藏在三棵树的意义里的奥秘也不再被探寻:也许是因为欲望已无法如此前那般强烈地支撑起对三棵树的层层盘问;也许是因为惩罚标志从一个诱人的对象滑至另一个,封锁了入口,阻止了对它们的解读。

因为从某种意义上来看,在这里,诠释即到达。理解,要到达话语的全部意义,那就要渗透。我们在上文已经看到,阐释对象在包含范畴内被自动纳入想象。而它恰巧时常在文字上以及实际意义上做出一个引入的动作。深入程度分类、内外对立似乎直接关系到其作用的顺利发挥。事实上,它时而呈被包围的样子,被包含在一个比它更宽大的空间里:例如散布在树叶丛中的英国山楂花,道路上的石块,特别还有那久久萦绕的霉味,这种气味与那么多封闭的房间紧密关联(并且,由于这种封闭性,霉味还与无形之物的停滞、渗透、缓慢沉淀有所联系:这一切最终使它保持活力与清新)。反过来,有意义的物体本身就能起到包含的作用;它因而呈现为一种能渗入的空间:屋顶、钟楼、砾石、云朵。以马丹维尔这个片段为例,主人公要突破沿途钟楼的横竖排列,进入其线条围成的空间,抵达这个防御空间的中心:也是这座村庄的中心位置。人们到达那里,很突然,猝不及防,可以说像奇迹降临般。"车夫及时停车,才没有撞到门廊":同样是这门廊,它与多个情爱幻想联系得十分紧密,吉尔贝特在门廊前显出轮廓,奥丽娅娜在门廊前走过,还有某位动人的乡下姑娘在田园圣安德烈教堂

的门廊下躲雨①。然而,碰撞被避免了,最终的穿透渗入(教堂,躯

---

① 我们记得,在田园圣安德烈教堂,马塞尔独自漫步走到教堂的时候,"那里从未有农家姑娘,但如果我跟外公一起走,就一定会在那里遇到他,不过无法同她谈话……"之前《驳圣伯夫》的一个片段已提到类似的幻想,不同的是,幻想在该篇章里落得圆满,并转移至教堂的另一个部位(也极具象征性);那是在关于铁路上的送奶女工的片段之后,普鲁斯特谈及沙特尔和自己的欲望,"**在看到门廊之后,我渴望与保管圣器的姑娘一起登上塔楼**"……(第117页)。这是在召唤名字发音相似且同样激起性欲的那位萨克里庞小姐吗(圣器保管员的法语为"sacritain",与萨克里庞"Sacripant"发音相似——译注)? 或者,还是在回忆《墓中回忆录》(*Mémoires d'outre-tombe*)(也译作《墓畔回忆录》,浪漫主义作家夏多布里昂[Chateaubriand]的自传体代表作,于1809—1841年间撰写并完成——译注)中某个对应的片段(第二卷,第76页)?

无论如何,门廊表现出的这种十足性感,且不可触碰的意味使它成为专门的升华之地。可以说,它也是需要被艺术品覆盖、被美观的护身符包裹的物体,旨在被世人接受,甚至靠近或通过:就这样,自然之物被立刻附上文化气息,诱人的邻村农家姑娘变成了处女或圣女的雕像,一如埃米尔•马勒(Émile Mâle)对普鲁斯特的艺术指导。人们偶尔会幻想这些雕像复活,尽管那是不可能的。因此,需要参照马勒、尤其是拉斯金(Ruskin)等对普鲁斯特有过艺术启蒙的知名艺术史学家的理论才能读懂关于教堂门廊这一主题的篇章。

例如,埃尔斯蒂尔对巴尔贝克教堂展开的论辞(《少女》,第一部,第840—841页)颇为重要,就是汲取了这些艺术史学家的思想;这座教堂的门廊令人想到拉昂(Laon)教堂的门廊,就如普鲁斯特在马勒的著作中所读到的,它表现了对圣母(Saint Vierge)的颂扬。巴尔贝克教堂门廊的所有构成元素都归于一个象征系列,象征诞生,象征被遮盖的裸体以及受责罚的触碰("接生婆伸出手臂,如没有摸到也不愿相信,竟会有童女怀孕",圣母把腰带扔给圣多马[Saint Thomas],后者也对此事颇有怀疑),还象征出生、出走(年轻的妻子复活并走出坟墓,耶稣泡在洗礼盆的水里)。所有这些相伴而来的主题形态都将会在圣马可大教堂重现,圣母以叙述者母亲的模样显现,她的身边只有马塞尔—基督。

在圣伊莱尔,教堂门廊上有些明显的窟窿,并十分引人担忧,这种特质因石头的物质特点而加倍体现:这"古老的门廊",普鲁斯特写道,"我们从这儿走进去,它呈黑色,墙面上坑坑洼洼,就像漏勺一样"。这个地方遭乱石攻击、被侵蚀、被去势,其魅力与女性形象结合在一起,后者似乎起着将危险驯服甚至化解相当一部分威胁的作用。斗篷在这里也发挥了作用:"农妇进入教堂时(**转下页注**)

223

体/教堂)没有发生,从而幸运地没有损坏景观里的最后一道褶边。而在于迪迈斯尼尔,恰恰相反,引入动作未达效果:这次所行驶的道路与一条林荫小道垂直,小道无比明显地打着招呼,却未被接受。三棵树排成三角形,"在大路两侧倾斜的凹进之处":只可远观,不可渗入。景观的实体空间与其意义舱体一样密不透风。

除了上述原因,于迪迈斯尼尔的释义失败还可归咎于树木的排列,它们限定了能指背景的范围,并固定于此背景,并且,这种排列不会因盯着它们的目光或围着释义者的身体而改变。在马丹维尔,相反地,连接三座钟楼的想象轨迹随着马车前进而不断变化。它们"转身",分开,最后又碰到一起,建立了一个复杂空间,这个空间由草图式的拼接线条、素描般的快笔以及既锐利又含糊的切边构成。如此一来,在这"三只金轴"周围展开了一

(接上页注)斗篷的轻拂,她们触及圣水",事实上,经过数个世纪,斗篷的轻拂使门廊的石头有了曲度,偏离了原堆砌方向(我们之后会读到与此相呼应的模样,即粗糙的铺路石),总之,使它变得柔软;从而使门廊可任人通过。至于位于大门处代表教堂入口的圣水缸,这个动机预示了之后将在圣马可之行中展开的洗礼主题,我们将在后文谈到该主题的重要性。

最后,在谈论门廊动机的同时,也有必要看看其他富有魅力的开口动机:例如在歌剧之夜,通向奥丽娅娜·德·盖尔芒特的神秘"包厢"的走廊。包厢不久就变成一个海底"洞穴",这个词也是普鲁斯特对教堂(以及圣伊莱尔)展开想象时的用语。不过,通往这个洞穴的走廊十分"潮湿,墙壁上有条裂缝",走廊里加入了对萨克森亲王(Prince de Saxe)的猜测(叙述者显然不愿意知道他的真名),而马塞尔却无资格通过它。我们在埃尔斯蒂尔的画作《卡尔克蒂伊海港》中会再次看到这个海底洞穴:几个拾虾的女人仿佛身处"上面有船只航行和波浪翻滚的海中岩洞之中,只见洞口敞开,受到保护,波浪奇迹般地朝四周分开"(《少女》,第一部,第837页)。这种奇迹般的分开是门廊的新造型(像《圣经》里过红海的故事,海水分开,中间是条干路,仅让被上帝选中的人民通过)。想象中,每个入口处都贴着"禁止入内"的标语——,这显然就意味着必须得到里边走一趟。

224

场总在变化关系的比赛,比远近,比异同,如编织般,而那位观众也成了这织作的一部分。在普鲁斯特的创作中,向读者呈现这种比赛似乎为直观觉察某种感性意指所必需。但它不会总是如钟楼的抽象舞姿那般难以辨认:在这个片段里,它呈现为一个字符、几个字符组合的活动体,刻下并标出一个大整体、一段未来说的话语的范围或起止,也许还记下了它们如何溜走,消失不见。其他文字文学化的地方,如乔治·桑的小说《弃儿弗朗索瓦》,作者用文学手法构写着这部小说的"真实"题目。于是,在广阔的黑夜与母爱的笼罩下(因为,我们记得,这本书是母亲朗读的,是本关于想望的书,渴望母亲的到来,并只渴望她一人),我们看到(阐释)对象与(能指)文字几乎完美地重叠在一起。就像后来,那个在母亲念读的字字句句中睡去的孩子望着周身舞动的钟楼,在它们中间重新置入了被朗读本身、某篇实体文字、或文字实体的线形进程拉长的、变得难以捕捉的空间。

看来,除了这几个特殊情况,要编写一个这样的"字符",一种这种被普鲁斯特本人置于他的景观—魔法书源头的潦草文字,最终还要在感觉里生出意义,这往往需要探索,或者至少以相似却不相交的两个事物勾勒出一个外形。这个外形,正如普鲁斯特在《让·桑德伊》中所写:聚集了"**相似与相异这两大魔力,它们对我们的思想有着强烈的影响[1]**"。同一事物组织里的这种细微差别会通过各种感官表达而体现出来。以一般体感为

---

[1] 《让》,第 331 页。

例，主人公在盖尔芒特公馆的院子里感觉到的不平(双脚忽然踩在同一地面的不同高度上)，或者，主人公在巴尔贝克的旅馆里猛地弯腰系鞋带时，使他全身被外婆去世之痛占据的那个动作：细微差别可能造就这些细节背后的意指之力。在视觉范畴里，山楂花只有被看到白花和粉花重叠—分开时才能萌发意义，它后来的定义里有了如"春天"或"庆典"等特征；此外，上文引用《让·桑德伊》中的"两大魔力"这条定则也来自对这些花朵的观察和思考。我们会注意到，在音乐方面，凡德伊白色的奏鸣曲与红色的七重奏之间建立了同样的联系，以此定义艺术家个人世界的独特性：在七重奏里听"粉色的乐句"，它与奏鸣曲一样美妙，普鲁斯特说道，但"完全不同"，事实上，它使"少女边上"出现了一位"样貌相似，却截然不同的女子[①]"。两首乐曲的形象在记忆里重叠，两位"姐妹"般的女子在脑海中并肩而坐，这使我们直观感受到了凡德伊世界里那无与伦比的、暗含着特殊意义的东西[②]。在蒙茹万，终于，倒影成了三元结构，其独有的特性在反射轨迹中变得多重多样，这滩倒影使所感知的空间装满了意

① 《普鲁斯特手册》，第六卷，第155页。
② 《让·桑德伊》中一段已经在上文引用过的文字展现了同类亲子关系的另一种虚构样式：在自己身上出现他者，很明显，不是因为产生了亲如手足的关系，而是因为诞生的行为，使这种出现变得神秘莫测。普鲁斯特在这段话中提到了骤然盛开的山茶花，是他的叔父指给他看的："那山茶树，沐浴在阳光下……从它身上开出朵朵鲜花，美不胜收，它略有变化，像在微笑，如同一名产妇，我们以为是另一个人，其实还是她本人。"(《让》，第334页)阳光，微笑，鲜花在这里增强了突发事件的神秘感，而突然发生的景象更改了其成因的某些重要特性，却未从本质上改变它。

226

指的符号。

　　另外，还需说明的是，为什么在多个事物的组合情况中更容易出现这种有差别的意义显露？这种组合有时涉及三个物体，或者一个三角模式（"三角形"，钟楼，尖利，面孔，上面嵌着一双明亮的眼睛），亦或是一对组合加上迁移的第三方配成的二元整体，就像马丹维尔的钟楼一样。马丹维尔两座钟楼稳固的相似性其实体现在维耶维克（Vieuxvicq）钟楼在远处的移动上，由远近共振与差异构成一个空间，从中带来和谐感：这种空间布局没有出现在迪迈斯尼尔。但它在马丹维尔的散步之后，回贡布雷的路上复现："一座庄园，离其他两座庄园相当远，相反，后两座庄园却离得非常近"，如此位置安排打开了一条橡树小道，一块苹果园，接着是一座小城市。凡德伊小乐句的主旋律不也是呈这个顺序展现的吗？只是乐句会稍稍复杂些。斯万"试图要弄清，这乐句如何像香味和抚摸那样使他迷惑，将他裹住，他这时觉察到，他是因构成乐句的五个音符之间的微弱差别，以及其中两个音符的不断重复，才感到这种收缩而又谨慎的柔和[1]"。听众被一条多变且执着的声线、一条因有差异的结构（附点间的"微弱差别"）而再次为内心带来舒适感（"收缩"：这在于迪迈斯尼尔根本不可能发生……）的声线愉快地包裹；旋律在一对固定组合（两个不断重复的音符）与其他更多变的元素（其他三个音符）间找到平衡：因此，这位听众耳朵所听到的凡德伊的小乐句，与在马丹维尔那位参观

---

　　① 《斯万》，第一部，第 349 页。

者眼睛所看到的三座钟楼，几乎就是一回事①。

最后一点，与上一点有所关联，它似乎决定了我们遇到的某些阐释对象的确切定义：它们不再仅是指向固定的内在世界，或表示内部的多变性，而是指出了某种开放性，像是可说明性。因此，对承载意义之物的特征描述更是实实在在地反映了意义神话的一个要点：事实上，被描述的对象微微开启，就像刚才所幻想的从能指到所指的路径那般层层展开。比如微笑，内心世界的慷慨展现；还有鲜花，它的外形让人立刻想到了意义的充分显露；也许还有包浆餐布，刚刚被弄平的道道折痕实际上打开了一个记忆空间；最后，特别要提到小玛德莱娜，它非同寻常，似乎不具备我们先前分析的所有阐释标记。这并不是因为它在评论中未被认作是饱含力比多的物体②。我们在这里提到它，主要是由

──────────

① 或许有必要像如今某些精神分析研究那样，在基于差距与差异价值（存在于钟楼之间，也是那一小段文字创作的前奏；凡德伊的乐句；英国山楂花或者埃尔斯蒂尔的画作所呈现的"隐喻"）所撰写的文字与能幻想禁忌之物的维度的保留、缺乏（跨不进的门廊；小乐句的"收缩"特点，在远离、消失或飞舞时，它被想象成实体；英国山楂花所维护的神圣感）之间建立联系。这种缺口、这种固定的并被探求的开口在文中呈衍射型裂开，从而利用文本变化凸显差异（以马丹维尔的钟楼为例，一行隐喻，平滑地一个接一个）；这种变化控制了潜在的、却有致命影响力的迸发，同时可能造成本质上的独守。"犹如建筑作品，本质上存在着与万有引力以及真空的斗争，当斗争胜利，它就打开了一个深渊，将空间紧紧围住并隐藏起来。文学作品也是如此，它（且只有它）打开快乐之门，却又将它们闩上。"（塞尔日·勒克莱尔[Serge Leclaire]，《摘下现实的面具》[Démasquer le réel]，巴黎，瑟伊出版社，1971，第 26 页）

② 详见菲利普·勒热纳，"写作与性（Écriture et sexualité）"，《欧洲》（1971 年 3—4 月刊），以及塞尔日·杜布罗夫斯基（Serge Doubrovsky）的讲座："玛德莱娜的地位"。另外，请注意，仅凭力比多一点并不足以使该物体成为承载意义之物：力比多是必要条件，但不是充分条件。

于它的外表，它那隆起的、闭合的、却总是像快要张开以显出——叠合的两部分分开，表面有放射肋，并掉下碎屑——丰富内含的贝壳外形。这就是对玛德莱娜的实体定义，而在蛋糕片段的尾声，它可能引起具有隐喻意义的事情发生，日本游戏里的小纸片伸展开来，接着，便展开了对贡布雷点点回忆的叙述①。

所有这些开放都从一个独一无二的中心向外打开：花梗，微笑的或者擦过餐布的嘴唇，贝壳—玛德莱娜小蛋糕的蝶铰处。而马丹维尔的钟楼，它们有两个或者三个中心。它们相继围拢又打开的空间只有在这三只"金轴"持续偏离中心的运动中才能呈现②。并且，这个空间也只有在佩尔斯皮埃大夫驾驶的马车

_____

① 另一个贝壳状的东西，涵义极为相似，即在巴黎街头看到的奥丽娅娜的身躯，"如果［……］我就会在将近中午十二点时看到她从家里走到楼下，身穿肉色缎子连衣裙，跟她脸色相仿，如同一片染上夕阳色彩的云，这就是我当时看到圣日尔曼区（faubourg Saint-Germain）的所有乐趣，只见它们展现在我的面前，在这小小的躯体中，宛如在贝壳里，在两个壳瓣闪闪发光的珍珠层之间"（《盖尔芒特》，第二部，第36页）。这具躯体—贝壳对于巴黎来说，有着玛德莱娜之于贡布雷一样的重要性。然而，这具躯体，只有当它本身不再是被觊觎的对象，只有当马塞尔对奥丽娅娜不再有爱慕之情，它以及它夹带的所有乐趣才能完全展现。如此看来，阐释对象只有当自身激起欲望的特质被拒绝/轻移时才能开始发挥作用。

② 我们会注意到，这里所呈现空间的闭合与那段文字历程的结尾相吻合：三座钟楼"紧紧靠在一起"，接着一个"钻到"另一个后面，它们"在仍呈粉色的天空中变成一个黑影，迷人而又顺从"，这个黑影最后消失在夜幕中，这时，在佩尔斯皮埃大夫的马车上写的"一小段文字"被画上句号。展开的话语就此结束，以撤退收尾。

此外，这里撤退的也许还有所有对贡布雷的回忆：事实上，描写它的篇章差不多就止于马丹维尔这个片段。于是，小玛德莱娜蛋糕以及日本游戏里的纸片花也就此（肯定用了隐喻，并在叙述里）合上。

行进中,通过论说、通过那篇文中文(该文章也展了开来,使人从这褶口、这一分为二的间隔中看到它的起源,或非起源),那段描写它们的文字才得以显现。就好像线性路程、简单的位移在此就能够促使某个意义——在别处则是某段"时间"、或某部"作品"——的规模扩大。这段经历无疑象征了写作过程,并且,自然而然地,最终亦以写作告终:最后描写钟楼的几句话,*在它们中间*,凭借它们永无止境却乏味无趣的"已然存在"(因为任何作家都永远无法真正进入到自己的写作中,他其实一直身在其中),不仅代表,并且也开启了小说里所有"真实"撰写的篇章。

V

阐释对象：生理学

现在，不再谈想象，而是从文本层面来看看这些句子之间具体的相互关联，以及该纽带的本质，这条纽带将句子里谈及的对象与其他同类事物之间建立联系，或者，正如我们将它们称为阐释对象，该纽带将这些对象牵引至文字表达。总之，就是要明白阐释对象是如何**发挥功用**的。或者说，要清楚它的**生理机能**。

普鲁斯特的理论主要在《重现的时光》里明确提出，我们知道，根据这些物体是用来表达印象还是引起回忆，将它们分成两类。前一种情况里，从所述之物到能述之物，通过隐喻建立联系，即通过展示被普鲁斯特称为"深层等同物"的东西——该展示过程也显露了两个关联物体所共有的某种精华——，从印象中抽剥出意义。而后一种情况，即回忆，从追忆元素到重重再现的元素，通过换喻将它们连接，该连接建立在一种邻近关系上，确实,一次又一次的邻近,这种复现行为使它们的关系保持新鲜,增强统一性,具有价值。然而,如果不以记忆重复为前提,就无法有后续发展,即需要在当下感觉与过去相同的感觉间建立认同关系。回忆因而看起来像是时间的隐喻,它能够跳出时间的限制,直奔精华①。

我们在此不讨论这些理论观点的价值。我们思考更多的是,这些理论是否在叙述印象与回忆的文本中得到证实。而在文本撰写中,意义的产生似乎比理论所示的更加复杂;特别是,若要采用上文所提到的对象分类,那么,每个诠释模式,即使在

---

① 根据以下几条评论意见,可以修正或改进这种分类方法:

1) 某些阐释对象并不能被直接归入第一或第二大类;因为我们无法清楚地辨别它们是印象还是回忆。因此,最终需探讨的除了它们的**意义**,还有它们的**本质**:您看,尤其是对于于迪迈斯尼尔那三棵树。

2) 在记忆之物这个大类内部,还需做二次划分:将它们分为两类,第一类物体的原始活力不会同时在阐释层面指出其过往等同物以及与该物相结合的记忆景观的特性(例如小玛德莱娜蛋糕),另一类物体则立刻为这旧时的景观打开入口,唯独不清楚的是代表它们的字眼在不同时间段里的主要语源性质(例如《重现的时光》中所有再现的回忆)。在后一种情况中,我们只需探索回忆里印象涌动的(时空)**坐标**。那么,不再是将它们"释放"的问题,恰恰相反,而是要将它们与某个明确的根源"再次连接"。关于这一点,详见 G·热奈特,《辞格三集》,第55 页及下一页。

3) 此外,无论哪种分类,意义的诠释都在两个层面进行,或者不如说,它随着能指本身的二元性展开。事实上,能指既是**对象**,也是对象产生的**欣快现象**。该欣快现象未被解释说明,进而也无法解读出(记忆里或其他的)所指:有时候,这些所指甚至会露出不快的标记(例如停在树林里的火车,以及餐盘里的小勺子),这就使欣快感更难以理解了。因此,对它的诠释就被搁置,只能在全书的末章进行:这种欣快感的所指,即感受到的某个独特且超越时间的精华的存在,或者更不如说是个行为,即这种独特性在解读过程中的发挥行为。

易变的混合情况中，都会用到隐喻与换喻这两种手法①。

在使用隐喻手法展开一个印象的同时必然用到换喻手法，那是因为能指物从来不可能一次性，或一下子就引出其想象的等同物。它在一系列打磨或"平庸描写"中释放该等同物，而这一连串的描写能够变换或创建它的相似模型。例如英国山楂花必须多看几次，并在想象中被置于不同的语域(宗教:圣母祭坛;烹饪:草莓,奶油干酪;色情:穿着节日服装的农妇)从而使如肌肉组织般遍布它们盛开过程的隐喻("在我内心深处模仿开花的情形")析出它们的精华:欢庆意向。至于马丹维尔的钟楼，变化则更明显，因为时间和空间都发生了变化(在一次散步中看到它们，六七个连续的瞬间，从不同角度观察)，对它们的定义也发生了变化(它们成了飞鸟、金轴、花朵、被抛弃的姑娘)。凡德伊的小乐句只有通过六次演奏才表达出其全部意义，我们在上文已分析了这六次演奏及其上下连贯性。无论哪种情况，使用隐喻探索最终使物体多次浮现，使地点发生变化，开启了一条五花八门的联想链，或者，还是像在马丹维尔那样，提笔记述了关于这场探索本身的发展、始末。渐渐地，它构建了一幅特殊景观，展开了一场叙述，打开了一项系列建筑工程的空间:漫长的换喻旅程最终到达隐喻。

反过来，对于记忆对象，我们可以思考邻近关系的确切性

------

① 这是 G·热奈特在研究**换喻**时所得出的结论。我们在此以另一个略有不同的视角看这个观点:因为这不再是对文本的分析，而是对诠释的诠释。

质,这种关系似乎一开始就将该对象与所有忆起的事物系在一起。我们在上文已经看到,普鲁斯特的神话尝试以多种方式,借助某些内部互相关联的画面,超越或消除这种任意性。也许,在此过程中,普氏神话如实反映了其实际运作并对症下药。也许,记忆表现出来的换喻倾向隐藏了某些东西,例如冲动,或是原始的隐喻组织。记忆对象实际上不就是从几个专有品质出发在记忆的无限开口里挑出某些均匀却不显露的空间,或者某些具体系列,某些范例模型吗?以小玛德莱娜这神圣却带有欲力的物体为对象,通过相似性,要使贡布雷的所有景观在其美味、口腔活动、味觉与母亲的相关之处、宗教般的宁静感以及被普鲁斯特称作"有小颗粒"和"虔诚"的特点里涌现出来,是可以做到的。也许弯腰系鞋带这个动作也是由于某种突如其来的、注入身体的相似性,浓缩了回忆里外婆的精华:出于一片热忱(满怀关爱,一再放弃自我,甚至因此而没了地位),面对她爱得过于浓烈的孩子,她的一生不就是一个*弯成弧形*的存在吗①。还有一个例子,说明同样的问题:盖尔芒特家或圣马可那里不规则铺在地面上的石头,与这种不规则性相关联的,不正是一种范围更广的,即威尼斯的不规则性,以及那里的水陆分布的模糊性,还有这座城市里狭窄水渠与宽阔广场的鲜明对比吗? 还可能,在另一个

①　说到这个动作,我们正好借机提下*抹大拉的玛利亚情结*(complexe de Marie-Madeleine)(她出于"永恒的崇拜"为耶稣洗脚):菲利普·勒热纳(前揭)首次提出并描绘了这种情结,将这位神话人物与小玛德莱娜蛋糕的模样联系在一起。

层面上,这种不规则性与时间差挂钩,因为时间在印象—回忆里运动,而不规则铺砌的地面呈现出一道道裂口,在自身复制了一种隔而不隔的基本结构。脚在铺路石上的磕绊从体感层面,象征性地,重现了所有在当前与侵袭而来的全新过去之间的晃荡体验,它们在《追忆》中频频出现,令人眩晕,甚至痛苦。与其他印象—回忆不同,这种体验(原因之一,是它开启了最终真谛的篇章)最大的特点在于只有它才能同时在躯体、地方、时间这三大普式真实生活领域内记下动作,或者更不如说刻下产生所有意指关系的暗码,即差异。

此外,我们记得,这种刻录先前早已发生在另一种在普鲁斯特笔下非常重要的物体上,尽管更加谨慎,但十分明确,直截了当。事实上,圣马可或盖尔芒特公馆里不规则的铺地石正好呼应了贡布雷的圣伊莱尔教堂难以看清的地面,神甫在那一长段滑稽的言论中还表达了对这种不清楚的不满。让我们再来听听这段嘲讽式却如预言般与后文巧妙呼应的话:

> 那些窗子照不进阳光,还会用一种我也无法确定的颜色的反光使你看走眼,保留那些窗子难道是明智之举?而在教堂里,没有两块石板高低一样,但有人却不同意给我换掉,借口说这是贡布雷历代修道院院长和盖尔芒特的爵爷们即以前那些布拉邦特伯爵的坟墓①。

---

① 《斯万》,第一部,第 103 页。

第一次险些跌倒的地方，也是排着坟墓、葬着祖先的地方，并且还是整个盖尔芒特家族消亡与扎根的地方（我们看到了它所具有的欲望，它的性感威力）。普鲁斯特在前文还描写了这些墓石缓慢的变形，历经时间，从量变到质变：变得柔软，仿佛"它们方正的边缘上正流出蜂蜜般的液体"，这边缘如水般冒出来，如此性感、如此诱人地"流动"着，在它们身上冲出过去留下的痕迹。时而胀开，时而回缩，"简短的拉丁铭文缩在一起，使这些字母的排列显得更加随意，一个词的两个字母靠得过近，而其他字母的间距则被拉得过大①"。这里的想象不再是纵向展开，而是在地面的石头上横向展开，这里的地面也是一篇文字，既可读又可食用，总之，是一块可以被吸收的土地，一个自带差异的过程，期间遵循万能的分隔原则，大量字母自由组合，不受束缚，构成一个个*词句*。这种与个人如此紧密相关的主题结合——流淌在石头里蕴意丰富的时间，被葬在这块石头下的盖尔芒特的族人，奠基地，不规则性，这块地的双重差异——用遥远的记忆支撑起在巴黎的最终感悟：这番感悟正好发生在盖尔芒特公馆的院子里，这应该也不是巧合②。

---

① 《斯万》，第一部，第 59 页。

② 如果说这些墓石对精神有如此强大的影响力，那不仅是因为刻在它们上面的铭文、那些想象或渴望盖住的*名字*（"这些是博絮哀[Bossuet]、拉辛、莫里哀[Molière]、阿尔诺[Arnaud]的坟墓"……"*我想看到个人，看到名字*"……），还因为它们也是并早就是，或者说更是，*思想的墓石*。在一篇近期出版的摘录（《普鲁斯特研究》[*Études proustiennes*]，第六卷，第 307—308 页）中，普鲁斯特提到这些"墓石……它们在我们的教堂里，是*有人性的铺砌面，会思考，近乎*（转下页注）

然而,还能进一步分析以便说明或促进最终感悟这一"奇迹"的产生吗? 事实上,我们在分析中看到,从这个**不规则地面**系列的各种出现形式(圣伊莱尔、圣马可、盖尔芒特公馆)中可以总结出三个基本特征。

　　首先,是不规则的状况,它总是令人感到缺少支撑,顶多像"小小的痛苦"那般轻轻降落在**教堂**的铺砌地面上(盖尔芒特公馆,那是一个世俗化的教堂,同时具有美感和社交气息①)。我们记得,普鲁斯特在《重现的时光》的尾声向我们展示了教堂建筑,作为该书,他的书,这本我们正在阅读的书的主要象征形象之一(其他形象例如前文分析过的弗朗索瓦丝的**裙衫**和**牛肉类**

(接上页注)虚幻……"。随着墓石本身融化并变软,"**思想冷却**",硬化。这就是一个物质特性易位的例子,我们在上文已经研究了这种现象的机理。再来说这种"在思想上缓慢的散步",既然思想已被实体化,这种散步便能轻而易举地推动之后所有的奇遇,所有精神上的**感官奇遇**。

　　① 盖尔芒特公馆的神圣特质在马塞尔第一次进入这个地方时,以非常古怪的方式表现出来。在所有介绍之前,他要求去观赏埃尔斯蒂尔的画作,先是由公爵带路,随后独自一人,长时间地,在埃尔斯蒂尔画作收藏室里驻足。入教般的一个情节,同时伴有具有仪式感、如梦游般、抹去周遭、忘却时间流逝的赏画经历。这些画作完全等同于圣伊莱尔的玻璃窗或挂毯上的图案,以及游历圣马可时见到的威尼斯艺术大作(卡尔帕乔的装饰画或普通画作,此外,这位画家也是埃尔斯蒂尔的人物原型之一),是它们的现代版。(马塞尔在这些大作前也独自一人,久久沉思)。收藏室的这些画作使这一刻(停止的一分钟)与神话具体而真实地结合在一起:它们展现了一些有神话色彩的人物、缪斯(Muse),以及,非常奇怪地,一个"背上驮着一位疲惫不堪的诗人的肯陶洛斯(centaure,希腊神话中半人半马的怪物,上半身是人的躯干,包括手和头,下半身则是马身,包括躯干和四肢。——译注)"。就这样,根源清晰可见,并离我们越来越远(该距离受盖尔芒特公馆内所有对圣西蒙回忆的影响)。而幻灯的隐喻则再一次地"给这阵沉思带来启发"。

菜肴)。至于圣马可,它在想象中如同精装书的,或者不如说是
《圣经》般神圣却唯一没被撰写的"巨型威尼斯福音书①"的书
壳:正如拉斯金所写道,后由普鲁斯特译成法语,在前者眼里,它
是一部**圣殿书**。这些教堂,或者院子/教堂,或者院子/书卷/教
堂里的地面石块高低不平、不规则的铺砌将小说的一个初始地
点(贡布雷)与其终章联系在了一起,却以另一种类似的方式(到
盖尔芒特家做客)——依旧是以源头开裂、或者说错开,从源头
缓缓坠落、原始的孔洞为动机——将时间与写作两大基本主题
紧密连接。如此看来,这种动机同时也具有生产性:在"故事"层
面,它生成了一种与时间(从贡布雷最早的修道院院长,圣马可
的艺术家,一直到圣伊莱尔的神甫以及盖尔芒特公馆的居住者)
相隔/相连的写作;在"叙述"层面,它酿出了一种写作时间,即普
鲁斯特的小说写作,这部小说本身就是从贡布雷发展至圣马可
以及盖尔芒特家的院子,其写作在这些地方萌芽并初具轮廓,明
确展开,发生嵌套,回到起点,或者回到已经开始的开始,回到不
再是源头的源头(圣马可,本就是另一个时空的贡布雷),而这一
系列动作都是通过塑造意有所指的不规则性实现的……

　　其次突出的是不规则动机与**诞生**(出生—死亡,或者死亡—
出生;宗教方面:重生)的主题及幻想的关系。在圣马可,主人公
其实是在**洗礼堂**发现不规则的铺砌面。施洗约翰在约旦河
(Jourdain)给耶稣进行洗礼,在这里,墙上的镶嵌画描绘了这一场

---

① 《逃亡》,第三部,第646页。

238

景,因而马塞尔的幻想明显与耶稣受洗的主题相关联;此外,它还与威尼斯四周包围陆地的水域贯通(圣马可是"一趟海上春水之旅的终点①";一艘贡多拉在门口,在圣马可小广场[Piazzetta]前等着马塞尔)相关,特别还与永远活在主人公世界里的母亲的在场相关,这是一位为马塞尔(他幻想自己像耶稣那样接受洗礼)带来安全感的、虔诚的母亲(最后,她终于融入到镶嵌画里,定住不动)。在此地感受到的轻轻降落/小小痛苦便也如同一种诞生,摆脱根源,从海里、水中诞生生命:初次涌现/断裂(我们知道,这能通过阉割方面的用语加以说明)的写照或重复(记录在艺术与宗教这两大悦人的表达形式里)②。所以说,这种轻微感受标志

---

① 《逃亡》,第三部,第646页。

② 一段有巨大情感共鸣的评语肯定了这部分的解读。"看到我还要在这些描绘了耶稣洗礼的镶嵌画前长时间驻足,我的母亲,在感到洗礼盆里冰冷的凉意后,给我肩上搭了一块披肩。"既可以是洗礼水的凉意/倾泻,亦可以看得更远,或更深入,即出生时的凉意/倾泻。我们知道,普鲁斯特几近神经质般地执着于空气、气流。记得另一座教堂的楼顶,贡布雷的圣伊莱尔教堂,也吹着可怕的冷风("有些人说,在上面浑身冷,就像死了那样",神甫如此措辞),我们知道那是在影射圣马可教堂。要登顶钟楼的人们经过在黑暗中漫长的攀爬——这一过程的若干细节还能令人想到生命降临前的分娩过程——,到了空气流通的楼顶,接受这冷风猛烈的吹袭。("即使您身体强壮,走上去也有点吃力,更何况上去时要弯着腰,以免撞破脑袋,还要用衣袖把楼梯上的蜘蛛网拨开",《普鲁斯特手册》第六卷,第324页[根据原文参考,该部分引用出自《在斯万家这边》,第一部,第108页。——译注])

从这个角度来看,母亲施予的披肩具有某种古老的意义:它如同一种新型包裹物,带着母爱的关怀,盖住以修复洗礼、出生时的创伤。这张披肩也可被归入普鲁斯特的外套主题集(或许也与拉斯金在《亚眠的圣经》中长篇谈论的圣马丁[Saint Martin]神话相关)。(详见上文第57—58页,注释4)

(转下页注)

（接上页注）

对于这类描写，我们还应该再次考虑在整部《追忆》中所有与凉爽有关的事物的价值和（正反双重）影响力。凉爽已经与风、与食物相关联。在《重现的时光》里，有两次重要的感悟都产生于凉爽与炎热相交带来的欣快感中，这并非偶然。在威尼斯"疗伤"时，"**美妙凉爽的影子**"将其迷人之处（比"冰冷的凉意"温和）与"**白天的盛大热浪**"（《普鲁斯特手册》第六卷，第 129 页）的迷人之处结合在一起。在火车停在郊外的那个片段里，在"扬起的尘土"、"滚滚热浪"中升起了"**渴得想喝冰啤酒**"的感觉，而那"**短暂的微风**"（再次出现我们的风主题）使四处飘散的芬芳"在田野和天空吐出的热气里波动起伏"（出处同上，第 131 页）。在此，气流与非气流（**短暂的微风**），阴暗与光亮，热与冷，这一切构成并合成了它们各自的欣快感。可以说，只有通过酷热的凉爽、明亮的阴影、悬停的风吹等矛盾组合，对根源、诞生范畴的想象才得以展开。

圣马可里洗礼仪式的装饰画也引发了我们对圣约翰这一人物角色的思考。他出现在起源（不仅是生命的起源，也暗指了写作的起源：因为镶嵌画上都配有铭文、预言书，这幅画就像被装在经匣里）的这一幕中，起了父辈角色的作用，我们知道，这类角色在《追忆》中的出现不及母辈角色频繁（在普鲁斯特的世界里，母亲的角色尤为重要，甚至占据压倒性的位置；她是一切法则的制定者；在威尼斯也是，他无法真正离开她……），的确，但它散落在多个人物身上。所有这些人物都通过某种方式与整部小说探索的写作的可能性、艺术"使命"相关联：斯万，当然还有贝戈特，也别忘了英国山楂树前的外公、在蒙茹万的佩尔斯皮埃大夫，甚至还有诺普瓦、故作风雅的勒格朗丹（Legrandin）等。圣约翰，镶嵌画里的人物，面对无处不在的母亲，他是他们中的一员，代表了神圣写作和圣洗仪式。

我们还可以认为，圣马可这一幕里还包含了另一位父亲，尽管看不见，但却比小说中所有有名有姓的艺术启蒙者更重要。他就是拉斯金，将普鲁斯特带到圣马可的引导者，也是首位洗礼堂镶嵌画的评论家。普鲁斯特在《亚眠的圣经》的一条译注中说道，"圣马可的洗礼堂那令人着迷的凉爽感在威尼斯灼热的午后是何等舒适，这洗礼堂别具一格，像是圣拉斯金的至圣之所"（第 306 页）。这个神圣的地方，混合了前文分析过的凉爽—酷热，并且，在拉斯金的庇护下，全然成为充满诞生幻景的场所。普鲁斯特在后面写道（第 307 页），"在圣马可的洗礼堂内，如同帕多瓦（Padoue）的阿雷纳礼拜堂（Arena）以及维罗纳（Vérone）教堂西面的门廊，令人想到以赛亚（Isaïe）预言，即：必有童女怀孕生子，人要称他的名为以马内利（*Ecce virgo concipiet et pariet filium et vocabitur nomen ejus Emmanuel*）（转下页注）

了所有后来对重生的遐想(精神、记忆、文学的重生:在盖尔芒特公馆内),并且,只需再次经历或者根据身体记忆模拟这种感觉就能使死亡显得微不足道。它就是为了重生而赴死的感觉,或者,更准确地说,死亡到出生的感觉,即死—生;或者反过来,内容不变,生—死。总之就是死亡—诞生,宣布生死的消息,或者说"福音"自然而然地与书籍的动机相接,那是一本已经撰写或亟待撰写的书:圣马可是发生轻轻降落并饰有洗礼壁画的地方,据我们所知,它同时也是重要的艺术与铭文的考察地,"威尼斯的巨型福音书",我们看到思绪是如何沿着小说——在这里仍属未来的小说、*诞生万物之书*——的思路或照其形象从这座教堂出发,最终捏出《追忆》的轮廓,而撰写《追忆》的计划则是在盖尔芒特家做客、对那些粗糙的铺路石看得出神之后就确定的。文学与时间就是这样,以另一种方式,展现出两者间的深层联系,在彼此身上进行无意识的嫁接。

此外,对于这个令人浮想联翩的布置,我们还能在《重现的时光》之感悟系列里的一个阐释片段里发现它的主要特点。当时,马塞尔正在聆听"水管子发出刺耳的声响,这种声音与夏夜有时从巴尔贝克附近海面传来的游船的长鸣声完全一样"。这种鸣叫声既表示了时间连续性的中断,也象征着遥远的、诱人的

(接上页注)(以马内利 Emmanuel,即耶稣,为宗教术语,意思是神与我们同在。——译注)"。洗礼、预言、诞生的动机就此连在一起,构成某种时间环,无法想象其起点与终点。而普鲁斯特的小说本身的始末发展难道与此不同吗?

外部世界的呼唤，像是一阵焦虑，一丝未道明的威胁，记忆在这声音的启发下，回到某个夏日的傍晚时分，巴尔贝克大旅馆餐厅的布置上：

> ……那时，一张张餐桌都已全部铺上了桌布，摆上了银餐具，宽阔的玻璃门窗朝海堤大大敞开着，没有一点间隔，只有一大片"完全敞亮"的玻璃或石头，太阳正缓缓沉落海上，游船开始鸣叫，我只要迈过比脚踝稍高的木门槛便能同在大堤上散步的阿尔贝蒂娜和她的女友们相聚，为了旅馆通风，所有的窗玻璃全都一块并一块地滑动到门框的连结处①。

很明显，这想要**外出**的渴望，在普鲁斯特笔总是那么强烈，却近乎不可能实现。包裹在外的保护层消失；由于玻璃窗相继滑动并自动重叠(我们注意到普鲁斯特对这一点的强调，这无疑是个重要细节)，看不出任何缺口，它们如同消失了，露出或者说恢复空荡荡的一片；没有任何"实心块儿"阻挡出去的动作，若要说有，那就是这道比脚踝稍高的"木门槛"，这是个别有含义的障碍物。那么，我们再次看到空间上不规则、高低不等的动机，需要(全然想象地)活动肌肉，迈出一**步**，甚至一记跳跃。这道考验是个至关重要的步骤(它在文中与界限的体验明确相关)，但叙述

---

① 《重现》，第三部，第874页。

者并不会经历它,也不会真的遇到它:从文章中我们可以看出,要走出去,要生出什么,要感受那欲望并在海堤上见到阿尔贝蒂娜,就必须**下定决心**抬起脚,跨过门阑,付诸行动,总之,要对付这起点的不平等性。然而,与此同时,面对这海堤——经与幻想中的身影并存的(记忆中的)事后经验结论得出——马塞尔知道阿尔贝蒂娜并不在那里,她已经从那里消失,永远不会回来,不会出现在这海堤上。之所以这么说,原因在于下一句否定的话,普鲁斯特写道"曾经与阿尔贝蒂娜欢爱的痛苦回忆并不搀杂到这感觉中去"。与世界产生千丝万缕的联系,渴望它,发现它,或者只需一条在源头的小裂缝,就能在世界里找到自我的诞生,也许正因如此,普鲁斯特才只会去听那刚出现的,或再次从世界的缺口、大裂口、消亡之口发出的鸣叫声("游船开始在海上鸣叫")。又是消亡,又是唯有写作这种"小小的痛苦"在各种突变中,在其连续不断且周而复始的差异中才能延长并挽救的消亡。

最后,在前文所引用的段落里,以及其他一些重要的阐释片段中,存在着某种联系,即站在高低不平的地面上的体验与发现**光亮**并对之探索之间的联系:这是一种偶尔会相当强烈、或者古怪的光亮,使眼前一片模糊,甚至阻挡目光的注视。例如在圣伊莱尔,在提及教堂地面高低不平的危险特征前,神甫先说了教堂的另一个缺点,即教堂里的窗户"用一种我也无法确定颜色的反光"使人看走眼。在圣马可,不规则铺砌的地面泛起了蓝光,令人炫目。而早期的一篇文章更直接地将两种动机联系在一起:"圣马可洗礼堂里的……**这种不规则性**,是我们之前没想到的,它使我们看不见落在彩绘玻璃窗上的阳光①。"那么，对应、回应一开始那轻轻的降落便是一阵微微的失明；并且，我们在阅读过程中会注意到，普鲁斯特在这里的措辞——aveugle 这一修饰词，既形容了耀眼的客体(即阳光，成为某种"盲点"，强光照射的区域，欢乐之源，而这种欢乐太过剧烈以至于无法被真正感知或识别)，也形容了失明的主体——具有模糊性。从而有了光照失明：马塞尔受到这太阳光的侵袭，头晕眼花，如受目刑②，他成了在科罗诺斯(Colone)的俄狄浦斯，真理或永恒的新任预言者③。因为从这之后，看见不再用看的了④。经过先前的多番分析证

---

① M·巴代什引述，前揭，第一卷，第 171 页。

② 这道耀眼的光芒所具有的二重特点(享乐/受罚)更明显地出现在《斯万》里的一个过去状态中(《普鲁斯特手册》第六卷，第 322 页)。彩绘玻璃窗上的红光被神甫与大革命受害者撒下的热血的颜色相比，此外，还有更重要的联系，与"这些味道不错的鸭子的血色"相比，"弗朗索瓦丝深知如何消磨它们生命最后的时刻"。那么，我们在此看到了所有挥之不去的家内施虐主题(围绕母辈人物形象展开)，如同具有基本模型，加入了宰杀鸡鸭的动机元素。另一个含义深刻的联系：这些血色反光来自画有恶人吉尔贝——盖尔芒特家族先人(见本书附录)——的彩绘玻璃窗；因此，它们也与残酷及根源的双重主题结合在一起。

③ 俄狄浦斯与盲人预言家忒瑞希阿斯争吵，后者指称俄狄浦斯是杀父凶手，俄狄浦斯怒骂其不仅瞎了眼，连耳朵和脑袋也瞎了。预言家反讥他睁着眼却看不见自己的罪孽。当俄狄浦斯明白自己杀父以及乱伦的真相后，悔恨不已并猛戳双目。晚年，年迈的俄狄浦斯在阿波罗的预言下，带着女儿安提戈涅流亡到雅典附近的科罗诺斯，并在此安息。古希腊悲剧作家索福克勒斯曾著有作品《俄狄浦斯在科罗诺斯》(前 401 年)。——译注

④ 对于这个发现，拉斯金，又是他，完全可能扮演了中间人的角色。我们就光简单地转一条普鲁斯特在翻译《亚眠的圣经》时的译注(第 306—307 页)：
"他本人在'挽歌'一章里动情地说道，引自上文：'让我们去另一座教堂吧，一座更加昏暗的教堂。更加昏暗，非常昏暗；在我的老眼看来几乎一片模糊[……]。'然而，我们还是得试着看清楚这双'老眼'究竟看到了什么(转下页注)

实,我们已经充分了解日照在普鲁斯特世界里的感性和欲力价值(该价值应该是与男性、父辈的行为挂钩)。现在对亮光与本质之间、光线辐射与真实显现事物之间频繁出现的均匀性也有所了解。因此,将照明过度、外溢侧流的光线与另一个重要的启示动机直接连在一起是有必要的:一块原始的幻想之地上的各种不等,或者说陷阱。粗糙的铺砌地面、墓、诞生、显著差别、光之福音等:总之,探讨隐藏在这些各式各样的、神经元般的普式动机之间的关系有助于我们的研究。

其实,另一个例子更能展现记忆深处潜在的隐喻倾向:那就是继高低不平的铺砌地面不久之后出现的摊开的餐布,摊开的动作延伸到孔雀开屏时尾羽的样子,后者本身也象征了巴尔贝克海水隆起的样子①。就如之前小勺子打在餐盘上发出的声音将这共鸣的清脆精华置入森林景观中,而后者在现实中早就被

(接上页注)而将自己终日关在这既明亮又阴暗的洗礼堂里。对于这双眼睛,可以像他说特纳(Turner,威廉·特纳[1775—1851],英国风景画家,雕塑家。——译注)的眼睛说的那样:'尽管他的双眼已经永远闭上,但正是这双眼睛,使那些还没出生的后代看到了未来的缤纷五彩'。"

① 我们需注意到,该启发形式与不规则铺路石的启发形式并非毫无关联,两者在文中也相隔不远。我们在前文中已经指出(第143页)高低不平的地面和孔雀开屏同时出现在同一景观里的情况。我们还知道,这些孔雀的尾羽上有一种色彩结构(双色,接着多色),令人由它们联想到教堂的一道光线(圣伊莱尔教堂的彩绘玻璃窗,与一幅镶嵌画非常相像,《斯万》,第一部,第60页)。

至于在威尼斯受到的光之启发,早期的一个版本(《普鲁斯特研究》,第六卷,第129页)赋予它类似亢奋/翻腾的表现,而那正是巴尔贝克大海的表现。当时,在威尼斯,说的是一种"炎热",它拥有"向外延伸之力"、"一根笔直的、逐渐变宽的、在阳光下闪烁的、吸引我的、像个圆球一样晃动的银柱"……由此可见,挺立/展开/变圆的外形在这两个关键景观的构造里有着深远的意义。

残忍地剥夺了这种共振的凉爽感;还有后来出现的《弃儿弗朗索瓦》的题目向贡布雷的景观投去,用普鲁斯特的话说,"小说的精华",变得活跃且富有成效的精华,在这本书的影响下,这处景观会成为一部真小说的、这部我们正在阅读的小说的虚构题材;还有那块餐布,"它在每一个角、每一条褶口上像孔雀尾巴般地展开大海洋绿莹莹、蓝莹莹的羽翎"。普鲁斯特继续写道:"我不只感到这种色泽上的享受,而是享有我生命的整整一个瞬间,它无疑曾是对那些色泽的向往,将它们激起,也许是某种倦怠或忧伤的感觉妨碍了我在巴尔贝克就享受它们。而现在,它已摆脱外界感知中的不足,纯净飘逸而无物质之累赘,使我的内心充满喜悦。"就像刚才说的差异动机,铺展的动作通常都会发生鼓胀并着上颜色,不乏性感(普鲁斯特在上一句提到碧海蓝天,高高地鼓起"像一个个蔚蓝色的乳房"),它在这里控制了记忆的所有层面:引起回忆之物(上了浆的餐布)的外形,回忆对象(大海、孔雀、乳房)的(直观或隐喻)品质,回忆者的整体感情(欲望的升起,喜悦的膨胀),一直到想象中从回忆到情景再现的变化运动。通过换喻与隐喻的结合,仅一个感性动机——由于它象征了意指关系中最重要的一个方面,因此极为特殊——就统治了阐述的方方面面,并使意义以各种姿态呈现①。

---

① 我们最后举一个例子,它值得一提,因为它具有相反的价值,并且似乎反对所有隐喻关系:那是巴黎的热水汀,它能够引起对东锡埃尔的回忆。它与它所招引出来的记忆之间看不出有任何联系,甚至还明显缺了某种关系,却明确存在着某种本质混杂:

（转下页注）

　　从早上起已点燃新的热水汀。**这设备响声难听,不时发出打嗝般的声音,跟我对东锡埃尔的回忆毫不相干。但是,**这声音如在今天下午长时间跟这些回忆在我心中相聚,就会在两者之间产生一种亲和力,如同我每当(有些)听不惯这种声音时,就会再次听到暖气设备的声音,并使我想起这些回忆(《索蛾》,第二部,第 347 页)。

　　似乎只有**相邻相近**才能产生这里的**亲和力**。没有任何想象力介入,我们也几乎看不出隐喻是如何发挥影响力的。由此就有了前后不一致的绝妙效果(不悦的唤来悦人的,当下断断续续的打嗝声引来过去连续的印象)。然而,若是再仔细看下这段文字和它的上下文,也许我们就能得出些不太一样的结论。

　　首先,我们会注意到这嗝儿的(欲力与形式的)动机性:它与另一种声音极为相似,即后来水管里发出的噪音,同样具有追忆的功能(《重现》,第三部,第 878页)。它能令人吃惊甚至带来冲击,且无规则可循。嘴部抽搐一下,却毫无疑问地,联系到整一套身体(及其神经症状:咳嗽、哮喘)的幻想。

　　接着,我们会发现被暖气设备的声音托起的回忆实际上同时发生在两个层面,不同的时间。它的确是回忆里的回忆;那是在巴黎的某个冬日,那天,叙述者**正在追溯对东锡埃尔的回忆。**当时,一场薄雾使得叙述者陷入回想,这片薄雾与我们上文所见到的将整片诺曼底景观统一起来的薄雾十分相似。于是,同一能指物(雾)将当时与从前连在了一起,同时(通过"雾蒙蒙"的蔓延)吸引了这段从前所有的所指内容。因此,在第一层面,回忆看上去完全是被激发出来的。

　　而另一层面,即巴黎的冬日,那时的回忆与热水汀的能指噪音相联系,这也是受外力推动了吗? 在这里,环境背景再次暗示了一些强劲的结合。热水汀(calorifère)承载着热量(我们不谈谈其他暖气设备?),有内部热量的义素,从而作为反向的等同物,回应了清冷的外界薄雾这一主题(所指主题,非能指主题),我们在上文已看到从这个主题还原的东锡埃尔全景。在眼下这幅场景中,它直接与火、炉边、窗外的主题集会合,这些主题构成了诺曼底片段主要的描写结构之一。

　　那么,东锡埃尔与热水汀之间的关系是根据主题联系建立的。然而,小说忽略,或者说掩盖了这一关系,因为它更看中不协调、前后不一致的效果,即最终的"奇迹"。因为能指关联在此能够通过两个方面发挥价值:或是体现在其玄奥、不可思议、"与身俱来"的奇迹里(我们会着重指出能指与所指的异质性),或是体现在其强制力上,它使生活变得统一、稳固:前文分析过的动机形象将被一一建立。事实上,若非必须,没什么比意外更能激动人心。

247

第三部分

形　　式

I

姿　态

　　先前的章节只展现了普鲁斯特笔下物体的两个构成方面:实体感染力与意义指向力。但在本章里,我们的研究不会以硬稠度为唯一要素或仅是服务于意义而展开:涉及到的东西也有形式,多种多样,一个挨着(罩着)一个,构成某种特殊的空间。如此相邻,那就得考虑物体的**姿态**,我的意思是其断裂或紧密相连、统一或分门别类的固有状态。普鲁斯特笔下之物是在合成组织的模式下构造出来的吗? 或者,相反地,在断裂、散乱、破碎的模式下诞生? 是否还存在一片普式景观,或者数不清的、变化无穷的、难以重新黏合的景观碎片? 普鲁斯特的感知是受某个相容的愿望,还是相反地,受某个混乱、解散的欲望支配? 要回答这些问题,就得忘记普鲁斯特于之的答案(它们可能会使我们判断错误);还要忘记批评界的各种立场(例如普莱、皮贡①、鲁赛特②、热奈特、德勒兹等批评大手笔,相较作品里展现的、虚构的感性世界,这些批评谈论更多的是作品本身):我们尽可能靠近,以最实际的方式去观察这些事物,以及这片景观。

解　散

当然,对于毫无经验的读者来说,从一开始就给他留下深刻印象的便是景观的分解。一读普鲁斯特,我们就会立刻感到人物以及感觉的特征多样性、易变性、不稳定性,并会发觉将它们在空间上分开的间隙、洞孔的重要性。从某种意义上来说,如此间断性还能与前两章提出的问题联系在一起:因为如同阐明意义,得出真谛的同时也可能打断这两个解读步骤的目标。我们来看一个例子,摘自《索多姆和蛾摩拉》的一个精彩片段。当时,在巴尔贝克的海滩上,马塞尔正在追求阿尔贝蒂娜,但做法颇具心机,并不直接,假借自己对其女友安德蕾那莫须有的爱意:

　　我突然打住话头,望着一只孤独、匆忙的巨鸟,并指点

---

　　①　盖坦·皮贡(Gaëtan Picon, 1915—1976),法国散文家,艺术批评家。著有《阅读的用途:阅读普鲁斯特》(*L'Usage de la lecture : Lecture de Proust*)等文学批评著作。——译注

　　②　让·鲁赛特(Jean Rousset, 1910—2002),瑞士文学批评家。著有《形式与意义——从高乃依到克洛岱尔的文学结构短评》(*Forme et signification : Essais sur les structures littéraires de Corneille à Claudel*)等批评著作。——译注

阿尔贝蒂娜观看,那只巨鸟在遥远的前方,搏击长空,富有节奏地拍动着两片羽翼,在海滩上方飞速向前。海滩上,光光点点,犹如撕碎的小红纸片,巨鸟没有放慢速度,没有分散注意力,也没有偏离自己的路线,径直飞过海滩,俨然似一位使者,肩负使命,要把一份紧急而又重要的书信送往远方。"它呀,至少是径直飞往目标!"阿尔贝蒂娜一副怪嗔的神态,对我说[1]。

我们并不知道这只大鸟飞向何处,也不知道它要传递什么信息,尽管我们深感其急迫性。我们将它飞行线路(持久、展翅、轻盈,宛若在梦中翱翔)的笔直、单一严谨性,同如血如殇的红光点那惨烈的碎散性对立起来。然而,我们难道没有在别处看到过这类斑迹,作为肉体与物质解放中最令人惬意的一面?在对某个欲望的幻想中,它们换了种形式,变成肢解的噩梦出现在这里,欲望不可动摇,而它们与它再无牵连,甚至相互对立[2]。

---

[1] 《索蛾》,第二部,第830—831页。
[2] 这段话让我们注意到了普鲁斯特笔下存在于**鸟类动机与水**这一普遍主题间的联系。事实上,普鲁斯特笔下的鸟经常在海面或河面上飞行;甚至有些时候能让人想象它们直接从这些地方出来的样子;它们看上去外形轻盈,就像完全摆脱了鱼的束缚(我们已经展现了鱼类动机具有的所有感性内涵)。

这种紧密联系通常表现在背景环境中。例如,在初遇吉尔贝特的片段中,升起的欲望使其他一切变得无足轻重,感觉麻木,而当马塞尔看到被遗忘的、插在池塘水中的钓鱼线时——正好对应了欲流湍急这一令人又爱又惧的主题——(沉睡的池水"被昆虫打扰","也许正梦见想象中的迈尔海峡[Maelström]的海流";"忧心忡忡"的马塞尔面对"即将沉入水中"的软木鱼漂,心想自己是(转下页注)

253

空间上的这些断裂在时间上也有发生。普鲁斯特热衷于滑移、渐变的动作,并十分青睐柔软可塑性,然而,他可曾真正亲眼目睹过某个物体的改变,某个生命的变动?对他来说,世界停止"蹦跳的步伐",透过幻灯看,这步伐不正体现了戈洛那令人不安的前进特征吗?他眼里的万事万物,就如马塞尔母亲眼里的小侄女那样,后者用唇膏涂红了嘴唇:

> ……我母亲在长达三年的时间里,竟然没有发现她的一个侄女涂有唇膏,仿佛这唇膏已溶入水中,使人无法看

(接上页注)否"应该叫人去通知斯万小姐,说鱼已上钩"),一只(也是看不见的)小鸟在片刻间代替了这条没出现的鱼,并"用一声长鸣来探测周围的寂静"(《斯万》,第一部,第137页)。

后来,在一种类似的关系里,马塞尔幻想自己跟奥丽娅娜一起愉快地钓鳟鱼:但是这散步很快结束,天空被分成彩带,只见"一只鸟飞在淡红色带中,将要飞到其边缘,几乎触及黑带,然后飞入其内"。"我刚才要去盖尔芒特家的愿望"——这只鸟是刚才种种愿望的化身——,一时间都被抛开了(《斯万》,第一部,第183页)。

每一名诱人女子的专属神话也展现了鸟与鱼的这种紧密联系。例如,阿尔贝蒂娜的身影总是出现在"波浪的飞溅"上,自然而然地将她的形象与海鸥、翠鸟、天鹅等两栖类联系在一起。但是奥丽娅娜却从女人—鱼变成了女人—鸟;她先是滑入维冯纳河里,不再像个女神,直接从水中出来,而像一只天鹅,叙事者"被摧毁的梦想"将她变成了这只水陆两生的动物(《盖尔芒特》,第二部,第29页);后来,在歌剧院里,她在空空的包厢上方竖起冠毛,撅起喙嘴;最后,她像只孔雀,我们在上文已看到这种鸟展开的彩色尾羽象征了海上最常见的波涛隆起之势。

和鱼相比,鸟无论在其周围还是在其之后出现,都象征了某个被释放的愿望,展示了某个会飞的,一如普鲁斯特所说"径直飞往目标"的冲动标志。它与根源的联系使它能够穿越,或者支配(色带,或反射光斑)所有零散的幻想景观。

到；直至有一天，因唇膏涂得过多或别的什么原因，才出现称之为"过饱和"的现象；以前从未看到的唇膏，这时全部凝聚起来，我母亲看到这突然出现的鲜艳色彩，就像在贡布雷时那样，说真是奇耻大辱，并跟这侄女断绝来往，如同绝交一般①。

我们已经知道饱和与凝聚这两类形态的价值：它们在此用来突出所感知到的变化的断层特点，将这种变化与实际发生却完全看不见的变化的渐进性相对立。因此，连续的东西看起来断断续续：因为在目光的注视下，发生变化的不再是同一事物，而是其他两个事物，它们因超过或不到某个不可约减的差别而被区分开来。此外，非常值得一提的是，该差别还牵涉到所见之物的色彩特征：最初的无色彩（某种无欲性，不明显的性感）忽然有了色彩，我们都知道，这色彩总是极富情色意味的。这是一种强烈的、非常特别的色彩，普鲁斯特说的"鲜艳"色彩，鲜艳在这里有过量以及放荡的双重含义：那么，它必然马上招来斥责。分断线就此划出，也许还会出现在普鲁斯特笔下的其他断层物上，以此来代替对某个欲望的觉察和排斥。

　　对此，我们还要补充下相对原则，它对普鲁斯特的创作思想有一定影响，促使作家描绘一些局部感觉，在一个**杂乱无章、不连贯**（désousu）——这个词常常出现在《追忆》里——的世界里

----

① 《少女》，第一部，第433页。

的见闻。不连贯性自一开始就存在,那些艺术大师的观点也肯定了这一点,并使之流传:主要为解构观点,专用于瓦解典范,消除其他合理化的虚假统一,使创造性解体的猛攻之力遍及所见所闻的所有层面。我们以埃尔斯蒂尔的一幅画为例,在后文被称为"视错觉"的手法在这幅画里极大地扭曲了事物的平常外表,可事实上,各种错觉却是真实且原始的视觉所见:

> 在一个城市的一座座桥下穿过的河流,从这样的角度取景,使河流显得支离破碎,在这里像是湖泊,在那里如同曲线,在别处又被一座山丘拦腰切断[……];而这座动荡的城市的节奏,只是因一座座坚持直立的钟楼而得到保证,这些钟楼并未升高,而是根据重力铅锤摆动来打出节拍,如同凯旋进行曲中那样,仿佛下面悬挂着一幢幢房屋构成的更加模糊不清的整体,这些房屋被薄雾笼罩,层层叠叠地沿着被压断、不连贯的河流排列①。

我们看到,这段话中物体的解散并未真正导致某种不连贯性:更确切地说,它反而使我们看到另一种秩序,一种也许更加原始、比我们对事物的理性感知更早的感性组织,而正是这种有机体使得理性感知得以实现。在这个画面里,竖直方向再次出现、重塑了从双侧被横向毁坏、解构(河流,它的连续性和深度都受到

---

① 《少女》,第一部,第839页。

破坏)甚至拦腰切断(河山同框)的东西。诚然,这里的竖直方向也不完美,也有陷阱:因为它是颠倒的。钟楼通常不会令人联想到上升,而只会想到下降。它们与**重量**联系在一起,并将这种感觉带给观众:这些悬在那根代表性的摆线下的房屋都在诉说这一点。自此,景观的首要且统一价值便体现在这重力摆锤上了:我们能感觉到它的重量,并且有违常理地**看到**这重量(仅是这种粗略的感知有违常理),看到它如同**被锁定的坠落**,仿佛静静地叠在——普鲁斯特说**悬挂**在——千庑万室之上。根据梅洛-庞蒂的评论,塞尚①也是如此作画。这份与以往不同的沉甸甸的重量若是完全渗入形式领域,它并不会在所有地方彰显同样的力量:因此就会产生不均等,从节奏、积极分化构造、某支重力乐曲里总结出的概念,并由此出发,从某个重要的、被遗忘的方面着手,重组整幅景观。

这就是一个几乎可以作为典范的普氏创作过程:它显示了与我们眼见的破碎同时存在的某种联合汇聚、某种统一修复。总之,物体在感知驱动的刺激下,只有**以另一种方式**重新成形才能被表现出来。那么,需要思考的是,这种重整是如何进行的,以什么形式,倾向何种形象? 在忠于景观断裂的真相的同时,普鲁斯特是如何将之重建的?

---

① 保罗·塞尚(Paul Cézanne,1839—1906),法国著名画家,后期印象派的主将,被称为"现代艺术之父"或"现代绘画之父"。代表作有《埃斯泰克的海湾》(*L'Estaque*,*effet du soir*),《玩纸牌者》(*Les Joueurs de cartes*)等。——译注

II

定　焦

汇聚的首个形象可能是：在这个汇集物体的范围内进行类似连接机运作的活动，并且以某种方式，在这汇集场之外、在其之上也发挥作用：该连接机，也可以说是个排列装置。

贡布雷的这个竖直载体是个有说服性的例子：它就是圣伊莱尔钟楼。但其竖直性与上文提到埃尔斯蒂尔画作里竖直方向的价值毫无关联。它不会表现出沉重感，也不会产生节奏；相反地，它显示了某个中心、某个焦点的构建能力。路易·宝雷(Louis Bolle)在其内容丰富的专著①里重点描绘了圣伊莱尔钟楼的这个轴向品质。在整幅贡布雷的景观之中，钟楼像是一个

---

① 《马塞尔·普鲁斯特或阿耳戈斯情结》(*Marcel Proust ou le complexe d'Argus*)，巴黎，格拉塞出版社(Grasset)，1976 年。

通用的参考标识物:"一切仿佛按照钟楼来布局。"它是在正中的关键性建筑,村镇空间、乃至乡村生活都以它为中心落地生根,层层汇聚:

> 从远处朝贡布雷望去[……],只能看到这座市镇的缩影——教堂;教堂代表市镇,谈论市镇,并代表它与远方的人们说话,但你走近一看,只见教堂宛如身披深色大披风的牧羊女,迎风站在田野之中,周围鳞次栉比的灰色房屋,犹如拥挤在牧羊女周围一头头母羊毛密的背部,房屋被中世纪的城墙围住,虽是残垣断壁,但仍构成完美的圆形,同古画中的小城一模一样①。

在此,搭建外包圈作为对聚焦的补充,能够划出一个封闭的理想之境(即属于家庭、记忆、童年的地方)。对于这个理想之境的区域范围,我们注意到,钟楼具有多种作用,既保证了整合的秩序(它是市镇的缩影),又管理了象征标记(它呈现了市镇的一切),还被委以重任(它谈论市镇并代表它与外界说话)。通过将之比作牧羊女(统治、监视、动物编组等角色动机),并且,更进一步地,通过披风这个备受普鲁斯特青睐的外套主题动机,在想象中引发并扩大这些抽象的关联。我们知道,披风在这里同时表现出包裹、隐秘化以及防卫的意义:防护羊群、身体、身体—村镇,

---

① 《斯万》,第一部,第 48 页。

抵御所有来自外界的攻击(风、寒)。钟楼那中枢般关键的品质体现在众多功能上:特别是它很好地兼顾了包笼万物与拔地而起这两个差别甚大的优点,这是矛盾之处,或者是想象力的派对成果①。

---

①　需要通过展示钟楼的排斥、驱赶功能来完整完善此番分析,该功能使它完全接纳贡布雷,却将非贡布雷、或异于此贡布雷的物质远远推开。市镇与其远郊便是沿着两条并不完全叠合的轴线建立联系的:*内部*和*外部*(以城墙为界线),*已知*和*未知*,它们的交界线由每次散步踏出来。景观因此要分成三部分(不算两个"那边"在侧边的分割):*已知的内部*(市镇),*已知的外部*(散步之地),*未知的外部*。用什么来标记这些未知物,这个异地、异族之地、禁忌的外界?通过一些超越认知的感性元素:无限的平坦(梅塞格利兹的平原),无法度量的深度(维冯纳河源头的洞、浑浊的水源,"我过去认为它如*地狱*的入口一般,是地球之外的东西"[《重现》,第三部,第 693 页])。此外,我们还注意到两个*那里*会向*这里*传递信息:平原上的风,在说吉尔贝特,潺潺河水,流动着,不可捉摸,在说奥丽娅娜,带来联翩浮想(例如想要滑在她身上、躺倒在小船里的意愿;或者被抛弃的姑娘这个人物,她在维冯纳河边散步,若有所思)。

　　这两个例子进一步向我们展示了这个外部、这个贡布雷外地的真实本质。它的彼处,也是具有诱惑力、性感、禁忌的地方:刻着各式欲望标记的境地(唐松维尔或盖尔芒特)。欲望从家族、家庭的内部被驱逐出来(或者,只以幼年生活中不完全合法的形式存在于家中:食物,自淫自恋),躲在一个外部,它的呼唤被拦截,桎梏于此。巴代什先生明确指出,这就体现了鲁森维尔村庄的价值,这个村庄的名字让人想到红色雀斑(雀斑的颜色法语为 rousseur,鲁森维尔的法语为 Roussainville。——译注),进而想到吉尔贝特,以及在村里城堡地下感受秘密乐趣的画面。并且,对幻想中的农家少女的欲望也产生于鲁森维尔的树林里。如此欲火燃烧的地方势必要迎来暴风雨的侵袭惩罚,就如普鲁斯特所说,变成另一个圣经里的索多姆城。

　　对欲望的压制使贡布雷披上了一层迷人的外在性:也许也赋予它某种*低等性*,一个地下层,可供勘测。地下食品层:例如在箭鸟客栈(hôtellerie de l'Oiseau flesché),"从客栈地下室的气窗里散发出的厨房的气味,现在有时我还能依稀闻到,仍是热烘烘的"(《斯万》,第一部,第 49 页);或是更混乱、更野蛮的地下性行为层:圣伊莱尔教堂,人们在泰奥多尔及其姐姐的带领下参观地下室(转下页注)

260

那么，我们需要思考的是，这个物体是如何全面又和谐地扮演着联合组织者的角色的。钟楼似乎是因为实现了内部整合才具有统一外部的力量。那么，比如说，它难道没有将时间上延绵、有时极不协调的延伸部分全部纳入自身吗？普鲁斯特想象着它在竖直方向的冲劲与横向缓缓流淌的峥嵘岁月相交而相关；每个百年都在它身上留下一道明显的标记，可能是一个楼层，它的一个建筑层。教堂的各个部位都如此保留着岁月的痕迹，就像储存着过去年代的密码，那么，在此过程中，从时间上来看，竖直性便兼具记忆、提炼以及浮现的价值。并且，如此融合性不仅存在于时间上，也存在于空间上。圣伊莱尔能够将贡布雷的空间全部固定在它周围，那是因为首先，它能赋予其活力，

(接上页注)里墨洛温王朝某个暴虐事件的残迹。

对于这一个个禁忌之欲的形象画面，它们最终落在封闭区域的墙壁上而不是在其外部或下部遭受的结局(接受还是拒绝)也值得一看。例如，幻灯的光(戈洛罪恶地追赶热纳维耶芙·德·布拉邦特—盖尔芒特)溶化了卧室的墙壁，引起观众的恐慌与自责(我们看到，某种意义上，戈洛就是马塞尔；热纳维耶芙·德·布拉邦特就是他母亲)。而相反地，在圣伊莱尔，彩绘玻璃窗或挂毯等壁面装饰直接在墙上融入恋爱关系，使之获得认可并向积极的方向发展：亚哈随鲁(Assuérus)(被描绘成法国国王，玻璃窗上的查理七世)迎娶以斯贴(像盖尔芒特家族的一位夫人)，配着犹太婚姻以及象征权力的标记。此外，该联姻的特点还间接表现在一些性感标志上：唇上淡淡的红色，连衣裙上的黄色，其稠腻、浓厚感；看不见的斜射阳光照在枝条上的金黄色：这一切都在小声呼唤这色彩、光线、味觉里的色情意味，并显得合情合理。

另一个玻璃窗上模糊可见的归和场景：圣伊莱尔主教大人对恶人吉尔贝——盖尔芒特家族的祖先——的赦罪(奇怪的女性打扮，他也穿了一条黄色连衣裙……)。然而，在另一个引发相同联想的版本里，吉尔贝在弑兄后被赶出教堂，并在广场被当众斩首(切除重要器官)(关于这一点请参阅本书附录，"墨洛温王朝之夜")。

使其在它身上直接灵活展现，并无止境地合拢又展开其潜力。例如，您看它，每隔一定的时间就驱逐、"放飞出一群群乌鸦"，它们在天上盘旋，呱呱直叫，切身感受到钟楼释放出来的越扩越广的力量，然后被它的另一个聚集的动作"重新吸引回去"[①]。如此扩张与复原、舒张与收缩的节奏令我们想到空间居所最基础的一种结构：而被普鲁斯特委以此结构的齐整任务的正是圣伊莱尔钟楼。他赋予它融入的才能，从第三个视角施展，这或许是个更加重要的视角，它瞄向别处，或者盼在远方：事实上，钟楼的塔楼展示出了将此处亲熟世界与彼处更高境界相联系的能力。它如本质般存在，于中间，或者用普鲁斯特的措辞更准确地说，"分界共有"，在某种意义上也具有异乡风味，甚至可以说是崇高（升华他物）。它的尖顶指向某个远方，将之在建造它的土地上牢牢扎根。因此，它既是此处的，也是彼处的，既是本地的，也是外地的，是贡布雷的一个普通镇民，但却来自另一个世界：理想的混合体，或者说是日常性与超越性分类轴上完美的调解工具[②]。

———————————

① 《斯万》，第一部，第 63 页。

② 对这种混合性的幻想实际上是围绕分界的概念展开的。界线会以不同的形态呈现：横贯在贡布雷离教堂最近的房屋以及教堂的石头之间：卢瓦佐夫人（Mme Loiseau）红紫色的倒挂金钟（花卉与感性相拥的主题）在教堂的外立面上蔓延，"在花朵和它们倚靠的发黑石墙之间，我的眼睛看不出其中有什么空隙，但我的思想却认为其中存在着一道鸿沟"（《斯万》，第一部，第 63 页）。

界线在此划在侧面，它也可以竖直划界，并插入钟楼耸立的建筑体内。所带来的照明效果与音乐隐喻突显了其他地方，或者如普鲁斯特所说，突显了"更高"的地方：

（转下页注）

圣伊莱尔钟楼的这种融合能力也落在其他一系列俯视下方的物体或地方上:教堂、视野、"星空"等,路易·宝雷深入到位地对其优异之处进行了述评。然而就在贡布雷,另一个建筑物来加倍或者也可能是平衡它们的同化作用:那就是莱奥妮姑妈的房间。因为整个贡布雷都是以某种方式,如同这个房间向外扩展般布局的;时光在它周围跑动;各色人物以它为起点出发,他们的发展轨迹以及关于散步的叙述都是向时光靠拢。在此,整个外部空间都由一个身体极度蜷缩的见证者的目光看管、负责,几乎由他维持稳定(他寸步不离自己的卧室,也不下床:双重对合形象),尽管如此,却还近乎完整地向外投射:莱奥妮总是活在好奇之中,并掌控着镇上所有发生的事情。这种反差从室内布局上就早有体现:窗边卧着一张床。但是莱奥妮的卧室与圣伊莱尔钟楼的区别在于(除了前者还有一双扫遍地方一家宅的目光),前者不具备高高在上的特质:尽管位居中心,但它无法飞到小镇上空去俯瞰众生,自然无法囊括所有空间。莱奥妮从她卧室的窗户里只能望见

(接上页注)

　　……与此同时,她(外婆)对已损坏的古老石面友好地微笑着,此刻夕阳只照亮石面的顶端,这石面从进入光照区域之时起,在日光的照耀下显得柔软,仿佛突然高高升起,又显得遥远,就像一首歌"从头声区"用高八度来演唱那样(《斯万》,第一部,第 64 页)。

　　分裂与半脱离效果,对应"尖顶向上喷射"、顶部"虔诚地弯腰"、"平直的石面";这一切都在外婆(理想化的母亲)的动作中交织混合,而她本人也既近又远,亲切又神圣,全身心投入家庭却又永远地离开。

马路的一角,尽管没有称霸一切的视觉,但她通过使用除此之外其他范畴的手段或工具弥补了视角受限的不足。例如,强大的感应力促使她能够无限延伸得到的任何具体信息。或者建立一个十分活跃的情报网:弗朗索瓦丝、欧拉莉(Eulalie)、泰奥多尔、本堂神甫以及所有家庭成员,他们将所见所闻传递给她,告诉她贡布雷发生的事情。她就此以聊天、闲谈、嚼舌根等多种交接方式代替了视觉的即时占有性。整整一个听觉、听—说的主题合集,使她不仅成为消息融合的中心,也是一个咨询、整理甚至预报的中心。如果说钟楼是个环视全镇的统一者,那她则是一位控制一切、运筹帷幄的统一者⋯⋯

还需补充的是,莱奥妮的卧室还有第三种掌控外部世界的方法,即通过它那无比感性的接纳能力,以它独特的方式去改造、引领被它接纳进来的事物。别忘了,它是一个奇特的气味博物馆,像是举办了一场汇集四面八方嗅觉符号的专题研讨会,这些符号产生于每时每刻、举手投足之间,不分属性,无关优劣,全都来自贡布雷的生活。它们先是保持肉眼无法看见的悬浮点状(如普鲁斯特所说,就像星星点点的原生动物),之后如同果酱的胶冻那般汇聚凝结,互相附着,但此时仍是被动的,随后,如同烤制某个外省蛋糕,它们在它那具有生命般积极膨胀的面团里获得生气。多样的外部世界通过在这气味蛋糕想象出来的实体变化过程(分层、起皱、鼓起:尽管仍是同质物,却变得断断续续,甚至还形成颗粒或块状)停留在房间里,涌向一位贪婪的吃蛋糕的人,并入一所家宅的物理本质。在卧室—蛋糕的聚焦依次发生于幻想的烧制过程的开始与结束,因此也分成两种方式进行。气味蛋糕在房间中央一团炉火燃烧的热量下"获得"生气,开始膨胀,它因而也反映了某种意义上的火势蔓延(味觉—嗅觉蔓延);而一旦它最边缘(橱柜、墙壁、暗角)的价值受到认可或被领略,它便把你拉回它的中心,神秘、诱人的中心,魅力十足以至于征服外界并将其禁锢,这个中心也是莱奥妮姑妈的床榻,普鲁斯特写道:"我来到这里,总是怀有难以启齿的贪婪,不由自主地进入花卉床罩中间,即那股位居正中、淡而无味、难以受用和带着果味的气味之中①。"这个当中之地许是太过诱人,被无意识的欲望冲动(**总是,难以启齿**的贪婪)热切追赶,以至于其感官价值之轴被立刻扭转:可口美味变得淡而无味,它的味道变成了没有味道;吸引人的变成了粘人的,有了黏性,标志着一种束缚性的魅力,预示着一种囚禁般的贴合;而所有本来要合成美食的东西最终都不被接受:摄食的乐趣恐怕要变成消化不良的不适。这一系列颠倒是否因某种防卫导致?我们无法不这么想。因为这张全家焦点的床(如体内胎儿)外面还罩着床罩,其私密性在叙述者眼里大概显得太过强烈,以至于吸引力消退,并转化为反感或眩晕。任何集中化都会有诸如此类的、影响力比多的局限性②。

---

① 《斯万》,第一部,第50页。

② 我们在前不久谈及莱奥妮姑妈的卧室时已经遇到过相同的局限性。在列举了一连串这个地方呈现出的品质后,我们在这里经历了一场相似的翻转,无法用我们所知道的文本逻辑去解释,只能理解为欲望冲动被推倒,并(转下页注)

莱奥妮姑妈的房间就是如此,以最实际的方式,回应圣伊莱尔钟楼。也许在贡布雷,名副其实的中心就是这两个中心的联系以及它们的时空游戏,一个满一个空,一个高耸直立一个蜷缩对合:这种布局使贡布雷成为有趣的双中心空间系列的景观①。莱奥妮按照教堂、其各项仪式、其鸣钟的节奏生活;这种教会时间安排特别规定了她服用药茶和补充胃蛋白酶这些重要事宜的时间;这种时间安排,连同她一起,在一场礼拜日的仪式里达到融合顶点,因为她递来小玛德莱娜蛋糕以及有朝圣意义的芝麻这一动作与分领圣餐面包的行为非常相似。补充说明一下,本

(接上页注)遭到禁止。当时(《斯万》,第一部,第49页),普鲁斯特正提到这些气味"喜爱宁静,这种宁静只会增添不安,并使人感到乏味,却能给并非久留的短暂过客提供诗意的巨大源泉"。这种宁静太过强烈,翻转到了自己的对立面:这个转变太过明显,以至马上被弱化,如同被另一种颠倒逐渐擦去那般,后一种颠倒更能令人感到安然,因为更有思想,更具美感,那就是从乏味无趣之地到振奋人心的诗意间的颠覆性转变。

① 在这里,我们会想到双塔钟楼教堂(贡布雷附近的圣马丁德尚[Saint-Martin-des-Champs]或者《驳圣伯夫》中的沙特尔,圣伊莱尔教堂真正的原型)或者混入第三座钟楼的双钟楼(马丹维尔的两座钟楼,维耶维克钟楼)统治的景观。

然而,一些其他的非视觉物体也包含了这种二元聚焦的元素:例如花园里有来客时发出声响的铃铛(《斯万》,第一部,第14页),它发出"羞怯的、椭圆形且金色的两声丁当声"。这椭圆,这金色,不仅如热奈特(《辞格三集》,第41—42页)所认为的来自铃铛的外表,也来自其响声的结构。椭圆这个形状有两个焦点,通过联觉使铃铛沿该形状发出两下响声。对普鲁斯特来说,这是一个有益的形状,因为它既内敛又外扩("羞怯"与"金色"),与另一个"大量涌出的刺耳的""铁质的、冷冰冰的、响个不停的"铃声相对:后者显示出一个不矜持的、放纵的、偏心的外形。同样的椭圆以其积极意义显示了东锡埃尔"长方形"的山丘,那是那道景观真正的中心。

我们会注意到,在《重现的时光》末尾,花园的铃铛在叙述者的记忆里被再次拉响:它的复现带来双重振铃的效果,如回声般呼应了它在全书开头的出现。

堂神甫经常来拜访莱奥妮,她正是在自己的房间里接待他,当他们说到圣伊莱尔钟楼上能够俯瞰全景的优点时,这次来访就呈现出奇怪的叠印效果。若要愉快地感受贡布雷的景观,这两个物体之间必须保持足够紧密的匹配关系。时空上的任何衔接问题都可能导致开裂,从而毁灭地方的严密整体性。因此,莱奥妮要反复确认刚才看到在窗前经过的古夫夫人(Mme Goupil)望弥撒是否迟到(是否错过重要的**举扬圣体**时刻),她很看重这件事:该迟到是时空上的裂缝,可能会招来各式各样的忧虑。并且,莱奥妮完全无法肯定,对于这个深深缠绕她的问题始终得不到任何确凿的答案。

那么,没什么比在这两个幻想的焦点之间建立连贯联系更能完善一切的办法了。那便是星期天上午(一周里最关键的时刻,这一天连接前后两个星期,这个时刻还连接着另一个双重偏移的支轴性时刻:每周六都提前的午餐时间)所发生的事情,当时马塞尔在卧室(不再是莱奥妮的卧室)的窗边看到钟楼的石板"犹如闪闪发光的黑太阳"。这个地点与时间上的双重中心让他有了对当下所有的感官体验:太阳照在广场上的颜色,市场里的气温和灰尘,母亲去买东西那家商店的帘子投下的阴影,等等。他认为自己"确切地知晓[①]"这一切,知道它们最真实的一面,最微小的细节。而如此透彻的了解是可能的,因为窗口的视角被延伸出去,仿佛通过想象将其替换为教堂的视角。从屋里看世

---

① 《斯万》,第一部,第65页。

界,就像是在钟楼的基层,那不过是钟楼将自身全部的阐述与统治力量赋予了低处注视它的人。后来,在威尼斯的圣马可钟楼前再现了类似的情况,这座钟楼代替了圣伊莱尔,它更为华丽,场面明显更为盛大(天使伸出手指,宣告"那日福音降临"),产生了更理想的效果。但其中的原理机制不变:钟楼将卧室延伸到各地,在其私密性的基础上用高度优势弥补卧室的的不足。

住所偶尔也能不通过这种弥补型调整就直接发挥重整集合与居高望远的双重功能。就像外婆在巴尔贝克旅馆的房间,那是普鲁斯特塑造的最成功、最考究的住所之一:因为它统治了一大片景观,朝向三面。由于这个房间较为复杂,回忆里涉及内容繁多,我们需要整段引用:

> 午饭前,我一直走来走去,从我的房间走到我外婆的房间。她的房间不像我的房间那样直接朝向大海,而是从三个不同的方面采光:一是从海堤,而是从院子,三是从田野那边,里面的陈设也不相同,有几把扶手椅,面料上绣有金银丝图案和粉红色花卉,仿佛散发出沁人的清香,在走进房间时便可闻到。在这个时候,来自朝阳那边的光线,如同其他时间的光线那样,把墙上的各个角落弄得支离破碎,在来自海滩的反光旁边,把色彩缤纷的临时祭坛置于五斗橱上,犹如放上小路上的花卉,而准备再次飞起的一个亮光,其收拢、颤抖和温暖的翅膀,则被悬挂在隔墙之上,这光线如同沐浴一般,把朝着被阳光装饰了葡萄藤般垂花饰的小院的

那扇窗子前的外省地毯上一块正方形晒热,使家具上的装饰更加妩媚、繁丽,仿佛将扶手椅上绣花的真丝面料层层剥落,把这些椅子上的边饰统统取下,我在这房间里走了片刻,然后更衣出去兜风,这房间像棱镜,外面光线的各种颜色在其中分解,像蜂窝,我将要品尝的白昼蜜汁在里面离解、分散,令人陶醉又能看见,像希望的花园,化为闪烁银光和玫瑰花瓣①。

分析这段复杂、堪称过度讲究的文字,理清其中脉络,首先要区分叙述所采用的三条不同线路,或者说普鲁斯特为所呈现世界划分出的三大主线。

第一条,涉及**光**与**物**的关系,在上文我已举例分析过这些关系,即引起、增强、近乎抬起的关系。光线与家具(后者被限定为饰有边饰和粉色花卉的扶手椅),它们是关系的两头,两个行动物体,都具有生命,甚至颇为活跃(光线颤抖,移动,粉色绣花盛开,家具散发香味),建立一系列变化的关系:起先分开,随后破坏性的接触(光线射进来,把墙壁表面弄得支离破碎),接着物质(地毯—沐浴)升温、深层次变化,最后在绣花层层脱落并转化为纯粹的闪光中,物质被抬起、取下。这个过程也严格遵循了我们此前分析中说到的发展曲线或发展逻辑。

这个小剧场也发生在**外部**与**内部**的结构性对立上,即我们

---

① 《少女》,第一部,第704页。

的第二条主线:来自外部的光线攻向室内的物体。这其中也可能存在多种结合,并逐个尝试:进入(弄碎),落脚(光线置于橱柜上),临时停留(表现在悬挂于墙上那收拢的翅膀、其颤抖上,大动作爆发前的静态),经过,再次启程(最后在花园的出入口,在悦人的心醉间逃走)。

而这段文字尤其令我们关注的是,它采取了另一种重要的发展趋势,即**统一性**与**多元性**的对立与结合。统一的是日用的、室内的东西;多元的是光亮、外部的东西。但是,在活动发展、甚至描写过程中,两者建立了复杂的联系。因为这个房间首先表现为一台相当奇特的统一机器。因其高度、尤其是房内十分独特的三角采光面,它主宰并整合了分散在异处的地点(**三方面**:海堤、院子、田野,不久变为**两面**:大海与枝叶,接着如节选最后几行字所描述的,无限增多)。它也对时间,一天里相隔较远的时刻(过去、现在、将来)产生作用:它迫使"来自朝阳那边的光线,如同其他时间的光线那样"在它内部聚集。因此,它在一个非常有限的时空里接收了最多样化的感官信息,它截下它们,并巧妙地放在一起:"在来自海滩的反光**旁边**",这些光线"把色彩缤纷的临时祭坛置于五斗橱上,犹如放上小路上的花卉"。海滩汇成花卉:花卉本身色彩繁多,绚丽缤纷聚成一团(如下文所述)。"临时祭坛"为两者的相遇带来了它独有的宁静(休憩)氛围,以及祭献、静止、神圣存在的色彩。

然而,在这里,这个联合意图与某个分离甚至分散的反向意愿是分不开的。因为在这个统一空间里持续发生着表面的间断,甚至有加强之势。这房间里的所有东西同时发生着聚集与松解,合并与分散。普鲁斯特认为,感觉先在里面"变得混乱",这种混乱应是一个半连结的微妙状态,就快要散开,如同刺绣的最终状态。随后,它在陶醉中丝丝裂开:这是为了加深感觉,深切体会里面丰富的种类,辨得每一丝每一毫的感受,谙其特色,识其价值。因此,这个房间里经历着一场感觉的探索,在享受中将之统一,当然也进行解析,将它转化、分散为无数剧烈跳动的欢乐元素。

作者通过文末的棱镜、蜂窝、花园三个比喻试图在想象里构成的便是这种功能上的两重对立性。每个比喻都独具意图。**棱镜**是分解光的透明块;它聚集白光仅是为了更好地将之分解,绽放出合成后者的彩光(众所周知,这个变化在普鲁斯特笔下效果十分明确,使一个稳定的中和状态转为多个强化状态)。**蜂窝**,欲望通过它从视觉转向味觉,这应该会大大增加想象满足的可能性。聚集—散裂之谜也存在于统一性物体的内部:这是可能的,因为内部物质停止或至少暂缓向四处散开;白昼的色彩、味道等各种可感元素在蜂房这别样的并排结构里被更贪婪、更缓慢、更细致地捕捉。被捕捉到的东西有过去(蜜汁曾被装入蜂窝)也有未来(它们即将散到大自然里)。最后,至于**花园**,它扩大了房间、棱镜、蜂窝的空间,将它们朝外界与未来打开。可能并不是完全打开,因为所有花园都有形状,也许还修有围栏(这个明显为普鲁斯特所想的神话花园也不例外)。而在这个新围场内部,感觉热烈地发生消散:一散十,十散百,从物变为光。被取下的边饰变成了银光;盛开的花朵真的将层层掉落的花瓣投在远处。如此变动并不会以挥发般的消亡告终:用普鲁斯特的话说,它们最终化为点点闪烁,也就是说,依旧是静态变化,在每一个离解元素的离解中形成一块悬停空间,凝固时间,带来无穷享受。

巴尔贝克的房间就是这样在自身保留甚至扩大了各条细枝末节、品质特征,从而融合统一了所有种类的景观。如此成就在《追忆》里实属罕见。您看圣伊莱尔钟楼。如果说它能够统治贡布雷境内的方方面面,那它必须放弃景观的水平布置或其独特的起伏地势才能做到这一点。诚然,如本堂神甫所说,在那里,对"平时只能看到一半而看不到另一半"的景观"一览无遗",例如茹子爵市(Jouy-le-Vicomte)的各条运河:

> ……我每次去茹子爵市,只看到运河的一段,我转过一条街后才看到另一段,但已看不到刚才看到的那段。我想在脑中把两段连在一起,但效果不佳。若在圣伊莱尔钟楼上看,那就完全不同,城市中的河网全都呈现在你的眼前。

如此获取风景的同时也可能存在某种缺失,失去最重要的、紧贴地面、切切实实地、完美地将地方各部分一一相连的东西:

> 只是看不到水,它们就像一条条长长的裂缝,把城市切

割开来,而城市则像已被切开但仍合在一起的松甜圆
面包①。

想象的松甜圆面包将城市归入美味糕点的欣快系列里,它为这
座从高处俯瞰的城市消除了抽象的威胁,因为后者总是会影响
感受全景的效果。连接城市角角落落的运河本能地流动着,河
流在此如同裂缝,成了无从解释的凹槽。是否可以周全统一,兼
顾细节,同时又清晰呈现其内部的琐碎之处? 神甫马上补充,他
认为只有一种情况可以做到不同视角的同时性:"最好自己分身
有术,既在伊莱尔钟楼上,又在茹子爵市内。"

---

① 《斯万》,第一部,第 106 页。

III

形　式　化

这个愿望几乎没有实现的可能性,因此,还是需要以其他方式着手统一之事:在事物的间断性中发现或者创造出一种包裹的形式,类似原始模具般的模式。例如在多个物体周围绕一圈圆环,或拉一条曲线加大弧度使之闭合。就如在巴尔贝克,德·维尔帕里齐夫人派人送来的"美妙的水果"那样,它们"全都装在一个篮子里,像海湾那样把各个不同的季节汇集在一起①"。这个篮子在其他地方成了衣衫,裹在身体上的织物:我们想到了奥黛特的身体,那是普鲁斯特笔下备受青睐的地方,发挥同化幻想的常用场所。这些无与伦比的连衣裙值得凑近一看,思考它们的作用,以及如何发挥这些作用。

---

① 《少女》,第一部,第698页。

它们首先见证了一场名副其实的形式之战,具体表现为两个前后出现的时尚状态:以不协调为原则(遭到拒绝,甚至唾弃)的古老状态在此被以和谐连续为特征的现今状态(充满欣快感)代替。旧时的服装样式混杂了众多异质,不受拘束,令人难以置信,使奥黛特的身体发生扭曲:"高低不平的小道、矫揉造作的凹进凸出","网状物","布满衣服的各种饰物","衬垫","腰垫","垂尾的、盖在裙子上的、被鲸须绷紧的上衣",所有这一切切断了身体的曲线,把人的外形瓜分成块,破坏了表现个人特征的所有可能性。奥黛特看上去像是"由各不相同的部件拼凑而成,没有统一的特点"。而现在一款新的服装样式把这堆乱七八糟的衣饰清扫一空,并将其修改为一个焕然一新且无拘无束的身体。将七零八落的身体按照描绘的顺序重新组装起来,首先给出了人物的样貌轮廓:简化并突出了外表曲线:"奥黛特的身体展现出统一的轮廓,全部由一条线勾画出来",最终塑出她本人。然而,这套模具的新颖之处并不仅仅是简化轮廓:它还涉及了裙衫与身体间最隐秘的关系,在过去是不见缘由的叠合关系、贴覆关系,而如今是延伸关系、甚至还有表现和流露关系:

> "蓬边"的垂线和蜂窝状褶裥饰边的曲线已让位于身体的曲线,这身体犹如拍浪的美人鱼,使丝绸面料上下起伏,并使珀克林丝光色布具有人的表情,因为现在身体如同一种有生命的有机形式,已摆脱长期的混沌状态和款式过时

的服装阴霾般的包裹①。

海上诞生动机的新式转变,很有意思:在这里,身体从丝绸里诞生,就像在其他地方诞生于波涛或浪花里一样。裙布在动,犹如有了生命的水。这种动态令人幻想一种幅度更大的"弯曲",一具隐藏在下面的肉体,一种个人专属的迷人性情。连衣裙这"有生命的有机形式"就是这样,以其公认的包裹作用以及联想到的内在价值,重新统一它所覆盖的身体,使之均匀同质。

这个新有机体减少了自身过时服饰带来的混沌,但却没能完全抹去其留下的痕迹。空间上的间断性已被消除,但仍以一种新的、难以捕捉的方式在奥黛特的裙衫上再现:时间。看得多了就能辨识出那上面的一系列迹象,都出现在局部,所以必然东一块西一块,暗示了被遗忘的服装款式。时间上的胡乱拼凑不再表现为生硬的并列放置,而是悄无声息的叠合;奥黛特的连衣裙像一卷隐迹纸本②:与普鲁斯特笔下的其他物体一样,需要透过表象去领会其中暗含的意义:

　　　　一种美的风格,叠合各种不同的形式,因一种隐藏的传统而得到证实,同样,斯万夫人的服饰,使人模糊地回忆起

---

　　① 《少女》,第一部,第618页。
　　② 指擦掉旧字写上新字的羊皮纸稿本,可用化学方法使原迹复现。——译注

一些背心或环扣,有时则具有立即被抑制的"划船短上衣"的倾向,甚至还在远处含糊地暗示"年轻人跟我来①",这样就用具体的形式来依次展现一些古旧形式的相似雏形,这些古旧的形式,女裁缝或女装商无法在她的服饰上真正做出,却又会被人不断想到,斯万夫人身穿这样的服饰,就被某种高贵的气质笼罩②。

这股高贵即时间深度之贵(我们看到,后者也具有包裹的价值),体现在连衣裙的异质性上:但此处的异质几乎被全部抹除,略有残余,并向"相似雏形"的相同、或几乎相同的方向转变。异质在裙衫空间上布下正好足量的相异性,从而发挥作用,或者用普鲁斯特的话说,使各种迹象依次展现。方才在一张包裹图与包裹物活化中实现的服装统一,现在终于通过看似要否定该统一性的东西来实现。在此时间上的拼凑其实突出了连衣裙的合成作用。因为当那些年轻人说:"斯万夫人,不就是整整一个时代吗?"时,他们不也想的是:她就是**各个时代**,集所有时代于一身。而奥黛特的确不会老:我们记得在《重现的时光》的舞会上,她是唯一逃脱岁月侵蚀的人。这不就是为了将时间与她同化,并永远固定在她身上吗? 就像时间在外婆的房间里停留那般,只是换了一种方式,形式化联

---

① 指女帽上饰带飘在身后的花结。——译注
② 《少女》,第一部,第619页。

合，使统一性与多样性同时存在于奥黛特那无比灵巧的身体上。以她为例，至少令我们进一步明白为什么普鲁斯特说他的书是**像连衣裙那样**建造起来的。

IV

到目前为止提到的不同例子中,联合行为总是占据强势位置。在统一形式的原则下,我们见到的多样性融入其中,但未能完全分解。心轴或是模具,支轴或是外罩,它们都参与了解散:但不仅如此,它们在解散区域的混乱无序中还加入了一种有序原则,该秩序总是存在于外部或来自外部。在景观表面或者破碎的身体上发生的变化也许更加重要,因为它在碎裂或混杂的关键之处呈现出一种内在的统一动力。捕捉解散时发生的新结合;揭示普鲁斯特笔下的不连贯为何总是来自正在拼合之物,而反向亦然,它的拼合从持续分裂、从首次断裂便开始:这些就是我们在接下去要分析的话题。

并 置

在所有自发的聚结、分裂/聚结形式中,首当其冲,也是最简单的当属并列式——我们在外婆房间的描写中已经注意到这一点。房间里的碎片并列排放,协调一致。它们就此实现连续性,无需衔接,绝无幕后操纵,不具企图。请注意辨认并排结构里表示共存的普遍样式。并排结构维持、有时甚至突出了该样式里的多元混杂,但只需让人随便看一眼便能缓解该杂乱性。例如,普鲁斯特在布洛涅林园里看到了多元混合物共存的天堂,或者用他的说法更恰当,**复杂**的天堂:"……里面聚集着各种各样封闭的小型世界——先是一个植有红树和美洲橡树的农场,犹如弗吉尼亚州的农场,然后是湖畔的一片冷杉林,或是一片乔木林①……"这是一个人工林园,里面"并置"了大量"不同树种",以及组成一个"复合整体"的"不同部分②"。然而,这里非自然排放的外观,其混拼特点不但没有使林园失去魅力,恰恰相反,还带来了神奇效应:普鲁斯特写道,"从动物学或神话学观点来看",这是一个"动物园或伊甸园",一个"激情"之地,并且,我们看到,这还是一个创始空间;树木的叶子像小丑的衣服一样盖住了一整台色情剧;使欲望得到满足。

其他地方也有同样的结构,以另一个作者钟爱的样式出现,即**镶嵌**(marquetage):碎片排列得更紧凑、更有序,就像一板拼图,如瓦片般与周围的拼块扣在一起,却丝毫不减自身的独特性。我们在广阔的天空中,或者在一望无际的平原上发现普鲁

① 《斯万》,第一部,第 417 页。
② 《斯万》,第一部,第 423 页。

280

斯特对对比强烈的色带与光带情有独钟,并且,特别在空间内部和静物上探索他对阳光照在墙壁、家具、毯子上显现的各种夹层、分区的偏爱。他喜欢方格、菱格(呈现为动物形态,例如鱼身上数不清的鳞片),在钟楼或蜂窝上,这种方形凹孔,甚至说这种偏圆的尖顶房孔:都是精雕细琢之作。镶嵌式拼接成为一种艺术手法,这种合成因而具有美学价值:最精彩的例子便是彩绘玻璃窗,马赛克在光与色彩的变化下移动[1]。再想想贡布雷的教

---

① 或者就说说现实里的镶嵌画。这里自然要提到圣马可的洗礼堂,我们在之前的章节里已经谈论了它在普鲁斯特的主题集以及幻想世界里的重要性:这是洗礼的地方,如源头般的地方,它的马赛克拼接式结构就是力求无限重构这个地方,一块接一块,围着一具永远新生(或再生)的身体拼起来。这是孕育生命的母体,就像任何一间普式教堂,但也是本书,正如最好的教堂评论家拉斯金所说,是一部圣殿一书。

要从实际上确立想象的两三种功能之间的联系,那这里的若干块马赛克也成为文字,全部凑在一起构成铭文,从所指的角度来说,甚至是表示了基督诞生的铭文:有童女怀孕(*Ecce virgo concipiet*)(详见上文第 240 页)。这串铭文还是一个图形,普鲁斯特叙述它的时候小心翼翼地描绘其组合模样:

ECCE V

IRGO

CIPIET

ET PAR

IET FILI

UM ET V

OCABIT

UR NOM

我们让更资深的圣书阐述家来对付这条铭文,来仔细分析如此编排字母的原因(这种写法毫无疑问是吸引人的,如暗号般别有用心),解读这种新式分行、且还神秘缺字的用意,以及该预言的能指意义。

总之,上述例子充分显示了任何马赛克或彩绘玻璃画结构都能被轻易文字化。在此,文字与图形从来都不是两种互不相干的两种东西。

堂,之后大部分的分析都会引用它的统一成就:它那镶拼的彩绘矩形小玻璃上掺杂了另一个铺展的样式:如纸牌,牌面的画像一个个相互贴合。我们还在莱奥妮姑妈放糕点的盘子上《一千零一夜》(*Mille et Une Nuits*)的"装饰图案"中发现教堂的结构,这些图案镶嵌在"香槟地区黯然失色"的贡布雷里:就如房间墙上幻灯片投射的图像,或是"火车站和省级铁路线前看到的[①]印度黄花毛茛和波斯丁香。最异样、最遥远之物被完美镶贴、或者说无痕嵌入到最熟悉、最贴近生活的地方:因此,相隔最远的时间与空间在此得以并存。此外,这种组合不是会更有助于我们理解普鲁斯特作品本身的结构吗? 也许普鲁斯特就是这样制作出他的"最终"书稿,而将来关于作品诞生的研究也会告诉我们这一点:将写好的片段整合、紧扣在一起,这些片段历经修改、扩充、迁移、分门别类却在同一风格的基础上互相嵌套。不管怎么说,乔治·普莱已差不多指出整部《追忆》是如何一幕幕、一个个画面搭建起来的,如同博物馆里的画,或者更不如按普鲁斯特所作的一个比喻来说,那就像祭坛装饰屏下的成组绘画[②]。

---

① 《少女》,第一部,第 904 页。

② 关于嵌套、装框(窗户、彩绘玻璃、带状物)的这个普式主题集,关于这些主题表达的欲望("严格限制的意义",是连续性的形式化,往往是二元对立的),关于它们对应的创作方法,详见雅克·卡佐(Jacques Cazeaux)在《普鲁斯特的写作或彩绘玻璃艺术》(*L'Écriture de Proust ou l'Art du vitrail*,巴黎,伽利玛出版社,1971)中所做的精彩分析。

闪　烁

　　现在,一起想象一下,离散的碎片除了一片片连在一起之外,还在彼此之间交流、呼唤、回应,从而建立一种更加活跃的关系:我们将要着手闪烁物,这类物质在《追忆》中广泛出现。光在一点一点的闪烁中照亮四方。闪烁将不同的色彩隔开,有所区别,同时却在它们之间建立直接、瞬时的联系。那是一种模糊反射(因为返回的光不再射在原物体上,而是反射在其他物体上):广泛散布了终将归并的离解生活,因此具有启发力、挑动性、令人目眩且偶尔模糊视线的特质,充满诱惑。例如在里弗贝尔的餐厅,这里常常被断断续续的阳光照亮,"照得人眼花缭乱且变化无常",使人几乎无法看清喝茶的女顾客,也就打断了他对她们其中任何一位的欲望:

　　　　……而由于她们在喝茶或互相打招呼时所做的每个动
　　作仿佛都在闪闪发光,你就会觉得这如同养鱼池或捕鱼篓,
　　渔夫把自己捕到的亮晶晶的鱼都堆放在这里,这些鱼有一
　　半在水外,沐浴在阳光之中,在你眼前闪烁着变化不定的
　　光彩①。

---

　　① 《少女》,第一部,第 813 页。

就一片闪光,在一个个女子身上滑动,将所有暴露在外的肉体统一起来,并改头换面;它将对肉体的欲望推开,变成对海水、显露、活动性以及更重要的俘虏的遐想(我们知道,这在《追忆》里是普遍现象):对被俘获的活动性的遐想。鱼样女子,美人鱼:与巴尔贝克的"那团"少女一样,殊无二致地聚成一个抖动的集体,引人注目,并且那些少女也是闪闪发光的①。

---

① 要理解这一幕闪闪发光的统一景象,就必须关注普鲁斯特对印象派绘画的赏析经历,尤其是莫奈([Claude Monet][1840—1926]法国画家,印象派代表人物和创始人之一。——译注)的作品。普鲁斯特从中发现了这种统一的构成方式及魅力。然而,我们注意到这种魅力可能导致两个截然相反的结果:闪光的确是为了混淆视线,形成一团新的模糊物,才将各自闪烁的外表统一到一起;或者,在如此模糊视线的同时,闪光成功拟出一个精华重组的轮廓。这是莫奈主张的印像派作画法,与之相对的可能是修拉([Georges Seurat][1859—1891]法国画家,点彩画派的代表画家,新印象派的重要人物。——译注)的做法:埃尔斯蒂尔在小说中是两者理想化的结合。

例如前一种倾向体现在《追忆》里未出现的一个片段中,普鲁斯特从莫奈的《塞纳河上的浮冰》(*Débâcle sur la Seine*)汲取灵感,来构画一幅埃尔斯蒂尔的作品:《布莱斯维尔化雪》(*Dégel à Briseville*)(详见《普鲁斯特手册》,第六卷,第 163 页及下一页,J·T·约翰逊[J. T. Johnson]的文章)。闪光作为埃尔斯蒂尔画幻境与解构表象的主要技术元素之一出现在画里:"**支离破碎的冰层下隐藏了所有限制**"使人无法知道自己是面对着"一条河床还是一片林中空地"。"**在这巨大的朦胧反光下**",眼睛"**无法确定自己看到的是天蓝色的冰块还是照在水面上的一线阳光**"(出处同上,第 172 页)。模糊不清作为形式解构的因素,却也能促成物体实质的再次统一。

闪光也会出现在别处,特别会与镶嵌或固定画面之类的视觉行为联系在一起,如同具备了晓谕之力。闪烁现象进而引出本质的直觉。布里肖在维尔迪兰一家的新居发现他们曾用过的室内家具的各种痕迹时便有此经历,这些痕迹又多又乱;普鲁斯特借用笔触(touche)(不仅是绘画,在音乐领域也有:音调[touche 在绘画方面指笔触、笔法,在音乐领域指琴键、按键。——译注])来隐喻这一幕的凌乱拼凑以及超越之处("被框住的"、"雕刻的"),即向更固定、(**转下页注**)

虹 彩

　　闪烁是以充分自由、甚至混乱的形式发生。其顺序路线永远都是不规则、不可预知的。它在连续性、色彩浓淡渐变原理的作用下，终于呈现出虹色，或者是比较相似的一片缤纷色彩。点点虹彩不是在远处眨眼般闪动，它们是一种色调的光，相互邻

（接上页注）更普遍的同一性迈进：

> ……这一切杂乱无章的东西，犹如一排响亮的琴键，对着他高声歌唱，在他内心唤醒了相似的爱物，勾起了他模糊的回忆。它们四处点缀着这完全属于当下的客厅，犹如晴天缕缕阳光分切着空气一样，切割、划分着家具和地毯。它们从靠垫到小花瓶，从方凳到香水怪味，从照明方式到色调安排，在其间追逐嬉戏；它们雕琢着，回想着，透发着灵性，栩栩如生地体现着维尔迪兰夫妇今昔住宅所固有的某种理想款式（《女囚》，第三部，第286页）。

这段话很重要，因为本质统一在此就像是最变幻不定、最转瞬即逝之物自动还原的结果。色彩点缀正好使那些不易留住的东西能够理想化存在，这在这几行文字里以多种方式实现：通过闪色融入时间（每个色点呼唤着某个颤抖的过去空间里的其他色点）；通过用缕缕阳光切割、框住、切实塑造一个不同的、被保护的空间；最后发挥联觉，闪色点出——或者用普鲁斯特的话更为恰当，即隐喻——该过程的路线，零零散散地保证了这个地方的感性统一。

　　构想一位艺术家的世界也与此相仿。首先体现在"落得到处都是的零星碎片"上，接着复现，例如久经演奏的凡德伊的音乐，"一音一符"，"一拍一调"，每个个体都是独一无二的，都必须被其呈现时的"空隙斩碎"才得以真正露面。然而，这种破碎闪动着，并被自身裂口散发的光泽照成"色彩丰富的未知盛宴"，刷新每部巨著的世界观。凡德伊的两个著名乐章在这个关于碎片与本质的命题里相呼相应，实属罕见：奏鸣曲"使用短促的呼唤，将一根纯净延绵的长线切成碎段"，七重奏则"将散乱的残音融入同一隐形的调号"（《女囚》，第三部，第255页）。由此可见，艺术作品可以发生双向变化，这两段乐曲因而标志了它必备的闪耀本质。

接,却让人不能完全看清每个个体。色彩忽深忽浅,如滑音般自然地互相滑动,产生渐变效果,像是天上的彩虹落到了地上。类似的多变性中便会滋生出乐趣①。就像普鲁斯特认为名称使物质世界和人类社会"变得五光十色②":这种种不同都在同一只多彩棱镜里,一如所有名称本身都写在同一本字典里。此外,棱柱还经常作为斑斓景象的物理根源出现。例如,普鲁斯特在巴尔贝克的一张餐桌前对"棱柱形的玻璃餐刀架在这里放射道道彩虹,或在防水桌布上洒下点点孔雀花斑③"赞叹不已。斑点(遍地花斑)在这里与五彩从功能上结合,形成反复出现的形象,以此来重构散落在孔雀尾羽的重重目光。

虹彩的光亮渐变属性,连同它的活跃外表、重要内涵,使它得以充分保证一处地方的统一活动:就如普鲁斯特说吉尔贝特的名字"使它穿过的空气洁净的地段湿润,并呈现彩虹色④"(这种支配关系与下一段中"涂抹"以及"充满香味"两个涉及触觉和嗅觉的动词所指的支配关系略有相似)。炫彩的传递性也使名字能够将感知场上相隔甚远的各个区域连起来。例如,我们回想下贡布雷的芦笋,以及马塞尔观察它们时

---

① 我们可以了解下米歇尔·布托尔如何仅仅通过通用数字七来聚集色彩(七彩长虹、七彩棱镜)、音乐(七个音名、凡德伊的七重奏)、虚构的地方(恶人吉贝尔的七个房间、七位妻子)、神话联系(雅各布天梯)甚至还有小说空间。详见《索引》,第二卷,第 252 页。
② 《盖尔芒特》,第二部,第 11 页。
③ 《女囚》,第三部,第 412 页。
④ 《斯万》,第一部,第 142 页。

获得的乐趣。我们先前已经分析过它们的物质基调。与其基调相对应的是沿其笔直线性身躯的精致色彩变化:"……我看得出神的是一根根芦笋,它们仿佛在群青色和粉红色的水里泡过,上部穗状,精细地染上淡紫色和天蓝色,彩虹色渐渐变淡,直至根部——那里仍有泥土的污迹——这彩虹色并非出自泥土。"虹彩促成了此处从天到地的逐渐变化。由此也显示了它的时间品质,它能使我们看到变化的过程、变化的终点及其初始动力:普鲁斯特补充道,它们被刷上了"熹微晨光"、"初现彩虹"、"暮霭蓝天"的颜色①。

有必要去圣伊莱尔看看这些熹微、初现、暮霭之景在彩绘玻璃窗上以更华丽的形式再现。一连串隐喻使虹光稳稳地停留在玻璃窗上,却也发生移动,从而(按照与炫彩结构非常相似的修辞结构:同者不断变化,异者相接渐变)不停地变化。所有这里的一切都源自光的间歇性闪动:

　　……但是,也许是因为一道亮光一闪而过,也许是我的目光穿过这时暗时明的彩画玻璃,燃起一团蹿动、珍贵的火焰,立刻放射出孔雀尾羽般变化莫测的光芒,然后,那玻璃颤动起来,如波浪起伏,又像闪闪发光的奇妙雨水,从阴暗岩洞上方,沿着潮湿的洞壁一滴滴流下,我仿佛跟随手捧祈祷书的父母,走进一个像教堂中殿般的岩洞,里面的钟乳石

―――――――――――――

① 《斯万》,第一部,第 121 页。

曲曲弯弯,把岩洞映成虹色①。

光芒的这趟热烈又流畅的穿梭是如何构成的呢?主要靠在其轨迹上全程并行的三个要素,即畅快的活动性、如火的光辉以及无常的变化性。蹿动、珍贵的火焰实现了三者的第一次合并(珍贵与宝石、璀璨硬物所含的动机相关)。然后展开了跳动,拉长的光芒被比作孔雀尾羽(另一种泛着红光的多变物体)拖地的样子,从而被附上动物之征……自此,孔雀独有的动物性价值掀起了对新的生命或力量范畴的想象,例如颤动、波浪起伏,而这些范畴也由与上一个动机(蹿动的火焰)等同却相反的新动机表达,即闪闪发光的雨水。最后幻想的便是这充满变化性、一滴滴落下的雨水(水滴流下时颗颗分明,自成个体,这一小块闪着光的液体宛如彩绘玻璃窗的一角残片,水滴的滴在动词滴落里获得了活力,落得更起劲了……)。从哪里落下来呢?从拱岩顶部落下,这个拱顶很快变成另一处水土参半的地方:岩洞。维持虹彩的潮湿热情——前后矛盾的偏正短语——的是想象在洞里的钟乳石。而虹彩最终在它们身上映出与自己相似的线性特征:曲曲弯弯。

织　构

其他统一性的形象调动更多的是对铰接、感性连接、交织相

---

① 《斯万》,第一部,第 60 页。

勾的遐想,而非某个关于转变的主题集。此前,我们在意义那章的动机一节中已经见过关于编织的幻想,并对其有所评述:它也能使简单的景观感知变得均匀。物体在这里被织成网或勾成花边:残片有待接合,但只能在碎裂、分散的状态下,依照原始视觉的要求接合,它们被拉长成线状,一上一下,层层叠叠,以最多样的组合方式结合在一起。有时候,光直接给它们提供了模板[①]:例如"斜射的夕阳在树叶下织出无法触知的金丝织物,我看到父亲用手杖将织物一截为二,却无法使其偏斜[②]";或者在这个阳

[①] 那么,光对各种形式的作用与我们先前见到它在各种物质上施展的作用非常相似。它打破了它们的均质性,颠覆了它们在传统观念里的状态,改变了它们的常规构造,从而使它们之间形成新的组合,成为全新的单位。斜射的、或者贴近地面的光(傍晚或清晨,春季或秋季)特别适用于这类解构,因为它们最擅长打乱常规的视觉次序。我们已经领会了它们在物体上打格子、点斑纹的能力(尤其当这种能力遇到树叶脉络形成的天然网格)。还需指出的是它们能重新织构的颠覆性天赋,该天赋在植物外形上更是发挥得淋漓尽致:

我朝刺槐小道走去。我穿过一个大树群,在那里,上午的阳光迫使它们进行新的划分,给它们中的树木修剪枝条,把各种各样的树结合在一起,构成一个个树丛。阳光灵巧地把两棵树吸引过来;它用光和影这两把大剪刀,把每棵树的树干和树枝均剪去一半,并把两棵树剪下的那一半,或是编织成一根四周阳光灿烂的阴影柱,或是变成一个发光的幽灵,一张黑色的影子网勾勒出其虚幻、颤动的轮廓(《斯万》,第一部,第 424 页)。

植物在残断中重新统一在一起,交替出现,令人想起埃尔斯蒂尔的海市蜃楼。随后,光从竖直方向进行剪断/黏合工作(被照亮的树梢与"碧绿如海"的树丛分开)。这些创造形态的游戏使这片植物中诞生了植物—肉体的混合体,普鲁斯特称之为嫁接产物,那就是"山林仙女,美丽的社交女子,反应敏捷,面色红润"……

[②] 《斯万》,第一部,第 146 页。

台上,"重现的太阳在上面编织金线,并用黑影绣花①"。我们还在枝叶的式样里,或者更确切地说是茂密的叶丛中见到这种绣着的花饰,就像莱奥妮的椴花茶梗,"弯弯曲曲的花梗交错相勾,构成变幻莫测的网状图案,一朵朵白花在其中开放②"……普鲁斯特赞美了其"粉红色的光泽,如月光般柔和,使一朵朵花在细弱的花梗丛中突显出来":织网的细弱能更加促进光在这张网上的闪动、花在上面的盛开。

然而,展开编织的幻想往往是为了使围绕某个中心存在点编织而成的空间发生弯曲。普鲁斯特笔下的网状原型是鸟窝(连同所有与其含义相连的物体:床、躯体、母亲、住所)。莱奥妮的椴花茶就已经令人想到了鸟巢的搭建:

> 一片片叶子已失去或改变其原形,看上去像毫不相干的东西:有的像飞虫的透明翅膀,有的像标签的白色反面,有的像玫瑰花瓣,但弄碎后堆在一起,或编织起来,却宛如鸟儿筑的窝③。

我们看到,莱奥妮的椴花茶与小玛德莱娜的"奇迹"以及贡布雷的所有回忆直接发生联系,在自身拟出其所有者特有的叠合构造,如入四面围墙的隐修精神:泡椴花茶的过程使马塞尔陷入对

---

① 《斯万》,第一部,第397页。
② 《斯万》,第一部,第51页。
③ 《斯万》,第一部,第51页。

这个鸟巢、这张床的浮想，那是莱奥妮的床，也是莱奥妮身后整张浸浴着母爱、充满了童真的床。相异之物的编织合拢还出现在另一张床—鸟窝——即位于冬日卧室中央的床——的筑建中，该筑建无需隐喻，直接发生在文字中，并伴有与上文非常相似的运动和编织材料：

> ……冬天的卧室，在室内躺下睡觉时，人缩成一团，脑袋钻进用杂七杂八的东西编成的窝：枕头的一角，毯子的上端，披肩的一段，床沿，还有一份《玫瑰辩论报》(*Débats roses*)，最后全合在一起，用的是鸟儿筑窝的技术，然后随意栖息其中[①]……

蜷缩这个原始的姿势将此处最杂七杂八、最微不足道、最局部性的东西作为材料，仿佛只有微乎其微(一角、上端、一段、边沿……)才得以参与真正的编织构造。欲望试图在自身周围编织并缝合的正是这些残片，这些不完整的物体，慢慢组成一具均匀整合且具防御力的巨大躯体。

铺　层

在这部复原型的作品里，我们注意到编织与另一个统一行

---

① 《斯万》，第一部，第 7 页。

为相伴为伍,那就是黏合固定。这两种方式非常接近,被用于同一目的:黏结时没有编织一空一满的线性组合,而是铺上一层,各种物质合成整体,平滑且连续。所有经编织处理的材料被一起弄碎、"碾碎"、缩小,埋没在一团厚盖里。黏结的神话因而与**涂层**以及上文分析过的漆釉的幻想一起,共同承载了使各种相异之物完全融合、吸收差异、消除表面的多样性差别、最终归为单一的意愿:这种可被称为**柔和**(douceur)的优点大概影响了所有艺术大师的创作基调,贝戈特既是一个例子又是这方面的理论家。另外,普鲁斯特在《驳圣伯夫》里提到"黏结在一起的光滴①",以此来隐喻"一本书的风格和情节"。还有贝尔玛,在一个略有相似的画面里,她"用单调无起伏的节奏念读"拉辛的剧本,刨平②了所有混在文字里的细微差别。如此效果不禁让我们想起埃尔斯蒂尔的一个绘画手法。因为,"画家用光线的某种**强烈作用**,使房屋、双轮运货马车和人物**熔解**,这些人和物因此而变得均匀协调,同样,贝尔玛把恐惧和温情的巨大幕布铺设在**熔解**的词语之上,这些词语个个平淡或全都高雅,一位平庸的艺术家会使它们相互分隔开来③"。本质铺在不同的物质上,在它上面铺展并如涂层般附着(光、恐惧、温情):这使它同时具备了均质性、内涵,还有美。

除了讲述贝尔玛嗓音的文字,最后还需引述一个著名的片

---

① 《驳》,第368页。
② 《少女》,第一部,第450页。
③ 《盖尔芒特》,第二部,第51页。

段,其用意非常相似,即普鲁斯特描述母亲给他读《弃儿弗朗索瓦》时的声音:的确,两者都是同一种朗诵方式,带来的欣快效果也极为相似。不同的是,母亲的阅读更能推进欲望的古老需求。回溯一下母亲在什么情况下读这本书:为了修复夜晚母子分离的裂缝,与那个被拒绝的亲吻有同等功效。此外,让·鲁赛特曾指出[1],多米尼克·费尔南德斯对此也有所强调,该阅读片段并不是任意抽取的:年轻的听众被深深吸引,很快在文中找到了自己的影子,因为这段话讲述了一个孩子与其(准)母亲完满的爱情故事。因此,是一个美好的乱伦故事,一个普鲁斯特本人正与母亲经历着的故事,在深夜守候,听着母亲念读,读《弃儿弗朗索瓦》[2]……虚构的故事与听故事的场景所承载的力比多迟早会

---

[1] 《形式与意义》(*Forme et Signification*),巴黎,何塞·科尔蒂出版社(José Corti),1962,第 157 页。

[2] 这也是悲剧《淮德拉》角色关系与结局的倒转。《淮德拉》的影响贯穿整部《追忆》,有着举足轻重的意义,而贝尔玛则被选为该故事的表演者。

在此,需要提一下马塞尔接触《淮德拉》剧的过程,以及他在此影响下开始幻想占有女演员—母亲的经过。我们记得,马塞尔在很长一段时间里以"神经过敏"为由而被禁止去听这部剧:在德·诺普瓦的劝说下,他终于得到了期盼已久的应允,前者在马塞尔的文学生涯中是位父亲级别的人物。陪他一起去看演出的是他的外婆。而后,小说中再次发生同类情节:在去贝尔玛演唱《淮德拉》的剧院,也是他在"包厢/浴缸"里看到如若在海上大放异彩的奥丽娅娜·德·盖尔芒特所在的剧院那一行,始终由外婆护送的马塞尔用的是一张某位 A. J. 莫罗(家里人叫他 A. J.:理想中的父亲,家族外人,最后索性把原来的姓氏省去)送给他父亲而父亲没有用的戏票。

由此看出,两组情景中,他在家人的允许下,甚至通过抹去父亲的存在(因为后者让出了自己的位置)而接触到贝尔玛。这种安排与贡布雷的亲吻一幕如出一辙:父亲允许孩子跟母亲待在一起,后者随后读了那篇有象征意义的(转下页注)

293

招来贬责。的确如此,马塞尔的母亲似乎明白这书里真正的内容,讲的是谁的故事,所以跳过"全部爱情的场景"。因此这成了一篇被打碎的、残缺不全的文字,极其难懂,晦涩成谜。尽管有所掩盖,犹如碎片间的裂缝,然而,小说真正的意义,它被赋予的意义,还是被马塞尔模模糊糊地领会了。这股意义通过读书专属的两个重要部分间接流入他的意识:先是《弃儿弗朗索瓦》的**题目**,其"鲜艳而又迷人的红色"让人立刻就想到了爱情;随后是母亲的**声音**,一番精神分析向我们展示了其勾起幻想的价值、追本溯源的能力,并且,它"十分柔和",使破碎的文字重获最温柔、最性感的连续性:

> 她为了用恰如其分的语调进行朗读,找到了真挚的调子,这调子在句子出现前就已存在,并使其成形,但词语并

(接上页注)文章;而贝尔玛的演出仅是将这篇文章改成了拉辛的剧作。三幕场景都遵循一个相似的模式。

贝尔玛成功扮演的是母亲的角色,由不同的显著特征塑成:就连她名字的发音,或者她与女儿的关系(她为自己的孩子自杀,因为他们背叛了她,抛弃了她,辱没了她:她是普鲁斯特笔下被迫害致死的母亲之一)都是构成要素。女演员,连同小说中的"另一个她",即那位在这方面与她不相上下的**妓女**(拉结主托[Rachel quand du Seigneur,叙述者给妓女拉结起的绰号]),释放了过去被压抑的欲望,并使之在自己身上停留。例如当崇拜其肖像的马塞尔认为她的相片"应该曾得到不少吻"而产生吻它的想法和欲望时便是如此。对马塞尔来说,贝尔玛的吸引力在于她撩起的所有热情,以及他幻想她对它们的欣然接纳。通过这部戏剧(少年马塞尔喜欢记演员的名字),妓女的形象得到美化。玛尔特·罗贝尔(Marthe Robert)在一份19世纪的小说分析(《起源小说与小说起源》[Roman des origines et Origines du roman],巴黎,格拉塞出版社,1972,第318页)中指出妓女主题与母亲形象间的紧密联系(一致/克制)。

没有指出这种调子；使用这种调子她才使动词的时态变得**不那么生硬**，她把善良中的温柔和柔情中的忧郁赋予未完成过去时和简单过去时，把将要结束的句子导向即将开始的句子，使一个个音节的速度时而急促时而缓慢，以便使这些数量不同的音节处于**统一的节奏**之中，她在这极其普通的散文中，注入了一种**持续不断的情感生活**的气息[①]。

之所以说情感生活，那是因为它既**真挚**(让我们看到一颗真心，一个情感中心，一个虚构的源头)，又**持续不断**、涂抹式铺开。它经历欲望升级(这段文字既呈现在眼前又遭读者屏蔽)、夜幕低垂具有魔力(终于能入睡了)、一切都赏心悦耳：这些都因母亲朗读的方式而发生，她坐在他身边，全程包围着这个渴望她的孩子。她给了他碎裂世界里缺少的包裹：用她的语气，她的声音，甚至是她的身体[②]。

[①] 《斯万》，第一部，第 43 页。

[②] 然而，这道裂缝(母子分开)的消除并不是一无害处的。马塞尔觉得自己有些大逆不道，辱没了母亲："我感到，我刚才用渎神之手，悄悄地在她灵魂之中画出一道皱纹，并使她在灵魂中长出第一根白发。"(《斯万》，第一部，第 39 页)在父亲首次让步之后，马塞尔感到、意识到自己被关在无止境的孩童时代。因为只有父亲会给他做规矩(而不是由他撒娇任性)，施以惩戒的威胁，将他从满溢母爱的世界里解救出来。因此，父亲在贡布雷一幕中的宽容事实上是对儿子的纵容；这使后者永远无法真正获得自由，永远无法走出自己的怪圈(这个怪圈总是在编织、铺层、回忆、写作中不断重建，将他围住)。

亲吻一幕里，大量的细节都与母亲的阅读内容相符。例如父亲的外表：因患头痛病而不再强势，奇怪的头饰使他女性化(紫色和粉红色的头巾)。随后使用艺术和宗教的隐喻。我们先不说哥佐利(贝诺佐·哥佐利，Benozzo (**转下页注**)

295

———————————

（接上页注）Gozzoli，1420/1422—1497，佛罗伦萨画派画家，安哲里柯的合作者，曾据《圣经·旧约》故事在比萨公墓的长廊上作有多幅壁画，现已大多被毁，固对亚伯拉罕这幅版画无从考证。——译注）的版画，因为它可能从未存在过（这种不存在也许也别有用意）。亚伯拉罕（Abraham）的传说在文中出现倒是非常重要的，因为这位传奇人物决定将亲生子燔祭，过程中又将他救下，让他生存。普鲁斯特援引这个传说的目的仅是为了推翻其主旨，从他小说中的文字叙述能看出这一点："亚伯拉罕的手势……他对撒拉（Sarah）说，她必须舍弃以撒（Issac），从他身边离开。"舍弃意味着"告别"，一场分离。而"从他身边"，这个带着强烈普式特征的语义段，恰恰指出了被期待的情感、重现的依恋以及归属。这个义素上的纠结小点使撒拉的亲吻不再像个告别的动作，而是重新铺上无法消除的包裹。

　　关于这一点，详见塞缪尔·韦伯（Samuel M. Weber）发表在第 13 期《诗学》（*Poétique*）上的《石珊瑚》（*Le Madrépore*），第 28 页及下一页。

V

这些不同的配合形象(并置、虹彩、编织),我们还需将它们放到另一个存在维度里观察,普鲁斯特将自己的整部作品建造在这个维度里,根深蒂固:那就是时间维度。因为所有物体的表现都离不开时间,它很复杂,从若干方面展开:回忆的追溯深度,讲述故事的长度,以及叙述时间,其中包括叙述中的空白、疏漏、特殊记忆,总之即热拉尔·热奈特潜心研究的整套文本"地质"所涉及的方面。我们在上文描述了这些统一形式的统一进程,那它们被放入一个新的维度后,会有什么变化呢? 时空的深度已无关物质,而关乎有条理的连续,或者说是节奏、结构的深度,要如何在这个层面想象这些形式呢?

覆　盖

时间上的并置即重复:其在空间里常被隐喻为*覆盖*一类的

297

优选主题。反复出现的元素一个一个往上叠，在一整块时空里透露出来，被感知或想象。这些重复出现之物，根据它们的在想象中的远近距离，会发生两种情况。或是想象它们以直接的方式互相覆盖，这就涉及**沉积**或**成层**等用来表现同化积累过程①的地质主题。或是想象它们距离甚远，远远望去，犹如透视遥远的回忆：勾勒它们的轮廓能够想象它们的重叠与距离，想象透明间隙的扩大，这种间隙既连接着它们，又使它们分开，普鲁斯特称之为年岁"支柱"②。

---

① 有时候，上文已经分析过的**木石纹理**的花样也能带来关于沉积的遐想。普鲁斯特就是如此展现他那"一大团"回忆，"还是能在它们之间看出点什么[……]这即便不是裂缝，也是真正的裂痕，至少是**纹理**或花纹，在某些岩石或大理石上，这些纹理或花纹能显示不同的产地、年龄或'地层'"(《斯万》，第一部，第186页)。这些纹理，如同色彩不一的浓厚斑纹，有助于想象差异及其随着时间的消失。

② 覆盖也能与简单的并置结合，得到**部分重叠**的有趣形象。分散的残片不是边靠边放在一起，也没有完全互相覆盖，它们只有一部分重合，即各自的边缘部分叠在一起。例如人生的时间便是如此："我们生活中各个不同的时期就这样一个个交叠在一起"(《少女》，第一部，第626页)；自然界的时间也是如此，因为"冬季、春季、夏季并不像城里的人认为的那样界限分明"(《少女》，第一部，第634页)。

不过，关于部分重叠，最重要的例子当属一件空间物体，它在作品中也有着深刻的含义，它就是休伯特·罗伯特的**高喷泉**(上文已阐述了其欲力价值)。它(如射精般)的喷涌从远处看给人以连续的感觉。但是从近看，效果截然不同：它"实际上常被纷乱的落水截断，可是，若站在远处，我觉得那水柱永不弯曲，稠密无隙，连续不断"(《索娥》，第二部，第656页)。然而，第三次看它，这种不连续性在喷水部分重叠的形式下如何得到胶合，断续得到修复：能看到的交叠，宛若侧面的支撑，一股一股向上接力："稍靠近观望，这连续的水柱表面形成一股，可实则由四处喷涌的水来保证该连续性，哪里有可能拦腰截断，哪里就有水接替而上，第一根水柱断了，旁边的水柱紧接着向上喷放，待第二根水柱升升至更高处，再也无力向上时，便由第三根水柱接替上升。"如阳具般喷射的水柱直*(转下页注)*

298

总之,反复过程不会使反复出现的物体一成不变:它在这个过程中逐渐获得某些之前没有的、类似厚度、重量的东西,也许还是一种身份。例如,随着阿尔贝蒂娜在马塞尔眼前的重复出现,她本人发生了变化。她在他面前呈现的不同(混杂)形象依次叠合,如细窄、平整的胶片,或者一幅幅侧绘图,最终随着时间在她身体里生出某种古怪的、几乎只属于她个人的稠密物:

　　　　我是在一生中的两个不同的时期见到阿尔贝蒂娜的,它们对我来说意味着一生中两个不同的阶段,因而我感觉到,那些见不到她的日子,那段漫长的时间,实在是很美妙的,我面前的这位玫瑰似的人儿,在这段时间的透明深厚背景下塑造着她那带着神秘影子的、立体感很强的形象。这种立体感,不仅是由阿尔贝蒂娜在我脑海里的一幅幅不同的影像,而且也是由她在智力和心灵上的众多优点以及性格上的某些缺点,叠合在一起而形成的,这些优缺点,是我事先不曾知道的,是阿尔贝蒂娜把它们作为一种胚芽,一种自我繁殖的棵苗,一种肉质丰厚的深暗色株体,加进一个先前几乎并不存在、如今却已深不可测的个性中去的①。

(接上页注)直地竖立,无数次间断,却始终保持延续;它连续不断,实则一阵阵间歇性发射:它的断口(喷出的水无限交叠,断口因而被不断修复)在无意识间保证并构建了它的整体性,不可思议的反作用效果,实属无忧抑制的典范。
　　① 《逃亡》,第三部,第 69 页。(根据原文参考,该部分引用出自《女囚》。——译注)

空洞扁平的外形最终被充实填满："……从前仅仅映在大海背景上的那个倩影，现在变得丰满、结实，形体也变大了①。"这个人物形象最初完全是被动呈现的，但从以上几行文字可以看出，它被赋予了主动的能力，自主出现的权力：想象中，它如一株正在生长的植物（胚芽，随之花冠完全打开，深不见底，广不着边），这种生长形式在普鲁斯特笔下总是美好的。从此，这股新的魅力、这如花般的繁密使我们再也不能将阿尔贝蒂娜看作仅仅是其外表的总和。这里的加法具有合并作用；它使多元相交的过程中，以及在此之外或之内，突然出现一片统一的黯淡，某个人的，与 TA 密不可分的，谜团。从前对稠质的欲望离我们还很远吗②？

在下面这段文字里，我们会从头至尾再次听见它的呼唤。我们在这里会看到同类型的积累，在音乐的模式里纵向深入：如

---

① 《逃亡》，第三部，第 69 页。（根据原文参考，该部分引用出自《女囚》。——译注）

② 充分积累、层叠在此的想象产物在其他章节里将通过不同的想象获得，即关于刺绣、复杂交织的遐想。我们已经分析过这种形式的同化力，该能力也能用于增加其实施对象的稠密度，并使之个体化。例如在阿尔贝蒂娜的身体上："……我对温情的需要的满足和她肉体的特点之间已织成了错综复杂的回忆之网，再也无法理清，以至每当我需要温情时，对阿尔贝蒂娜肉体的回忆便如刺绣品般的附丽之物随而至，难以分开。只有她才能给我这种幸福。认为她是独一无二的看法和过去我对女性过客的看法不一样，它不是从阿尔贝蒂娜的个体特点得出的形而上学的先验之谈，而是由那些偶然地却又不可分离地交织在一起的回忆构成的结论。"（《逃亡》，第三部，第 556 页）通过联想编织物，一种主观偶然性的状态过渡到另一个必然性以及逐步建立特殊性的状态。

同一个低音部,用其和声的厚度来接受每个新音调的到来。普鲁斯特在这段文字里提到他的愉悦体验是有用意的,尽管从未真正攀至愉悦的顶点,但总是有所增强,就像是在以前未达成的其他乐趣的共鸣中获得这番愉悦。因为

> 我们并未好好享受自己的生活,我们在夏天的黄昏或冬天提前来临的夜晚,没有充分利用这几个小时的时间,在这些时间里,我们原本可以得到些许安宁和愉悦。但是,这几个小时并非完全浪费。新的愉悦的时刻开始歌唱,并将同样像纤细的线条般过去,这时,这几个小时给这些时刻添加的基础和实质,如同丰富的管弦乐配器。这些小时如此延伸到一种典型的幸福,这种幸福我们只能时而得到,但会继续存在①……

由此可见,细线的积累最终产生稠厚的实质;线条的重复引起一阵共鸣,形成规模;未满之乐相聚集,显出完满;或多或少受过挫的欲望反复回荡,带来丰富的、密而和谐的感觉。更重要的是,如此反复引出一个典型,也就是说一种新的追求,它慢慢确定并定义了独特性的乐趣:该独特性属于某个存在,千差万别又永久不变的存在,普鲁斯特称之为**本质**(essence)。

---

① 《盖尔芒特》,第二部,第396页。

隐　喻

　　因此是本质的满足,而不仅仅是物质的满足。如此满足又带来另一种覆盖,普鲁斯特称之为隐喻,这是非常普遍的叫法。事实上,这种修辞法使两种不同的事物(在想法上)靠近并重叠,从而使它们之间——以及它们身上——出现一个共同的概念。在普氏理论中,隐喻统一即从两个**不同**的结合物中提取一个**同等物**。然而,普鲁斯特笔下的隐喻真的是这样运作的吗?我们看到,关于这一点,热拉尔·热奈特在他的经典研究著作[①]里提出了强烈质疑。热奈特认为,普鲁斯特在写作时利用隐喻在两个修辞物之间制造出更多的是倒转,而非统一,倒转普遍存在,并且产生幻象或使人目眩。例如巴尔贝克的海,被比作连绵群山,或者更典型的,卡尔克蒂伊海港,用陆地的措词叙说海洋,用海洋的措词叙说陆地,这些例子都很好地印证了上述观点。因此,一如那些伟大的巴洛克作家的作品,隐喻具有翻转甚至颠覆的作用;它是不同世界,总是不同的世界(另一个世界)的一种技术;它是产生视觉危机并分散视觉的手段。

　　然而,同样的例子也能(同时)用于不同的分析中。对于埃尔斯蒂尔画的幻景,我们在前文中已经试图展现其实际的综合

---

　　① 参见"普鲁斯特的隐迹纸本(Proust palimpseste)"部分,《辞格一集》,巴黎,瑟伊出版社,1966,第45页及下一页。

功能。而巴尔贝克的大海—山峦,从水域到山脉不懈地进行位置更替,旨在在海的定义里加入一个普式欲望必不可少的义素,而该义素在真正的而非隐喻意义的海景里几乎无法体现。我们已经见过,它就是**上升**义素,表示动态上升,忽然亢奋高涨(在用于形容勃起时,还会联系到孔雀的尾羽,发紫的乳房,浮出水面的美人鱼,跃出水面的鱼,从波涛或浪花里打出的旋律,喷出的水幕,彩虹,雅各布天梯等)。而这个既涉及阳具又与母性相关的概念(它会引起对阳刚之力以及出生问世的联想)只有被幻想或游走的目光使劲绑上另一个明显具有它这层含义的物体,才能在物体一大海上有所体现。海借助山的高高隆起之势,山则借助海那深不可测的透光性及其幽蓝之力。这种来往并不是单纯的交换:隐喻关系建立之后,任何一方都保留了此前定义里的所有义素。最开始的隐喻仅仅是设立了双重同痕关系,这种关系随后被附上该处比喻的所有元素:因此,隐喻并没有使所涉及的两种事物之间发生品质对换,而是揭露本质,简单地说,即**液体涌现**的本质,从而使两者都能展现自身固有的本相结构,随后融入到其他可能的喻体系列里。

　　对于埃尔斯蒂尔的卡尔克蒂伊海港的描述,不能将其视为一套真实的隐喻,它更是隐喻的隐喻,也就是说它制造了一个场景,相当于普鲁斯特对该画理解的视觉体现,在空间上形象表现了将陆地与海洋这两个实质性对立物接合(形态互转)的所有可能形式。在先前的一篇分析中,我们将邻接、合并、反射、传递作为(这种"隐喻"里的)隐喻性关系的主要建立方式。这番描述中只有两

个真正意义上的隐喻,而其中之一是用一匹"桀骜不羁、跑得飞
快"的畜牲的突然跃起,随后用摇摇晃晃的乡下有篷小推车所经
之地的颠簸不稳(同一动机的换喻引申)来代替海面的波涛翻滚
之势。这种叠合连同**动物**义素所展示的,以及这段描述尾声再次
重复的,以及那里的上坡隐喻("看到一艘轮船在陡峭的山坡之
上,不禁会感到害怕"……)一起体现的,都是**上抬**的本质,隆胀、
野蛮竖起的主题。另一个隐喻以色彩和实质为主轴,使疏散和紧
实这两个天空与陆地的对立品质在此基础上得到比较和突显。
一边是被阳光照亮的**雪地**,另一边是**石路**(向上伸展的白色,竖立
起来的坚硬)。在此,隐喻覆盖能够对感知的概念性和普遍性重
新定位。物体,物质,它们被整理分类,表面上在机缘巧合中相
遇、结合:事实上,都是由真正意义上的个人观点决定的,在其重
要指引下,在其含蓄深远的特定先验推理中完成。

主 题 化

覆盖行为不仅涉及不同元素,要将这些元素整合到一个(实
质或本质的)统一体中,然而,在另一方面,也涉及相似元素,用
它们来产生变化,那么,在这种情况下,会发生什么呢? 我们知
道,这是普鲁斯特在《追忆》里使用的最普遍的创作手法之一,旨
在实现同类的连续反应。同一个(感性、思想、施动、幻想)元素
隔一段时间后再次出现,并且显得与它本身非常相似,直至形成
重要性显著的一条线;但同时,它也会根据不同的规则或它再次

出现时的上下文背景发生变化。还是应该对《追忆》的叙事内容做一番研究,从而找出主导动机(可以看出,普鲁斯特是借用了瓦格纳的术语)再现的这些系列,用预知、回溯、比较、对立等手法研究它们的结构,分析它们的叙事作用,探讨它们的出发点,根源,或者也许该说是非根源。因为如果说贡布雷是这里大部分主题脉络的语源,那它的意义和价值只能来自在它之后出现的内容、来自叙述的后续发展、来自记忆的跳转。它的原始品质体现为一个事后多重效应,进而构成源自它的所有动机(例如亲吻、嫉妒、教堂、蛋糕、芦笋等),就如一个读本不同的打开方式带来的所有可能的阅读,而不是一个意义的单线展开。总之,不能将普鲁斯特的这种主题化与主题阅读相混淆,本文论的各个章节就是基于主题化这个观点建立的。主题阅读是一种有意识的、自发的阅读方式,将一篇总是松松垮垮越往后越乱的文字筑成篇章,并使之均匀和谐。而这里(我们这本文论),恰恰相反,主题重建的关注点在隐含、恼人、挥之不去、反复无意识出现的东西之间漂浮,即关注所有文章本身没有主题化、没有确定、没有识别的内容。因此,也许将这里的主题称作非主题更为恰当……总的来说,这种阅读方式的目的是展现个人景观①里常常无意识存在的各个重要范畴,它们之间的联系尽管总是脆弱

---

① 当然,普鲁斯特自己就提供了一个很好的景观范例,其中有对司汤达(Stendhal)的高度感觉、托马斯·哈代(Thomas Hardy,1840—1928,英国诗人、小说家,代表作有《德伯家的苔丝》[Tess d'Urberville]、《无名的裘德》[Jude l'Obscur]等。——译注)的石匠几何、巴贝·多雷维利(Barbey d'Aurevilly,转下页注)

多变,却永远无法斩断。

　　总之,我们若是要着手这种主题化本身的主题,或"非主题",洞察作为主题化依据的欲望和行为,那么,我们会发现重复的、迁移的(例如在威尼斯重提贡布雷,但这个贡布雷"以完全不同且更为丰富的方式被搬移①")、变化的(马塞尔很快发现自己越来越像父亲、像莱奥妮姑妈,但并不完全一样:因为"旧事即便重现,也是变着样儿来的②")元素构建成了一套系列建筑,或者,可能仅是一张**编织物**。事实上,每个变化都使普鲁斯特所说的分岔口(embranchement)越来越明显:路口,结,一个系列在另一个系列的插入点,前者与后者相交,并使后者变得丰富。例如在威尼斯,一串阳光普照大海的范式,某种复杂性的美学形式,某个对**混合体**的遐想,都在不断切分贡布雷童年的各个田园系列(威尼斯还是马塞尔与母亲独处的地方)。这种交叉方式在相似性的遗传游戏、在家族血统的合并(父系、母系)、在谱系树结构或另一块语源学的层面发挥了最大效应,对普鲁斯特来说就像一种极大的魔力。简言之,哪里表现出转递、交汇的双重构建

(接上页注)1808—1889,法国小说家、散文家、诗人、文学评论家,代表作有《老情妇》[Une Vieille Maîtresse]、《恶魔》[Les Diaboliques]等。——译注)或内瓦尔(Nerval,1808—1855,法国诗人、散文家、翻译家,《浮士德》[Faust]的法文译者。——译注)的红色,陀斯妥耶夫斯基(Dostoïevski,1821—1881,俄国作家,代表组有《罪与罚》[Crime et Châtiment]、《卡拉马佐夫兄弟》[Les Frères Karamazov]等。——译注)笔下的女性等的著名评论。请特别参阅《女囚》,第三部,第 376页及下一页。

　　①　《逃亡》,第三部,第 623 页。
　　②　《女囚》,第三部,第 78 页。

力,哪里就存在这种交叉方式(它因而也存在于社会"界"系统,在它的传统、结盟、领域、地位以及所有联系和破裂中)。此外,记忆(或者简单地说:过去)难道不是一个巨大的交汇系统吗?就像通往巴尔贝克的道路开启了一串范式。叙述者写道,它是"所有相同道路的**起始段**,这些道路我后来在散步或旅游时经过,它们立刻跟这个起始段天衣无缝地**连接**在一起,并能依靠这段道路跟我立刻心灵相通①"……如此连接也关联了所有未来的人、事和物,如此一来,我们可以将巴尔贝克的这条古道视作普鲁斯特意指关系本身的象征。因为"在我们内心生活里,一切都是盘根错节,层层叠叠②",确实如此。不仅有德勒兹谈论过的横贯,还有宝雷研究过的倾斜、平行、"星形"等交会形式,普鲁斯特在《重现的时光》文末对此还做了理论阐述。因此,主题化与织造行为相似。所有主题系列相交在普鲁斯特的幻想中织成一张网,里面是构成作品或连成网络的内容,布满神经和网点,使我们能够一格一格、一结一结、一"星"一"星"地在上面随意通行,自由摸索:因为"我们过去的任何一个交点与其他交点之间形成了一张密密麻麻的回忆网,只需要我们作出联络上的选择"。那么,或许可以这样说,我们能够、需要同时从四面八方穿透、理解、阅读这被书写的生活、这部作品,就如兰波③希望人们

---

① 《少女》,第一部,第 720 页。

② 《女囚》,第三部,第 253 页。

③ 阿尔蒂尔·兰波(Arthur Rimbaud, 1854—1891),法国著名诗人,早期象征主义诗歌的代表人物,代表作有《醉舟》(*Le Bateau ivre*)、《地狱一季》(*Une saison en enfer*)等。——译注

从各个方面渗透、解读自己的诗歌。

写 作

然而，值得注意的是，**编织出来的意义**在普鲁斯特笔下以两种差异甚大的形式呈现在结构幻想和实质幻想里。事实上，与其观察网状交联的人或物，更不如选择思考这种交联关系本身的形式、常用布局，简言之，即它的结构。在这个层面上，重复成了关系的表现形象，而不再是表达：我们可以尝试描述该形象与其他抽象程度相同的形象的衔接，并整理归类，最终也许会得到一套分类法或者通用逻辑。在此，与情境和背景的极度多变性相比，基本元素的数量少到令人吃惊，而普鲁斯特是对此感悟的第一人："就好像生活拥有的线条有限，只能用这几条线绘制差距极大的图画[①]。"在这些图画里，编织类型、连接方式有时候比所采用元素的本质更加重要。就如那么多人物的"连结协助形成某种情势，我觉得，"叙述者说道，"情势才是完整的统一体，而人物仅仅是构成成分。""我的生活"，他补充道，"已有足够的阅历，尽可以在我的回忆中相反的区域里找到另一个人来补充生活为我提供的不止一人的不足[②]。"我们看到，此处的对立结构具有展望的优点，甚至是

[①] 《重现》，第三部，第 972 页。
[②] 同上。

对过去,且具有探索性:它呼唤某段过去的经验来完善它,或者填补它。这种完成既依照相似性,又遵循相异性,有时两者兼并而形成对称,我们在普鲁斯特笔下已经看到许多此类规则的例子:因为"我们所看到的那些集中于某处的形象虽然与第二组的形象对称,却相距极远,它们只是颇不相同的第一组形象的反映,或是它在一般情况下的效果①"。在普式能指的内部网络里,任何一组都不会孤立存在:每组都得到响应,与其他组形成对称,获得联系,至少他是这么想的。

最后,想象这种连通的普遍性、这种剧烈的意义传播运动发生在实体上,也有欣喜的发现。因为生活用这种线"在人与人之间、事件与事件之间不断地进行编织,穿梭交叉,重重叠叠,把它编得越来越厚②",线抽得如此紧,致使它们最终在唯一一块织物的连贯性、其恢复的均质性里相遇。由于越来越复杂,越来越稠厚,网媒宛如消失,取而代之的一块新的、不具媒介的织物。《重现的时光》中的一段重要文字向我们解释了这个过程:

> 一段简单的社交关系,甚至就是具体的某件物品,倘若几年后我仍能把它记起来的话,我会发现,生活已经在它周围没完没了地缠上各种各样的线,终于用年岁这种绝妙无

① 《重现》,第三部,第983页。
② 《重现》,第三部,第1030页。

比的毡绒包裹严实，就像在那些古老的公园里用绿宝石鞘

包裹普通水管子的人①……

当然，也许某位精神分析学家会提醒我们警惕这个古老公园，以

及这根看似仅仅是用来绑上毡绒绿宝石的水管子②太过表面的

单纯性，或者"普通"。不过，我们现在特别感兴趣的还是毡合，

以及这绒质感。我们在前文已经探讨了绒所承载的想象，知晓

它深化时间的才能，它舒适包裹的能力，它的堆积功效，它呈现

的光泽。但是在这里，它面对一个新的欲望，变成了光滑的网

边，成为关系达到某种舒适饱和的界限。因而它不仅具有物质

实体的价值，还具有控制价值。它不再仅是用来包裹每个经历

过的事物，或使之向其物质本原、孕育之源凹陷；它还使之与所

有其他经历过的事物有了直接联系、持续接触。我们由此看到

---

① 《重现》，第三部，第 973 页。

② 这根水管特别让我们想到另外两根管子，都具有阐释性（我们在第二章
的末尾对此有所评述）；其中一根在能够唤起东锡埃尔回忆的热水汀上，另一根
引了《重现的时光》里的一番记忆沉醉。它们的根源都在《让·桑德伊》里，一
段关于某些物体的描述中，我们在前文已经找出这些物体的性感意义（《让》，第
330 页）。那是在遗忘之国，先于芦笋和平原风光的神秘之地，在一个"池塘里，
水下流至唧筒，池底露出的互相交错的水管已经不再是人类的杰作了，在那片被
它们映绿的水下，无数个透明的绿色水泡颗粒美妙动人，将它们包裹住，这些气
泡错落相交，有时会紧紧并在一起，像是要把水管压破，并在某个地方使池塘完
全发生曲折"……

插在幽幽绿水里的管子又陷入水泡的包围，水泡自由排列，并紧压它的覆盖
对象——后者与芦笋（肥美，坚硬且略带粉色）非常接近——：这一切构成了一个
性内涵明确的背景。由此展开的遐想故而保留了幻想的力量和（隐蔽的）真实。

一种化为硬稠体的关系,这个想法并不容易实现:该关系变得易于察觉,犹如一个可被感知的实体,可以触碰,也就可以被消耗。在这块绒里,物质性与含义叠在了一起。这难道不是象征了另一个诉求,专注于结合与连通、滑移与差距、吸引力施展与意义的差异编织的追求? 这种追求体现在普鲁斯特的每一句话中,也许,我们可以称它为,他的写作。

附　录

墨洛温王朝之夜

在《在斯万家那边》的第 61 页,普鲁斯特向我们展现了贡布雷教堂的四维结构。它的中殿横渡世纪长河,被一支缓慢行进的、难以抵抗的时间队伍穿过,而在空间上,与之相应的,一座钟楼拔地而起。然而,这座教堂的根源,它埋在地下的那部分,或者说,它的**基础**以及这两个字包含的所有意思,都停留于眼前这座对世人开放的教堂的内部:人们可以进去参观,探个究竟。事实上,圣伊莱尔和……

……它的地下室深陷入墨洛温王朝的黑夜之中,泰奥多尔及他姐姐领着我们摸黑前进,走进阴暗的拱顶下面,拱顶上有一道道粗粗的肋,犹如一只巨大的石蝙蝠的皮膜,他们用蜡烛给我们照亮西日贝尔的孙女的坟墓,墓上有很深的瓣状印痕——像是化石留下的痕迹——,据说(disait-on)是一盏水晶灯落下时砸出的:"这位法兰克公主被杀的那天晚上,挂在目前的半圆形后殿上的水晶灯从金链条上脱落下来,但灯火没有熄灭,水晶灯掉在石板上没有跌碎,只是在上面留下了印痕。"①

因此,教堂源自此处引文所呈现的一个不可思议的事件,由于是引自作品,故具有文学权威性。这些引号将事件的叙述转为某个讲话人或远处某位身份不详的执笔者的行为。那么,问题来了:将参阅性如此强的一段话归于一位身份如此模糊的作者,这位作者就像是人们说(disait-on)中的人们一样指代不明,要如何来考虑这个问题?或者,那根本就是不知从哪飘来的一个(转述或编造的)传说?既然如此,那为何还要创作这样一段有所标记的文字?或者说,是否借鉴了某部(真实或虚构的)作品的内容?可是又为什么要把作者的名字抹去呢?总而言之,这样做的目的是什么?也许,它与促使普鲁斯特在这个片段的上下文当中再度援引以下内容的需求一致:图像上,他引用了戈洛和热纳维耶芙·德·布拉邦特的传说;挂毯上,是以斯帖和亚哈随鲁的故事;而彩绘玻璃窗上,则是恶人吉尔贝的冒险。我们知道,通过转移和掩盖,也就是普鲁斯特所说的"隐喻",这些真正意义上的艺术拼贴使他能够在它们出现的地方向不同层面传达、加深、甚至揭开虚构的意义,即此处自传性小说的意义。但是,由于用了一段完全摘自原著的引文,从"单纯"的读者的角度来看,上述的这种手法

---

① 《斯万》,第一部,第61—62页。

便拥有了一股更强大且更神秘的力量。而这段被转述的文字、这篇围于文本中的文本到底具有何种身份？难道它是某篇可能名为《贡布雷指南》(*Guide de Combray*)的仿作吗？它是否来自某位真实的作者之手？那他会是谁，又为何要这样借用呢？

这个关于互文性的小问题——在这里，它并不会涉及**来源**，因为借用的痕迹过为明显：说真的，说借用不如说是**抽取**——在阅读《墨洛温王朝时期的故事》(*Récit des temps mérovingiens*)时就容易理解了，而我们记得，这本书是少年普鲁斯特最爱的读本之一。在第一章的结尾处，奥古斯丁·蒂埃里(Augustin Thierry)讲述了加尔斯温特(Galeswinthe)公主的悲惨结局，普鲁斯特应该喜欢这样娇柔的名字，她是美女布伦希尔德(Brunehild)(又名布鲁纳奥特[Brunehaut])的姐姐，即正直的西日贝尔王的妻姐。哥特公主被残暴的希尔佩里克(西日贝尔的弟弟)求婚，但她此前从未离开过她的故乡西班牙，也没有离开过她母亲歌斯温特(Goïswinthe)的怀抱，她预感到自己未来的厄运，只能含着泪嫁往他国。预感不幸成真：结婚后没过几个月，希尔佩里克便厌倦她了，无论是她的温柔，还是她的美德。某天晚上，希尔佩里克受他恶毒的宠妃弗雷德贡德(Frédégonde)唆使，施计找人勒死了睡梦中的哥特公主。以下是奥古斯丁·蒂埃里的结论：

> 这名年轻的女子就这样死去了，一阵内心启示似乎提醒她这安排好的命运，忧郁且娇嫩的面孔经受了墨洛温王朝的野蛮，仿佛分属不同时代。尽管道德感在无数罪孽和不幸中

衰减,还是有些人会为无妄之灾深深动容,而他们的同情被那个年代披上了迷信的色彩。据说,在加尔斯温特下葬的那天,她的墓旁悬了一盏水晶灯,灯突然掉了下来,没人伸手去接,便径直掉在了大理石砌成的地面上,但灯没摔碎,灯火也没有熄灭。为了解释这个奇迹,人们断言在场者看到地面的大理石就像柔软的材质一样向下凹陷,而水晶灯则半陷在里面①。

从《追忆》所给出的引文,我们应该清楚地看到普鲁斯特对奥古斯丁·蒂埃里的直接致敬,他是普鲁斯特钟爱的作家,他还特别花了一整个夏天的时间来疯狂阅读他的作品。学者们一致将 1886 年定为"奥古斯丁·蒂埃里年",那是阿米奥(Amiot)姑妈(小说中莱奥妮姑妈的原型)去世后的一年②。现实与虚构就此重合:叙述者放下手里的书独自前往梅塞格利兹那边散步,去那里卸下读书时因静止不动和阅读紧张而在他身上"累积的活动和速度",并在那里像个"被人放开的陀螺"一样"朝各个方向消耗③"它们,这本书可能还是奥古斯丁·蒂埃里的作品(《墨洛温王朝时期的故事》或者《诺曼人征服英格兰》[*Conquête de l'Angleterre par les Normands*])。离开希尔佩里克或者征服者威廉的故事后,马塞尔"敲

---

① 《墨洛温王朝时期的故事》,第一部,1840 年,第 358 页。

② 关于奥古斯丁·蒂埃里文书的主要元素在《书信集》(*Correspondance de Marcel Proust*)的一条注释中提到过。《书信集》,第一部,菲利普·科尔布(Ph. Kolb)编著,巴黎,普隆出版社(Plon),1970 年,第 110 页。

③ 《斯万》,第一部,第 154 页。

打着雨伞或手杖",直接步入唐松维尔的树篱之谜、蒙茹万池塘的愉悦之中,边出神边含糊不清地喊着"嘿,嘿,嘿,嘿",或者对躲在鲁森维尔树林里的农家姑娘展开更趋肉欲的追求。这是阅读爱好与性欲的强劲激发之间的第一道联系,如此关联是有意义的。

但是,从普鲁斯特的一些惯用手法来看,这种联系也会产生一次相遇,或者说是使这部如此令人激动的作品的内容与人物正在探索这部作品的地方、立即投射了对其喜爱之情的地方之间发生结合。为了配合普鲁斯特的创作,奥古斯丁·蒂埃里的《故事》应该以某种客观的方式呈现贡布雷的景观中,因为在主观上,它已经相当明确地指向了这片景观。根据热拉尔·热奈特清晰明了的分析来看,邻接关系在此总是逐渐转变为相似关系,而换喻总是要强化成隐喻。上述的这道联系也是如此,仅是书与读书的地方之间原始的邻近关系就引起了两种笔法的覆盖,并将根源扎进书中的历险之地。阅读的客观内容需要在真实经历的感觉场里得到证实。需要用景观去肯定书本的内容,用书本去赋予景观的内容,并且在这里,由于涉及的是一本历史书籍,便会有最古老的东西萦绕,那么,不就只能以最熟悉、最贴近生活的东西来汇成蛛丝马迹吗①。

---

① 除此之外,还有一个回忆里的、突然出现在记忆深处的贡布雷,而它与墨洛温王朝这一主题间的关系:两者都具有基、底的意义,前者是对个人的历史而言,后者则是对法国的历史而言。引导两者相遇,就是在将两块重要的童年领地,两个起源的神话相结合。"墨洛温王朝时期的秘密"(《斯万》,第一部,第171页),即那个迷人而不可思议的开始之谜,是个具有双重意义、自我影响的秘密,变成神话,并作为起点展开多个系列的发展。

在众多事物中,圣伊莱尔教堂所起的就是这个作用。事实上,从一个看似不可靠的词源着手,普鲁斯特将这个在墨洛温崇拜中具有重要意义的圣名与他所生活的小镇**伊利埃**(Illiers)的名字相联系:贡布雷的神甫先从词源角度阐述将两个名字联系在一起,之后布里肖的评论里也有所提及。圣伊莱尔就此成为伊利埃的主保圣人,那么小镇本身的名字也可以换一个,就变成了贡布雷(在奥古斯丁·蒂埃里的书中还找到的另一个名字,威尔士人[Cambriens],他们是在英格兰最早的居民,在《诺曼人征服英格兰》开篇中频频出现)。由此便萌发了一个想法,将圣伊莱尔的圣物安置在贡布雷教堂地底下,甚至想象某种奠基行为:

> ……提奥特贝尔在率领侍臣离开这儿附近的蒂贝齐(Thiberzy,拉丁文为 Theodeberciacus)乡间行宫,[……]时说,如果真福者保佑他取得胜利,他一定在圣伊莱尔的坟墓上建造教堂[①]……

关于**蒂贝齐**这个有着贡布雷战功气息的地方,我们在它的名字上发现另一个更可靠的词源移植,将历史移到地方。在此,有必要提一下同一段文字的早前版本,来自莫里斯·巴代什特别指出的普鲁斯特的作品初稿。已与圣伊莱尔以及墨洛温王朝的国王们相关联的地下室在这段草稿里似乎包含着某个更直接且更

---

① 《斯万》,第一部,第105页。

感性的奇妙元素:"在前往攻打西哥特人的时候,希尔德贝尔(Childebert)经过贡布雷,参观了圣伊莱尔的圣物……从前,地下室的底部有一口井,井水十分神奇①。"引出能上天入地的水且必然具有正面意义的这一新主题,还幻想在最深处的底部凿出一个含水的窟窿。这种极度幻想的结构能够让我们联想到那块被受未摔碎的水晶灯撞击而软化的石板的结构:这里的水不仅代替了光线;还引出了《追忆》所描述的其他与水相关的地方,并且,我们发现这些地方都具有某种近乎神圣的怪异气氛:德利尼浴场池水的幽暗,长久蕴存在维冯纳河源头的神秘感。

然而,在普鲁斯特笔下,有关墨洛温的一切并不仅局限于神迹主题,该主题甚至不是该范畴最突出的内容。神奇仅属次要内容,可能是来平衡或弥补因种类完全不同的活动而造成的不安:这些活动即有着强大的侵略与暴力倾向的活动。狩猎是个委婉的例子,选定的狩猎地在奥古斯丁·蒂埃里的作品里十分重要,这片充斥着黑暗和意外的空间,这片树林:"这是盖尔芒特的古老树林,希尔德贝尔曾在这里打猎,千真万确,仿佛在我的幻灯片里,或是在莎士比亚或梅特林克②的作品中,'左边有一

---

① 莫里斯·巴代什,前揭,第 382 页。后来把希尔德贝尔改成提奥特贝尔,那是为了保持与蒂贝齐(与现实中的蒂贝尔维尔[Thiberville]对应)的联系,或者是与泰奥多尔的联系,后者是一个普通又古老的名字,既属于一个与教堂有关的人物,也是其他某些非神职人员的名字(参见本附录末尾)。

② 莫里斯·梅特林克(Maurice Maeterlink, 1862—1949),比利时剧作家、诗人、散文家,比利时象征主义运动的领导者。代表作为《佩利亚斯与梅丽桑德》(*Pelléas et Mélisande*)、《青鸟》(*L'Oiseau bleu*)、《蜜蜂的生活》(*La vie des abeilles*)。

片树林'。这片森林点缀在俯瞰盖尔芒特的山丘上，西边是柔软的绿绒覆盖，带有悲剧色彩，就像某本墨洛温王朝编年史里的彩色插画中一样①。"然而，狩猎在其他地方变成了战争，甚至更糟：成了折磨、掠夺、淫乱的活动……就这样，墨洛温王朝的诸事在普鲁斯特的想象中几乎不可避免地成为一连串罪行的幻想。

---

① 《驳》，第 340 页。我们已经知道，树林是一个充满着肉欲的主题。然而，现在，这个主题被放进了中世纪的旧时光里：戈洛（幻灯里的主人公）的树林转为希尔德贝尔的树林："戈洛骑着蹦蹦跳跳的马，心怀叵测，走出如深绿色丝绒般覆盖小山坡的三角形小树林，跳动着前往可怜的热纳维耶夫·德·布拉邦特居住的城堡。"（《斯万》，第一部，第 9 页）但是，它也清楚地让我们想到梅特林克的树林，即《佩利亚斯与梅丽桑德》里的山林：因此，这就证实了我们的戈洛与最后一幕里的高兰（Golaud）国王的相似性，这一相似性由米歇尔·布托尔（《恶人吉尔贝的七个女人》[Les Sept Femmes de Gilbert le Mauvais]，巴黎，法塔·莫尔加纳出版社 [Fata Morgana]，1972 年）提出。因为两个人物的角色十分相似：都是带着罪行与欲望、暗中伏击的、在森林里的主人公（高兰最后杀死梅丽桑德，与戈洛一手策划热纳维耶芙的死如出一辙）。普鲁斯特还把戈洛与蓝胡子拉在一起：并且，我们在前面已经提到，在《追忆》中，这个人物与叙述者对母亲的罪恶情感之间的联系清晰明了了："热纳维耶芙·德·布拉邦特的不幸，更使我感到妈妈的可亲，而戈洛的罪行，则使我对自己的反省更加尽心。"（《斯万》，第一部，第 10 页）我们不能受这里的玩笑口气误导，错过其背后的真实用意。

此外，我们还能看出，热纳维耶芙·德·布拉邦特接下去的故事依旧与对树林和狩猎的想象有关：戈洛向她的丈夫诬告后，她和她的幼子被前来处决她的士兵们弃于树林里。这就展开了将妇女或儿童独自处在充满敌意的大树林的施虐主题。也许我们能从马丹维尔的双综钟楼那边得到对这一主题的响应：我们已经看到，它与双塔的关系最终在对抛弃的煽情描写中表现出来（煽动的是愉快的情感，因为这里是叙述者抛弃了它们）："它们也使我想起*传说中的三位姑娘，被孤零零地抛弃在已经降临的黑夜之中*；当我们的马车疾驰着远去之时，我看到它们胆怯地寻找着自己的道路，它们高贵的身影笨拙地摇晃了几次，然后*紧紧地靠在一起*，一个钻到另一个后面，在仍然呈粉色的天空中变成一个黑影，迷人而又顺从，最后消失在夜色之中。"（《斯万》，第一部，第 182 页）

就如《驳圣伯夫》里的一段话,他们尚未在贡布雷的圣伊莱尔教堂上烙下耻辱之印,而是在虚构的盖尔芒特教堂(有多少墨洛温国王的后代就有多少热纳维耶芙·德·布拉邦特的后代)留下印记。普鲁斯特在这段话里展现了被后来的长久岁月埋在下面的 11 世纪①,"它出现地下室更深更暗的地方,肆意散漫,在那里,两块石头中间,像是这位君王曾经杀害克洛泰尔(Clotaire)的子嗣而留下的污迹,[⋯⋯]在希尔佩里克时代的两道沉重的野蛮门拱之间。你能明显感到跨越时空的感觉,就像是过去的回忆再次出现在我们的脑海里②"。一次令人激动的穿越,把过往著名的记忆曲线刻在石头上,供世人察看。但重点还是这块"污迹",这个罪之印,它已被深深植入这座古老建筑物的心脏(沉重的门拱在《追忆》的文中被隐喻为这种总是带有恶兆的动物:蝙蝠,其翅膀—皮膜也令人不适),并时刻控诉着那个年代的顶级罪犯,希尔佩里克。

　　普鲁斯特的想象赋予墨洛温王朝这一极特殊范畴某些价值,接写来我们就要来试着解读这些价值。毫无疑问,普鲁斯特被最初的这几位野蛮君王身上那残忍、放肆、恣意妄为的气质吸引:他们纷纷降临在一片尚且陌生的土地上,是那里独揽大权的统治者,能够随意享受那里的一切。对他们来说,无需克制,没有管制,用奥古斯丁·蒂埃里本人的话说,就是"荡无纲纪",除

---

　　① 经考据,该处描写的历史应为公元 6 世纪,此处疑原文有误。——译注
　　② 《斯万》,第一部,第 339 页。(经参考《斯万》原文,未发现该段引用,根据上下文,此处引文疑出自《驳圣伯夫》。——译注)

了基督教对他们要求的一条戒律,但执行起来还是十分拘于字面和表面。蒂埃里的这个主题——应全力展开它——使他笔下的法兰克人和北欧人的野蛮与拉丁文明的理性形成根本性的显著对立,前者是一种冲动、鲁莽、流浪、苟且的不文明状态,同时又不乏阴谋诡计,在狂暴与麻木间摇摆,往往反复无常,甚至朝令夕改,时不时冒出一个欲望(已经存在欲望了!)(这就是希尔佩里克的全貌,他确实受弗雷德贡德的暗自引导和唆使,后者的野蛮生性更加顽固,坚不可摧),而后者是和谐、公平、智慧的理性状态,但又很脆弱,只能靠图尔的圣格列高利(Grégoire de Tours)这样的大学者死抠宗教律法条文才能在高卢罗马的问题上占上风:再加上前者对后者的不断入侵。而现在,这些入侵,这些阴谋,这些折磨①,以最直白的形式,在这段沉重历史的每一页上涌现。墨洛温王朝的各位国王,在懒惰中渐渐麻木,最终以丢失他们的族系而告终,而在此之前,他们都是心中充满极强

---

① 我们在《驳圣伯夫》中找到一处影射另一个墨洛温王朝传说的叙述,该传说的特点为家族凶杀(这确实是那个年代的恐怖、震撼人心之处,谋杀家庭成员的事件比比皆是:这个时期因而也具有催生幻想的强大力量):在墨洛温森林的"另一边","低处","流淌着一条河,河里飘着那些朱米埃日(Jumièges)镇上的受过烧烙膝部肌腱酷刑的人"。我们知道,这里说的就是克洛维二世的两个儿子,因为反抗他们的母亲巴蒂尔德(Bathilde),而被他们的父亲判处烧烙膝部肌腱的酷刑(通过烧烙脚部的肌腱来毁掉神经),随后将他们丢在塞纳河上的一艘小船里。他们被圣·菲利贝尔(saint Philibert)收留在一处隐居住所里,这便是后来朱米埃日小镇的修道院(贡布雷圣伊莱尔教堂的原型之一。——译注),在那里能看到他们的墓石(不完全真实)。依旧是典型的折磨,家庭三角关系的结构,耐人寻味。

欲望的人,并以最无节制、最残忍的方式发泄出来。这就为构思少年性欲的幻想提供了具体表现或说影响力较大的范例①。另外,在《追忆》里被我们作为本研究起点的那几行文字背后显然就能发现这层影响。普鲁斯特深感墨洛温王朝诸事的残酷,这使他在引述的同时又将之扩大:在奥古斯丁·蒂埃里作品中的一桩成年已婚公主的凶杀案,在这里则成了针对西日贝尔"孙女"的谋杀案(还有"克洛泰尔的子嗣":他们事实上就是希尔佩里克的兄弟:西日贝尔,希尔德贝尔[Hildebert],贡特朗[Gonthran],他们和他一样,在被写进历史的时候都已成年)。说真的,没有什么事能比一个女童被杀害更可怕了,对某些人来说(我们知道普鲁斯特也是其中之一),也没有什么比这更令人震惊,更刺激感官了。

这就是蓝胡子或吉尔·德·莱斯(Gilles de Rais)特征的一面(米歇尔·布托尔在最近的一部关于墨洛温王朝的论著②中就谈及这一点)。然而,在普鲁斯特的想象中,这种本能的爆发性释放显然要遭到禁止。确实,这个主题集的所有形象都具有压制特点;以最实际、最直接的方式压制:将它们空间化,并把它们藏在看不见的地方。事实上,在贡布雷的景观中,墨洛温王朝

---

① 还提供了画面、动作参考。例如,《让·桑德伊》中的一个重要场景,该场景主要体现对母亲权威的反抗,主人公发现一件黑色天鹅绒大衣,"上面留有重击后的痕迹,它像一位少女被军人拉着头发般被让攫在手里拿进房间"(《让》,第一部,第309页)。

② 《恶人吉尔贝的七个女人》。

只会分别以破碎(碎片、残迹)与埋葬(井、地下室)的两种物态呈现。因此,越深就意味着越压抑。弗洛伊德指出,这就是所有古代或古迹的真正命运(后一范畴常被用来象征前一范畴):教堂的塔楼就是以墨洛温王朝这层底楼为支撑、为基础建立起来的,尽管又将它深深埋入地下,永无天日,甚至被世人遗忘。因此,参观地下室相当于唤醒一个载有原始幻想的世界,而它的复苏并非完全被动。在此,我们自然会想到普鲁斯特笔下的其他地方,在那些地方,同样的地下维度同样召唤着禁忌的欲望,并且,这个欲望能联系上多个面孔:卢森维尔城堡主塔下的色情地道(吉尔贝特常常前往此处……,还有圣伊莱尔教堂里引领叙述者参观的年轻向导泰奥多尔也常去①);香榭丽舍大街上从"地里"钻出来的小屋,由一位化着浓妆的年迈的"侯爵夫人"统治,人如狮身人面像那般蹲在这地下墓室里满足肛门之欲(如厕者蹲着思考什么谜题?);战时巴黎装着同性恋的地下铁,载着夏吕斯的风流韵事。词源学是对的,地下室就是一个藏匿处。因此,任何去地下的行为都应被理解为是一种减负或招认。

禁忌的冲动在墨洛温王朝的幻想中还有其他发展途径:首当其冲的恐怕还是由其人名、地名带来的沉重感、近乎挑战的丰富性。这些生硬又别致的蛮族大名(一如名字主人的服饰、颈饰

---

① 在参观地下室的时候,泰奥多尔由"他的妹妹"陪同;然而,之后我们才知道她在《追忆》里是普特布斯夫人的女仆,是一切色情幻想的中心。那么,这个地下室里的一切都与性欲有关,不管是男性(泰奥多尔)还是女性(活着的女孩或死去的女孩,两者对称,类同相召)。

和鬓发),从形态到发音都直接透露出一股诱惑力,并且在奥古斯丁·蒂埃里无规则的拼写下显得更加粗糙不平。克洛维希(Chlodowig),贡特拉姆(Gonthramm),西日贝尔(Sighebert),泰奥多贝尔(Théodobert),希尔德贝尔等:这些名字自然而然地成为了《追忆》中所有专有名词的创造模版。一个音节,或一组关键音素群:ber,可变化为 ver 或 guer,很容易看出它们在书中就像一个基质单位被用来构成各式各样的人名和地名(我们已在本研究中做了具体尝试)。这张人名、地名网络的起源,或者说其中的一个断点、结合位点,不都得在被罗兰·巴特称为"长裙拖尾"的词尾中去寻找吗?确切地说,就是带有上述墨洛温王朝华名中的 bert 的词尾。由此看来,墨洛温王朝就是通过一套易位构词机制将其最隐秘的信息传遍《追忆》的各个角落。

语言还赋予围绕墨洛温王朝诸事展开创作的作者其他方式来处理与该时代背景以及主题相关的冲动特质:所谓处理,即在运用的同时隐藏它。在此,有必要重新读一下贡布雷神甫对莱奥妮说的话,关于其所在教堂的历史:这些话几乎可以作为一篇奥古斯丁·蒂埃里(是的,墨洛温王朝的特级撰写者蒂埃里,无论是他的《诺曼人征服英格兰》,还是《墨洛温王朝时期的故事》:从一本书到另一本书,所蕴含的想象价值并不会发生变化)仿作的前言。在这些诙谐的语句中,欲望被掩盖、述说并得到缓解,这当然要归功于戏仿手法。比方说,运用词源学:指出在有些地区,圣欧拉莉(sainte Eulalie)是如何变成圣埃卢瓦(saint Éloi)的,这不就会引起对不确定性甚至性别转变的奇怪遐想吗?"欧

拉莉,您百年之后,有人会把您说成男人,您看到了吗?"欧拉莉
则完全如期待的那样反应:"神甫先生总能想出开玩笑的话①。"
开玩笑能"谴责"并掩盖当下情境里的猥亵意味。不是有首著名
的歌谣里也有这样的玩笑吗?它唱的是,埃卢瓦的朋友,达戈贝
特(Dagobert)国王竟然把他的内裤**反**着穿……滑稽手法给冲动
行为提供了一条正当又有利的表达途径,这在普鲁斯特的作品
里常常出现。而这不也正是普鲁斯特通过神甫的话玩着取外号
游戏的意义所在吗? 例如,用**痞子丕平**(Pépin l'Insensé)和**结巴
查理**(Charles le Bègue)来代替**矮子丕平**(Pépin le Bref)和**秃头
查理二世**(Charles le Chauve),也就是在原本诙谐的称号上添上
喜剧效果。不过,这么做尤其会完全去除这些暴戾残酷的人物
身上的悲剧性。比如,如何来严肃地看待这位"虔诚的"却幼年
丧父的王子,他"执掌王权,像目无法纪的青年那样随心所欲②"
(再次出现奥古斯丁·蒂埃里钟爱的主题!),而他,"只要觉得一
座城里有一个人的脸看不顺眼,他就把那里的居民杀得一个不
留"。在普鲁斯特看来,这场快乐屠杀的元凶就是少年时期过度
的离奇幻想和不妥协。我们在想,谁会成为这不知其名的"一个
人(particulier)",他有点太全面了,可能都不存在……不过,我
们还是能在这里发现一些他的特征,比如这个词包含的义素多

---

① 《斯万》,第一部,第 105 页。
② 《斯万》,第一部,第 105 页。这句话其实是出自修道院的侯爵院长笔
下,他著有一部关于伊利埃的专著,克洛迪娜·克马尔(Claudine Quémar)对此
有所提及(《普鲁斯特手册》,第六卷,第 341 页)。

到夸张,内容与容器不匹配,不恰当地重复某些老套风格等,让·米伊(Jean Milly)认为这些都是普鲁斯特仿作的特征[1]。

另一件事也以同样的手法展开,让人感觉像什么都没发生,但却因《追忆》里的众多后续细节使我们揣测它的重要性:那就是吉尔贝之死,他是盖尔芒特家族的祖先[2],热纳维耶芙·德·布拉邦特的后人,应该也是我们那位古老的杀死小女孩的墨洛温王朝凶手的子孙,至少从各主题的逻辑联系以及名字的威望程度来看是这样。普鲁斯特将吉尔贝这个名字略作改动,成就了作品里其他众多欲望产物的名字(吉尔贝特,阿尔贝蒂娜,罗贝尔,玛丽·吉尔伯特[Marie-Gilbert])。顶着这个与恶人之名无甚差别的名字,希尔佩里克最终不是在贡布雷教堂前的广场上为他的罪行付出代价了吗? 我们会看到,不管是哪种情况,弑兄之罪总是罪大恶极(西日贝尔,以及恶人查理二世[Charles le

---

[1]　J. 米伊,《普鲁斯特的仿作》(*Les Pastiches de Proust*),巴黎,阿尔芒·科兰出版社(A. Colin),1972年,第 24 页及下一页。

[2]　克玛迪娜·克马尔发表的《斯万》开头部分的草稿(《普鲁斯特手册》,第六卷,第 270 页及下一页)证实普鲁斯特在墨洛温王朝这层历史与盖尔芒特家族发展之间建立了联系,后者以贡布雷教堂为媒介,把根系直接扎进教堂(吉尔贝在教堂的彩色玻璃窗上,奥丽娅娜·德·盖尔芒特[Auriane de Guermantes][此处的 Auriane de Guermantes 与正文中的 Oriane de Guermantes 应为同一人。——译注]在挂毯上,热纳维耶芙·德·布拉邦特与盖尔芒特代代修道院的院长葬在圣伊莱尔的地下室里)。一系列细节造就了圣伊莱尔教堂,而这些细节首先被用于描写一座古老的盖尔芒特修道院。如此牢牢扎根使我们明白,普鲁斯特赋予墨洛温王朝的价值会传遍整个盖尔芒特家族,向幻想的各个方面(往往都与情爱有关)衍射。或者相反地,以这种个人的情色观念来决定彩色玻璃窗上的人物命运。

Mauvais])。对罪人的惩罚是在公共场所公开行刑,即在教堂前的**广场**上,而不是在阴暗、能够肆意妄为的**地下室**里。普鲁斯特的小说里充满了联系和应和,且各有用意,其中有一条让我们注意到,叙述者第一次看到奥丽娅娜·德·盖尔芒特就是在同一广场,她是吉尔贝的后人,也是《追忆》里他第一个真心爱上的女人。吉尔贝的惩罚来得甚是迅速,眨眼间,无声无息:"但他看来没能赢得贡布雷居民的好感,因为他在弥撒结束后出来时,居民们朝他冲了过去,把他的脑袋给砍了下来。"意味深长的斩首①……哦,这惩罚,如同榜样,有点太过儆戒性,甚至砍头画面的半掩盖性都被效仿。作为盖尔芒特一族的根源,以及从想象中其他众多身怀欲望之人的父辈关系来看,这个人物的存在似乎就是为了出现在这广场上,为了在那里提前斩去这个如属性

---

① 在《斯万》的几个早期构思版本(以及《普鲁斯特研究》,第6卷,第312页)里,这种阉割般的斩首行为由女性角色执行,这个角色自那时起就被冠以奥丽娅娜·德·盖尔芒特之名……"伯爵夫人如此自命不凡,完全不屑于收容可怜的贡布雷神甫。因此,我不认为她会让一个普普通通的艺术家把画笔插进盖尔芒特家……她只会像奥丽娅娜·德·盖尔芒特一样对待他,后者曾命人在一天内**砍了60个平民的脑袋**,并让人把这些头颅扔到了盖尔芒特家的壕沟里,他们认为我还不够高贵,无法跨过这些壕沟。"操刀阉割的母亲形象骇人可怖;而附庸风雅与阉割之间的幻想联系着实有趣(阉割等同于"不被接受";与沟渠这个讲究的布局样式同时出现)。我们还发现,艺术("把他的画笔插进"盖尔芒特家)可以成为一种阻挠阉割、实现"进门"、获得社会与冲动的认可的手段。

因此,在这位模仿了带有吉尔贝的彩色玻璃窗画的艺术家身上或许可以找到象征普鲁斯特本人的缩影,其画作角落的艺术家的肖像,刚提笔的作家的画像,这位作家正通过"复制"(借助彩色玻璃窗,挂毯或者幻灯片)他个人幻想中的一些大场景来开始写书。

般的名前绰号：恶人①。

然而，在墨洛温王朝的幻想当中，这种"恶"，这种与生俱来的罪恶，还可以以另一种方式消除：被"奇迹"超越和补救，这种奇迹使地下室坟墓——我们又被带回到那个小女孩身边——上方那盏灯尽管跌落下来，却永不熄灭。显然，这是对普鲁斯特非常奏效的奇迹，而这也正是他选择这篇引文的主要原因，即对物质的某种想象。事实上，我们的确已经看到他是多么渴望将感知场里物质的所有变化或易位尽收眼底，或者想象它们：空气凝固，光线僵化，还有相反地，坚硬之物熔化或挥发。还有无数模棱两可或者自相矛盾的东西，像是这双向滑动过程中的片刻停顿。然而，这种矛盾是否比陷落在石板空间的灯光更有益，更能满足性欲②？我们记得，石板为了接受光亮而凹陷并变软。这种软化会让人想到时间使墨洛温王朝里其他人物的墓石发生软化，这些人物都是伟大的奠基者，即贡布雷的历任神甫。这里的

---

① 很长一段时间内，普鲁斯特在草稿里都是用恶人查理来代替吉尔贝的名字：这使得这位百分百的种子人物成为《追忆》中所有查理的人物祖先，这个系列非常重要，包含了众多人物（详见塞尔日·高贝尔[S. Gaubert]，《普鲁斯特与字母游戏》[*Proust et le jeu de l'alphabet*]，《欧洲》，1971 年 2 月，第 68 页及下一页）。

需要注意的是，这种幻想的另一个版本将吉尔贝置入彩色玻璃窗里，并让圣伊莱尔饶恕他。

② 菲利普·勒热纳（《写作与性》，期刊论文，前揭）研究其他物体上的刻在我们这块石板上的瓣状物，或者其他带有性内涵的形态：这些瓣状物在休伯特·罗伯特喷泉的画面里成了水柱上的落水，它们甚至成了小玛德莱娜蛋糕的形状。事实上，我们的"化石"在此还能够唤醒普鲁斯特作品中那个既丰富又性感的系列，即贝壳系列。

奇迹,是光线能够不折不断地直接(也可以说是未经阉割,与恶人被砍下的头颅相反)降落并嵌入物质最阴柔的中心,直至被吸收,亮度却没有丝毫减弱。诚然,地下室会继续掩埋欲望;但是在地下室的中心,有一块掩盖着一具年轻肉体并象征着这具肉体的石板,它接纳并证实了欲望,使它如神话般长久存在。之后,一切关于谋杀或侵犯的噩梦都被驱散:情爱产生的连接成为物质间的调和、温柔结合。让我们把名字还给她,小加尔斯温特,"就像是另一个时代的幻象"——普鲁斯特的那个时代? ——历经她那个年代所有的野蛮行径,却无一尘染。也许还需要这束固执的微光,它是升华成功后的微光,而且是双重成功:物质的升华以及根据物质所撰写的传奇的升华,由此照亮了,从希尔佩里克到普鲁斯特,再到我们,"墨洛温王朝之夜"。

"轻与重"文丛(已出)

图书在版编目(CIP)数据

普鲁斯特与感性世界 / (法)让-皮埃尔·里夏尔著;张帆译.
--上海:华东师范大学出版社,2018
("轻与重"文丛)

ISBN 978 - 7 - 5675 - 8318 - 4

Ⅰ.①普… Ⅱ.①让…②张… Ⅲ.①普鲁斯特(Proust, Marcel 1871—1922)—小说研究 Ⅳ.①I565.074

中国版本图书馆 CIP 数据核字(2018)第 210603 号

华东师范大学出版社六点分社

企划人 倪为国

Proust et le monde sensible
by Jean-Pierre RICHARD
Copyright © Editions du Seuil, 1974
Simplified Chinese edition arranged with Editions du Seuil
Simplified Chinese Translation Copyright © 2019 by East China Normal University Press Ltd.
ALL RIGHTS RESERVED.
上海市版权局著作权合同登记 图字:09 - 2016 - 056 号

轻与重文丛
普鲁斯特与感性世界

主　　编　　姜丹丹
著　　者　　(法)让-皮埃尔·里夏尔
译　　者　　张　帆(ZHANG Fan)
审读编辑　　成家桢
责任编辑　　高建红
封面设计　　姚　荣

出版发行　华东师范大学出版社
社　　址　上海市中山北路 3663 号　邮编　200062
网　　址　www. ecnupress. com. cn
电　　话　021 - 60821666　行政传真　021 - 62572105
客服电话　021 - 62865537
门市(邮购)电话　021 - 62869887
地　　址　上海市中山北路 3663 号华东师范大学校内先锋路口
网　　店　http://hdsdcbs. tmall. com

印　刷　者　上海中华商务联合印刷有限公司
开　　本　787×1092　1/32
印　　张　11.25
字　　数　203 千字
版　　次　2019 年 1 月第 1 版
印　　次　2019 年 1 月第 1 次
书　　号　ISBN 978 - 7 - 5675 - 8318 - 4/I·1963
定　　价　68.00 元

出　版　人　王　焰

(如发现本版图书有印订质量问题,请寄回本社客服中心调换或电话 021 - 62865537 联系)